# um tom mais escuro de magia

Obras da autora publicadas pelo Grupo Editorial Record:

**Série Vilões**

*Vilão*

*Vingança*

**Série Os Tons de Magia**

*Um tom mais escuro de magia*

*Um encontro de sombras*

*Uma conjuração de luz*

**Série A Guardiã de Histórias**

*A guardiã de histórias*

*A guardiã dos vazios*

**Série A Cidade dos Fantasmas**

*A cidade dos fantasmas*

*Túnel de ossos*

*A vida invisível de Addie LaRue*

V.E. SCHWAB

# um tom mais escuro de magia

Tradução de
Ana Carolina Delmas

11ª edição

Galera
Rio de Janeiro
2022

CIP-BRASIL. CATALOGAÇÃO NA PUBLICAÇÃO
SINDICATO NACIONAL DOS EDITORES DE LIVROS, RJ

Schwab, V.E., 1987-
S425u Um tom mais escuro de magia / V.E. Schwab; tradução de Ana
11ª ed. Carolina Delmas. – 11ª ed. – Rio de Janeiro: Galera Record, 2022.
420 p.

Tradução de: A Darker Shade of Magic
Continua com: Um encontro de sombras
ISBN 978-85-01-10666-7

1. Romance americano. I. Delmas, Ana Carolina. II. Título.

16-33996 CDD: 813
CDU: 821.111(73)-3

TÍTULO ORIGINAL:
A DARKER SHADE OF MAGIC



Texto revisado segundo o novo Acordo Ortográfico da Língua Portuguesa.



Editoração eletrônica: Abreu's System

Direitos exclusivos de publicação em língua portuguesa somente para o Brasil adquiridos pela
EDITORA RECORD LTDA.
Rua Argentina, 171 – Rio de Janeiro, RJ – 20921-380 – Tel.: (21) 2585-2000,
que se reserva a propriedade literária desta tradução.

Impresso no Brasil

ISBN 978-85-01-10666-7



Atendimento e venda direta ao leitor:
sac@record.com.br

*Para aqueles que sonham com mundos desconhecidos*

*Grande é o dilema quando se trata de magia, pois não é uma questão de força e sim de equilíbrio. Se há pouca força, nos tornamos fracos. Mas, se há força demais, nos tornamos algo completamente diferente.*

— TIEREN SERENSE
Sumo sacerdote do Santuário de Londres

# UM

# O VIAJANTE

# I

Kell trajava um casaco muito peculiar.

Não tinha apenas um lado, o que seria convencional, ou dois, o que seria inesperado, mas *múltiplos*: o que era, obviamente, impossível.

A primeira coisa que fazia sempre que passava de uma Londres a outra era tirar o casaco e revirá-lo uma ou duas vezes (ou mesmo três) até que encontrasse o lado de que precisava. Nem *todos* eram elegantes, mas cada um servia a um propósito. Havia os que se misturavam à multidão e os que se destacavam, e um que não possuía um objetivo, mas lhe agradava muito.

Assim, quando Kell cruzou a parede do palácio e entrou na antessala, levou alguns instantes para se recompor — viajar entre mundos tinha o seu preço —, e então escapuliu de seu casaco vermelho de gola alta e o revirou da direita para a esquerda para torná-lo uma simples jaqueta preta. Bem, uma simples jaqueta preta elegantemente alinhavada com fios prateados e adornada com duas colunas brilhantes de botões de prata. Só porque adotava uma paleta mais modesta quando estava no exterior (sem querer ofender a realeza local nem chamar atenção) não significava que deveria sacrificar o estilo.

*Ah, reis,* pensou Kell enquanto abotoava a jaqueta. Estava começando a pensar como Rhy.

Na parede atrás de si, conseguiu discernir o símbolo desbotado deixado pela sua passagem, como uma pegada na areia que já se desvanecia.

Ele nunca se dava ao trabalho de marcar a porta *deste* lado, simplesmente porque nunca retornava por ali. A distância entre Windsor e Londres era terrivelmente inconveniente considerando-se que, quando viajava entre mundos, Kell só podia se deslocar de um local em um deles ao mesmo exato ponto no outro. O que era um problema, pois não havia um Castelo de Windsor a um dia de viagem da Londres *Vermelha*. Na verdade, Kell acabara de vir da travessia do muro de pedra do pátio de um cavalheiro abastado em uma cidade chamada Disan. E Disan era, de modo geral, um lugar muito agradável.

Windsor, não.

Impressionante, com certeza. Mas não agradável.

Um balcão de mármore corria pela parede, e nele uma vasilha de água o aguardava, como sempre. Ele lavou a mão ensanguentada e a moeda de prata que usara como passagem, depois colocou no pescoço o cordão em que ela ficava pendurada e a escondeu novamente sob a gola da jaqueta. No salão à frente ele podia ouvir diferentes passos e o burburinho baixo de servos e guardas. Escolhera a antessala especificamente para evitá-los. Sabia muito bem quão pouco o príncipe regente gostava de sua presença, e a última coisa que desejava era uma plateia: um bando de ouvidos, olhos e bocas relatando ao trono os detalhes de sua visita.

Acima do balcão e da vasilha ficava um espelho de moldura dourada, e Kell verificou rapidamente seu reflexo antes de atravessar as portas para encontrar seu anfitrião. Seu cabelo castanho avermelhado caía sobre um dos olhos e ele não o ajeitou, apesar de ter parado um momento para alinhar os ombros da jaqueta.

O cômodo estava sufocantemente quente, com as janelas trancadas apesar do que parecia ser um belo dia de outubro. Um fogo ardia raivosamente na lareira.

George III estava sentado ao lado dela, um manto encolhendo sua silhueta murcha e uma bandeja de chá intocada diante de seus joelhos. Quando Kell entrou, o rei agarrou as beiradas de sua poltrona.

— Quem está aí? — perguntou o rei, sem se virar. — Ladrões? Fantasmas?

— Não creio que fantasmas lhe responderiam, Majestade — disse Kell, anunciando-se.

O monarca doente abriu um sorriso de dentes podres.

— Mestre Kell — disse ele. — Você me deixou esperando.

— Não mais que um mês — respondeu Kell, aproximando-se.

O rei George semicerrou os olhos cegos.

— Faz mais tempo, tenho certeza.

— Asseguro-lhe de que não.

— Talvez não para você — disse o rei. — Mas o tempo não passa da mesma forma para quem é louco ou cego.

Kell sorriu. O rei estava bem-disposto. Não era sempre assim. Ele nunca tinha certeza do estado em que encontraria sua majestade. Talvez parecesse fazer mais de um mês porque na última visita o rei estava temperamental e Kell quase não conseguira acalmar seus nervos esfrangalhados por tempo suficiente para lhe entregar sua mensagem.

— Talvez o ano tenha virado — continuou o rei — e não o mês.

— Ah, mas o ano é o mesmo.

— E que ano é este?

Kell franziu o cenho.

— 1819 — afirmou.

Uma sombra obscureceu o semblante do rei George, que apenas balançou a cabeça.

— Tempo — disse o rei, como se aquela palavra pudesse ser culpada por tudo. — Sente-se, sente-se — acrescentou, apontando para o cômodo. — Deve haver outra cadeira em algum lugar.

Não havia. O quarto estava surpreendentemente vazio, e Kell tinha certeza de que as portas no saguão eram trancadas e destrancadas por fora e não por dentro.

O rei estendeu a mão nodosa. Haviam retirado os anéis para evitar que se machucasse, e as unhas estavam aparadas rentes aos dedos.

— Minha carta — disse, e por um instante Kell vislumbrou um lampejo de George como fora um dia. Régio.

Kell tateou os bolsos e percebeu que se esquecera de pegar o bilhete antes de se trocar. Despiu a jaqueta e a retornou por um instante ao lado vermelho, revirando suas dobras até encontrar o envelope. Quando o colocou nas mãos do rei, este afagou e acariciou o selo (o emblema do trono vermelho incrustado na cera, o cálice com um sol nascente), depois levou o papel ao nariz e inspirou.

— Rosas — disse com melancolia.

O rei estava se referindo à magia. Kell nunca notava o suave perfume aromático da Londres Vermelha entranhado em suas roupas, mas, sempre que viajava, alguém invariavelmente lhe dizia que cheirava a flores recém-cortadas. Alguns mencionavam tulipas. Outros, lírios-orientais. Crisântemos. Peônias. Para o rei da Inglaterra, eram sempre rosas. Kell ficava satisfeito em saber que era um perfume agradável, mesmo que não fosse capaz de percebê-lo. Podia sentir o da Londres Cinza (fumaça) e o da Londres Branca (sangue), mas, para ele, a Londres Vermelha cheirava apenas ao seu lar.

— Abra-a para mim — instruiu o rei. — Mas não danifique o selo.

Kell procedeu como instruído e retirou o conteúdo. Desta vez agradeceu pelo fato de o rei não poder mais enxergar; assim não saberia o quão breve era a carta. Três pequenas linhas. Uma cortesia concedida àquela autoridade simbólica e doente, e apenas isso.

— É de minha rainha — explicou Kell.

O rei assentiu.

— Prossiga — comandou, assumindo um semblante majestoso que contrastava com seu estado frágil e sua voz vacilante. — *Prossiga.*

Kell pigarreou.

— Saudações à Vossa Majestade, o rei George III, de um trono vizinho — leu.

A rainha não se referia ao seu como o trono *vermelho* nem mandava saudações da Londres *Vermelha* (ainda que a cidade fosse de um carmim vivo graças à forte luminosidade do rio), simplesmente porque não pensava daquela forma. Para ela, e para qualquer um que habitasse apenas uma Londres, havia pouca necessidade de diferenciá-las. Quando os governantes de uma cidade se comunicavam com os de outra, os chamavam somente de *outros*, ou *vizinhos*, ou, em algumas ocasiões (particularmente com relação à Londres Branca), usavam termos menos lisonjeiros.

Somente os poucos capazes de transitar por entre as diversas Londres precisavam de um modo de diferenciá-las. Então, Kell, inspirado pela cidade perdida conhecida por todos como Londres Preta, designara uma cor para cada capital remanescente.

Cinza para a cidade sem magia.

Vermelho para o império vigoroso.

Branco para o mundo faminto.

Na verdade, as cidades guardavam pouca semelhança entre si (e menos ainda os países à sua volta e além). O fato de todas se chamarem *Londres* era um mistério, mas a teoria predominante era a de que uma das cidades assumira o nome havia muito tempo, antes que se lacrassem as portas e que a única coisa autorizada a transitar de uma a outra fosse a correspondência entre reis e rainhas. Não havia consenso com relação a qual cidade tinha reivindicado o nome primeiro.

— Esperamos que esteja bem — continuava a carta da rainha — e que a estação esteja tão amena na sua cidade quanto está na nossa.

Kell fez uma pausa. Não havia mais nada exceto a assinatura. O rei George torceu as mãos

— Isso é tudo? — perguntou ele.

Kell hesitou.

— Não — afirmou, dobrando a carta. — Foi apenas o início. — Ele pigarreou e começou a caminhar lentamente enquanto organizava seus pensamentos e os colocava na voz da rainha. — Agradeço por se preocupar com nossa família. O rei e eu estamos bem. O príncipe Rhy, por sua vez, continua nos impressionando e enfurecendo na mesma medida, mas pelo menos passou o último mês sem quebrar o pescoço ou ficar noivo de uma pretendente inadequada. Somos gratos a Kell por evitar que o príncipe fizesse uma dessas coisas, ou ambas. — Kell tinha a intenção de continuar fazendo a rainha divagar sobre os seus méritos, mas então o relógio na parede badalou cinco vezes e ele praguejou baixinho. Estava atrasado. — Até minha próxima carta — concluiu. — Desejo que permaneça feliz e bem. Afetuosamente, sua alteza Emira, rainha de Arnes.

Kell esperou que o rei dissesse algo, mas os olhos cegos sustentavam um olhar vidrado e distante, e o viajante receou que o tivesse perdido. Deixou o bilhete dobrado na bandeja de chá e já estava a meio caminho da parede quando o rei falou:

— Não tenho uma carta para ela.

— Não tem problema — disse Kell gentilmente.

O rei não conseguia escrever uma carta havia muitos anos. Em alguns meses ele tentava, arrastando a pena a esmo pelo pergaminho, e em outros insistia em ditá-la para Kell, mas na maioria dos meses ele simplesmente narrava a mensagem e Kell prometia memorizá-la.

— Entenda, não tive tempo — acrescentou o rei, tentando salvar um vestígio de dignidade. Kell concedeu isso ao rei.

— Compreendo — disse. — Transmitirei suas melhores estimas à família real.

Kell se virou para sair, e novamente o rei gritou que parasse.

— Espere, espere — protestou. — Volte.

Kell se deteve. Seus olhos se voltaram para o relógio. Estava cada vez mais atrasado. Imaginou o príncipe regente sentado à sua mesa em St. James, agarrado à cadeira e fervilhando de impaciência. O pensamento fez com que Kell sorrisse, então retornou para o rei enquanto este tirava algo de suas vestes com dedos desajeitados.

Uma moeda.

— Está desvanecendo — afirmou o rei, aninhando o metal em suas mãos envelhecidas como se fosse precioso e frágil. — Não consigo mais sentir a magia. Nem o aroma.

— Uma moeda é só uma moeda, Majestade.

— Não é, e você sabe disso — resmungou o velho rei. — Esvazie seus bolsos.

Kell suspirou.

— O senhor vai me colocar em apuros.

— Vamos, vamos — disse o rei. — Nosso segredinho.

Kell enfiou a mão em um bolso. Na primeira vez que visitara o rei da Inglaterra, entregara-lhe uma moeda como prova de quem era e de onde vinha. A história de outras Londres era confiada à coroa e passada de herdeiro para herdeiro, mas fazia anos desde que o último viajante se apresentara. O rei George olhara para o rapaz, estreitara os olhos e estendera sua mão robusta, e Kell depositara a moeda em sua palma. Era um simples lin, muito semelhante ao xelim da Londres Cinza, porém cunhado com uma estrela vermelha no lugar da face real. O rei fechara seu punho sobre a moeda e a levara para perto do nariz, inalando seu perfume. E então sorrira, guardara a moeda em seu manto e acolhera Kell no palácio.

Daquele dia em diante, sempre que Kell o visitava, o rei insistia que a magia havia se desgastado e o fazia trocá-la por outra moeda, nova e ainda guardando algum calor dos bolsos. Todas as vezes, Kell avisava que a prática era proibida (e era mesmo, terminantemente), e todas as vezes o rei insistia que aquilo seria seu segredinho, e então Kell suspirava e tirava uma nova peça de metal de seu casaco.

Desta vez, pegou o velho lin da palma da mão do rei e o trocou por um novo, fechando os dedos nodosos de George sobre a moeda.

— Isso, isso — murmurou o rei para a moeda em sua mão.

— Cuide-se — falou Kell enquanto se virava para sair.

— Sim, sim — disse o rei, seu foco extinguindo-se até ficar perdido para o mundo e para seu convidado.

Havia cortinas fechadas em um canto do cômodo, e Kell afastou o tecido pesado para revelar uma marca no papel de parede decorado. Um círculo simples dividido ao meio por uma linha, desenhado em sangue um mês antes. Em outra parede de outro cômodo de outro palácio, havia a mesma marca. Eram como maçanetas em lados opostos de uma mesma porta.

O sangue de Kell, quando emparelhado com o símbolo, permitia que se movesse por *entre* os mundos. Não era necessário especificar um lugar porque, onde quer que estivesse em um, era para lá que iria no outro. Mas, para fazer uma porta *dentro* de um mundo, ambos os lados precisavam estar marcados exatamente com o mesmo símbolo. Parecido não era o bastante. Isso Kell aprendera do jeito mais difícil.

O símbolo na parede ainda estava visível da última visita, as bordas apenas um pouco borradas, mas não importava. Tinha que ser refeito.

Ele dobrou a manga e libertou a faca que mantinha atada à parte interna de seu antebraço. Era um objeto admirável, aquela faca, uma obra de arte, prateada da ponta ao cabo e gravada com seu monograma: *K* e *L*.

A única relíquia de outra vida.

Uma vida que não conhecia. Ou, ao menos, da qual não se lembrava.

Kell levou a lâmina até o dorso de seu antebraço. Já havia entalhado uma linha naquele dia para a porta que o levara até ali. Agora cortava uma segunda. Seu sangue vermelho-vivo brotou e se espalhou, então ele devolveu a faca à sua bainha e tocou o corte com os dedos e depois a parede, redesenhando o círculo e a linha que o cruzava. Kell baixou a manga da camisa sobre a ferida — trataria todos os cortes quando chegasse em casa — e olhou de relance para o rei balbuciante antes de pressionar sua palma estendida na marca na parede.

A marca zumbiu com magia

— *As Tascen* — proferiu. *Transportar.*

O papel de parede adornado enrugou-se, suavizou-se e cedeu ao seu toque, e Kell avançou através dele.

# II

Entre um passo e outro, a Windsor melancólica se tornou a elegante St. James. O pequeno quarto abafado deu lugar a tapeçarias esplendorosas e pratarias reluzentes, e os balbucios do rei louco foram substituídos por um pesado silêncio e por um homem sentado à cabeceira de uma mesa ornamentada, segurando um cálice de vinho e parecendo bastante irritado.

— Está atrasado — observou o príncipe regente.

— Minhas desculpas — disse Kell com uma reverência breve demais. — Tive uma missão.

O príncipe regente depositou o cálice na mesa.

— Pensei que *eu* fosse sua missão, mestre Kell.

Kell se endireitou.

— Minhas ordens, Vossa Alteza, são para visitar primeiro o *rei*.

— Gostaria que não satisfizesse os caprichos dele — falou o príncipe regente, cujo nome também era George (Kell achava o hábito da Londres Cinza de filhos receberem os nomes de seus pais ao mesmo tempo redundante e confuso), enquanto gesticulava desdenhosamente com a mão. — Isso o deixa animado.

— E faz mal? — perguntou Kell.

— Para ele, sim. Ficará frenético mais tarde. Dançando nas mesas e falando de magia e de outras Londres. Que truque apresentou a ele desta vez? Convenceu-o de que ele podia voar?

Kell cometera esse erro apenas uma vez. Fora informado na visita seguinte de que o rei da Inglaterra quase saltara de uma janela. No terceiro andar.

— Asseguro-lhe de que não realizei nenhuma demonstração.

O príncipe George beliscou a ponte do nariz.

— Ele não consegue mais segurar a língua. Por isso está restrito aos seus aposentos.

— Aprisionado, então?

O príncipe George correu a mão pela borda dourada da mesa.

— Windsor é um lugar perfeitamente respeitável para resguardar alguém.

*Uma prisão respeitável ainda é uma prisão*, pensou Kell, retirando uma segunda carta do bolso da jaqueta.

— Sua correspondência.

O príncipe ordenou que ele permanecesse ali enquanto lia o bilhete (nunca comentava como cheirava a flores) e então retirou uma resposta semipronta de um dos bolsos e a completou. Certamente estava se demorando em um esforço para aborrecer Kell, mas o viajante não se importava. Ocupou-se tamborilando os dedos na borda da mesa dourada. Cada vez que ele ia do dedo mindinho ao indicador, uma das muitas velas da sala se apagava.

— Deve ser uma corrente de ar — afirmou distraidamente enquanto o príncipe regente apertava mais a pena. Quando terminou o bilhete, havia quebrado duas e estava de mau humor, ao passo que o estado de espírito de Kell melhorara muito.

Estendeu a mão para pegar a carta, mas o príncipe regente não a entregou. Em vez disso, levantou-se de seu trono.

— Estou cansado de ficar sentado. Caminhe comigo.

Kell não era fã da ideia, mas não podia sair de mãos vazias, então foi obrigado a concordar. Não antes de pegar da mesa a última pena intacta do príncipe e escondê-la no bolso.

— Você voltará imediatamente para casa? — perguntou o príncipe, enquanto conduzia Kell por um salão até uma porta discreta, oculta por uma cortina.

— Logo mais — afirmou Kell, mantendo-se um passo atrás. Dois soldados da guarda real haviam se juntado a eles no salão e agora os seguiam furtivamente, como sombras. Kell podia sentir os olhos deles sobre si e perguntou-se o quanto sabiam sobre seu convidado. Esperava-se que a realeza soubesse, mas o conhecimento por parte dos serviçais era deixado a critério dela.

— Pensei que você só tivesse negócios comigo — disse o príncipe.

— Sou fã da sua cidade — respondeu Kell delicadamente. — E meu trabalho drena minhas energias. Dou uma volta e pego um pouco de ar, então retorno.

Os lábios do príncipe formavam uma linha fina e soturna.

— Receio que o ar não seja tão revigorante aqui na cidade quanto no campo. Como é que você nos chama... Londres *Cinza*? Nos dias de hoje, é um nome muito apropriado. Fique para o jantar.

O príncipe terminava quase todas as suas frases com um ponto final. Até mesmo as perguntas. Rhy agia da mesma forma, e Kell achava que o comportamento devia ser um efeito colateral de nunca terem ouvido *não*.

— Você está muito melhor aqui — pressionou o príncipe. — Deixe-me revigorá-lo com vinho e companhia.

Parecia uma oferta generosa, mas o príncipe regente nunca fazia as coisas por generosidade.

— Não posso ficar — falou Kell.

— Eu insisto. A mesa está posta.

*E quem está vindo?*, perguntou-se Kell. O que o príncipe queria? Exibi-lo? Kell frequentemente suspeitava de que ele gostaria de fazê-lo, e pela simples razão de que o jovem George considerava os segredos um fardo e preferia o espetáculo. Mas, com todas as suas falhas, o príncipe não era tolo, e apenas um tolo concederia a Kell a oportunidade de se destacar. A Londres Cinza esquecera a magia havia muito tempo. Kell não seria o responsável por relembrá-la.

— Uma oferta generosa, Alteza, mas é melhor que eu seja um espectador do que o espetáculo.

Kell inclinou a cabeça de forma que seu cabelo acobreado não mais cobrisse os olhos, revelando não apenas o azul translúcido do esquerdo, mas também o preto maciço do direito. Um preto que ia de ponta a ponta, preenchendo tanto a íris como a esclera branca. Nada havia de humano naquele olho. Era puramente mágico. A marca de um mago de sangue. De um *Antari*.

Kell gostou do que viu nos olhos do príncipe regente quando este tentou sustentar seu olhar. Precaução, desconforto... e medo.

— Sabe por que nossos mundos são mantidos separados, Alteza? — Ele não esperou pela resposta do príncipe. — Para manter o seu mundo seguro. Veja, houve um tempo, eras atrás, em que eles não eram separados. Quando portas corriam entre seu mundo e o meu, e outros, e qualquer um com um pouco de poder conseguia atravessá-las. A magia em si podia transitar. Mas o problema da magia — acrescentou Kell — é que ela se apodera tanto dos obstinados quanto dos fracos de espírito, e um desses mundos não foi capaz de se controlar. As pessoas se alimentaram da magia, e a magia se alimentou delas até devorar seus corpos, suas mentes e então suas almas.

— A Londres Preta — sussurrou o príncipe regente.

Kell assentiu. Não fora ele quem designara a cor que intitulava a cidade. Todos, ou ao menos todos nas Londres Vermelha e Branca e os poucos da Cinza que sabiam de alguma coisa, conheciam a lenda da Londres Preta. Era uma história de ninar. Um conto de fadas. Um *aviso*. Sobre a cidade — e o mundo — que não existia mais.

— Sabe o que a Londres Preta e a sua têm em comum, Alteza? — Os olhos do príncipe regente se estreitaram, mas ele não interrompeu Kell. — Falta-lhes moderação. Ambas são famintas por poder. A única razão de a sua Londres ainda existir é ter sido isolada. E aprendeu a esquecer. O senhor não quer que ela lembre.

O que Kell não disse foi que a Londres Preta tinha magia em abundância em suas veias, e a Londres Cinza, quase nenhuma; ele queria provar seu ponto de vista. E, pelo jeito, tinha conseguido. Desta vez, quando estendeu a mão para pegar a carta, o príncipe não se opôs nem resistiu. Kell guardou o pergaminho em seu bolso junto com a pena roubada.

— Obrigado, como sempre, por sua hospitalidade — afirmou, prestando uma reverência exagerada.

O príncipe regente convocou um guarda com um simples estalar de dedos.

— Assegure-se de que o mestre Kell chegue a seu destino. — E então, sem dizer mais nada, virou-se e se afastou.

Os guardas reais deixaram Kell na entrada do parque. O palácio de St. James despontava atrás dele. A Londres Cinza, à sua frente. Ele inspirou profundamente e sentiu o gosto da fumaça no ar. Mesmo ávido para voltar para casa, ele tinha negócios para tratar e, após lidar com a doença do rei e com o comportamento do príncipe, Kell precisava de uma bebida. Espanou as mangas, endireitou a gola e partiu em direção ao coração da cidade.

Ele caminhou pelo St. James Park até chegar a um caminho de terra que ladeava o rio. O sol estava se pondo, e o ar era fresco apesar de poluído, uma brisa de outono tremulando a barra de seu casaco preto. Alcançou uma passarela de madeira que cruzava o rio, e suas botas ressoaram baixinho enquanto ele a atravessava. Kell deteve-se no arco da ponte, a Buckingham House iluminada por lampiões atrás dele e o Tâmisa à frente. A água espirrava gentilmente sob as ripas de madeira, e ele descansou os cotovelos no parapeito e olhou para baixo. Quando dobrou os dedos distraidamente, a corrente se aquietou, a água parando lisa como um espelho.

Ele avaliou seu reflexo.

"Você não é tão bonito assim", dizia Rhy sempre que flagrava Kell contemplando um espelho.

"Não me canso de mim mesmo", respondia Kell, ainda que nunca estivesse se admirando. Ao menos não por inteiro: apenas seu olho. O direito. Mesmo na Londres Vermelha, onde a magia florescia, o olho o destacava dos demais. Marcava-o sempre como *diferente*.

Uma risada tilintante soou à direita de Kell, seguida por um grunhido e outros sons menos nítidos, e a tensão em seus dedos se aliviou, fazendo com que o rio abaixo dele voltasse a seguir seu curso.

Ele prosseguiu até que o parque deu lugar às ruas de Londres, e depois à imponente silhueta de Westminster. Kell tinha afeição pela abadia e acenou com a cabeça para ela, como se faz para uma velha amiga. Apesar da fuligem e da sujeira, de sua desordem e pobreza, a cidade possuía algo que faltava à Londres Vermelha: resistência às mudanças. Uma valorização da permanência e dos esforços necessários para construir algo permanente.

Quantos anos haviam sido necessários para construir a abadia? Por quantos mais ela ficaria de pé? Na Londres Vermelha, os gostos mudavam como as estações, e, com eles, construções iam abaixo e eram reerguidas de formas diferentes. A magia tornava as coisas fáceis. Às vezes, pensou Kell, *tornava-as fáceis demais*.

Em sua cidade, havia noites em que ele sentia como se tivesse ido dormir em um lugar e acordado em outro.

Mas, aqui, a abadia de Westminster resistia de pé, esperando para cumprimentá-lo.

Ele abriu caminho pela estrutura de torres de pedra, através das ruas apinhadas de carruagens e por uma rua estreita que circundava o jardim do deão, murado com pedras cheias de musgo. A rua se estreitava ainda mais antes de finalmente terminar em frente a uma taverna.

Foi ali que Kell parou e despiu seu casaco. Revirou-o novamente da direita para a esquerda, trocando o traje preto com botões prateados por um visual mais simples e apropriado para aquelas ruas: uma jaqueta de gola alta marrom com as bainhas esfiapadas e os cotovelos gastos. Então apalpou os bolsos e, satisfeito por estar pronto, entrou.

# III

A Stone's Throw era uma taverna estranha.

Suas paredes eram envelhecidas, seu assoalho estava manchado, e Kell tinha certeza de que seu dono, Barron, adicionava água às bebidas. Mas, apesar de tudo, ele continuava retornando.

O lugar o fascinava, porque, apesar de sua aparência suja e de seus clientes ainda mais sujos, o fato é que por sorte ou destino a Stone's Throw estava *sempre ali*. O nome mudava, é lógico, assim como as bebidas servidas, mas, nesse ponto exato das Londres Cinza, Vermelha e Branca, havia uma taverna. Não era uma *fonte* de magia em si, como o Tâmisa ou Stonehenge, ou as dúzias de faróis de magia menos conhecidos no mundo, mas era *algo*. Um fenômeno. Um ponto fixo.

E como ele conduzia seus negócios na taverna (quer a placa dissesse Stone's Throw, Setting Sun ou Scorched Bone), isso também tornava o próprio Kell uma espécie de ponto fixo.

Poucos apreciariam a poesia nisso. Talvez Holland, se ele apreciasse alguma coisa.

Mas, poesia à parte, a taverna era o lugar perfeito para se fazer negócios. Os raros crentes da Londres Cinza — aqueles poucos excêntricos que se apegavam à ideia da magia, que se agarravam a um sussurro ou lufada de mágica — gravitavam ali, atraídos pela sensação de algo diferente, algo a mais. Kell também era atraído por isso. A diferença é que ele sabia o que lhes estava instigando.

Obviamente, os benfeitores amantes da magia da Stone's Throw não eram atraídos somente pela sutil e profunda corrente de poder do local ou pela promessa de alguma coisa diferente, de algo mais. Também eram incitados por *ele*. Ou ao menos pelo rumor de sua existência. O que corria de boca em boca tinha sua própria magia, e aqui, na Stone's Throw, murmúrios sobre o *mago* passavam pelos lábios dos homens com tanta frequência quanto a cerveja diluída.

Ele estudou o líquido âmbar em sua própria caneca.

— Boa noite, Kell — disse Barron, parando para reabastecer sua bebida.

— Boa noite, Barron.

Era tudo o que costumavam dizer um ao outro.

O dono da Stone's Throw tinha o porte de um paredão — se um paredão resolvesse cultivar uma barba —, alto, largo e impressionantemente maciço. Sem dúvida Barron já vira sua cota de estranhezas, mas isso nunca parecia perturbá-lo.

Se perturbava, ele sabia como disfarçar.

Um relógio na parede atrás do balcão badalou as sete horas, e Kell retirou uma bugiganga da jaqueta marrom. Uma caixa de madeira aproximadamente do tamanho da palma de sua mão, fechada por um simples gancho de metal. Quando ele abriu o trinco e empurrou a tampa com o polegar, a caixa se desdobrou em um jogo de tabuleiro com cinco compartimentos, cada um contendo um elemento.

Na primeira divisão, um torrão de terra.

Na segunda, uma colherada de água.

Na terceira, em vez de ar repousava um tantinho de areia solta.

Na quarta, uma gota de óleo, altamente inflamável.

Na quinta e última divisão, um pedaço de osso.

No mundo de Kell, a caixa e seu conteúdo não eram apenas um brinquedo, mas um teste, um modo de as crianças descobrirem quais elementos as atraíam e quais eram atraídos por elas. A maioria logo se cansava do jogo e partia para feitiços ou para versões mais complicadas em busca de refinar suas habilidades. Tanto por sua abrangência quanto por suas limitações, o jogo de elementos podia ser encontrado em quase toda casa da Londres Vermelha e muito provavelmente das vilas ao redor (ainda que Kell não tivesse certeza disso). Mas aqui, na cidade sem magia, era realmente raro, e Kell tinha certeza de que seu cliente aprovaria. Afinal, o homem era um Colecionador.

Na Londres Cinza, apenas dois tipos de pessoas procuravam por Kell.

Colecionadores e Entusiastas.

Colecionadores eram pessoas abastadas e entediadas, que normalmente não tinham interesse na magia em si. Não saberiam diferenciar uma runa de cura de um feitiço de ligação, e Kell apreciava o seu patrocínio.

Entusiastas eram mais incômodos. Imaginavam-se verdadeiros magos e queriam comprar bugigangas, não pelo prazer de possuí-las ou pelo luxo de exibi-las, mas para *usá-las*. Kell não gostava de Entusiastas, em parte porque julgava suas aspirações um desperdício, e em parte porque lhes servir parecia quase uma traição. Foi por isso que, quando um jovem se sentou ao seu lado e Kell olhou para cima esperando ver seu cliente Colecionador e encontrou um Entusiasta desconhecido, seu humor azedou consideravelmente.

— Este lugar está ocupado? — perguntou o Entusiasta, apesar de já estar sentado.

— Vá embora — disse Kell calmamente.

Mas o Entusiasta não se retirou.

Kell tinha certeza de que o homem era um. Era desengonçado e estranho, sua jaqueta, um tanto curta para sua estatura, e, quando ele apoiou os braços no balcão e o tecido subiu um pouco, Kell reconheceu a ponta de uma tatuagem. Uma runa de poder maldesenhada cujo objetivo era vincular a magia ao corpo de alguém.

— É verdade? — persistiu o Entusiasta. — O que dizem?

— Depende de quem está falando — disse Kell fechando a caixa, deslizando a tampa e colocando o gancho de volta no lugar — e do que está sendo dito.

Ele já havia ensaiado esta dança centenas de vezes. Pelo canto do olho azul, observou os lábios do homem coreografarem seu próximo movimento. Se ele fosse um Colecionador, Kell poderia ter lhe dado uma trégua, mas homens que entram na água afirmando saber nadar não deveriam precisar de salva-vidas.

— Que você traz *coisas* — disse o Entusiasta, os olhos percorrendo a taverna. — *Coisas* de outros lugares.

Kell sorveu um pequeno gole de sua bebida, e o Entusiasta entendeu seu silêncio como concordância.

— Suponho que deva me apresentar — prosseguiu o homem. — Edward Archibald Tuttle, terceiro. Mas me chamam de Ned.

Kell arqueou uma sobrancelha. O jovem Entusiasta estava obviamente esperando que ele se apresentasse também, mas, como o homem visivelmente já tinha noção de quem ele era, Kell dispensou as formalidades e perguntou.

— O que você quer?

Edward Archibald — *Ned* — retorceu-se na cadeira e inclinou-se com um ar conspiratório.

— Procuro por um pouco de terra.

Kell apontou o copo em direção à porta.

— Verifique no parque.

O jovem deu uma risada baixa e desagradável. Kell terminou sua bebida. *Um pouco de terra*. Parecia um pedido simples. Não era. A maioria dos Entusiastas sabia que seu próprio mundo continha pouco poder, mas muitos acreditavam que, se possuíssem um pedaço de *outro* mundo, isso lhes permitiria acessar sua magia.

E houve um tempo em que eles estariam certos. Uma época em que as portas permaneciam abertas à beira das fontes, o poder fluía por entre os mundos, e qualquer um com um pouco de magia em suas veias e um artefato de outro mundo podia não apenas acessar aquele poder, mas também mover-se com ele e ir de uma Londres a outra.

Mas essa época se fora.

As portas se foram. Destruídas havia séculos, depois de a Londres Preta cair e levar consigo os restos de seu mundo, deixando apenas histórias em seu encalço. Agora, apenas os *Antari* detinham poder suficiente para criar novas portas, e mesmo assim somente eles podiam cruzá-las. *Antari* sempre foram raros, mas ninguém sabia ao certo quanto, até as portas serem lacradas e o seu número começar a decrescer. A fonte do poder dos *Antari* sempre fora um mistério (não seguia uma linhagem sanguínea), mas algo era certo: quanto mais os mundos eram mantidos separados, menos *Antari* surgiam.

Agora, Kell e Holland pareciam ser os últimos de uma espécie que estava entrando rapidamente em extinção.

— Então? — urgiu Ned. — Vai me trazer a terra ou não?

Kell baixou os olhos para a tatuagem no pulso do Entusiasta. Muitos habitantes do mundo cinza pareciam não entender que um feitiço era tão poderoso quanto a pessoa a conjurá-lo. Quão forte seria este Entusiasta?

Um sorriso repuxou o canto dos lábios de Kell quando ele empurrou a caixa devagar na direção do homem.

— Sabe o que é isto?

Ned ergueu cautelosamente o jogo de criança, como se pudesse entrar em combustão a qualquer momento. (Kell considerou a possibilidade de incendiá-lo, mas se conteve.) Ele brincou com a caixa até que seus dedos encontraram o fecho e o tabuleiro caiu aberto no balcão. Os elementos cintilaram sob a luz bruxuleante da taverna.

— Façamos o seguinte — disse Kell. — Escolha um elemento. Mova-o de seu compartimento, sem tocá-lo, é óbvio, e eu lhe trarei a sua terra.

Ned franziu o cenho. Considerou as opções e depois enfiou um dedo na água.

— Este aqui.

*Ao menos ele não foi tolo o bastante para escolher o osso*, pensou Kell. Ar, terra e água eram os mais fáceis de comandar. Até mesmo Rhy, que não demonstrava aptidão alguma, conseguia movê-los. Fogo era um pouco mais complicado, mas o elemento mais difícil de ser comandado era de longe o pedaço de osso. E por uma boa razão. Quem conseguia mover ossos conseguia mover corpos. Era a magia mais poderosa, mesmo na Londres Vermelha.

Kell observou a mão de Ned pairar sobre o tabuleiro. Ele começou a sussurrar baixinho para a água em uma língua que poderia ser latim ou apenas baboseiras, mas certamente não inglês. Os lábios de Kell se curvaram. Os elementos não tinham idioma, ou seja, podia-se falar com eles em qualquer língua. As palavras em si eram menos importantes que o foco que induziam na mente do interlocutor, a conexão que ajudavam a formar, o *poder* que evocavam. Ou seja, o idioma não importava, apenas a intenção. O Entusiasta poderia ter falado com a água em inglês corrente (não que fosse fazer a menor diferença), mas escolhera murmurar sua língua inventada. Enquanto o fazia, movia a mão no sentido horário sobre o pequeno tabuleiro.

Kell suspirou, apoiou o cotovelo no balcão e descansou a cabeça nele enquanto Ned tentava, o rosto ficando vermelho pelo esforço.

Após um bom tempo, a água ondulou sutilmente (o que poderia ter sido causado pelo bocejo de Kell ou pelo homem que se agarrava ao balcão) e depois se acalmou.

Ned encarou o tabuleiro, suas veias pulsando. Seu punho se fechou, e por um segundo Kell teve medo de que ele fosse esmagar o pequeno jogo, mas os nós de seus dedos bateram com força ao lado do tabuleiro.

— Então? — disse Kell.

— É uma fraude — rosnou Ned.

Kell levantou a cabeça.

— É? — perguntou. Ele flexionou um pouco os dedos e o torrão de terra ergueu-se de seu compartimento e flutuou calmamente para a palma de sua mão. — Tem certeza? — continuou enquanto uma pequena rajada de ar capturava a areia e formava um redemoinho circulando seu pulso. — Talvez seja. — A água ergueu-se, formando uma gota, e congelou em sua palma. — Ou talvez não — disse no momento em que o óleo se incendiava em seu nicho. — *Talvez* — falou Kell conforme o pedaço de osso se elevava no ar —, você simplesmente não possua uma gota de poder sequer.

Ned olhou para ele, boquiaberto, enquanto os cinco elementos executavam suas danças particulares em torno dos dedos de Kell. Este podia ouvir a repreensão de Rhy: *Exibido*. E então, tão casualmente quanto comandara as peças a se erguer, ele as deixou cair. A terra e o gelo bateram em seus compartimentos com um baque surdo e um tinido, ao passo que a areia se acomodou silenciosamente em sua cavidade e a chama que dançava no óleo se apagou. Restava apenas o osso, pairando no ar entre eles. Kell o fitou, o tempo todo sentindo o peso do olhar faminto do Entusiasta.

— Quanto quer pela caixa? — perguntou ele.

— Não está à venda — respondeu Kell, então se corrigiu. — Não para você. — Ned empurrou o banco e se virou para sair, mas Kell ainda não havia terminado com ele. — Se eu lhe trouxesse sua terra — falou —, o que você me daria por ela?

Ele observou o Entusiasta congelar entre uma passada e outra.

— Diga seu preço.

— Meu preço? — Kell não contrabandeava objetos entre os mundos por *dinheiro*. Dinheiro mudava. O que ele faria com xelins na Londres Vermelha? E libras? Teria melhor sorte queimando-os do que tentando comprar qualquer coisa nos becos Brancos. Até poderia gastar o dinheiro na Londres Cinza, mas *no que* ele gastaria? Não, o jogo de Kell era outro. — Não quero seu dinheiro — afirmou. — Quero algo que importe. Algo que você não queira perder.

Ned assentiu prontamente.

— Está bem. Fique aqui e eu vou...

— Hoje, não — interrompeu Kell.

— Quando?

Kell encolheu os ombros.

— Dentro de um mês.

— Você quer que eu fique sentado, *esperando*?

— Eu não *quero* nada de você — escarneceu Kell. Era cruel, ele sabia, mas queria ver até onde o Entusiasta estava disposto a ir. E caso sua determinação se mantivesse e ele estivesse ali no próximo mês, Kell decidiu que traria para o homem seu saco de terra. — Agora vá embora.

Os lábios de Ned se abriram e se fecharam, então ele bufou e marchou, quase se chocando com um pequeno homem de óculos ao sair da taverna.

Kell colheu do ar o pedaço de osso e o recolocou na caixa enquanto o homem de óculos se aproximava do banco agora vazio.

— O que foi isso? — perguntou ele, sentando-se.

— Nada de mais — respondeu Kell.

— Isso é para mim? — inquiriu o homem, indicando com a cabeça a caixa de jogos.

Kell assentiu e a ofereceu ao Colecionador, que a retirou cautelosamente de sua mão. Ele deixou o cavalheiro brincar um pouco, então começou a demonstrar como a caixa funcionava. Os olhos do Colecionador se arregalaram.

— Esplêndido, esplêndido.

Então, o homem revirou seu bolso e retirou um lenço dobrado. Houve um baque surdo quando ele o colocou no balcão. Kell o pegou e desembrulhou o pacote, revelando uma caixa brilhante de prata com uma minúscula manivela na lateral.

Uma caixa de *música*. Kell sorriu para si mesmo.

Havia música na Londres Vermelha, e também caixas de música, porém a maioria funcionava por encantamentos e não por engrenagens. Kell ficava muito impressionado com o esforço aplicado naquelas pequenas máquinas. Tantas coisas no mundo cinza eram ultrapassadas, mas às vezes a falta de magia levava à engenhosidade. As caixas de música, por exemplo. Um projeto complexo e ainda assim elegante. Tantas partes e tanto trabalho, tudo para produzir uma pequena melodia.

— Precisa que eu lhe explique como funciona? — perguntou o Colecionador.

Kell negou com a cabeça.

— Não — disse baixinho. — Tenho muitas.

As sobrancelhas do homem se uniram.

— Servirá mesmo assim? — perguntou. Kell assentiu e começou a dobrar o lenço sobre o objeto para mantê-lo protegido. — Gostaria de ouvi-la?

Kell gostaria, sim, mas não naquela taverna sombria, onde o som não poderia ser saboreado. Além disso, já era hora de ir para casa.

Ele deixou o Colecionador no balcão inspecionando o jogo de criança — maravilhando-se com a maneira como nem o gelo derretido nem a areia derramavam-se de seus compartimentos, não importando o quanto ele balançasse a caixa — e saiu para a noite. Kell caminhou de volta ao Tâmisa ouvindo os sons da cidade à sua volta, as carruagens próximas e os gritos longínquos, alguns de prazer, outros de dor (ainda que não se comparassem aos gritos que cortavam a Londres Branca). O rio logo apareceu à sua frente, uma faixa preta na noite enquanto os sinos de igreja soavam distantes, oito deles no total.

Hora de partir.

Alcançou uma parede de tijolos de uma loja defronte à água e parou à sua sombra, subindo a manga de sua túnica. Seu braço começava a doer dos dois primeiros cortes, mas ele desembainhou sua faca e entalhou um terceiro, tocando primeiro no sangue e depois na parede.

De um dos cordões em seu pescoço pendia um lin vermelho, como o que o rei George lhe devolvera naquela tarde. Ele segurou a moeda e a pressionou contra o sangue nos tijolos.

— Muito bem — falou. — Vamos para casa.

Kell sempre se pegava falando com a magia. Não comandando, mas simplesmente conversando. A magia era algo vivo, isso todos sabiam. Mas ele sentia algo mais, como se ela fosse uma amiga, alguém da família. Afinal, era parte dele (muito mais do que da maioria das pessoas), e Kell não conseguia evitar a sensação de que a magia sabia o que ele estava dizendo, o que estava sentindo. E não apenas quando a invocava, mas o tempo inteiro, em todas as batidas de seu coração e a cada respiração.

Ele era, afinal, um *Antari*.

E um *Antari* podia falar com o sangue. Com a vida. Com a própria magia. O primeiro e o último elemento, aquele que vivia em tudo e não estava em lugar nenhum.

Kell sentiu a magia agitando-se na palma de sua mão, a parede de tijolos se aquecendo e se resfriando ao mesmo tempo com ela. Hesitou, esperando para ver se a magia responderia sem ser perguntada. Mas ela se manteve quieta, esperando que ele pronunciasse o comando. A magia dos elementos podia não ter idioma, mas a magia *Antari* (magia verdadeira, magia de sangue) falava uma e somente uma. Kell pressionou os dedos na parede.

— *As Travars* — comandou. *Viajar.*

Desta vez, a magia escutou e obedeceu. O mundo ondulou e Kell avançou através da porta e para a escuridão, despindo-se da Londres Cinza como se fosse um casaco.

# DOIS

# A REALEZA VERMELHA

# I

— Santo! — anunciou Gen, jogando sobre a pilha uma carta com a face para cima. Nela, uma figura encapuzada com a cabeça inclinada segurava uma runa como um cálice, e em seu banco Gen sorriu triunfante.

Parrish fez uma careta e depositou suas últimas cartas na mesa com a face para baixo. Poderia acusar Gen de trapaça, mas seria em vão. O próprio Parrish vinha trapaceando por boa parte da última hora, e ainda assim não ganhara uma única mão. Ele resmungou ao empurrar suas moedas pela mesa estreita até a pilha crescente do outro guarda. Gen recolheu seus ganhos e começou a embaralhar as cartas.

— Mais uma partida? — perguntou ele.

— Eu passo — respondeu Parrish, pondo-se de pé. Uma capa de tecidos pesados em vermelho e dourado flamejando como raios de sol se derramou sobre seus ombros encouraçados assim que ele se levantou, as placas de metal sobrepostas em seu peitoral e caneleiras tinindo ao se encaixarem.

— *Ir chas era* — disse Gen, passando gradualmente do inglês real para o arnesiano. O idioma comum.

— Não estou ressentido — resmungou Parrish. — Estou falido.

— Vamos — incitou Gen. — A terceira é a vez da sorte.

— Tenho que mijar — falou Parrish, ajeitando sua espada curta.

— Então mije!

Parrish hesitou, buscando sinais de confusão no corredor, que estava livre de problemas e de qualquer tipo de atividade, porém cheio de objetos bonitos: retratos reais, troféus, mesas (como aquela em que estavam jogando) e, ao final, um par de portas ornamentadas. Feitas de cerejeira, eram entalhadas com os emblemas reais de Arnes, o cálice e o sol nascente, as ranhuras preenchidas com ouro derretido, e, acima do emblema, as linhas de brilho metálico tracejavam um R pela madeira polida.

As portas levavam aos aposentos do príncipe Rhy, de modo que Gen e Parrish, soldados da sua guarda particular, estavam alocados do lado de fora.

Parrish gostava do príncipe. Ele era mimado, é óbvio, como eram todos os membros da realeza (ou pelo menos foi o que Parrish presumiu, pois tinha servido a apenas um), mas também era afável e excessivamente leniente com relação a seus guardas (ora, ele mesmo dera o belo baralho com bordas douradas a Parrish) e, às vezes, após uma noite de bebedeira, deixava de lado seu inglês e suas pretensões e conversava com eles no idioma comum (seu arnesiano era impecável). No mínimo, Rhy parecia se sentir culpado pela constante presença de guardas em seu encalço quando certamente tinham algo melhor para fazer com seu tempo do que se plantar do lado de fora de seus aposentos e ficar de vigia (e, na verdade, na maioria das noites, eles tinham de ser mais discretos que vigilantes).

As melhores noites eram aquelas em que o príncipe Rhy e o mestre Kell partiam para a cidade e permitiam que ele e Gen os seguissem a distância ou os dispensavam completamente de suas obrigações e permitiam que ficassem por companhia em vez de proteção. (Todos sabiam que Kell era mais eficiente que qualquer guarda para manter o príncipe em segurança.) Mas o *Antari* ainda estava viajando, um fato que deixava o sempre disposto Rhy de mau humor, e, assim, o príncipe recolhera-se a seus aposentos. Parrish e Gen assumiram a vigília, e Gen tomara de Parrish a maior parte de seus trocados.

Parrish pegou o elmo sobre a mesa e foi se aliviar; o som de Gen contando suas moedas seguiu em seu encalço. Parrish demorou-se, achando que isso era merecido após ter perdido tantos lins, e, quando finalmente retornou a passos lentos ao corredor do príncipe, ficou aflito por encontrá-lo vazio. Não havia sinal de Gen. Parrish franziu o cenho; havia limites para a leniência. Jogar era uma coisa, mas, se os aposentos do príncipe fossem vistos desprotegidos, o capitão ficaria furioso.

As cartas ainda estavam sobre a mesa, e Parrish começou a recolhê-las quando ouviu uma voz masculina nos aposentos do príncipe e se deteve. Não era algo estranho de se ouvir naqueles cômodos uma vez que Rhy gostava de entreter convidados, tanto as que desfilavam vestidos quanto aqueles que usavam calças (o príncipe real não fazia segredo de seus gostos variados, e não era da alçada de Parrish questionar suas inclinações).

Mas Parrish reconheceu imediatamente a voz; não pertencia a uma das conquistas de Rhy. As palavras eram ditas em inglês, porém marcadas por um sotaque, os sons mais ásperos do que os de uma língua arnesiana.

A voz era como uma sombra na floresta à noite. Calma, escura e fria.

Pertencia a Holland. O *Antari* que vinha de longe.

Parrish empalideceu. Ele idolatrava o mestre Kell, um fato com que Gen o atormentava diariamente, mas Holland o aterrorizava. Não sabia se era a monotonia de sua voz, sua aparência estranhamente pálida ou seus olhos assombrados — um preto, evidentemente, e o outro de um verde leitoso. Ou talvez fosse porque parecia ser feito mais de água e pedras do que de carne, osso e alma. Fosse o que ele fosse, o *Antari* estrangeiro sempre lhe dera arrepios.

Alguns guardas o chamavam de *Hollow* pelas costas, a palavra em inglês que significava "vazio". Algo que Parrish nunca se atrevera a fazer.

"Qual é o problema?", provocava Gen. "Não é como se ele pudesse escutá-lo através dos muros entre os mundos."

"Você não sabe", respondia Parrish sussurrando. "Talvez ele possa."

E agora Holland estava nos aposentos de Rhy. Ele deveria estar ali? Quem o deixara entrar?

*Onde* estava *Gen*?, indagou Parrish ao tomar seu lugar em frente à porta. Ele não pretendia entreouvir, mas havia uma brecha estreita entre os lados direito e esquerdo da porta, e, ao virar ligeiramente a cabeça, a conversa ficou audível através da fenda.

— Perdoe-me a intromissão — soou a voz de Holland, firme e grave.

— De forma alguma — respondeu Rhy casualmente. — Mas que assuntos o trazem a mim e não a meu pai?

— Meus assuntos com seu pai já foram resolvidos — disse Holland. — Venho a você para algo diferente.

As bochechas de Parrish enrubesceram com o tom sedutor de Holland. Talvez fosse melhor abandonar seu posto do que bisbilhotar, mas ele manteve sua posição e ouviu Rhy cair sobre uma almofada.

— E o que seria? — perguntou o príncipe, retribuindo o flerte.

— Seu aniversário está se aproximando, não?

— Está próximo — respondeu Rhy. — Você deveria vir às celebrações, caso seu rei e sua rainha permitam.

— Receio que não o farão -— afirmou Holland. — Mas meu rei e minha rainha são a razão de minha visita. Eles me ordenaram que lhe trouxesse um presente.

Parrish pôde ouvir a hesitação de Rhy.

— Holland — falou, o som de almofadas se deslocando enquanto ele sentava-se direito —, você conhece as leis. Não posso aceitar...

— Conheço as leis, jovem príncipe — apaziguou-o Holland. — Quanto ao presente, eu o escolhi aqui em sua própria cidade, em nome de meus mestres.

Houve uma longa pausa seguida pelo som de Rhy se levantando.

— Muito bem — disse ele. Parrish ouviu o ruído de um pacote sendo entregue e depois aberto. — Para que serve? — perguntou o príncipe após uma pausa silenciosa.

Holland emitiu um ruído, algo entre uma risada e uma gargalhada. E nenhuma das duas coisas era algo que Parrish houvesse testemunhado antes.

— Para dar força — afirmou o *Antari*.

Rhy começou a dizer algo, mas no mesmo instante os relógios começaram a badalar pelo palácio marcando a hora e encobrindo o que foi dito entre o *Antari* e o príncipe. Os sinos ainda estavam ecoando pelo corredor quando a porta se abriu e Holland saiu, seus olhos de duas cores pousando instantaneamente em Parrish.

Holland fechou a porta e avaliou o guarda real com um suspiro resignado. Correu os dedos pelo cabelo cor de carvão.

— É só mandar embora um guarda — disse quase para si mesmo — que outro assume seu lugar.

Antes que Parrish pudesse pensar em uma resposta, o *Antari* pegou uma moeda do bolso e a atirou no ar em direção a ele.

— Eu não estive aqui — afirmou Holland enquanto a moeda subia e caía.

No momento em que tocou a palma da mão de Parrish, ele já estava sozinho no corredor, olhando para o pequeno disco e se perguntando como aquilo tinha parado ali, certo de que estava esquecendo algo. Apertou a moeda no punho cerrado como se assim pudesse capturar a memória que lhe escorria pelos dedos, e retê-la.

Mas ela já havia desaparecido.

# II

Mesmo à noite, o rio resplandecia vermelho.

Quando Kell passou da margem de uma Londres à margem de outra, o preto lustroso do Tâmisa deu lugar à luminosidade cálida e constante do Atol. Cintilava como uma joia, iluminado por dentro, uma faixa de luz constante emanando pela Londres Vermelha. Uma fonte.

Uma veia de poder. Uma artéria.

Alguns pensavam que a magia provinha da mente, outros, da alma, ou do coração, ou da força de vontade.

Mas Kell sabia que vinha do sangue.

O sangue era a manifestação da magia. Ali ela prosperava. E ali envenenava. Kell vira o que acontecia quando seu poder lutava com o corpo, observara-a enegrecer as veias de homens corrompidos e transformar seu sangue carmim em preto. Se o vermelho era a cor da magia em equilíbrio, da harmonia entre o poder e a humanidade, o preto era a cor da magia desequilibrada, desordenada e sem limites.

Como era um *Antari*, Kell era feito de ambos, equilíbrio e caos; o sangue em suas veias, como o Atol da Londres Vermelha, circulava num tom vermelho cintilante e saudável, ao passo que seu olho direito tinha a cor de nanquim derramado, um preto reluzente.

Ele queria acreditar que sua força vinha apenas do seu sangue, mas não podia ignorar a marca preta de magia que desfigurava seu semblante. Fitava-o em cada espelho e em cada par de olhos comuns que se arregalavam em reverência ou de medo. Zumbia em seu crânio todas as vezes que ele conjurava o poder.

Mas seu sangue nunca enegrecia. Corria leal e vermelho. Exatamente como o Atol.

Pairando sobre o rio em uma ponte de vidro, bronze e pedra, erguia-se o palácio real. Era conhecido como Soner Rast. O "Coração Pulsante" da cidade. Seus pináculos encurvados cintilavam como contas de luz.

Pessoas aglomeravam-se dia e noite no palácio do rio, algumas para resolver disputas com a ajuda do rei ou da rainha, mas muitas simplesmente para estar perto do Atol que corria logo abaixo. Acadêmicos iam à margem estudar a fonte da magia, e magos iam com a esperança de sorver sua força, enquanto visitantes da zona rural arnesiana queriam apenas observar o palácio e o rio e colocar flores (de lírios a prímulas, de azaleias a crisântemos) por toda a sua margem.

Kell se demorou sob a sombra da loja que ficava na margem oposta à estrada que ladeava o rio e fitou o palácio, que parecia um permanente sol nascente sobre a cidade. E, por um momento, ele o vislumbrou da forma como os visitantes deviam enxergá-lo. Com admiração.

Então, uma fisgada de dor percorreu seu braço e ele voltou a si. Estremeceu, recolocou a moeda de viagem no pescoço e percorreu o caminho em direção ao rio, às margens repletas de vida.

O mercado noturno estava em plena atividade.

Comerciantes em barracas coloridas vendiam mercadorias sob a luminosidade do rio, de lampiões e da lua; comidas e bugigangas, tanto mágicas quanto mundanas, para habitantes locais e peregrinos. Uma jovem segurava uma braçada de lírios para os visitantes depositarem nos degraus do palácio. Um velho senhor exibia dúzias de colares em um braço estendido, cada um adornado com uma pedra polida: amuletos que supostamente aumentavam o controle sobre um elemento.

O perfume sutil das flores era sobrepujado pelo aroma de carne assando e de frutas recém-cortadas, de inúmeras especiarias e de vinho com canela. Um homem com vestes pretas oferecia ameixas cristalizadas ao lado de uma mulher vendendo pedras de clarividência. Um vendedor derramou chá fumegante em pequenos cálices de vidro à frente de outra tenda vibrante que exibia máscaras, e uma terceira oferecia pequenos frascos de água retirada do Atol; o conteúdo ainda brilhava suavemente com sua luminosidade. Todas as noites do ano, o mercado vivia, respirava e prosperava. As barracas mudavam constantemente, porém a energia permanecia, tão pertencente à cidade quanto o rio do qual se alimentava. Kell caminhou nos limites da margem, misturando-se à feira noturna, degustando os sabores e os aromas do ar, o som de risos e de música, a vibração ritmada da magia.

Um mágico de rua fazia truques com fogo para um punhado de crianças, e, quando as chamas irromperam de suas mãos em concha na forma de um dragão, um garotinho tropeçou de surpresa e caiu bem aos pés de Kell, que agarrou a manga da camisa do garoto antes que ele batesse nas pedras do calçamento e o colocou de pé.

O menino estava no meio do resmungo *muitoobrigadosenhordesculpe* quando olhou para cima e vislumbrou o olho preto de Kell por baixo de seu cabelo. E os olhos do próprio garoto, ambos castanhos, arregalaram-se.

— Mathieu — ralhou uma mulher enquanto o menino se livrava da mão de Kell e se escondia atrás da capa da mãe. — Desculpe-me, senhor — pediu ela em arnesiano, balançando a cabeça. — Não sei o que deu... — E então ela viu o rosto de Kell e as palavras morreram. Teve a decência de não virar e fugir como seu filho fizera. Porém, o que ela fez foi muito pior. A mulher curvou-se no meio da rua, tão exageradamente que Kell pensou que ela fosse cair. — *Aven,* Kell — disse sem fôlego.

Seu estômago ficou embrulhado e ele buscou o braço dela, esperando levantá-la antes que alguém percebesse o gesto, mas estava distante e não foi rápido o suficiente.

— Ele não estava... olhando — gaguejou ela, lutando para encontrar as palavras em inglês, o idioma real. Isso apenas fez com que Kell se encolhesse mais.

— Foi minha culpa — falou ele gentilmente em arnesiano, segurando seu cotovelo para levantá-la e encerrar a reverência.

— Ele apenas... ele apenas... não o reconheceu — disse a mulher, nitidamente grata por falarem na língua comum — ... vestido como está.

Kell olhou para si mesmo. Ainda estava trajando a jaqueta marrom e esfiapada da Stone's Throw, em vez de seu uniforme. Não havia esquecido; queria aproveitar o mercado, ainda que por alguns minutos, como um dos peregrinos ou habitantes do lugar. Mas o disfarce chegara ao fim. Ele podia sentir a notícia se espalhando pela multidão, os ânimos se alterando como a maré conforme os clientes da feira noturna percebiam quem estava entre eles.

No momento que soltou o braço da mulher, a multidão já abria caminho para ele, os risos e as exclamações reduzidos a sussurros reverentes. Rhy sabia o que fazer nesses momentos, como alterá-los, como dominá-los.

Kell queria apenas sumir.

Tentou sorrir, mas sabia que pareceria uma careta, então deu boa-noite à mulher e ao menino e seguiu o caminho ao longo da margem do rio, o burburinho de comerciantes e clientes em seu encalço. Não olhou para trás, mas as vozes o seguiram até os degraus cheios de flores do palácio.

Os guardas não deixaram seus postos, cumprimentando-o apenas com um breve meneio de cabeça conforme ele subia as escadas. Ficou grato pela maioria deles não lhe prestar reverências. Apenas o guarda de Rhy, Parrish, pareceu incapaz de resistir, mas ao menos teve a decência de ser discreto. Ao subir os degraus, escapuliu da jaqueta e a revirou da direita para a esquerda. Quando enfiou os braços nas mangas novamente, elas não estavam mais esfarrapadas e sujas de fuligem. Ao contrário: eram graciosas, elegantes, do mesmo vermelho cintilante que o Atol correndo sob o palácio.

Um vermelho reservado para a realeza.

Kell parou no último degrau, abotoando os botões dourados e brilhantes, e entrou.

# III

Ele os encontrou no pátio tomando um chá tardio sob a noite sem nuvens e a copa outonal das árvores.

O rei e a rainha estavam sentados à mesa ao passo que Rhy estava jogado no sofá, divagando novamente sobre seu aniversário e as inúmeras festividades planejadas para comemorá-lo.

— Seu aniversário dura *um dia* — disse o rei Maxim, um homem robusto com ombros largos, olhos brilhantes e uma barba preta, sem levantar o olhar da pilha de papéis que estava lendo —, não *vários dias* e certamente não *semanas*.

— Vinte anos! — retrucou Rhy, balançando a xícara vazia. — Vinte! Alguns dias de celebração não me soam excessivos. — Seus olhos cor de âmbar brilharam maliciosamente. — E, além disso, metade deles é para o povo. Quem sou eu para lhes negar uma festa?

— E a outra metade? — indagou a rainha Emira, seu longo cabelo preto adornado com fitas douradas e arrumado em uma grossa trança às costas.

Rhy exibiu seu sorriso sedutor.

— Você é quem está determinada a encontrar uma pretendente para mim, mãe.

— Sim — afirmou ela, arrumando distraidamente o jogo de chá —, mas prefiro não transformar o palácio num prostíbulo para isso.

— Um prostíbulo, não! — exclamou Rhy, correndo os dedos por seu espesso cabelo preto e desarrumando a coroa de ouro que repousava ali. — É só um jeito eficiente de avaliar os muitos atributos necessários para... Ah, Kell! Kell me apoiará.

— Acho uma ideia horrível — disse Kell, caminhando em direção a eles.

— Traidor! — afrontou Rhy, dissimulado.

— Mas — acrescentou Kell ao aproximar-se da mesa —, ele o fará de qualquer jeito. Então os senhores poderiam fazer a festa aqui no palácio, onde todos podemos mantê-lo longe de problemas. Ou ao menos minimizar os danos.

Rhy sorriu.

— Parece lógico, parece lógico — falou, imitando a voz grave de seu pai.

O rei pôs de lado os papéis que estava segurando e observou Kell.

— Como foi sua viagem?

— Mais longa do que eu gostaria — afirmou ele, revirando seus casacos e bolsos até encontrar a carta do príncipe regente.

— Estávamos começando a ficar preocupados — disse a rainha Emira.

— O rei não estava bem e o príncipe estava pior — falou Kell, oferecendo o bilhete. O rei Maxim o pegou e o colocou de lado sem ler.

— Sente-se — insistiu a rainha. — Você parece pálido.

— Está se sentindo bem? — perguntou o rei.

— Estou, senhor — afirmou Kell, acomodando-se, agradecido, em uma das cadeiras à mesa. — Apenas cansado.

A rainha esticou a mão e tocou o rosto de Kell. Sua pele era mais escura que a dele; a família real possuía uma bela pele negra que, somada aos seus olhos cor de avelã e seus cabelos pretos, lhes dava a aparência de madeira polida. De pele alva e cabelo avermelhado, Kell sentia-se permanentemente deslocado. A rainha afastou algumas mechas de cabelo acobreado do rosto dele. Ela sempre buscava a verdade em seu olho direito, como se fosse uma tábua de divinação, algo para se contemplar e ver através. Mas o que quer que enxergasse, nunca revelava. Kell segurou sua mão e a beijou.

— Estou bem, Majestade. — Ela lhe lançou um olhar exaurido e ele se corrigiu. — Mãe.

Um serviçal surgiu para lhe servir chá, adoçado e guarnecido com hortelã, e Kell demorou-se bebendo e deixando que sua família falasse, sua mente divagando no conforto daquele som.

Quando mal conseguia manter os olhos abertos, pediu licença para se retirar. Rhy levantou-se do sofá com ele. Kell não se surpreendeu. Havia sentido o olhar de Rhy sobre si desde que se sentara. Então, após ambos terem desejado uma boa noite aos pais, Rhy seguiu Kell até o saguão, brincando com a coroa de ouro aninhada em seus cachos pretos.

— O que eu perdi? — perguntou Kell.

— Nada de mais — respondeu Rhy. — Holland fez uma visita. Acabou de sair.

Kell franziu o cenho. As Londres Vermelha e Branca mantinham um contato mais próximo que as Londres Vermelha e Cinza, mas ainda assim sua comunicação obedecia a certa rotina. Holland estava fora de seu cronograma — quase uma semana adiantado.

— O que você trouxe hoje? — indagou Rhy.

— Dor de cabeça — respondeu Kell, esfregando os olhos.

— Você me entendeu — retrucou o príncipe. — O que trouxe por aquela porta?

— Nada além de alguns lins. — Kell abriu os braços. — Pode me revistar se quiser — acrescentou com um sorrido insolente.

Rhy nunca conseguira decifrar os muitos lados do casaco de Kell, e este já estava se virando para o corredor, dando o assunto por encerrado, quando Rhy o surpreendeu ao alcançar seus ombros e não seus bolsos, empurrando-o de costas contra a parede. Com força. Um quadro do rei e da rainha que estava próximo estremeceu, sem cair. Os guardas espalhados pelo corredor olharam para eles, mas não saíram de seus postos.

Kell era um ano mais velho que Rhy, mas com o porte de uma sombra à tarde, alto e magro, ao passo que Rhy tinha a forma de uma estátua e era quase tão forte quanto uma.

— Não minta — advertiu o príncipe. — Não para mim.

Os lábios de Kell enrijeceram. Rhy descobrira dois anos antes. Não o pegara em *flagrante delito*, é óbvio, e sim por um meio muito mais tortuoso. Confiança. Os dois estavam bebendo em uma das muitas sacadas do palácio em uma noite de verão, o brilho do Atol sob eles e o imenso céu acima, quando a verdade escapulira. Kell contara ao irmão sobre as negociações que fazia nas Londres Cinza e Branca, e mesmo na Vermelha; sobre os diversos objetos que contrabandeara. Rhy apenas o encarara, o ouvira. E, quando falou, não foi para repreendê-lo e listar todos os argumentos indicando que o ato era errado ou ilegal. Foi para lhe perguntar *por quê*.

— Não sei — confessara Kell, e era verdade.

Rhy se empertigara, os olhos turvos de tanto beber.

— Nós não cuidamos de você? — perguntara, nitidamente chateado. — Existe alguma coisa que lhe falte?

— Não — respondera Kell, e isso era verdade e mentira na mesma medida.

— Você não é amado? — sussurrara Rhy. — Não foi acolhido como parte da família?

— Mas eu *não sou* parte da família, Rhy — desabafara Kell. — Não sou realmente um Maresh, mesmo que o rei e a rainha tenham me oferecido esse nome. Sinto-me mais uma possessão que um príncipe.

E, com isso, Rhy o socara no rosto.

Por uma semana, Kell tivera dois olhos escuros em vez de um, desfilando com um deles roxo, e nunca mais falara daquela forma, mas o estrago estava feito. Esperava que Rhy estivesse bêbado demais para se lembrar da conversa, mas ele se recordava de tudo. Não contara ao rei ou à rainha, e Kell supôs que ficara lhe devendo essa, mas, a partir dali, toda vez que viajava tinha que aguentar os questionamentos de Rhy. E com isso a lembrança de que o que estava fazendo era insensato e errado.

Rhy soltou os ombros de Kell.

— Por que você insiste em continuar com essas buscas?

— Elas me divertem — respondeu Kell, ajeitando-se.

Rhy balançou a cabeça negativamente.

— Escute, eu fiz vista grossa para sua rebeldia infantil por muito tempo, mas aquelas portas foram fechadas por uma razão — advertiu ele. — Transferência é *traição.*

— São apenas bugigangas — disse Kell, avançando pelo corredor. — Não há perigo real nelas.

— Há perigo suficiente — vociferou Rhy, acompanhando o passo. — Como o que o espera se nossos pais algum dia descobrirem...

— Você contaria a eles? — interpelou Kell.

Rhy suspirou. Kell o observou tentando responder diversas vezes antes de finalmente dizer:

— Eu faria qualquer coisa por você.

Kell sentiu o peito arder.

— Eu sei.

— Você é meu irmão. Meu melhor amigo.

— Eu sei.

— Então ponha um fim nessa tolice, antes que eu o faça

Kell conseguiu abrir um sorriso débil.

— Cuidado, Rhy. Está começando a soar como um rei.

Os lábios do príncipe se abriram num sorriso.

— Um dia, eu serei. E preciso de você ao meu lado.

Kell retribuiu a gentileza.

— Acredite. Não há outro lugar em que eu prefira estar.

E era verdade.

Rhy tocou-lhe o ombro e foi dormir. Kell enfiou as mãos nos bolsos e o observou se afastar. O povo de Londres e dos arredores amava seu príncipe. E por que não deveria? Ele era jovem, bonito e gentil. Talvez encarnasse o papel de libertino vezes demais e bem demais, mas, por trás do sorriso carismático e do ar galanteador, estava uma mente afiada e uma boa índole, além do desejo de fazer todos à sua volta felizes. Seu talento para a magia era pequeno, e sua concentração para praticá-la, menor ainda, mas o que lhe faltava em poder sobrava em encanto. Além disso, se Kell havia aprendido algo em suas viagens à Londres Branca, foi que a magia tornava os governantes piores e não o contrário.

Ele seguiu pelo corredor até os próprios aposentos, onde um par de portas escuras de carvalho se abria para um quarto espaçoso. O brilho vermelho do Atol derramava-se pelas portas abertas de uma sacada privativa, e tapeçarias moviam-se com as correntes de ar, formando ondas que caíam do teto alto. Uma luxuosa cama de dossel com colchão de penas e lençóis de seda o aguardava. Convidava-o. Foi preciso toda a força de vontade de Kell para não desmaiar sobre ela. Em vez disso, ele atravessou o cômodo e entrou em um segundo aposento, menor e abarrotado de livros (uma variedade de tomos sobre magia, incluindo os poucos que conseguira encontrar sobre os *Antari* e seus encantamentos de sangue; por medo, a maioria fora destruída no expurgo da Londres Preta), e fechou a porta atrás de si. Estalou os dedos casualmente, e uma vela empoleirada no canto de uma prateleira incandesceu. À sua luz pôde distinguir diversas marcas atrás da porta. Um triângulo invertido, um conjunto de linhas, um círculo; marcas simples, fáceis o bastante para refazer, mas específicas o suficiente para serem diferenciadas. Portas para diferentes lugares na Londres Vermelha. Seus olhos dirigiram-se para a do meio. Duas linhas cruzadas. O X indica o local, pensou consigo mesmo, pressionando os dedos no corte mais recente em seu braço, ainda úmido com sangue, e então desenhou a marca.

— *As Tascen* — disse, cansado.

A parede cedeu sob seu toque, e a biblioteca particular tornou-se um quartinho apertado, a exuberância tranquila de seus aposentos reais substituída pelo barulho da taverna abaixo dele e da cidade ao redor, muito mais próxima do que estivera um segundo antes.

*Is Kir Ayes* — a Ruby Fields — era o nome pendurado acima da porta da taverna. O lugar era administrado por uma velha senhora de nome Fauna, que possuía o corpo de uma avó, o linguajar de um marinheiro e o temperamento de uma bêbada. Kell fizera um acordo com ela quando ele ainda era jovem (ela já era velha então, sempre velha) e o cômodo no alto da escada tornou-se dele.

O quarto em si era rude, gasto e demasiadamente pequeno, mas era todo seu, só seu. Um feitiço — não exatamente permitido por lei — marcava a janela e a porta para que ninguém mais pudesse encontrá-lo ou mesmo perceber que existia. À primeira vista, o cômodo parecia praticamente vazio, porém uma inspeção mais cuidadosa revelava que o espaço debaixo da cama estreita e as gavetas da cômoda estavam cheias de caixas. E, nessas caixas, havia tesouros de todas as Londres.

Kell presumiu que também era, ele mesmo, um Colecionador.

Os únicos itens em exibição eram um livro de poesia, uma esfera de vidro cheia de areia preta e um trio de mapas. Os poemas eram de um homem chamado Blake e foram dados a Kell por um Colecionador da Londres Cinza no ano anterior. Sua lombada estava quase completamente desgastada. A esfera de vidro era uma bugiganga da Londres Branca que supostamente mostrava os sonhos da pessoa na areia, porém Kell ainda não a testara.

Os mapas eram um lembrete.

As três telas estavam penduradas uma ao lado da outra, a única decoração das paredes. A distância, poderiam ser tomadas como o *mesmo* mapa — os mesmos contornos do mesmo país insular —, mas, olhando de perto, a palavra *Londres* era a única comum aos três. Londres Cinza. Londres Vermelha. Londres Branca. O mapa da esquerda era da Grã-Bretanha, do Canal da Mancha aos limites da Escócia, todos os aspectos representados em detalhes. Em contraposição, o mapa da direita não continha quase nenhum. O país se chamava Makt e sua capital era dominada pelos impiedosos gêmeos Dane, mas o território ao redor vivia em constante mudança. O mapa do meio era o que Kell conhecia melhor, porque era seu lar. Arnes. O nome do país fora escrito com uma elegante caligrafia ao longo do comprimento da ilha, mas, na verdade, o território de Londres era apenas a ponta do império real.

Três Londres completamente distintas em três países completamente distintos, e Kell era uma das poucas almas vivas a ter visto todas elas. A grande ironia, supôs, era a de nunca ter visto os mundos *além* das cidades. Preso ao serviço de seu rei e da coroa, e mantido constantemente ao alcance, ele nunca havia estado a mais de um dia de distância de uma Londres ou de outra.

A exaustão consumiu Kell assim que se espreguiçou e despiu seu casaco. Revirou os bolsos até encontrar o pacote do Colecionador e o depositou com cuidado na cama, desfazendo o embrulho cautelosamente até expor a pequena caixa de música de prata. As lamparinas do cômodo brilharam mais fortes quando ele segurou a bugiganga no alto, perto da luz, para admirá-la. A dor em seu braço o interrompeu, e Kell deixou a caixa de música de lado, voltando a atenção para a cômoda.

Uma bacia de água e um jogo de jarros aguardavam ali, e Kell enrolou a manga de sua túnica preta e foi cuidar do antebraço. Suas mãos se moveram com destreza e em minutos ele enxaguou a pele e aplicou um bálsamo. Havia um encantamento de sangue para cura — *As Hasari* —, mas não fora feito para que os *Antari* usassem em si mesmos, especialmente para ferimentos pequenos, pois drenava mais energia do que contribuía com a cura. Na realidade, os cortes em seu braço já começavam a se fechar. Os *Antari* curavam-se depressa graças à quantidade de energia circulando em suas veias, e pela manhã as marcas superficiais já teriam desaparecido, deixando apenas pele lisa. Ele estava prestes a desenrolar sua manga quando uma pequena cicatriz reluzente chamou sua atenção. Sempre chamava. Logo abaixo da dobra do cotovelo, as linhas estavam tão borradas que o símbolo era quase ilegível.

*Quase.*

Kell morava no palácio desde os 5 anos. Notara a marca pela primeira vez aos 12. Passara semanas procurando pela runa nas bibliotecas do palácio. *Memória.*

Passou o polegar sobre a cicatriz. Apesar do nome, o símbolo não fora feito para ajudá-lo a lembrar. Seu desígnio era fazer com que esquecesse.

Esquecesse um instante. Um dia. Uma vida. Mas a magia que restringia o corpo ou a mente de alguém não era apenas proibida, era um crime capital. Quem fosse acusado e condenado era destituído de seu poder, um destino que alguns julgavam pior do que a morte em um mundo governado pela magia. E, ainda assim, Kell sustentava a marca de tal feitiço. Pior, suspeitava que fora autorizado pessoalmente pelo rei e pela rainha.

*K.L.*

As iniciais em sua faca. Havia tantas coisas que ele não compreendia — e nunca entenderia — sobre a arma, seu monograma, e sobre a vida associada a ele. (Seriam as letras em inglês? Ou arnesiano? As letras faziam parte de ambos os alfabetos. O L seria a inicial de quê? E o K? Ele nada sabia das letras que tinham composto seu nome — *K.L.* se tornara *Kay-Ell,* e *Kay-Ell* se tornara *Kell.*) Ele era apenas uma criança quando fora trazido ao palácio. Será que a faca sempre havia pertencido a ele? Ou pertencera a seu pai? Um símbolo, algo para levar consigo, algo para ajudá-lo a se lembrar de quem fora? Quem ele *havia* sido? A ausência de memória o consumia. Frequentemente se flagrava encarando o mapa central na parede, imaginando de onde vinha. De quem ele vinha.

Quem quer que fossem, não haviam sido *Antari.* A magia vivia no sangue, mas não na linhagem consanguínea. Não era passada de pai para filho. Escolhia seu próprio caminho e forma. O forte às vezes dava à luz o fraco, e o contrário também acontecia. Dominadores de fogo frequentemente nasciam de magos da água, movedores de terra nasciam de curadores. O poder não podia ser cultivado como uma plantação, destilado através de gerações. Se pudesse, os *Antari* seriam semeados e colhidos. Eram receptáculos ideais, capazes de controlar qualquer elemento, conjurar qualquer feitiço, usar o próprio sangue para comandar o mundo à sua volta. Eram ferramentas e, nas mãos erradas, seriam armas. Talvez a falta de linhagem tenha sido a forma que a natureza encontrou de equilibrar as coisas, de manter a ordem.

Na verdade, ninguém sabia o que levava ao nascimento de um *Antari*. Alguns acreditavam que era obra do acaso, uma jogada de sorte. Outros diziam que os *Antari* eram divinos, destinados a grandes feitos. Alguns acadêmicos, como Tieren, acreditavam que os *Antari* eram fruto da transferência entre os mundos, magias de diferentes tipos interligando-se, e era por isso que estavam se extinguindo. Mas, independentemente das teorias sobre como surgiam, a maioria acreditava que os *Antari* eram sagrados. Escolhidos pela magia ou abençoados por ela, talvez. Mas certamente *marcados* por ela.

Kell levou os dedos inconscientemente até o olho direito.

Qualquer que fosse a teoria escolhida, a certeza era de que os *Antari* se tornavam cada vez mais raros e por isso mais preciosos. Seu talento sempre fora algo cobiçado, mas, agora, sua escassez o tornava algo a ser recolhido, protegido, conservado. Possuído. E mesmo que Rhy não quisesse admitir, Kell pertencia ao acervo imperial.

Ele pegou a caixa de música de prata e girou a pequena manivela de metal.

*Uma bugiganga valiosa,* pensou, *mas ainda assim uma bugiganga.* A música começou, fazendo cócegas em sua mão como um passarinho, mas ele não a largou. Ao contrário, segurou-a firme, as notas sussurrando enquanto ele se recostava na cama estreita e dura e admirava o pequeno e belo dispositivo.

Como ele havia ido parar naquele pedestal? O que acontecera quando seu olho se tornara preto? Teria nascido desse jeito e sido escondido, ou a marca da magia se manifestara depois? Cinco anos. Por cinco anos ele fora o filho de outras pessoas. Teriam se entristecido por deixá-lo partir? Ou o oferecido de bom grado à coroa?

O rei e a rainha se recusavam a contar sobre seu passado, e ele aprendera a parar de fazer perguntas, mas o cansaço sempre vencia suas muralhas e deixava as dúvidas entrarem.

Que vida ele teria esquecido?

A mão de Kell se afastou de sua face enquanto ele se censurava Quanto uma criança de 5 anos teria para lembrar? A pessoa que fora antes de ser levado para o palácio, quem quer que tenha sido, não importava mais.

Aquela pessoa não existia.

A canção da caixa de música esmoreceu e parou, e Kell lhe deu corda novamente e fechou os olhos, deixando a melodia da Londres Cinza e o ar da Londres Vermelha embalarem seu sono.

# TRÊS

# A LADRA CINZA

# I

Lila Bard vivia de acordo com uma regra simples: se valia a pena possuir algo, valia a pena roubá-lo.

Ela segurou o relógio de bolso de prata à fraca luz do poste de iluminação, admirando o metal polido brilhar e imaginando o que significariam as iniciais *L.L.E.* gravadas na parte de trás. Ela o havia furtado de um cavalheiro: um esbarrão desastrado em um meio-fio muito cheio que levara a um rápido pedido de desculpas, uma mão no ombro para desviar a atenção daquela no casaco. Os dedos de Lila não eram apenas rápidos, eram leves. Uma inclinada na cartola e um agradável *boa noite*, e ela era então a nova dona de um relógio. E o cavalheiro seguira seu caminho sem saber de nada.

Ela não se importava com o objeto em si, mas valorizava bastante o que ele poderia lhe comprar: liberdade. Uma liberdade frágil, certamente, mas preferível a uma prisão ou abrigo. Ela deslizou o polegar enluvado sobre o mostrador de cristal do relógio.

— Poderia me informar as horas? — perguntou um homem por sobre seus ombros.

Lila olhou rapidamente para cima. Era um policial.

Sua mão alcançou a aba da cartola, roubada na semana anterior de um condutor de carruagem que cochilava. Ela torceu para que o gesto passasse por um cumprimento e não por um descuido de nervosismo, uma tentativa de esconder o rosto.

— São nove e meia — murmurou com voz grossa, enfiando o relógio no bolso do colete que estava por baixo da capa, com cuidado para que o policial não visse nenhuma das várias armas que cintilavam sob ela. Lila era alta e magra, com um físico que a ajudava a passar por um rapaz, mas apenas a certa distância. Uma inspeção próxima desfaria a ilusão.

Lila sabia que deveria dar meia-volta e ir embora enquanto podia, mas, quando o policial procurou por algo para acender seu cachimbo e nada encontrou, ela pegou um graveto caído na rua. Apoiou a bota na base do poste e esticou o corpo para acender o graveto nas chamas. A luz do lampião iluminou brevemente queixo, lábios, maçãs do rosto, os contornos da face expostas sob a cartola. Uma euforia deliciosa percorreu seu peito, estimulada pela proximidade do perigo, e Lila se perguntou, não pela primeira vez, se havia algo errado com ela. Barron costumava dizer isso, mas Barron era um chato.

*Procurando por problemas*, dizia ele. *Você vai procurar até encontrá-los.*

*São os problemas que procuram*, retrucava ela. *Continuam procurando até encontrar você. É melhor encontrá-los primeiro.*

*Por que você quer morrer?*

*Não quero*, dizia ela. *Só quero viver.*

Lila desceu, o rosto afundando novamente nas sombras da cartola à medida que ela entregava o graveto incandescente ao policial. Ele murmurou um agradecimento e acendeu o cachimbo, tragando e baforando a fumaça algumas vezes, e pareceu pronto para ir embora, mas se deteve. O coração de Lila palpitou nervosamente quando ele a observou de novo, desta vez com mais cautela.

— O senhor deveria ter mais cuidado — disse ele finalmente. — Sozinho à noite. Está sujeito a ser furtado.

— Assaltantes? — perguntou Lila, fazendo de tudo para manter a voz grossa. — Certamente não em Eaton.

— Em Eaton, sim, senhor.

O policial fez que sim com a cabeça e puxou uma folha dobrada do bolso da farda. Lila estendeu a mão e a pegou, apesar de saber à primeira vista o que era. Um cartaz de PROCURADO. Fitou um retrato falado que era pouco mais do que uma silhueta obscura usando uma máscara, na verdade um simples retalho de pano sobre os olhos, e um chapéu de abas largas.

— Tem batido carteiras, furtou inclusive alguns cavalheiros e uma dama a céu aberto. Um problema corriqueiro, é evidente, mas não por estes lados. Um patife bastante audacioso, esse aí.

Lila reprimiu um sorriso. Era verdade. Afanar alguns trocados em South Bank era uma coisa; roubar prata e ouro dos ocupantes de carruagens em Mayfair era bem diferente. Os ladrões eram tolos de se ater às áreas pobres. Os pobres sabiam manter a guarda. Os ricos pavoneavam-se, presumindo que estariam seguros enquanto frequentassem apenas as áreas nobres da cidade. Mas Lila sabia que não havia áreas nobres. Apenas áreas onde as pessoas ficavam espertas e áreas onde as pessoas eram descuidadas, e ela era rápida o bastante para saber em qual agir.

Entregou o papel de volta ao policial e lhe acenou com a cartola.

— Tomarei cuidado com meus bolsos, então.

— Tome, sim — recomendou o policial. — As coisas não são mais como costumavam ser. Nada é...

Ele se afastou lentamente, tragando o cachimbo e murmurando sobre como o mundo estava perto do fim ou algo do tipo. Lila não conseguiu ouvir o resto, por causa do latejar que reverberava em seus ouvidos.

No momento em que o policial saiu do seu campo de visão, Lila suspirou e jogou-se contra o poste de luz, tonta de alívio. Tirou a cartola da cabeça e admirou a máscara e o chapéu de abas largas guardados dentro dela. Sorriu para si mesma. E então recolocou a cartola, afastou-se do poste e dirigiu-se para as docas, assobiando pelo caminho.

# II

O *Sea King* não era tão impressionante como o nome insinuava.

O navio estava pesadamente adernado nas docas, a pintura desgastada pelo sal, o casco de madeira um pouco apodrecido em algumas partes e totalmente em outras. A embarcação parecia estar afundando muito, mas muito devagar no Tâmisa.

A única coisa que parecia manter a nau de pé eram as docas, que não estavam lá em muito bom estado, e Lila imaginou se algum dia o costado do navio e as tábuas do porto simplesmente ruiriam juntos ou se desmantelariam nas águas escuras da baía.

Powell afirmava que o *Sea King* continuava firme como sempre. *Ainda serve para navegar os sete mares,* jurava. Lila achava que ele não servia nem para aguentar o balanço das ondas do porto de Londres.

Ela apoiou uma das botas na rampa e as tábuas rangeram, o som reverberando até parecer que a embarcação inteira reclamava de sua chegada — um protesto que ela ignorou enquanto subia a bordo, afrouxando o nó da capa na garganta.

O corpo de Lila ansiava por uma noite de sono, mas a jovem prosseguiu com seu ritual de todas as noites, atravessando as docas até a proa do navio e fechando os dedos ao redor do timão. A madeira fria sob os dedos, o movimento suave do convés sob os pés, tudo parecia *certo*. Lila Bard sentia em seus ossos que nascera para ser pirata. Tudo que precisava era de um navio em bom estado. E quando tivesse um... Uma brisa roçou em seu casaco e, por um instante, ela se viu longe do porto de Londres, longe de qualquer terra, singrando o mar aberto. Ela fechou os olhos e tentou imaginar o toque da brisa marinha correndo por suas mangas puídas. O pulsar do oceano contra os costados do navio. A emoção da liberdade — da verdadeira liberdade — e da aventura. Ela elevou o queixo enquanto um borrifo imaginário de água salgada fazia-lhe cócegas. Respirou fundo e sorriu com o gosto do ar marinho. Quando abriu os olhos surpreendeu-se ao encontrar o *Sea King* exatamente como antes. Ancorado e morto.

Lila se afastou do parapeito e atravessou o convés. Pela primeira vez naquela noite, enquanto suas botas ecoavam pela madeira, ela se sentiu segura. Sabia que ali *não era* seguro, sabia que lugar nenhum na cidade era. Nem uma carruagem opulenta em Mayfair, e certamente nem um navio meio apodrecido no lado obscuro das docas, mas sentia um pouco como se fosse. Um lugar familiar... seria isso? Ou talvez apenas escondido. Isso era o mais perto que chegaria da segurança. Sem olhos a observá-la atravessar o convés. Ninguém a vendo descer a escada íngreme que entrava pelos ossos e vísceras do navio. Ninguém a seguindo pelo pequeno corredor frio e úmido ou para dentro da cabine em sua extremidade.

O nó na garganta finalmente se desfez, e Lila tirou a capa dos ombros, atirando-a na cama estreita que ocupava uma das paredes da cabine. A capa caiu esvoaçando na cama, seguida prontamente pela cartola, derramando seus disfarces como joias no tecido preto. Um pequeno aquecedor a carvão ocupava o canto, as brasas mal conseguindo esquentar o cômodo. Lila as atiçou e usou o graveto para acender algumas velas de sebo espalhadas pela cabine. Então tirou as luvas e as jogou na cama junto com o resto. Finalmente tirou o cinto, libertando o coldre e a adaga da cinta de couro. Não eram suas únicas armas, obviamente, mas eram as únicas que se dava ao trabalho de tirar. A faca nada tinha de especial, sendo apenas perversamente afiada, e ela a atirou na cama junto com o resto das coisas descartadas. Mas a pistola era um tesouro, um revólver com mecanismo de pederneira que passara, um ano antes, das mãos de um morto abastado para as dela. Caster — todas as boas armas mereciam um nome — era uma beleza, e ela a depositou com cuidado, de forma quase reverente, na gaveta da escrivaninha.

A euforia da noite esfriara com o passeio pelas docas, o entusiasmo queimado até as cinzas, e Lila acabou se acomodando em uma cadeira. Esta protestou tanto quanto todo o resto do navio, gemendo severamente enquanto ela chutava as botas para cima da escrivaninha, cuja superfície de madeira desgastada estava apinhada de mapas, a maioria enrolada, exceto por um aberto e preso no lugar por pedras ou bugigangas roubadas. Era o seu favorito, aquele mapa, porque nenhum dos lugares estava legendado. Certamente alguém devia saber que tipo de mapa era e aonde levava, mas Lila, não. Para ela, era um mapa para qualquer lugar.

Um grande espelho estava apoiado na escrivaninha, inclinado na parede do casco, as bordas embaçadas e cinzentas. Lila viu seu reflexo no vidro e encolheu-se de leve. Correu os dedos pelo cabelo desgrenhado e escuro que roçava o queixo.

Lila tinha 19 anos.

Dezenove, e cada um de seus anos de vida parecia entalhado nela. Cutucou a pele sob os olhos, repuxou as bochechas, correu um dedo sobre os lábios. Fazia muito tempo que alguém a havia chamado de bonita.

Não que Lila quisesse ser bonita. Beleza não lhe serviria de nada. E Deus sabia que ela não invejava as *damas* com seus espartilhos apertados e saias volumosas, suas risadas em falsete e a forma ridícula como se utilizavam delas. O modo como desmaiavam e se recostavam nos homens, fingindo fraqueza para se deleitar com sua força.

Ela não entendia por que alguém *fingiria* ser fraco.

Lila tentou se imaginar como uma das damas de quem roubara naquela noite. Seria tão fácil se enrolar em tanto tecido, tão fácil tropeçar e ser pega. Então sorriu. Quantas damas haviam flertado com *ela*? Desmaiado, recostado e fingido terem se maravilhado com a força *dela*?

Lila sentiu o peso dos ganhos da noite no bolso.

O suficiente.

Bem feito para elas por fingirem ser fracas. Talvez agora não desmaiassem tão rápido diante de qualquer cartola nem segurassem qualquer mão que lhes fosse oferecida.

Lila tombou a cabeça no encosto da cadeira. Podia ouvir Powell em suas instalações, seguindo a própria rotina noturna de beber, xingar e murmurar histórias para as paredes curvas daquele navio apodrecido. Histórias de lugares que nunca visitara. Donzelas que nunca cortejara. Tesouros que nunca pilhara. Ele era um mentiroso, um beberrão e um tolo, e ela o havia visto ser as três coisas em várias noites na Barren Tide. Porém, ele possuía uma cabine extra da qual ela precisava, e os dois fecharam um acordo. Ela perdia uma parte dos ganhos da noite para pagar pela hospitalidade dele, e, em troca, ele esquecia que estava alugando um quarto para uma criminosa procurada, ainda por cima uma garota.

Powell perambulava em seu próprio quarto. Foi assim por horas, mas Lila estava tão acostumada com o som que este logo desvaneceu entre os outros gemidos, lamentos e murmúrios do velho *Sea King*.

A cabeça de Lila estava começando a pender de sono quando alguém bateu três vezes à sua porta. Bem, alguém bateu duas vezes, mas estava bêbado demais para terminar a terceira, arrastando a mão pela madeira. As botas dela deslizaram da escrivaninha e aterrissaram pesadamente no chão.

— O que é? — perguntou ela, levantando-se no mesmo momento em que a porta se abriu.

Powell estava ali de pé, balançando por causa da bebida e do embalo suave do navio.

— Liiiila — cantou o nome dela. — Liiiiilaaaaaa.

— O quê?

Uma garrafa sacolejou em uma das mãos. Ele estendeu a outra com a palma virada para cima.

— Minha parte.

Lila enfiou a mão no bolso e retirou um punhado de moedas. A maioria estava desgastada, mas algumas peças de prata brilharam no montante, e ela as selecionou e as soltou na palma da mão de Powell. O homem fechou o punho e chacoalhou o dinheiro.

— Não é o suficiente — disse ele enquanto ela devolvia as moedas de cobre ao bolso.

Lila sentiu o relógio de prata no colete, quente contra suas costelas, mas não o pegou. Não soube ao certo por quê. Talvez tivesse gostado do acessório. Ou talvez temesse que, se começasse a ofertar objetos tão valiosos, Powell ficasse mal-acostumado.

— Noite fraca — justificou Lila, cruzando os braços. — Vou compensar a diferença amanhã.

— Você é encrenca — falou Powell arrastadamente.

— É verdade — respondeu ela, exibindo um sorriso. Seu tom era doce, mas seus dentes eram afiados.

— Talvez mais encrenca do que vale a pena — continuou ele. — Certamente mais do que vale hoje.

— Trarei o restante amanhã — respondeu ela, as mãos deslizando para os lados do corpo. — Você está bêbado. Vá para a cama.

Ela começou a se virar, mas Powell agarrou seu cotovelo.

— Eu quero hoje — escarneceu ele.

— Eu disse que não...

A garrafa caiu da outra mão de Powell quando ele forçou Lila contra a escrivaninha, prendendo-a com os quadris.

— Não precisa pagar em moedas — sussurrou ele, desviando os olhos para a parte da frente da camisa dela. — Deve haver um corpo de mulher aqui embaixo em algum lugar.

As mãos dele começaram a procurar, e Lila deu-lhe uma joelhada no estômago, fazendo com que o homem cambaleasse para trás.

— Não devia ter feito isso — rosnou Powell, o rosto vermelho.

Seus dedos tatearam a fivela do cinto. Lila não esperou. Tentou alcançar a pistola na gaveta, mas Powell ergueu a cabeça e agarrou seu pulso, puxando-a para si. Jogou-a de costas na cama estreita, e ela caiu sobre o chapéu, as luvas, a capa e a faca descartada.

Lila procurou pela adaga ao mesmo tempo em que Powell investia sobre ela. Ele agarrou seu joelho enquanto os dedos dela se fechavam sobre a bainha de couro. Quando ele a puxou para si, Lila liberou a lâmina, e, no momento em que Powell agarrou a outra mão dela, Lila tomou impulso, ficando de pé e enfiando a faca em suas vísceras.

E, simples assim, toda a luta cessou naquele quartinho apertado.

Powell encarou desconcertado a lâmina que se projetava de sua barriga, os olhos arregalados e surpresos, e por um instante pareceu que, apesar disso, ele iria seguir com o ataque, mas Lila sabia como usar uma faca, sabia onde cortar para ferir e onde cortar para matar.

Ele a segurou com mais força. E então a soltou. Cambaleou e franziu o cenho, e então seus joelhos cederam.

— Não devia ter feito isso — ecoou Lila, puxando a faca antes que ele caísse.

O corpo de Powell tombou no chão e assim ficou. Lila o encarou por um instante, maravilhando-se com a imobilidade dele, o silêncio perturbado apenas pelas batidas do seu próprio coração e pelo murmúrio da água batendo no casco do navio. Ela cutucou o homem com a ponta da bota.

Morto.

Morto... e fazendo uma lambança.

O sangue estava se espalhando pelas tábuas, enchendo as frestas e pingando nas partes inferiores do navio. Lila precisava tomar providências. *Agora.*

Ela se agachou, limpou a lâmina na camisa de Powell e recuperou a prata dos bolsos dele. Então passou por cima do cadáver, pegou a pistola na gaveta e se vestiu. Quando o cinto já estava de novo em sua cintura e a capa sobre os ombros, ela apanhou do chão a garrafa de uísque. Não se quebrara ao cair. Lila retirou a rolha com os dentes e esvaziou o conteúdo em cima de Powell, embora provavelmente houvesse álcool suficiente em seu organismo para queimar sem mais bebida.

Ela pegou uma vela e estava prestes a derrubá-la no chão quando se lembrou do mapa. Aquele que levava a qualquer lugar. Retirou--o da escrivaninha, escondeu-o embaixo da capa e então, com uma última olhada no cômodo, ateou fogo ao homem morto e ao navio.

Lila ficou parada de pé nas docas e assistiu ao *Sea King* queimar.

Ela o fitou fixamente, o rosto aquecido pelo fogo que dançava em seu queixo e em suas bochechas da mesma forma que a luz do poste perante o oficial de polícia. *É uma pena,* pensou. Ela até gostava do navio apodrecido. Mas não era dela. Não, o dela seria muito melhor.

O *Sea King* gemia conforme as chamas consumiam sua pele e depois seus ossos, e Lila viu o navio morto começar a afundar. Permaneceu ali até ouvir os gritos distantes e o som de botas — tarde demais, sem dúvida, mas vieram assim mesmo.

Então, ela suspirou e partiu em busca de outro lugar para passar a noite.

# III

Barron estava de pé na escada da Stone´s Throw, olhando distraidamente na direção das docas quando Lila apareceu, a cartola e o mapa enfiados debaixo do braço. Quando ela acompanhou o olhar dele, pôde ver um pouco das chamas sobre o topo das construções, a fumaça fantasmagórica contrastando com a noite nebulosa.

Barron fingiu não vê-la a princípio. Ela não podia culpá-lo. Da última vez em que a vira, quase um ano antes, a expulsara por roubar. Não dele, naturalmente. De um cliente. E então ela saíra intempestivamente, amaldiçoando a ele e a sua pequena taverna.

"Aonde você vai, então?", ribombara ele atrás de Lila, como um trovão. Foi o mais próximo que chegara de gritar.

"Encontrar uma aventura", retrucara ela, sem olhar para trás.

Agora ela arrastava as botas pelas pedras da rua. Barron tragou um charuto.

— De volta tão cedo? — disse ele, sem olhar para cima. Ela subiu os degraus e se recostou na porta da taverna. — Já encontrou aventura? Ou ela encontrou você?

Lila não respondeu. Podia ouvir o tilintar de canecas no interior da taverna e a conversa de homens bêbados ficando mais bêbados. Ela odiava aquele som, odiava a maioria das tavernas, mas não a Stone´s Throw. Todas as outras lhe causavam repulsa, *a afastavam*, mas este lugar a arrebatava como a gravidade, com uma atração pequena e constante. Mesmo quando não era sua intenção, ela sempre acabava retornando. Quantas vezes no último ano seus pés a haviam levado de volta àqueles degraus? Por quantas vezes quase entrara ali? Não que Barron precisasse saber disso. Ela o observou inclinar a cabeça para trás e fitar o céu, como se conseguisse enxergar alguma coisa além das nuvens.

— O que aconteceu ao *Sea King*? — perguntou ele.

— Pegou fogo.

Uma palpitação desafiadora de orgulho encheu seu peito quando os olhos dele se arregalaram levemente, surpresos. Ela gostava de surpreender Barron. Não era algo fácil.

— É mesmo? — indagou ele em um tom despreocupado.

— Sabe como é — respondeu Lila, dando de ombros. — Madeira velha queima muito fácil.

Barron lançou-lhe um olhar demorado e então exalou uma baforada de fumaça.

— Powell devia ter sido mais cuidadoso com o brigue.

— Devia — retrucou Lila. E brincou com a aba da cartola.

— Você está cheirando a fumaça.

— Preciso alugar um quarto. — As palavras entalaram na garganta dela.

— Que engraçado — disse Barron, tragando mais um pouco. — Eu me lembro perfeitamente de você sugerindo que eu pegasse minha taverna e seus muitos, ainda que modestos, cômodos e enfiasse cada um deles...

— As coisas mudam — falou ela, pegando o charuto da boca dele e o tragando.

Ele a examinou à luz do lampião.

— Você está bem?

Lila examinou a fumaça que saía de seus lábios.

— Estou sempre bem.

Ela lhe devolveu o charuto e tirou o relógio de bolso de prata do bolso do colete. Estava quente e agradável ao toque, e ela não sabia por que gostava tanto dele, mas gostava. Talvez porque representasse uma escolha. Roubá-lo fora uma escolha. Guardá-lo para si, também. E talvez a escolha tivesse começado por acaso, mas havia algo nela. Talvez o tivesse mantido por uma razão. Ou talvez tivesse sido para aquilo. Ela o estendeu para Barron:

— Isto pagaria por algumas noites?

O dono da Stone's Throw examinou o relógio. Então estendeu a mão e fechou os dedos de Lila sobre o objeto.

— Fique com ele — falou em tom casual. — Sei que você é boa pagadora.

Lila guardou a bugiganga de novo no bolso, aliviada, e percebeu que estava de volta à estaca zero. Bem, quase zero. Uma cartola, um mapa para qualquer lugar, ou lugar nenhum, um punhado de facas, uma pistola, algumas moedas e um relógio de prata.

Barron abriu a porta, mas, quando ela se virou para entrar, ele bloqueou seu caminho.

— Ninguém aqui é alvo. Entendeu?

Lila fez que sim com a cabeça, de um jeito tenso.

— Não vou ficar por muito tempo — afirmou ela. — Só até a poeira baixar.

O som de um copo quebrando chegou até eles através da porta, e Barron suspirou e entrou, falando sobre o ombro:

— Bem-vinda de volta.

Lila suspirou e olhou para cima, não para o céu, mas para as janelas superiores da pequena taverna enfadonha. Estava longe de ser um navio pirata, um lugar para a liberdade e a aventura.

*Só até a poeira baixar*, repetiu ela para si mesma.

Talvez não fosse tão ruim. Afinal, ela não havia voltado à Stone's Throw com o rabo entre as pernas. Estava se escondendo. Era um homem procurado. Ela sorriu com a ironia do termo.

Um papel estava fixado no poste ao lado da porta. Era o mesmo aviso que o policial havia lhe mostrado, e Lila sorriu para a figura com chapéu de abas largas e máscara olhando para ela abaixo da palavra PROCURADO. *O Ladrão das Sombras*, era como a chamavam. Desenharam-na ainda mais alta e mais magra do que realmente era; esticaram-na em um espectro, vestido de preto e assustador. Algo saído de contos de fadas. E de lendas.

Lila deu uma piscadela para a sombra e entrou.

# QUATRO

# O TRONO BRANCO

# I

— Talvez devesse ser um baile de máscaras.

— Concentre-se.

— Ou um baile à fantasia. Algo com um pouco de ousadia.

— Vamos, Rhy. Preste atenção.

O príncipe estava sentado em uma cadeira de encosto alto, as botas de fivela de ouro apoiadas sobre a mesa, rolando uma esfera de vidro nas mãos. O orbe integrava uma versão maior e mais complexa do jogo que Kell havia permutado na Stone's Throw. No lugar de pedras, poças de água ou montinhos de areia aninhados no pequeno tabuleiro, havia cinco esferas de vidro, cada uma contendo um elemento. Quatro permaneciam apoiadas no baú de madeira escura sobre a mesa, seu interior forrado com seda e suas bordas folheadas a ouro. A que estava nas mãos de Rhy continha um punhado de terra, que balançava de um lado para o outro com o movimento de seus dedos.

— Fantasias com camadas que possam ser despidas... — prosseguiu o príncipe.

Kell suspirou.

— Podemos todos começar a noite em trajes completos e terminar em...

— Você nem ao menos está tentando.

Rhy resmungou. Suas botas bateram no chão com um baque quando ele se endireitou e levantou a esfera à sua frente.

— Está bem — disse. — Observe minha proeza mágica.

Rhy olhou de soslaio para a terra presa na esfera e, tentando se concentrar, falou baixinho com ela, sussurrando em inglês. Mas a terra não se moveu. Kell viu uma ruga aparecer no meio da testa de Rhy conforme ele focalizava, sussurrava e esperava, ficando cada vez mais irritado. Por fim, a terra deslocou-se (embora sem entusiasmo) dentro do vidro.

— Consegui! — exclamou Rhy.

— Você sacudiu — afirmou Kell.

— Eu não ousaria!

— Tente de novo.

Rhy emitiu um som de desalento ao mesmo tempo em que desabava em sua cadeira.

— Santo, Kell. O que há de errado comigo?

— Não há nada de errado — falou Kell.

— Eu falo onze línguas — disse Rhy. — Algumas de países em que nunca estive, e é provável que nem visite, e ainda assim não consigo persuadir um torrão de terra a se mover ou uma gota de água a se elevar de sua poça. — Seu mau humor veio à tona. — É enlouquecedor! — rosnou ele. — Por que minha língua não consegue aprender o idioma da magia?

— Porque você não pode seduzir os elementos com seu charme, seu sorriso ou seu status — respondeu Kell.

— Eles me desrespeitam — disse Rhy com um sorriso árido.

— A terra sob seus pés não liga se você será rei. Nem a água em seu cálice. Nem o ar que você respira. Deve falar com eles de igual para igual, ou, ainda melhor, suplicando.

Rhy suspirou e esfregou os olhos.

— Eu sei. Eu sei. Só gostaria... — Mas desistiu de falar.

Kell franziu o cenho. O príncipe parecia realmente chateado.

— Gostaria de quê?

O olhar de Rhy se elevou até o de Kell, o dourado pálido brilhando mesmo quando um muro se erguia por trás deles.

— Gostaria de uma bebida — disse ele, encerrando o assunto. Levantou-se de sua cadeira e atravessou o cômodo para se servir de um aparador encostado na parede. — Eu realmente tento, Kell. Quero ser bom, ou pelo menos melhor. Mas nem todos podem ser... — Rhy tomou um gole e acenou com a mão para o irmão.

Ele presumiu que a palavra que Rhy buscava era *Antari*. A palavra que disse foi:

— *Você*.

— O que posso dizer? — retrucou Kell, passando a mão pelos cabelos. — Eu sou único.

— Na verdade, existem dois de vocês — corrigiu Rhy.

Kell fechou o rosto.

— Estava para lhe perguntar: o que Holland queria aqui?

Rhy deu de ombros e olhou para o baú de elementos.

— A mesma coisa de sempre. Entregar correspondência.

Kell avaliou o príncipe. Algo estava errado. Rhy era conhecido por ficar inquieto quando mentia, e Kell o viu transferir o peso de um pé para o outro e tamborilar os dedos na tampa aberta do baú. Mas, em vez de insistir no assunto, Kell deixou passar e resolveu escolher outra esfera de vidro do baú, desta vez contendo água. Ele a equilibrou na palma da mão, os dedos abertos.

— Você está exagerando no esforço que faz. — Kell mandou a água no vidro se mexer, e ela se mexeu, primeiro espiralando devagar dentro do orbe, depois mais rápida e concentrada, criando um pequeno e contido ciclone.

— Porque é difícil demais — afirmou Rhy. — Só porque *você* faz parecer fácil, não quer dizer que realmente seja.

Kell não contaria a Rhy que ele nem precisava falar para que a água se movesse. Podia simplesmente pensar nas palavras, senti-las, e o elemento ouvia e respondia. O que fluía pela água, assim como pela areia, pela terra, e por todo o resto, fluía por ele também, e Kell era capaz de comandá-lo como se fosse um dos seus membros. A única exceção era o sangue. Apesar de fluir tão prontamente como o resto, o sangue em si não obedecia às leis dos elementos: não podia ser manipulado, comandado a se mover ou forçado a se paralisar. O sangue tinha vontade própria, e era preciso se dirigir a ele não como um objeto, mas de igual para igual, como um adversário. Era por isso que os *Antari* se destacavam. Por dominar não apenas os elementos, mas o sangue. Se a invocação de elementos era projetada para apenas ajudar a mente a se concentrar, a encontrar a sincronia pessoal com a magia (era meditativo, tanto um canto quanto uma convocação), os comandos de sangue dos *Antari* eram, como o próprio termo sugeria, *comandos*. As palavras que Kell pronunciava para abrir portas ou curar feridas com seu sangue eram *ordens*. E elas tinham que ser proferidas para serem obedecidas.

— Como é? — perguntou Rhy, do nada.

Kell desviou sua atenção do vidro, mas a água continuou girando no interior.

— Como é o quê?

— Ser capaz de viajar. De ver outras Londres. Como *elas* são?

Kell hesitou. Havia uma tábua de divinação pendurada na parede. Diferentemente dos lisos painéis pretos de ardósia que transmitiam mensagens através da cidade, a tábua servia a um propósito diferente. Em vez de pedra, era uma poça rasa de água parada, encantada para projetar as ideias, memórias e imagens de alguém direto de sua mente para a superfície da água. Era utilizada para reflexão, sim, mas também para compartilhar os pensamentos com outros, para ajudar quando as palavras falhavam em descrevê-los ou simplesmente não eram suficientes.

Com a tábua, Kell poderia mostrar a ele. Deixar que Rhy visse as outras Londres que ele vira. Uma parte egoísta de Kell gostaria de dividir isso com seu irmão para que não se sentisse tão sozinho, para que alguém mais visse e soubesse. Mas o problema, Kell descobrira, é que as pessoas não queriam *realmente* saber. Elas achavam que sim, mas a descoberta apenas as tornava extremamente infelizes. Por que encher a cabeça com coisas às quais você não pode ter acesso? Por que se apegar a lugares que não pode visitar? Que bem faria a Rhy saber que, mesmo com todos os privilégios concedidos por seus status real, jamais poderia pisar em outra Londres?

— Não são nada de mais — respondeu Kell, devolvendo a esfera para o baú.

Assim que seus dedos deixaram a esfera, o ciclone se desfez, e a água oscilou até parar completamente. Antes que Rhy pudesse perguntar mais alguma coisa, Kell apontou para o vidro nas mãos do príncipe e lhe disse para tentar novamente.

Rhy tentou mover a terra de novo e falhou de novo. Emitiu um som de frustração e derrubou a esfera, que rolou pela mesa.

— Eu sou um fracasso nisso, e ambos sabemos.

Kell pegou o globo de vidro quando chegou à borda da mesa, e a rolou de volta.

— Pratique — recomendou.

— Praticar não fará diferença alguma.

— O seu problema, Rhy — repreendeu Kell —, é que você não quer aprender magia só por aprender. Você quer aprender porque acha que atrairá pessoas para sua cama.

Os lábios de Rhy se contorceram.

— Não vejo qual o *problema* nisso — retrucou. — E atrairia. Notei o modo como garotas e garotos se derretem pelo seu olho preto, Kell. — Ele se levantou. — Esqueça a aula. Estou de mau humor para aprender. Vamos sair.

— Para quê? — perguntou Kell. — Para você usar a *minha* magia para atrair pessoas para a *sua* cama?

— Uma boa ideia — disse Rhy. — Mas não. Temos que sair, veja bem, porque estamos em uma missão.

— Ah, é? — indagou Kell.

— Sim. Porque, a menos que você planeje se casar comigo, e, não me interprete mal, acho que faríamos um par deslumbrante, eu preciso tentar encontrar uma companheira.

— E você acha que encontrará uma perambulando pela cidade?

— Santo, não! — disse Rhy com um sorriso torto. — Mas sabe-se lá a diversão que encontrarei enquanto procuro e não encontro.

Kell revirou os olhos e guardou os orbes.

— Vamos prosseguir.

— Acabe logo com isso — choramingou Rhy.

— Já vamos acabar — disse Kell. — Assim que você conseguir conter uma chama.

De todos os elementos, o fogo era o único com o qual Rhy demonstrara... bem, *talento* era uma palavra forte demais, mas talvez certa *habilidade*. Kell esvaziou a mesa de madeira e colocou um prato fundo de metal diante do príncipe, junto com um pedaço de giz branco, um frasco de óleo e um estranho dispositivo composto por um par de peças de madeira enegrecida cruzadas com uma articulação no centro. Rhy suspirou e desenhou um círculo de contenção na mesa, em volta do prato, usando o giz. Então esvaziou o conteúdo do frasco no prato. O óleo concentrou-se no centro, formando uma poça aproximadamente do tamanho de uma moeda de dez lins. Por fim, ele levantou o dispositivo, que cabia facilmente na palma de sua mão. Era um acendedor de fogo. Quando Rhy fechou a mão sobre o objeto e o apertou, as duas hastes se esfregaram, a fagulha que produziram caiu da articulação na poça de óleo e a incendiou.

Uma pequena chama azul dançou na superfície da poça do tamanho de uma moeda, e Rhy estalou os nós dos dedos, alongou o pescoço e dobrou as mangas.

— Antes que a chama se apague — incitou Kell.

Rhy o fuzilou com o olhar, mas colocou uma das mãos em cada lado do círculo de contenção de giz, palmas para dentro, e começou a falar com o fogo. Não em inglês, mas em arnesiano. Era um idioma mais fluido e persuasivo, que se aproximava da magia. As palavras vertiam em um sussurro, uma fileira suave e contínua de sons que pareciam tomar forma no cômodo à volta deles.

E, para o espanto de ambos, funcionou. A chama no prato ficou branca e cresceu, envolvendo o que restava do óleo e continuando a queimar sem ele. E se espalhou, cobrindo a superfície do prato e flamejando no ar diante do rosto de Rhy.

— Veja! — exclamou Rhy, apontando para a chama. — Veja, eu consegui!

E conseguira. Porém, mesmo após parar de falar com a chama, ela continuava crescendo.

— Não perca a concentração — indicou Kell conforme a espiral de fogo branco se alastrava, lambendo as bordas do círculo de giz.

— O quê? — desafiou Rhy enquanto o fogo se contorcia e pressionava contra o círculo de contenção. — Nenhum elogio? — Ele tirou os olhos do fogo e fitou Kell, seus dedos roçando na mesa conforme se movia. — Nem mesmo um...

— *Rhy* — preveniu Kell, mas era tarde demais.

A mão de Rhy tocou de leve o círculo, borrando a linha de giz. O fogo se libertou e se alastrou pela mesa, rápido e quente. Rhy quase caiu de sua cadeira ao tentar sair do caminho.

Com um único movimento, Kell alcançou sua faca, arrastou-a pela palma de sua mão e a pressionou ensanguentada no tampo da mesa.

— *As Anasae* — ordenou. *Dispersar.*

O fogo encantado se extinguiu instantaneamente, desvanecendo no ar. Kell sentiu a cabeça girar.

Rhy ficou parado, sem fôlego.

— Eu sinto muito — disse, culpado. — Sinto muito, eu não deveria ter...

Rhy odiava quando Kell era forçado a utilizar a magia de sangue, porque se sentia responsável (e frequentemente era) pelo sacrifício que isso acarretava. Certa vez ele havia causado a Kell uma dor enorme e nunca se perdoara por isso. Kell pegou um pano e limpou a mão machucada.

— Está tudo bem — disse ele, jogando o tecido em um canto. — Estou bem. Mas acho que terminamos por hoje.

Rhy concordou com a cabeça, trêmulo.

— Eu preciso de outra bebida — afirmou. — Algo forte.

— Concordo — disse Kell com um sorriso cansado.

— Ei! Não vamos ao Aven Stras há séculos! — lembrou Rhy.

— Não podemos ir lá — falou Kell.

O que ele queria dizer era: *Eu não posso deixar você ir lá.* Apesar do nome, o Aven Stras, "Águas Abençoadas", tornara-se infestado pelos tipos mais desagradáveis da cidade.

— Vamos! — exclamou Rhy, já de volta ao seu estado galhofeiro. — Pediremos a Parrish e Gen que nos arranjem uns uniformes e nos disfarçaremos de...

Nesse momento, um homem pigarreou, e tanto Rhy quanto Kell viraram-se e encontraram o rei Maxim parado à porta.

— Senhor — disseram em uníssono.

— Garotos — falou o rei. — Como vão os estudos?

Rhy lançou um olhar sério a Kell, que levantou uma sobrancelha, mas apenas disse:

— Indo. Já acabamos.

— Ótimo — afirmou o rei, mostrando uma carta.

Kell não se dera conta do quanto queria aquela bebida com Rhy até ver o envelope e perceber que não a tomaria. Seu coração ficou pesado, mas ele não permitiu que a emoção transparecesse.

— Preciso que leve uma mensagem — continuou o rei — para nosso vizinho poderoso.

O peito de Kell se apertou com a familiar e estranha mistura de medo e excitação. Eram sentimentos inseparáveis quando se tratava da Londres Branca.

— Certo, senhor — afirmou.

— Holland trouxe uma carta ontem — explicou o rei —, mas não pôde ficar para receber a resposta. Falei a ele que a mandaria por você.

Kell franziu o cenho.

— Espero que tudo esteja bem — disse com cautela.

Raramente conhecia o conteúdo das mensagens reais que carregava, mas, no geral, conseguia captar seu tom. As correspondências com a Londres Cinza tinham recaído para mera formalidade, uma vez que as cidades nada tinham em comum, ao passo que o diálogo com a Branca era constante, complexo e deixava rugas na testa do rei. O "vizinho poderoso" (como o monarca chamava a outra cidade) era um lugar dilacerado pela violência e pelo poder, e o nome ao fim das cartas reais mudava com uma frequência perturbadora. Teria sido fácil pôr um fim à troca de correspondências e deixar a Londres Branca à mercê da própria decadência, mas a coroa vermelha não poderia. Não o faria.

Sentiam-se responsáveis pela cidade agonizante.

E eram.

Afinal, isolar-se fora uma decisão da Londres *Vermelha*, deixando a Londres Branca, que ficava entre a Vermelha e a Preta, encurralada e forçada a lutar sozinha contra a praga, a isolar-se para manter afastada a magia corrompida. Fora uma decisão que por séculos assombrara gerações de reis e rainhas, mas, naquela época, a Londres Branca era poderosa, ainda mais que a Vermelha, e a coroa vermelha ponderara (ou alegara) que esse era o único meio de todos sobreviverem. Estavam tanto certos quanto errados. A Cinza recuara a um silencioso esquecimento. A Vermelha não apenas sobrevivera, mas florescera. Porém, a Branca fora alterada para sempre. A cidade que já fora gloriosa sucumbira ao caos e à dominação. Sangue e cinzas.

— Tudo está tão bem quanto deveria estar — falou o rei ao entregar o bilhete a Kell e então se virar na direção da porta.

Kell moveu-se para segui-lo, mas Rhy segurou seu braço.

— Prometa — murmurou o príncipe baixinho. — Prometa que desta vez voltará de mãos vazias.

Kell hesitou.

— Prometo — disse ele, se perguntando quantas vezes já teria dito essas palavras e quão vazias haviam se tornado.

Porém, enquanto puxava um objeto de prata desbotado de dentro de sua gola, teve a esperança de que desta vez fossem verdadeiras.

# II

Kell atravessou a porta, saiu para o mundo e estremeceu. A Londres Vermelha havia desaparecido e levado o calor consigo; suas botas tocaram as pedras frias e sua respiração condensou no ar diante de seus lábios. Ele ajeitou a jaqueta, a preta com botões prateados, fechando-a por completo.

*Priste ir Essen. Essen ir Priste.*

"Poder no Equilíbrio. Equilíbrio no Poder." Ao mesmo tempo um lema, um mantra e uma oração, as palavras figuravam abaixo do emblema real da Londres Vermelha e eram encontradas tanto em lojas quantos em residências. As pessoas do mundo de Kell acreditavam que a magia não era um recurso infinito nem elementar. Surgira para ser utilizado sem abuso, manejado tanto com reverência quanto com cautela.

A Londres Branca pensava muito diferente.

Ali, a magia não era vista como um igual. Era considerada algo a ser *conquistado. Escravizado. Controlado.* A Londres Preta deixara a magia entrar, assumir o controle e os consumir. Na esteira da queda da cidade, a Londres Branca assumira uma abordagem oposta, buscando controlar o poder de qualquer maneira que conseguisse. *Poder no Equilíbrio* tornara-se *Poder na Dominação.*

E quando o povo lutara para controlar a magia, esta resistira. Contraíra-se em si mesma e se enterrara na terra, fora de alcance. As pessoas arranharam a superfície do mundo, desenterrando qualquer resquício de magia que pudessem agarrar, mas ela estava minguada e cada vez mais franzina, assim como aqueles dispostos a lutar para encontrá-la. A magia parecia determinada a matar seus captores de fome. E, lentamente, estava conseguindo.

Essa batalha tivera um efeito colateral, e fora esse efeito que levara Kell a nomear a Londres Branca de *branca*: cada centímetro da cidade, de dia ou de noite, no verão ou no inverno, exibia a mesma mortalha, como uma fina camada de neve ou cinzas cobrindo tudo. E todos. A magia ali era amarga e má e drenara a vida daquele mundo assim como seu calor e suas cores, dissolvendo tudo e deixando para trás apenas um cadáver pálido e inchado.

Kell pendurou a moeda da Londres Branca, um artefato pesado de ferro, em volta do pescoço e a enfiou sob a gola. O preto vívido de sua jaqueta o destacava contra o pano de fundo desbotado das ruas da cidade, e ele enfiou a mão ensanguentada no bolso antes que a visão daquele vermelho rico estimulasse a imaginação de alguém. O tom perolado da superfície do rio quase congelado — que aqui não se chamava Tâmisa nem Atol, mas Sijlt — espalhava-se atrás dele e à sua volta, o lado norte da cidade estendendo-se no horizonte. À sua frente ficava o lado sul, e diversos quarteirões adiante o castelo cortava o ar com seus pináculos em forma de lâminas, uma magnitude de pedra sobrepujando todas as construções à volta.

Ele não perdeu tempo e foi diretamente para o castelo.

Por ser esguio, Kell tinha o hábito de caminhar com desleixo, mas, ao andar pelas ruas da Londres Branca, ele se endireitava para chegar à altura máxima e mantinha o queixo altivo e os ombros para trás enquanto suas botas ecoavam nos paralelepípedos. Sua postura não era a única coisa a se alterar. Em sua cidade, Kell disfarçava seu poder. Aqui, ele sabia que isso não era o mais indicado. Deixava a magia encher o ar, e o ar faminto a consumia, aquecendo--se em sua pele, contorcendo-se em espirais de névoa. Era um caminho perigoso a percorrer. Ele tinha que mostrar sua força de um jeito contido. Se emanasse pouca magia, seria visto como presa. Se demonstrasse muito poder, seria visto como prêmio.

Em *teoria*, os habitantes da cidade conheciam Kell ou sabiam de sua existência, cientes de que estava sob a proteção da coroa branca. E em *teoria* ninguém seria tolo o bastante para desafiar os gêmeos Dane. Mas a fome — de energia, de vida — fazia algo com as pessoas. Levava *todos* a cometerem ações perigosas.

E então Kell manteve a guarda, observando o sol se pôr enquanto andava, sabendo que a Londres Branca era mais dócil à luz do dia. A cidade mudava à noite. O silêncio anormal e pesado, de fazer prender a respiração, era quebrado e dava lugar ao barulho, a sons de risos, de paixão (que alguns acreditavam ser uma forma de conjurar poder), mas sobretudo de lutas e de morte. Uma cidade de extremos. Emocionante, talvez, mas mortal. A cidade estaria manchada pelo sangue há muito tempo se os assassinos não bebessem tudo.

Com o sol ainda no céu, os pobres e os perdidos demoravam-se à soleira das portas, fitavam a rua do alto de suas janelas e matavam o tempo nas brechas entre as construções. E todos espreitavam Kell conforme ele passava; seus olhares famintos e desolados e suas silhuetas esqueléticas. As roupas tinham a mesma aparência desbotada do restante da cidade. Assim como seus cabelos, seus olhos, suas peles recobertas de marcas. Marcas a ferro e cicatrizes, mutilações feitas no intuito de vincular-se à magia que conseguiam conjurar para seus corpos. Quanto mais fracos eram, mais marcas infligiam em si mesmos, arruinando a carne na tentativa frenética de conter qualquer resquício de poder que tivessem.

Na Londres Vermelha, essas marcas seriam vistas como inferiores, maculando não apenas o corpo, mas a magia ao vincularem-se a ela. Aqui, apenas os fortes podiam se permitir abster-se das marcas, e, mesmo assim, não as encaravam como violações e sim como mero desespero. Porém, mesmo aqueles que não se sujeitavam às marcas dependiam de amuletos e encantamentos (apenas Holland andava sem qualquer joia, exceto pelo broche que o distinguia como servo do trono). A magia não se manifestava de bom grado por aqui. O idioma dos elementos fora abandonado quando eles pararam de ouvi-lo (o único elemento que podia ser conjurado era uma forma pervertida de energia, um filho bastardo do fogo, algo mais sombrio e corrompido). Qualquer magia que *pudesse* ser possuída era arrebatada, forçada a se moldar em amuletos, feitiços e vinculações. Nunca era o bastante, nunca satisfazia.

Mas as pessoas não iam embora.

O poder do Sijlt, mesmo em seu estado semicongelado, os acorrentava à cidade, sua magia sendo a única centelha de calor restante.

E então eles permaneciam e a vida continuava. Aqueles que (ainda) não haviam sido vítimas da sede corrosiva por magia levavam suas vidas trabalhando dia após dia, cuidando dos próprios assuntos e fazendo o melhor para esquecer que seu mundo estava morrendo aos poucos. Muitos se agarravam à crença de que a magia retornaria. Que um governante forte o suficiente poderia forçar o poder de volta às veias do mundo e ressuscitá-lo.

E então esperavam.

Kell se perguntou se a população da Londres Branca realmente acreditava que Astrid e Athos Dane eram fortes o suficiente ou se estava apenas esperando pelo próximo mago a se erguer e derrubá-los. O que alguém acabaria fazendo. Alguém sempre o fazia.

O silêncio se tornou mais pesado quando o castelo apareceu em seu campo de visão. As Londres Cinza e Vermelha tinham palácios para seus governantes.

A Londres Branca tinha uma *fortaleza*.

Um muro alto cercava o castelo, e, entre a abóbada da cidadela e seus muros exteriores, ficava um vasto pátio de pedra, cercando como um fosso a estrutura ameaçadora que transbordava com esculturas de mármore. A lendária Krös Mejkt, a "Floresta de Pedra", não era feita de árvores e sim de estátuas, todas de figuras humanas. Corriam rumores de que nem sempre haviam sido de pedra e que a floresta era na verdade um cemitério, mantido pelos Dane para celebrar aqueles que tinham assassinado e lembrar a todos que cruzavam o muro exterior o que acontecia com traidores na Londres dos gêmeos.

Passando pelo portão de entrada e pelo pátio, Kell aproximou-se dos degraus maciços de pedra. Dez guardas flanqueavam a escadaria da fortaleza, imóveis como as estátuas da floresta. Eram simples marionetes, despidas de tudo pelo rei Athos, exceto do ar em seus pulmões, do sangue em suas veias e dos comandos em seus ouvidos. A visão deles fez Kell estremecer. Na Londres Vermelha, usar magia para controlar, possuir ou vincular o corpo e a mente de outra pessoa era proibido. Aqui era mais um sinal da força de Athos e Astrid, de sua *capacidade*, e portanto de sua *autoridade*, de governar.

Os guardas permaneceram imóveis; apenas seus olhos vazios o seguiram conforme se aproximava e passava pelas portas pesadas. Além delas, mais guardas ocupavam as paredes de uma antessala que culminava em uma abóbada, parados como pedras exceto por seus olhares. Kell atravessou o cômodo e entrou em um segundo corredor que estava vazio. Apenas depois que as portas se fecharam atrás dele, permitiu-se respirar e baixar um pouco a guarda.

— Eu não faria isso ainda — disse uma voz entre as sombras. No instante seguinte, uma silhueta saiu da penumbra. Tochas forravam as paredes, queimando sem nunca se extinguir, e em sua luz bruxuleante Kell viu o homem.

Holland.

A pele do *Antari* era quase desprovida de cor, e o cabelo cor de carvão caía em sua testa, parando logo acima dos olhos. Um deles era de um verde acinzentado, mas o outro era de um preto reluzente. E quando aquele olho encontrou o de Kell, foi como se duas pedras faiscassem uma contra a outra.

— Venho entregar uma carta — falou Kell.

— É mesmo? — disse Holland. — Pensei que tivesse vindo para o chá.

— Bem, isso também, suponho, já que estou aqui.

Os lábios de Holland se retorceram em algo que não era um sorriso.

— Athos ou Astrid? — perguntou ele, como se propusesse um enigma. Mas para enigmas havia respostas corretas, e, no que dizia respeito aos gêmeos Dane, não havia nenhuma. Kell nunca conseguia decidir qual deles preferia encarar. Não confiava nos irmãos, nem juntos e certamente nem quando estavam separados.

— Astrid — escolheu Kell, perguntando a si mesmo se fora a escolha certa.

Holland permaneceu indecifrável; apenas assentiu e mostrou o caminho.

O castelo fora construído como uma igreja (e talvez algum dia tivesse sido uma), seu esqueleto amplo e vazio. O vento soprava nos saguões, e seus passos ecoavam pelas pedras. Bom, os passos de Kell ecoavam. Holland movia-se com a elegância aterrorizante de um predador. Uma meia capa branca recaía sobre seus ombros, ondulando atrás dele conforme andava. Estava presa por uma fivela, um broche circular de prata incrustado com marcações que a distância pareciam mera decoração.

Mas Kell conhecia a história de Holland e da fivela de prata.

Ele não a ouvira da boca do próprio *Antari*, é lógico, mas comprara a verdade de um homem na Scorched Bone, trocara a história toda por um lin da Londres Vermelha alguns anos antes. Não podia entender por que Holland, possivelmente a pessoa mais poderosa da cidade e talvez do mundo, serviria a um par de assassinos glorificados como Astrid e Athos. O próprio Kell havia estado na cidade algumas vezes antes de o último rei cair e vira Holland ao lado do governante como aliado e não como servo. Ele era diferente naquela época, mais novo e arrogante, sim, mas havia outra coisa, algo mais, uma luz em seus olhos. Um *fogo*. E, então, entre uma visita e outra, o fogo morrera, assim como o rei, substituído pelos Dane. Holland permanecera ali ao lado deles, como se nada tivesse mudado. Mas *ele* havia mudado, tornado-se frio e sombrio, e Kell queria saber o que acontecera, o que realmente acontecera.

Então saíra em busca de respostas. E as encontrara, como encontrava a maioria das coisas e a maioria delas o encontrava: na taverna que nunca mudava de lugar, não importando em que cidade estivesse.

Aqui era chamada de Scorched Bone.

O contador da história agarrara-se à moeda como alguém que busca por calor enquanto se debruçava no banco e despejava o conto em maktahn, o gutural idioma nativo da cidade cruel.

"*Ön vejr tök...*", começara a sussurrar. *A história começa...* "Nosso trono não é daqueles que se nasce para assumir. Não é assegurado pelo sangue, mas conquistado através dele. Alguém ceifa seu caminho até o trono e o mantém por quanto tempo conseguir. Um ano, talvez dois, até alguém cair e outro se erguer. Reis vêm e vão. É um ciclo constante. E normalmente é algo simples: os assassinos tomam o lugar dos assassinados. Sete anos atrás, quando o último rei foi morto, muitos tentaram reivindicar a coroa, mas, no final, restaram três. Astrid, Athos e Holland."

Kell arregalara os olhos. Embora soubesse que Holland servira à coroa anterior, não sabia de suas aspirações a se tornar rei. Apesar de fazer sentido; Holland era um *Antari* em um mundo onde o poder significava tudo. Ele teria sido o vencedor óbvio. Ainda assim, os gêmeos Dane provaram ser quase tão poderosos quanto eram impiedosos e ardilosos. E juntos o derrotaram. Mas não o mataram. Em vez disso, eles o *vincularam*.

A princípio, Kell pensara que havia entendido errado. Seu maktahn não era tão impecável quanto seu arnesiano, e ele fizera o homem repetir a palavra. *Vöxt. Vínculo.*

"É aquela fivela", afirmara o homem na Scorched Bone, apontando para o peito. "O círculo de prata."

Era um feitiço de vinculação, explicara ele. E um feitiço das trevas. Feito pelo próprio Athos. O rei tinha o dom incomum de controlar os outros, mas o selo não tornava Holland um escravizado sem arbítrio como os guardas que ocupavam os corredores do castelo. Não o levava a pensar, a sentir ou a querer. Simplesmente o levava a *fazer*.

"O rei pálido é astuto", acrescentara o homem, mexendo nervosamente em sua moeda. "*Terrível*, mas *astuto*."

Holland parou abruptamente e Kell forçou sua mente e seu olhar a voltarem ao corredor do castelo e à porta que agora esperava em frente a eles. Observou quando o *Antari* branco levou a mão à porta, onde um círculo de símbolos estava gravado a fogo na madeira. Arrastou habilmente os dedos sobre eles, tocando quatro em sequência; uma trava se abriu por dentro, e ele conduziu Kell para o cômodo.

O salão do trono era tão imenso e vazio quanto o restante do castelo, porém tinha forma circular e era feito de pedra branca cintilante, desde as paredes arredondadas e as colunas arqueadas do teto até o piso reluzente e os tronos gêmeos na plataforma elevada ao centro. Kell sentiu um calafrio, apesar de o cômodo não estar frio. Apenas *parecia* ser feito de gelo.

Ele sentiu Holland escapulir, mas não desviou sua atenção do trono nem da mulher sentada nele.

Astrid Dane teria se camuflado perfeitamente ali, não fossem suas veias.

Elas se destacavam como linhas escuras nas mãos e têmporas; o restante dela era um estudo em branco. Muitos habitantes da Londres Branca tentavam esconder o fato de estarem desvanecendo, ao cobrir a pele ou ao pintá-la para parecerem mais saudáveis. Não a rainha. Seu cabelo longo e sem cor estava penteado para trás em uma trança, e sua pele de porcelana misturava-se às bordas da túnica. Seu traje inteiro ajustava-se a ela como uma armadura: a gola da blusa era alta e rígida, abrigando o pescoço, e a própria túnica ia do queixo ao pulso e à cintura. Menos por recato, Kell tinha certeza, do que por proteção. Abaixo de um cinto de prata reluzente, ela usava calças ajustadas que se afunilavam em botas de cano alto (dizem que um homem certa vez cuspira nela por se recusar a trajar um vestido; ela decepara os lábios dele). Os únicos pontos de cor eram o azul transparente dos olhos e os verdes e vermelhos dos talismãs pendurados no pescoço, nos pulsos e presos no cabelo.

Astrid refestelara-se em um dos dois tronos, seu corpo longo e delgado parecendo um arame esticado sob as roupas. Delgada, mas longe de ser fraca. Ela brincou com o pingente em seu pescoço, a superfície como vidro fosco e as bordas vermelhas como sangue recém-derramado. Estranho, pensou Kell, ver algo tão resplandecente na Londres Branca.

— Sinto o cheiro de algo doce — disse ela. Estivera fitando o teto. Agora, seus olhos haviam baixado e recaído sobre Kell. — Olá, garoto das flores.

A rainha falava em inglês. Kell sabia que ela não havia estudado o idioma; que ela, assim como Athos, contava na verdade com um encantamento. Em algum lugar de suas roupas muito ajustadas, uma runa de tradução estava marcada na pele. Ao contrário das tatuagens de desespero feitas pelos sedentos de poder, a runa de idiomas era a resposta de um soldado para o problema de um político. A Londres Vermelha tratava o inglês como a marca da alta sociedade, mas a Londres Branca tinha pouco uso para ele. Holland certa vez contara a Kell que essa era uma terra de guerreiros e não de diplomatas. Valorizavam batalhas mais do que salões de baile e não viam valor em uma língua que seu povo não compreendia. Em vez de gastar anos aprendendo o idioma comum entre os reis, aqueles que se apropriavam do trono simplesmente se apropriavam das runas também.

— Majestade — falou Kell.

A rainha endireitou-se para sentar reta. A indolência de seus movimentos era uma farsa. Astrid Dane era uma serpente, lenta só até o momento do ataque.

— Aproxime-se — ordenou ela. — Deixe-me ver o quanto você cresceu.

— Já estou crescido há algum tempo — retrucou Kell.

Ela arrastou uma unha pelo braço do trono.

— Mas ainda não desvaneceu.

— Ainda não — disse ele, produzindo um sorriso cauteloso.

— Venha até mim — disse ela novamente, estendendo a mão. — Ou irei até você.

Kell não tinha certeza se isso era uma promessa ou uma ameaça, mas, de qualquer forma, ele não tinha escolha, então caminhou em direção ao ninho da serpente.

# III

O chicote estalou no ar, sua ponta bifurcada rasgando a pele das costas do menino. Ele não gritou — Athos gostaria que tivesse gritado —, mas uma arfada de dor assoviou através de seus dentes cerrados.

O garoto estava preso a uma moldura de metal quadrada como se fosse uma mariposa: os braços abertos, cada pulso atado a uma das duas barras verticais que formavam os lados da moldura. A cabeça pendia para a frente, suor e sangue escorrendo pelas linhas de seu rosto e pingando do queixo.

Ele tinha 16 anos e não havia se curvado em reverência.

Athos e Astrid haviam cavalgado pelas ruas da Londres Branca em seus corcéis pálidos, cercados por seus soldados de olhos vazios, saboreando o medo no olhar do povo e, com isso, sua obediência. Joelhos batiam nas pedras do chão. Cabeças curvavam-se humildemente.

Porém, um garoto, que Athos depois descobriu se chamar Beloc (a palavra foi tossida por seus lábios ensanguentados), ficou de pé, a cabeça imperceptivelmente inclinada para a frente. Os olhos da multidão voltaram-se para ele, um murmúrio visceral espalhando-se entre todos: chocados, sim, mas sob isso havia uma admiração que beirava a aprovação. Athos parara seu cavalo e encarara o menino, avaliando seu momento de rebeldia e obstinação juvenil.

Athos também já fora jovem, obviamente. Realizara sua cota de tolices e teimosias. Mas aprendera muitas lições em sua batalha pela coroa branca e muitas mais depois de tomá-la para si. Sabia que a rebeldia, acima de tudo, é como uma erva daninha, algo que deve ser arrancado pela raiz.

Em seu corcel, a irmã observou, com deleite, quando Athos jogou uma moeda para a mãe do garoto, que estava ao lado dele.

— *Öt vosa rijke* — dissera ele. — Pela sua perda.

Naquela noite, os soldados de olhares vazios voltaram, arrombaram a porta da pequena casa de Beloc e o arrastaram chutando, gritando e encapuzado pelas ruas; sua mãe fora contida por um feitiço rabiscado nas paredes de pedra, incapaz de fazer qualquer coisa além de se lamentar.

Os soldados arrastaram o garoto por todo o caminho até o palácio e o atiraram, espancado e ensanguentado, no chão branco reluzente em frente ao trono do monarca.

— Olhem para isso — repreendera Athos. — Vocês o machucaram. — O rei pálido pôs-se de pé e olhou para o garoto. — Essa é a minha função.

O chicote cortou o ar e a carne novamente, e, desta vez, Beloc gritou.

O açoite cascateou da mão de Athos como prata líquida, derramando-se no chão ao lado de sua bota. Ele começou a enrolá-lo em volta da mão.

— Sabe o que eu vejo em você? — Ele dobrou a corda de prata e a guardou em um coldre preso à cintura. — Um fogo.

Beloc cuspiu sangue no chão entre eles. Os lábios de Athos se retorceram. Ele deu um passo à frente, pegou o rosto do garoto pela mandíbula e bateu sua cabeça com força na madeira da moldura em que estava preso. Beloc gemeu de dor, o som abafado pela mão de Athos sobre sua boca. O rei levou os lábios até a orelha do garoto.

— Queima dentro de você — sussurrou perto da bochecha dele. — Mal posso esperar para apagá-lo.

— *Nö kijn avost* — rosnou Beloc quando a mão do rei se afastou. *Não tenho medo de morrer*.

— Acredito em você — disse Athos calmamente. — Mas não vou matá-lo. Apesar de ter certeza — acrescentou ao se virar — que você desejará ter morrido.

Uma mesa de madeira fora colocada ali perto. Sobre ela, um cálice de metal cheio de tinta, e, ao lado, uma lâmina muito afiada. Athos pegou ambos e os levou para perto do corpo imobilizado de Beloc. Ele arregalou os olhos ao entender o que iria acontecer e tentou lutar contra suas amarras, mas elas não cederam.

Athos sorriu.

— Então você já ouviu falar das marcas que faço.

A cidade inteira sabia da predileção — e habilidade — de Athos pelos feitiços de vinculação. Marcas que removiam de alguém sua liberdade, sua identidade, sua alma. Athos demorou-se preparando a faca, deixando o medo do garoto preencher o cômodo conforme mergulhava a lâmina na tinta, recobrindo-a. Havia um sulco por toda a extensão da lâmina, e a tinta o preenchia como se fosse uma caneta. Quando tudo ficou pronto, o rei pálido sacou a faca manchada com gestos sedutoramente lentos, cruéis. Ele sorriu e levou a ponta até o peito arfante do garoto.

— Deixarei que fique com sua mente — falou Athos. — Sabe por quê? — A ponta da lâmina penetrou e Beloc arfou. — Para que eu possa observar a batalha interna se passando em seus olhos todas as vezes que seu corpo obedecer à minha vontade em vez da sua.

Athos pressionou a lâmina e Beloc mordeu os lábios para segurar o grito enquanto a faca entalhava sua pele, descendo pela garganta e passando sobre o coração. Athos sussurrava algo baixo e constante conforme desenhava as linhas do feitiço de vinculação. A pele se abriu e o sangue jorrou, derramando-se na trilha percorrida pela lâmina, mas Athos parecia indiferente, os olhos semicerrados enquanto guiava a faca.

Quando acabou, pôs a faca de lado e se afastou para admirar seu trabalho.

Beloc estava caído sobre as amarras, o peito arfando. Sangue e tinta escorriam de sua pele.

— Levante-se e fique ereto — comandou Athos, cheio de satisfação ao assistir a Beloc tentando resistir, seus músculos estremecendo contra a instrução antes de desistir e arrastar o corpo machucado até se colocar em algo semelhante à postura exigida. O ódio queimava nos olhos do garoto, brilhantes como sempre, mas seu corpo agora pertencia a Athos. — O que é? — perguntou o rei.

A pergunta não foi dirigida ao garoto, mas a Holland, que aparecera na porta. Os olhos do *Antari* percorreram a cena. O sangue, a tinta, o plebeu torturado. Sua expressão um misto de surpresa indiferente e desinteresse. Como se a visão nada significasse para ele.

O que era mentira.

Holland gostava de bancar o insensível, mas Athos sabia que era um ardil. Ele podia fingir torpor, mas não era imune a sensações. À dor.

— *Ös-vo tach*? — indagou Holland, apontando para Beloc. *Está ocupado*?

— Não — respondeu Athos, limpando as mãos em um tecido escuro. — Acho que já terminamos por ora. O que é?

— Ele está aqui.

— Certo — falou Athos, deixando a toalha de lado. Sua capa branca estava pendurada em uma cadeira; ele a pegou e a jogou sobre os ombros em um movimento fluido, fechando a fivela na garganta. — Onde ele está?

— Eu o deixei com sua irmã.

— Bem — disse Athos —, vamos torcer para que não seja tarde demais.

O rei voltou-se para a porta e, ao fazê-lo, viu Holland fitando o garoto preso à moldura de metal.

— O que devo fazer com ele? — perguntou.

— Nada — respondeu Athos. — Ainda estará aqui quando eu voltar.

Holland aquiesceu, mas, antes que pudesse sair, Athos pousou a mão em seu rosto. Holland não se afastou, nem ao menos se retesou ao toque do rei.

— Está com ciúmes? — perguntou Athos. Os olhos de dois tons sustentaram o olhar do rei, o verde e o preto ambos firmes, sem piscar. — O garoto sofreu — acrescentou ele, com suavidade. — Mas não como você. — Aproximou-se mais do *Antari*. — Ninguém sofre tão lindamente como você.

Ali estava, no canto da boca de Holland, na ruga de seu olho. Raiva. Dor. Revolta. Athos sorriu, vitorioso.

— É melhor irmos — disse, afastando a mão. — Antes que Astrid devore inteiro nosso jovem convidado.

# IV

Astrid acenou.

Kell desejou que pudesse deixar a carta na pequena mesa que ficava entre os tronos e ir embora, mantendo distância, mas a rainha pálida estava sentada com a mão estendida para ele.

Ele tirou a carta do rei Maxim do bolso e a ofereceu para ela, mas, quando Astrid esticou o braço para pegá-la, sua mão ultrapassou o papel e se fechou ao redor do pulso de Kell. Ele o puxou instintivamente, mas ela apenas apertou mais forte. Os anéis em seus dedos brilharam, e o ar estalou quando a rainha proferiu uma palavra e um raio dançou pelo braço de Kell, seguido quase instantaneamente de dor. A carta caiu de sua mão quando a magia em seu sangue emergiu, querendo agir, *reagir*, mas ele lutou contra o ímpeto. Era um jogo. O jogo de Astrid. Ela *queria* que Kell lutasse, então ele se controlou para não o fazer, nem mesmo quando o poder dela, a coisa mais perto de um elemento que conseguia conjurar (uma espécie de energia afiada, elétrica e não natural) forçou suas pernas a se dobrarem.

— Gosto de quando se ajoelha — disse ela em um tom de voz ameno, soltando o pulso dele. Kell apertou a mão contra o chão de pedra frio e inspirou, trêmulo. Astrid pegou a carta do chão e a deixou na mesa antes de afundar de novo em seu trono. — Eu deveria pegar você para mim — acrescentou ela, batendo pensativa com um dedo no pingente pendurado perto da garganta.

Kell se pôs de pé devagar. Uma dor lancinante correu por seu braço conforme a energia despertava.

— Por quê? — perguntou ele.

A mão de Astrid se afastou do amuleto.

— Porque não gosto de coisas que não me pertencem — respondeu ela. — Não confio nelas.

— Você confia em *alguma coisa*? — retrucou ele, esfregando o pulso. — Ou mesmo em *alguém*?

A rainha o examinou, seus lábios pálidos curvando nas extremidades.

— Todos os cadáveres em meu chão confiaram em alguém. Agora ando sobre eles para me divertir.

Kell baixou o olhar para o granito sob seus pés. Havia rumores, sem dúvida, sobre os pontos de branco opaco que cravejavam o chão.

Nesse momento, a porta se abriu atrás dele, e Kell virou-se para ver o rei Athos entrando, Holland o seguindo muitos passos atrás. Athos era o reflexo da irmã, apenas um pouco distorcido por seus ombros largos e cabelo mais curto. Mas todo o restante dele, desde a compleição até os músculos rijos e a crueldade lasciva que compartilhavam, era uma réplica exata.

— Ouvi dizer que temos companhia — disse ele alegremente.

— Alteza — falou Kell com uma mesura. — Eu já estava de saída.

— Tão cedo? — disse o rei. — Fique e tome uma bebida.

Kell hesitou. Rejeitar o convite do príncipe regente era uma coisa; recusar o de Athos Dane era completamente diferente.

Athos sorriu diante de sua indecisão.

— Veja como ele se aflige, irmã.

Kell não percebeu que ela havia se levantado do trono até sentir sua presença ao lado dele, correndo um dedo pelos botões prateados de sua jaqueta. *Antari* ou não, os Dane faziam-no sentir como um rato na companhia de cobras. Ele se forçou a não fugir do toque da rainha uma segunda vez, para não provocá-la.

— Eu queria ficar com ele para nós, irmão — disse Astrid.

— Receio que nossa coroa vizinha não ficaria satisfeita — falou Athos. — Mas ele ficará para uma bebida. Não é, mestre Kell? — Kell se pegou assentindo lentamente, e Athos abriu um sorriso, os dentes cintilando como pontas de faca. — Esplêndido. — Ele estalou os dedos e um servo apareceu, voltando os olhos mortos para seu mestre. — Uma cadeira — ordenou Athos, e o servo a trouxe e a colocou atrás dos joelhos de Kell antes de se retirar, silencioso como um fantasma.

— Sente-se — comandou Athos.

Kell não se sentou. Ele observou o rei subir no estrado e se aproximar da mesa entre os dois tronos. Nela havia um decantador com um líquido dourado e dois cálices de vidro vazios. Athos levantou um deles, mas não se serviu do decantador. Em vez disso, ele se virou para Holland.

— Venha até aqui.

O outro *Antari* havia recuado até a parede mais distante, sumindo à frente dela mesmo com o cabelo cor de carvão e o preto retinto de seu olho. Agora ele se aproximava com passos lentos e silenciosos. Quando alcançou Athos, o rei estendeu o cálice vazio e disse:

— Corte-se.

O estômago de Kell embrulhou. Os dedos de Holland seguiram em direção à fivela por um instante antes de seguir para o lado exposto de sua meia capa. Ele enrolou a manga, revelando o rendilhado de suas veias e também um emaranhado de cicatrizes. Os *Antari* curavam-se mais rápido que a maioria das pessoas. Os cortes deviam ter sido profundos.

Ele desembainhou a faca do cinto e levou tanto o braço quanto a lâmina sobre o cálice.

— Perdão — disse Kell apressadamente. — Não gosto de sangue. Vossa Majestade se incomodaria se eu pedisse outra bebida?

— Imagine — disse Athos levianamente. — Não me incomodaria de jeito algum.

Kell ainda estava na metade de um trêmulo suspiro de alívio quando Athos voltou a atenção para Holland, que tinha começado a baixar o braço. O rei pálido franziu o cenho.

— Pensei ter mandado se cortar.

Kell se encolheu quando Holland levantou o braço sobre o cálice e deslizou a faca pela própria pele. O corte era superficial, um arranhão, apenas profundo o suficiente para extrair sangue. O líquido jorrou e derramou-se em um filete no cálice.

Athos sorriu e sustentou o olhar de Holland.

— Não temos a noite toda — urgiu o rei. — Pressione a faca mais fundo.

A mandíbula de Holland se contraiu, mas ele fez o que lhe foi mandado. A faca perfurou seu braço profundamente, e o sangue, de um vermelho-escuro bem forte, fluiu para a taça. Quando o cálice estava cheio, Athos o entregou à irmã e correu um dedo pelo rosto de Holland.

— Vá se limpar — disse com um tom de voz gentil, da maneira que um pai falaria a seu filho.

Holland retirou-se, e Kell se deu conta de que, além de não ter se sentado, estava agarrado ao braço da cadeira, e os nós dos dedos estavam brancos. Ele forçou os dedos a soltarem enquanto Athos pegava a segunda taça da mesa e servia o pálido líquido dourado nela.

Ele a segurou para que Kell a visse e então bebeu para mostrar que tanto a taça quanto seu conteúdo eram seguros antes de servir mais uma dose e oferecê-la. O gesto de um homem acostumado a armadilhas.

Kell pegou o cálice e bebeu rápida e sofregamente, num esforço para acalmar os nervos. Assim que o cálice esvaziou, Athos o encheu novamente. A bebida era leve, doce e forte, e desceu suavemente. Enquanto isso, os Dane dividiam sua taça, o sangue de Holland tingindo seus lábios de um vermelho-vivo enquanto bebiam. O poder reside no sangue, pensou Kell enquanto o seu próprio começava a esquentar.

— É impressionante — disse ele, forçando-se a beber o segundo drinque mais devagar que a primeiro.

— O quê? — perguntou Athos, afundando no trono.

Kell acenou para o cálice com o sangue de Holland.

— Que vocês consigam manter suas roupas tão brancas.

Ele terminou o segundo cálice. Astrid riu e lhe serviu o terceiro.

# V

Kell deveria ter parado no primeiro cálice.

Ou no segundo.

Ele achava que havia parado no terceiro, mas não estava inteiramente certo. Não havia sentido os efeitos da bebida até se colocar de pé e o chão de pedra branca inclinar-se perigosamente. Kell sabia que havia sido tolice beber tanto quanto bebera, mas a visão do sangue de Holland havia mexido com ele. Não conseguia tirar a expressão do *Antari* da cabeça, o seu olhar antes de a faca perfurá-lo. A fisionomia de Holland era uma máscara perene de uma calma ameaçadora, mas, por um instante, a ilusão havia se desfeito. E Kell nada fizera. Não tinha pedido, nem mesmo exigido, que Athos desistisse daquilo. De nada adiantaria, mas, ainda assim... Ambos eram *Antari*. Por mero acaso, Holland nascera ali, na impiedosa Londres Branca, e Kell, na vibrante Vermelha. E se seus destinos tivessem sido trocados?

Kell soltou pela boca o ar, que condensou diante de seus lábios. O frio não estava ajudando nem um pouco a clarear sua mente, mas ele sabia que não podia ir para casa, não ainda, não do jeito que estava. Então continuou perambulando pelas ruas da Londres Branca.

O que também era tolice. Imprudência. Ele estava sempre sendo imprudente.

*Por quê?*, ponderou, subitamente com raiva de si mesmo. Por que sempre fazia isso? Sair da segurança para as sombras, para o risco, para o perigo? *Por quê?* Ele ouviu Rhy implorando aquela noite no telhado.

Ele não sabia por quê. Gostaria de saber, mas não sabia. Tudo o que sabia é que gostaria de parar. A raiva se dissipou, deixando algo quente e constante. Ou talvez fosse efeito da bebida.

Era uma boa bebida, o que quer que fosse. Forte. Mas não do tipo que o deixava fraco. Não, não, do tipo forte que o deixava forte. Que fazia seu sangue cantar. Que fazia... Kell levantou o queixo para olhar o céu e quase perdeu o equilíbrio.

Ele precisava se concentrar.

Estava quase certo de que se dirigia na direção do rio. O ar tocava frio em seus lábios, e o céu escurecia. Quando o sol havia se posto? E, no que restava de luz, a cidade começava a se agitar à volta dele. O silêncio quebrava-se em barulho.

— Coisa linda — sussurrou uma idosa em maktahn, da soleira de uma porta. — Pele linda. Ossos lindos.

— Por aqui, mestre — chamou outra.

— Entre aqui.

— Descanse os pés.

— Descanse os ossos.

— Lindos ossos.

— Lindo sangue.

— Beba sua magia.

— Coma sua vida.

— Entre aqui.

Kell tentou se concentrar, mas parecia não conseguir organizar os pensamentos. Assim que conseguia pensar em algo, uma brisa soprava em sua mente e a embaralhava, deixando-o atordoado e um pouco tonto. O perigo formigava nas extremidades de seus sentidos. Ele fechou os olhos, mas todas as vezes que o fazia via o sangue de Holland escorrendo na taça, então se forçou a abri-los e a mantê-los assim.

Ele não pretendia se encaminhar para a taverna. Seus pés deram a partida. Seu corpo o levou. Agora se via encarando a placa acima da porta da Scorched Bone.

Apesar de ser um ponto fixo, a taverna na Londres Branca não tinha a mesma *atmosfera* das outras. Ainda o atraía, mas o ar cheirava a sangue e cinzas, e as pedras da rua eram frias sob suas botas. Perturbavam seu calor. Seu poder. Seus pés tentaram levá-lo para a frente, mas ele comandou que ficassem onde estavam.

*Vá para casa*, pensou Kell.

Rhy estava certo. Nada de bom podia vir dessas transações. Nada bom o bastante. Não valia a pena. As bugigangas que ele negociava não lhe traziam paz. Era apenas um jogo idiota. E já era hora de parar.

Ele se agarrou a essa ideia enquanto puxava a faca da bainha e a levava para perto do antebraço.

— É você — disse uma voz atrás dele.

Kell se virou, guardando novamente a faca.

Uma mulher estava parada na entrada do beco, o rosto escondido pelo capuz de uma capa azul surrada. Se estivessem em qualquer outra Londres, o azul poderia ter sido da cor das safiras ou do mar. Porém, aqui era do tom mais desbotado, como o céu atrás de camadas e camadas de nuvens.

— Eu a conheço? — perguntou ele, olhando de soslaio para a escuridão.

Ela balançou a cabeça negativamente.

— Mas eu o conheço, *Antari*.

— Não, você não me conhece — falou ele com alguma convicção.

— Eu sei o que você *faz*. Quando não está no castelo.

Kell meneou a cabeça.

— Não estou fazendo negócios esta noite.

— Por favor — disse ela, e ele percebeu que a mulher segurava um envelope. — Não quero que me traga nada. — Ela estendeu a carta. — Quero apenas que você *leve* algo.

Kell enrugou a testa. Uma carta? Os mundos foram separados e selados havia séculos. Para *quem* ela poderia estar escrevendo?

— Minha família — falou a mulher, lendo a pergunta em seus olhos. — Muito tempo atrás, quando a Londres Preta caiu e as portas foram lacradas, nós fomos separados. Ao longo de séculos, nossas famílias tentaram manter contato... mas fui a única que restou. Todos os outros daqui estão mortos, e todos os de lá também, exceto um. Olivar. Ele é a única família que tenho e está do outro lado da porta, está morrendo, e eu queria apenas... — Ela apertou a carta contra o peito. — Somos tudo o que restou.

A cabeça de Kell ainda rodava.

— E como foi que você descobriu que Olivar está doente? — perguntou.

— O outro *Antari* — explicou ela, olhando ao redor como se temesse que alguém pudesse ouvir. — Holland. Ele me trouxe uma carta.

Kell não conseguiu imaginar Holland dignando-se a contrabandear *qualquer coisa* entre as Londres, muito menos correspondências entre plebeus.

— Ele não queria — acrescentou a mulher. — Olivar lhe deu tudo o que tinha para comprar a passagem da carta, e ainda assim... — Ela levou a mão ao pescoço como se procurasse um colar e encontrasse apenas pele. — Eu paguei o resto.

Kell franziu o cenho. Isso combinava ainda menos com o comportamento de Holland. Ele não era altruísta, mas Kell duvidava que fosse ganancioso dessa forma; duvidava que desse importância a esse tipo de pagamento. No entanto, todos tinham segredos, e Holland guardava os seus com tanto afinco que Kell foi obrigado a se perguntar o quanto realmente sabia sobre o caráter do *Antari*.

A mulher mostrou a carta novamente.

— *Nijk shöst* — disse ela. — Por favor, mestre Kell.

Ele tentou se concentrar, pensar. Prometera a Rhy... Mas era apenas uma carta. E, tecnicamente, sob as leis decretadas pelas coroas das três Londres, cartas eram uma exceção necessária à regra que proibia as transferências. Evidentemente, as leis se referiam apenas a cartas entre os governantes das coroas, mas, ainda assim...

— Posso lhe pagar adiantado — advertiu ela. — Não precisa voltar para concluir o acordo. Esta é a última e única carta. Por favor.

Ela revirou o bolso e retirou dele um pequeno embrulho de pano e, antes que Kell pudesse dizer que sim ou que não, empurrou a carta e o pagamento nas mãos dele. Uma sensação estranha percorreu seu corpo quando o tecido do embrulho tocou sua pele. E então a mulher começou a se afastar.

Kell baixou os olhos para a carta, com um endereço escrito no envelope, e então para o pacote. Tentou desembrulhá-lo, mas a mulher se aproximou e segurou sua mão.

— Não seja tolo — sussurrou ela, olhando ao redor do beco. — Eles o matarão por uma moeda nestas bandas. — Ela fechou os dedos dele sobre o embrulho. — Não aqui — advertiu. — Mas é o suficiente, eu juro. Precisa ser. — As mãos dela se afastaram. — É tudo que posso dar.

Kell olhou desconfiado para o objeto. O mistério era tentador, mas havia perguntas demais, muitas informações que não faziam sentido, então ele ergueu o olhar e começou a dizer que se recusava...

Mas não havia ninguém ali para ouvir sua recusa.

A mulher se fora.

Kell ficou ali parado, na entrada da Scorched Bone, atordoado. O que tinha acabado de acontecer? Ele finalmente tomara a decisão de não fazer mais negócios, e a transação viera até ele. Olhou para a carta e para o pagamento, o que quer que fosse. E, então, a distância, alguém gritou, e o som despertou Kell para a escuridão e o perigo. Ele enfiou a carta e o embrulho no bolso da jaqueta e deslizou a faca pelo braço, tentando ignorar o terror que jorrou com seu sangue enquanto ele conjurava a porta para casa.

# CINCO

# A PEDRA PRETA

# I

O dinheiro chacoalhava no bolso de Lila conforme ela voltava para a Stone's Throw.

O sol mal havia se posto na cidade, mas ela já conseguira uma quantia razoável. Era arriscado furtar bolsos à luz do dia, especialmente com seu disfarce peculiar, que requeria uma visão turva ou pouca luz, mas Lila precisaria se arriscar se quisesse recomeçar. Um mapa e um relógio de prata não compravam um navio nem eram o começo de uma fortuna.

Além disso, ela gostava do peso das moedas no bolso. Seu tilintar soava como uma promessa. Davam confiança ao seu andar. Um pirata sem navio, era o que ela era, da cabeça aos pés. Mas um dia teria um navio e, então, navegaria para longe e ficaria livre daquela cidade miserável para sempre.

Enquanto Lila percorria os paralelepípedos, começou a elaborar uma lista mental (como frequentemente fazia) de todas as coisas de que precisaria para ser um pirata de verdade. Um par de botas de bom couro apropriadas para o mar, para começar. Uma espada com bainha, é óbvio. Já tinha uma pistola, Caster, linda como era, e suas facas, todas afiadas o suficiente para cortar. Mas todo pirata precisava de uma espada com bainha. Pelo menos aqueles que ela conhecera... e aqueles sobre os quais lera a respeito. Lila nunca tivera muito tempo para ler, mas *sabia* ler. Era uma boa habilidade para uma ladra, e acabara aprendendo rápido; ocasionalmente roubava livros, mas apenas aqueles sobre piratas e aventuras.

Então, um par de botas de boa qualidade, uma espada com bainha. Ah! E um chapéu. Lila possuía o preto de abas largas, mas não era muito vistoso. Não tinha sequer uma pena, um laço ou...

Lila passou por um garoto empoleirado em uma varanda algumas portas antes da Stone's Throw e diminuiu o passo, seus pensamentos se dispersando. O garoto usava roupas esfarrapadas e era magro, tinha metade da sua idade e estava tão sujo quanto uma vassoura de chaminé. Ele estendeu as mãos, as palmas para o céu, e Lila remexeu no próprio bolso. Não sabia o que a levara a fazer isso — talvez o seu bom humor ou o fato de a noite estar apenas começando —, mas deixou cair algumas moedas de cobre nas mãos em forma de concha do menino enquanto passava. Ela não parou, não falou e não recebeu agradecimento, mas o fez mesmo assim.

— Cuidado — disse Barron quando Lila alcançou os degraus da taverna. Ela não o ouvira sair. — Alguém pode pensar que há um coração por baixo disso tudo.

— Nenhum coração — retrucou Lila, puxando a capa para o lado e revelando a pistola no coldre e uma de suas facas. — Só isto.

Barron suspirou e balançou a cabeça, mas ela percebeu a ponta de um sorriso, e, por trás dele, algo como orgulho. Isso a fez se encolher.

— Tem algo para comer? — perguntou ela, cutucando o degrau com sua bota velha.

Ele indicou a porta com um gesto de cabeça, e Lila estava prestes a segui-lo taverna adentro para tomar uma cerveja e uma tigela de sopa (tinha moedas para gastar com isso, se ele as aceitasse), quando ouviu uma briga atrás de si. Ela se virou e viu um punhado de moleques de rua, três, mais novos que ela, agredindo o garoto de roupas esfarrapadas. Um dos moleques era gordo, o outro, muito magro, o terceiro, baixo, e todos obviamente encrenqueiros. Lila observou o mais baixo bloquear o caminho do garoto. O gordo o empurrou contra a parede. O magro arrebatou as moedas das mãos dele. O garoto nem lutou. Apenas olhou para as mãos com um tipo de resignação sofrida. Elas estiveram vazias instantes antes e estavam vazias novamente.

Lila cerrou os punhos enquanto os três bandidos desapareciam por uma rua lateral.

— Lila — advertiu Barron.

Eles não valiam o esforço, Lila sabia. Ela furtava dos ricos por uma razão: eles tinham mais para ser roubado. Aqueles garotos provavelmente nada tinham que valesse a pena pegar além do que já haviam arrebatado do garoto na rua. Algumas moedas das quais Lila obviamente não sentiria falta. Mas essa não era a *questão.*

— Não gosto desse olhar — falou Barron quando ela não entrou.

— Segure o meu chapéu.

Ela colocou a cartola nas mãos dele, ao mesmo tempo pegando e puxando o disfarce que estava guardado ali dentro.

— Eles não valem a pena — disse Barron. — E, caso não tenha notado, eles são três e você é apenas uma.

— Que falta de fé — declarou ela, desdobrando o macio chapéu de abas largas. — Além disso, é uma questão de princípio, Barron.

O dono da taverna suspirou.

— Princípio ou não, Lila, qualquer dia desses você vai acabar sendo morta.

— Você vai sentir minha falta? — perguntou ela.

— Como sentiria de uma coceira — respondeu ele.

Ela lhe lançou o esboço de um sorriso e amarrou a máscara ao redor dos olhos.

— Tome conta do garoto — pediu, puxando a aba do chapéu para esconder o rosto. Barron grunhiu quando ela pulou do degrau em que estava.

— Ei, você. — Ela ouviu Barron chamando o garoto empoleirado na varanda próxima, ainda encarando as mãos vazias. — Venha até aqui...

E então ela se foi.

# II

*Naresk Vas, 7.*

Esse era o endereço escrito no envelope.

Kell estava quase sóbrio e decidira ir direto ao ponto de entrega e acabar logo com aquele acordo peculiar envolvendo a carta. Rhy não precisava saber. Kell inclusive deixaria a bugiganga, o que quer que fosse, em seu quarto na Ruby Fields antes de voltar ao palácio. Então poderia, com a consciência tranquila, retornar de mãos vazias.

Parecia um bom plano, ou pelo menos o melhor entre diversos planos ruins.

Porém, ao chegar à esquina da Otrech com a Naresk e o endereço no papel se tornar visível, Kell desacelerou e parou, então deu dois passos para o lado e mergulhou na sombra mais próxima.

Algo estava errado.

Não de uma forma óbvia, mas sentia sob sua pele, em seus ossos.

*Naresk Vas* parecia vazia, mas não estava.

Esta era a questão quando se tratava de magia. Estava em todos os lugares. Em tudo. Em *todos*. E enquanto fluía como um pulso lento e estável pelo ar e pela terra, batia mais forte nos corpos de coisas vivas. E, se Kell tentasse, se *procurasse*, conseguiria senti-la. Era um sentido, não tão forte como a visão, a audição ou o olfato, mas mesmo assim um sentido, e sua presença agora flutuava até ele das sombras do outro lado da rua.

O que significava que Kell não estava sozinho.

Ele prendeu a respiração e ficou parado no beco, os olhos fixos no endereço do outro lado da rua. E então viu algo se *mover*. Uma figura encapuzada pairava na escuridão entre os números 7 e 9 da *Naresk Vas*. Kell não conseguia enxergar nada nela exceto o brilho de uma arma ao lado do corpo.

Por um segundo, Kell, ainda um pouco abalado por causa de seu encontro com os Dane, pensou que pudesse ser Olivar, o homem para quem se destinava a carta em seu poder. Mas *não poderia* ser Olivar. A mulher dissera que o homem estava morrendo, e ainda que estivesse bem o suficiente para encontrar Kell na rua, não poderia *saber* que o encontraria ali, não quando o próprio havia acabado de aceitar a tarefa. O que significava que não era Olivar. Mas, se não era ele, quem seria?

O perigo formigou na pele de Kell. Ele pegou a carta do bolso, estudando o endereço, então prendeu o fôlego ao quebrar o selo e abriu a carta. Kell teve de se controlar para não dizer um palavrão.

Mesmo no escuro, podia ver que o papel estava em branco.

Nada além de um pedaço de pergaminho dobrado.

Kell botou a cabeça para funcionar. Haviam lhe armado uma cilada.

Se eles, quem quer que fossem, não estavam atrás da carta, então...

*Santo*. A mão de Kell buscou o pacote que ainda estava em seu bolso. O *pagamento*. Quando seus dedos se fecharam sobre o tecido dobrado, aquela estranha sensação subiu novamente por seu braço. O que ele havia aceitado?

O que havia feito?

De repente, a sombra do outro lado da rua olhou para ele.

O papel nas mãos de Kell refletiu a luz da lanterna apenas por um segundo, mas foi o suficiente. A sombra avançou na direção do *Antari*.

E Kell se virou e correu.

# III

Lila seguiu o grupo de bandidos pelas ruas sinuosas de Londres, presumindo que tomariam caminhos diferentes. Barron estava certo, as chances não eram muito boas contra os três juntos, então ela se decidiu por um deles. E, quando os três se transformaram em dois, e os dois por fim se separaram, ela seguiu seu alvo.

Estava atrás do mais magro, o moleque que havia arrebatado as moedas do pele-e-osso nos degraus. Ela se escondia nas sombras enquanto o seguia pelo labirinto de ruas estreitas, as moedas roubadas tilintando no bolso dele, um palito de madeira entre os dentes. Por fim, ele entrou em um beco, e Lila se manteve em seu encalço sem ser ouvida, vista ou notada.

Assim que ficaram sozinhos, ela diminuiu a distância entre eles com um único passo e levou a lâmina à garganta do moleque magricela, pressionando o suficiente para verter algum sangue.

— Esvazie os bolsos — rosnou ela com uma voz rouca.

Ele não se moveu.

— Tá cometendo um erro — disse ele, movendo o palito de madeira na boca.

Ela mudou a pegada para que a faca cravasse um pouco no pescoço dele, na altura da garganta.

— Estou?

Foi então que ela ouviu o som de diferentes passos apressados atrás de si e se abaixou bem a tempo de se desviar de um soco. Outro dos moleques havia aparecido, o baixinho desagradável, uma das mãos gordas fechada e a outra segurando uma barra de metal. E então, um instante depois, o gordo finalmente os alcançou, as faces vermelhas, ofegante.

— É *você* — disse ele, e por um momento Lila achou que o garoto a tinha reconhecido. Então percebeu que reconhecera o retrato falado no cartaz de PROCURADO. — O Ladrão das Sombras.

O magro cuspiu o palito que estivera mastigando e abriu um sorriso.

— Parece que encontramos um prêmio, cavalheiros.

Lila hesitou. Ela sabia que poderia enfrentar um moleque de rua, quem sabe dois, mas três? Talvez, se eles ficassem parados, mas os garotos trocavam de lugar constantemente para que ela não pudesse ver todos de uma vez só. Ouviu o clique de um canivete sendo aberto e o bater da barra de metal contra as pedras da rua. Ela tinha a arma no coldre, a faca na mão e outra na bota, mas não seria rápida o suficiente para dar conta dos três.

— O cartaz dizia vivo ou morto? — perguntou o baixinho.

— Sabe, acho que não entrava nesse detalhe — disse o magro, limpando o sangue do pescoço.

— Acho que dizia morto — acrescentou o gordo.

— Mesmo que diga vivo — argumentou o magro —, acho que não se importarão se estiverem faltando alguns pedaços.

Ele investiu sobre Lila, e ela se esquivou, entrando acidentalmente no alcance do gordo. Ele tentou agarrá-la e ela o cortou, derramando sangue antes que o baixinho a agarrasse. Mas quando ele fechou os braços à volta do tórax dela, Lila sentiu o aperto ficar mais forte.

— O que temos aqui? — sibilou ele. — Nosso garoto é...

Lila não esperou que ele terminasse de falar. Pisou no pé do baixinho com tanta força que ele arquejou e a soltou. Apenas por um segundo, mas foi o suficiente para Lila fazer o que sabia que tinha que fazer, a única coisa que ela *detestava* fazer.

Ela fugiu.

# IV

Kell podia ouvir os passos, primeiro de uma pessoa, depois duas e então três, ou talvez o terceiro ruído fosse somente a pulsação de seu coração enquanto ele corria pelos becos e ruas laterais. Não parou, não respirou até alcançar a Ruby Fields. Fauna, encontrando seu olhar no momento que ele entrou, franziu a sobrancelha grisalha — ele quase nunca entrava pela porta da frente —, mas ela não o deteve nem fez perguntas. Os passos haviam cessado alguns quarteirões atrás, mas ainda assim ele verificou as marcas na escada, enquanto subia para o quarto no topo, e na porta do cômodo: encantamentos vinculados ao prédio, à madeira e à pedra, projetados para manter o quarto escondido de todos os olhos exceto os dele.

Kell fechou a porta e se jogou contra a madeira conforme velas se acendiam pelo cômodo estreito.

Haviam armado uma cilada para ele, mas quem? E pelo *quê*?

Ele não tinha certeza se *queria* saber, mas precisava, então tirou o pacote roubado do bolso. Estava envolvido em um retalho de tecido desbotado cinza, e, quando ele o desembrulhou, uma pedra bruta caiu na palma de sua mão.

Era pequena o bastante para caber em um punho fechado, tão preta quanto o olho direito de Kell, e cantava em sua mão: uma vibração grave e profunda que chamava seu próprio poder como um diapasão, uma forquilha para afinar instrumentos. De igual para igual. Ressonando. Amplificando. O pulso dele se acelerou.

Parte dele queria largar a pedra. A outra parte queria segurá-la com mais força.

Quando Kell a segurou contra a luz das velas, viu que um dos lados estava trincado, como se tivesse sido quebrado, mas o outro era liso, e nessa superfície lisa brilhava um símbolo debilmente.

O coração de Kell deu um solavanco quando ele o viu.

Nunca tinha visto a pedra antes, mas reconhecia a marca.

Estava escrita em um idioma que poucos sabiam falar e menos ainda utilizar. Um idioma que corria em suas veias como seu sangue e que pulsava em seu olho preto.

Um idioma em que ele pensava simplesmente como *Antari.*

Mas o idioma da magia não havia sempre pertencido exclusivamente aos *Antari*. Não, havia histórias. De um tempo em que outros podiam falar diretamente com a magia (mesmo que não a comandassem pelo sangue). De um mundo tão ligado ao poder que todo homem, mulher e criança eram fluentes na língua da magia.

A Londres Preta. O idioma da magia pertencera a eles.

Porém, após a queda da cidade, todas as relíquias haviam sido destruídas. Todos os resquícios em cada um dos mundos, forçosamente apagados como parte da limpeza, do expurgo, um modo de se proteger contra a praga de poder que os havia consumido.

Essa era a razão para não existirem livros escritos em *Antari*. Os poucos textos que ainda existiam eram fragmentos, feitiços coletados e transcritos foneticamente e passados adiante. O idioma original havia sido erradicado.

Ele sentiu calafrios ao vê-lo desenhado como deveria ser, não com letras, e sim em runas.

A única runa que ele conhecia.

Kell possuía um único livro na língua *Antari*, confiado a ele por seu tutor, Tieren. Era um diário de couro cheio de encantamentos de sangue: feitiços que conjuravam luz ou trevas, estimulavam o crescimento e quebravam outros encantamentos. Todos eles transcritos foneticamente e explicados; na capa, porém, havia um símbolo.

"O que significa?", perguntara ele ao tutor.

"É uma palavra", explicara Tieren. "Uma palavra que pertence a todos os mundos e a nenhum. A palavra para *magia*. Refere-se à sua existência e à sua criação..." Tieren encostara um dedo na runa. "Se a magia tivesse um nome, seria este", disse ele, tracejando as linhas do símbolo. "*Vitari.*"

Agora Kell corria o polegar pela runa na pedra, o significado ecoando em sua mente.

*Vitari.*

Naquele momento, passos ecoaram na escada e Kell enrijeceu. Ninguém deveria ser capaz de ver aquela escada, quanto mais subir por ela, mas ele podia ouvir o barulho das botas. Como o haviam seguido até ali?

E foi então que Kell viu o desenho no retalho de tecido desbotado que havia envolvido a pedra e agora estava jogado sobre a cama. Havia símbolos rabiscados por todo o pano. Um feitiço de rastreamento.

*Santo.*

Kell enfiou a pedra no bolso e se atirou pela janela ao mesmo tempo que a pequena porta atrás de si era bruscamente arrombada. Ele se equilibrou no peitoril e pulou, atingindo com força a rua abaixo e rolando para se pôr de pé enquanto os intrusos invadiam seu quarto.

Alguém havia lhe armado uma cilada. Alguém queria que ele trouxesse uma relíquia proibida da Londres Branca para a cidade *dele*.

Uma figura pulou pela janela em seu encalço, e Kell se virou e viu que as sombras o alcançavam. Esperava ver dois deles, mas encontrou apenas um. A figura encapuzada desacelerou e parou.

— Quem é você? — exigiu Kell.

A sombra não lhe respondeu. Caminhou para a frente, pegando a arma em seu quadril, e, na luz fraca do beco, Kell viu um X marcado no dorso daquela mão. A marca de assassinos e traidores. Matadores de aluguel. Mas, quando o homem desembainhou a arma, Kell ficou paralisado. Não era uma adaga enferrujada, mas uma espada curta cintilante, e ele conhecia o símbolo gravado no cabo da lâmina. O cálice e o sol nascente. O emblema da família real. Era a lâmina empunhada pelos soldados da guarda real. E apenas por eles.

— Onde conseguiu isso? — rosnou Kell, a raiva percorrendo o seu corpo.

O assassino fechou os dedos sobre a espada, que começou a brilhar intensamente, e Kell enrijeceu. As espadas dos guardas reais não eram apenas belas ou afiadas; eram *encantadas*. O próprio Kell havia ajudado a criar o feitiço que corria pelo metal, um feitiço que anulava o poder de um mago com somente um corte. As lâminas eram projetadas para acabar com os conflitos antes mesmo que estes começassem, para remover a ameaça de retaliação mágica. Por causa de seu potencial e do medo de esse potencial cair nas mãos erradas, os guardas reais eram instruídos a manter a arma com eles o tempo *todo*. Se um deles perdera a espada, provavelmente perdera a vida também.

— *Sarenach* — disse o assassino. *Renda-se.*

O comando pegou Kell de surpresa. Matadores de aluguel faziam pilhagens e derramavam sangue, não faziam prisioneiros.

— Baixe essa espada — ordenou Kell.

Ele tentou comandar a arma nas mãos do assassino, mas ela estava protegida. Mais um mecanismo para manter a lâmina a salvo de cair em mãos erradas. O que já havia acontecido. Kell praguejou e desembainhou a própria faca. Tinha uns bons trinta centímetros a menos que a lâmina real.

— Renda-se — disse o assassino de novo, a voz estranhamente calma.

Ele levantou o queixo, e Kell viu um cintilar de magia em seus olhos. Um feitiço de compulsão? Kell teve apenas um segundo para perceber o uso da magia proibida antes que o homem atacasse, a arma brilhante cortando o ar à sua frente. Ele se esquivou, desviando da espada ao mesmo tempo que uma segunda figura apareceu na outra extremidade do beco.

— Renda-se — disse o segundo homem.

— Um de cada vez — explodiu Kell. Ele levantou a mão no ar, e as pedras da rua estremeceram e depois se elevaram em um paredão de pedra e terra, bloqueando o caminho do segundo atacante.

Mas o primeiro prosseguiu, brandindo a lâmina e cortando o ar, e Kell moveu-se para trás e para fora do alcance da espada. Quase conseguiu: a espada atingiu seu braço, cortando o tecido e errando a pele por milímetros. Ele se esquivou quando a arma cortou novamente, mas desta vez acertou sua carne, talhando-a ao longo das costelas. A dor rasgou o peito de Kell enquanto o sangue brotava e escorria por seu abdômen. O homem investiu e Kell recuou um passo, tentando comandar as pedras da rua a se elevar entre eles. Elas estremeceram, mas permaneceram no lugar.

— Renda-se — ordenou o assassino com sua voz monótona.

Kell pressionou a mão na frente da túnica, tentando estancar o sangue enquanto se desviava de outro golpe.

— Não. — Ele girou a adaga na mão, pegou-a pela ponta e a atirou com toda a força que conseguiu.

A lâmina encontrou seu alvo e se enterrou no ombro do assassino. Porém, para o horror de Kell, o homem não deixou cair a própria arma. Continuou vindo em sua direção. A dor nem ficou visível em seu rosto quando ele puxou a faca do ombro e a atirou ao longe.

— Entregue a pedra — falou, os olhos vazios.

A mão de Kell se fechou, protetora, sobre o talismã no bolso. Ela zumbiu entre seus dedos, e Kell percebeu, enquanto a segurava, que, mesmo que ele pudesse entregá-la (o que não podia e não faria, não sem saber para que servia e quem estava atrás dela), não *queria* abrir mão dela. Não suportaria a dor da separação. O que era um absurdo. E ainda assim algo nele ansiava por ficar com ela.

O assassino o atacou novamente.

Kell tentou dar outro passo para trás, mas seus ombros encontraram a barricada improvisada.

Não havia para onde correr.

A escuridão cintilou nos olhos do assassino, sua lâmina vibrou no ar, e Kell levantou a mão vazia e ordenou:

— Pare! — Como se isso fosse adiantar alguma coisa.

Mas, de alguma forma, adiantou.

A palavra ecoou pelo beco, e, entre uma reverberação e outra, a noite mudou à volta dele. O tempo pareceu desacelerar, assim como o assassino, assim como Kell, mas a pedra presa em sua mão ganhou vida. A magia de Kell havia sangrado pela ferida de suas costelas, mas a pedra cantava com poder, e uma fumaça densa e preta verteu de seus dedos. Percorreu o braço de Kell, passando por seu peito e pela outra mão estendida, e avançou pelo ar até o assassino. Quando a fumaça o alcançou, não o atacou nem o derrubou. Em vez disso, retorceu-se e se enrolou em volta do corpo, espalhando-se sobre suas pernas e braços e envolvendo seu peito. E todos os lugares em que tocou, tão logo encostou, ficaram paralisados, capturando o assassino entre um passo e outro, uma respiração e outra.

O tempo voltou ao normal e Kell arquejou, sua pulsação martelando nos ouvidos e a pedra cantando em sua mão.

A lâmina real roubada estava parada no meio do golpe, a centímetros de seu rosto. O próprio assassino estava imóvel, seu casaco congelado no ar atrás dele. Através da camada de gelo escuro, ou pedra, ou o que quer que fosse, Kell conseguia ver a forma endurecida do inimigo, os olhos abertos e vazios. Não o olhar inexpressivo dos enfeitiçados, mas o olhar vago dos mortos.

Kell encarou a pedra que ainda zumbia em sua mão e o símbolo brilhante em sua superfície.

*Vitari.*

*A palavra para magia. Refere-se à sua existência e à sua criação.*

Poderia também significar o *ato* de criação?

Não havia comando de sangue para *criar*. A regra de ouro da magia afirmava que ela não podia *ser* criada. O mundo era feito de doações e recepções, e a magia podia ser fortalecida ou enfraquecida, mas nunca se manifestar a partir do nada. E, ainda assim... ele estendeu a mão e tocou no homem paralisado.

Teria o poder sido de alguma forma conjurado pelo seu sangue? Mas ele não tinha dado um comando de sangue, não havia feito nada além de ter dito *Pare*.

A pedra havia feito o restante.

O que era impossível. Mesmo com a mais poderosa magia elemental era preciso mentalizar a forma que se pretendia moldar. Mas Kell não havia imaginado aquela casca paralisada. A pedra não tinha simplesmente seguido uma ordem. Tinha *interpretado*. Tinha *criado*. Teria sido dessa forma que a magia funcionara na Londres Preta? Sem muros, sem regras, sem qualquer coisa além de querer e realizar?

Kell se forçou a recolocar o talismã no bolso. Seus dedos não queriam abandoná-lo. Ele precisou de toda a sua concentração para largá-lo, e, no instante que a pedra escorregou de sua mão para o bolso, um calafrio o percorreu e o mundo oscilou. Ele sentiu-se fraco e ferido. Drenado. *Não recebi algo sem pagar um preço, afinal*, pensou Kell. Mas ainda era algo. Algo poderoso. Algo perigoso.

Tentou se erguer, mas a dor rasgou seu abdômen e ele gemeu, caindo sobre o muro do beco. Sem seu poder, não conseguiria comandar que a ferida se fechasse, não poderia sequer manter o próprio sangue em suas veias. Ele precisava recuperar o fôlego, precisava limpar a mente, precisava *pensar*, mas, naquele momento, as pedras às suas costas começaram a tremer, e Kell se afastou do muro um segundo antes de ele se desfazer, revelando a segunda figura encapuzada.

— Renda-se — disse o homem no mesmo tom de voz enfadonho de seu colega.

Kell não podia.

Não confiava na pedra, mesmo que estivesse comichando para pegá-la novamente. Não sabia como controlá-la, mas também não podia entregá-la, então se abaixou e resgatou a própria faca do chão. Quando o homem foi ao seu encontro, ele a cravou no peito do atacante. Por um segundo, Kell temeu que o homem não fosse cair, receando que a compulsão o mantivesse de pé da mesma forma que fizera com o outro. Kell enterrou profundamente a lâmina e a torceu por órgãos e ossos, até que finalmente os joelhos do homem cederam. Por um breve instante, o feitiço compulsório se quebrou e a luz invadiu os olhos dele novamente. E então se foi.

Não era a primeira vez que Kell matava alguém, mas, mesmo assim, se sentiu mal ao puxar a faca e ver o homem cair morto aos seus pés.

O beco oscilou e Kell segurou seu abdômen, lutando para respirar conforme a dor percorria seu corpo. E então ouviu outros passos a distância e se forçou a levantar. Tropeçou pelos corpos, o congelado e o caído, e correu.

# V

Kell não conseguia estancar o sangue.

Encharcava sua camisa, o tecido colando no corpo enquanto corria, ou melhor, tropeçava pelo labirinto estreito de ruas que se juntavam como uma teia nos cantos da Londres Vermelha.

Ele apalpou o bolso para se certificar de que a pedra estava segura e um pulsar percorreu seus dedos quando a sentiu. Ele deveria ter corrido para o rio, deveria ter arremessado o talismã no Atol cintilante e o deixado afundar. Deveria, mas não o fez, e isso o deixou com um problema.

E o problema estava se aproximando.

Kell fez uma curva muito fechada e derrapou, chocando-se com um muro, reprimindo um arquejo de dor quando seu lado ferido colidiu com os tijolos. Não podia continuar correndo, mas tinha que escapar. Para algum lugar onde não fosse seguido.

Algum lugar onde não *pudesse* ser seguido.

Kell arrastou-se até parar e buscou pelo pingente da Londres Cinza no pescoço, arrancando o cordão pela cabeça.

Os passos ecoaram pesados e perto demais, mas Kell manteve a posição e pressionou a mão nas costelas ensopadas de sangue, estremecendo. Levou a palma da mão e a moeda às pedras do beco e disse.

— *As Travars.*

Ele sentiu as palavras correrem pelos lábios e estremecerem em sua mão simultaneamente.

Mas nada aconteceu. A parede permaneceu ali, assim como Kell.

A dor do corte da lâmina real o afligiu, queimando a lateral do corpo, o feitiço separando-o de seu poder.

— Não — implorou Kell sem emitir som algum.

A magia de sangue era a mais poderosa do mundo. Não podia ser anulada, não por um simples feitiço. Era mais forte. *Tinha* que ser mais forte. Kell fechou os olhos.

— *As Travars* — comandou novamente.

Ele não deveria ter que dizer mais nada, não deveria ter que forçar a magia, mas estava cansado, sangrando e lutando para manter os olhos concentrados, quanto mais seu poder, então acrescentou:

— Por favor.

Ele engoliu em seco e recostou a testa nas pedras, e ouviu passos se aproximando cada vez mais. Então disse novamente:

— *Por favor, deixe-me passar*.

A pedra zumbiu em seu bolso, uma débil promessa de poder, de ajuda, e ele estava a ponto de pegá-la e de convocar seu poder quando finalmente a parede estremeceu e cedeu ao seu toque.

O mundo desapareceu e um segundo depois reapareceu. Kell desmoronou na rua de paralelepípedos, e a luz estável da Londres Vermelha deu lugar à fria, úmida e enfumaçada noite da Londres Cinza. Ele permaneceu apoiado nas mãos e nos joelhos por um tempo, considerando seriamente a possibilidade de desmaiar ali mesmo no beco, mas conseguiu se colocar de pé. Quando o fez, a cidade inclinou-se perigosamente à sua volta. Deu dois passos e na mesma hora colidiu com um homem de máscara e chapéu de abas largas. Kell sabia que era estranho usar um disfarce, mas não estava em posição de julgar aparências, dado seu atual estado.

— Desculpe — murmurou ele, fechando a jaqueta para esconder o sangue.

— De onde você veio? — perguntou o homem.

Kell olhou melhor e percebeu que, sob aquele disfarce, não havia um homem. Era uma mulher. Nem isso. Uma garota. Toda empertigada como uma sombra, como Kell, como a sombra no fim do dia. Muito alta e magra. Mas estava *vestida* como homem: botas, calças e uma capa (e sob ela algumas armas cintilantes). E, é óbvio, a máscara e o chapéu. Ela parecia ofegante, com se também estivesse correndo. Estranho, pensou Kell novamente.

Ele cambaleou um pouco.

— O senhor está bem, cavalheiro? — perguntou a garota disfarçada.

O som de passos ecoou na rua atrás do beco e Kell ficou tenso, forçando-se a lembrar que estava seguro agora, ali. A garota olhou rapidamente para trás antes de voltar sua atenção para ele. Kell deu um passo em direção a ela e suas pernas quase cederam sob seu corpo. Ela fez menção de segurá-lo, mas Kell se apoiou primeiro na parede.

— Ficarei bem — sussurrou ele, vacilante.

A garota meneou o queixo, e havia algo forte e desafiador em seus olhos e nas linhas de sua mandíbula. Uma provocação. E então ela sorriu. Não com a boca inteira, apenas as extremidades, e Kell pensou (de um modo distante e tonto) que em outras circunstâncias eles poderiam ter sido amigos.

— Tem sangue no seu rosto — disse ela.

*Onde* não *havia sangue*? Kell levou a mão à face, mas ela também estava ensopada de sangue e não ajudou muito. A garota se aproximou. Tirou um lenço pequeno e escuro de seu bolso e o estendeu, tocando levemente o queixo dele com o tecido antes de colocá-lo nas mãos dele.

— Fique com ele — falou ela.

E então se virou e foi embora.

Kell viu a estranha garota partir e em seguida se jogou contra a parede do beco.

Levantou a cabeça e encarou o céu da Londres Cinza, sem estrelas e sem vida sobre o topo das construções. Em seguida, buscou no bolso a pedra da Londres Preta e ficou paralisado.

Não estava mais ali.

Revirou furiosamente os bolsos, um por um, em vão. O talismã se fora. Sem fôlego, sangrando e exausto, Kell olhou para o lenço enfiado em sua mão.

Não podia acreditar.

Tinha sido roubado.

# SEIS

# LADRÕES SE ENCONTRAM

# I

A uma Londres de distância, os sinos da cidade deram oito badaladas.

O som vinha do santuário nos limites da cidade, mas dobrava sobre o cintilante Atol e através das ruas, derramando-se em janelas abertas, saindo por portas abertas e rumando por becos até atingir a Ruby Fields e, um pouco adiante, a figura congelada de um homem no escuro.

Um homem com um X no dorso da mão e uma espada real roubada ainda elevada sobre sua cabeça. Um homem preso no gelo, ou na pedra, ou em algo ainda mais estranho.

Assim que o som dos sinos se dissipou, uma rachadura se formou na casca que cobria o rosto do homem. E depois outra, descendo por seu braço. E outra ao longo da lâmina. Pequenas fissuras que rapidamente se aprofundaram, alastrando-se por todo o invólucro.

*Pare!*, ordenara o jovem *Antari* a seu atacante, e este não havia escutado, mas a magia, sim. Vertera da pedra preta na mão do *Antari* e se enrolara no homem, endurecendo-o como uma casca.

E agora a casca estava se quebrando.

Não da forma como *deveria* se quebrar, com a superfície rachando e os fragmentos se esmigalhando e caindo na rua. Não, esta casca se partiu, porém não se soltou do homem. Ao contrário, agarrou-se a ele enquanto derretia, não escorrendo por seu corpo, mas *para dentro* dele. Sorvida por suas roupas e sua pele até desaparecer. Ou melhor, até ser *absorvida*.

O homem antes congelado estremeceu e então inspirou. A espada curta real escorregou de seus dedos e retumbou contra as pedras enquanto uma última centelha de magia cintilava como óleo em sua pele antes de ser absorvida e de suas veias escurecerem, tracejando-o como nanquim. A cabeça do homem pendia para a frente, os olhos abertos, porém vazios. E completamente pretos; pupilas dilatadas espalhando-se pelas íris e pelas escleras.

O primeiro feitiço de compulsão lançado sobre ele havia extirpado sua resistência e permitido que a outra magia penetrasse sem dificuldade. Através das veias, do cérebro e dos músculos, dominando tudo que tocava, o cerne de vida antes vermelho agora queimando puro e negro.

Lentamente o homem, ou melhor, a coisa dentro dele, levantou a cabeça. Seus olhos pretos brilharam, lustrosos em contraste com a escuridão árida conforme ele analisava o beco. O corpo do segundo assassino jazia ali perto, mas já estava realmente morto, a luz se dissipara. Nada para salvar. Nada para queimar. Também não restara muita vida em seu próprio corpo, energia suficiente apenas para a magia se alimentar, mas serviria por enquanto.

Ele moveu os ombros e começou a andar, hesitante a princípio, como um homem desacostumado ao seu corpo. E então mais rápido e assertivo. Sua postura se endireitou e suas pernas seguiram em direção à luz e à construção mais próxima. A boca do homem formou um sorriso. Era tarde, mas os lampiões estavam acesos nas janelas, e risos altos, doces e promissores enchiam o ar como o som de sinos.

# II

Lila cantarolava enquanto voltava à Stone's Throw.

Ao caminhar, ela começou a despir o disfarce; a máscara primeiro, seguida pelo chapéu de abas largas. Ela esquecera que os estava usando quando esbarrara no rapaz bêbado lá no beco, mas ele estivera tão entretido com a própria bebedeira que não parecera notar. Como parecera não notar sua mão no casaco dele enquanto lhe oferecia o lenço, ou seus dedos se fechando sobre o conteúdo do bolso ao empurrar o tecido escuro em sua mão. Um alvo fácil.

Verdade seja dita, ela ainda estava irritada consigo mesma por ter fugido, ou pior, por ter corrido para uma armadilha e ter *precisado* fugir do trio de moleques de rua. *Mas,* refletiu, fechando a mão sobre o peso satisfatório no bolso de sua capa, *o resultado acabou não sendo uma perda total.*

Conforme se aproximava da taverna, Lila tirou a bugiganga da capa e parou sob um poste para olhar melhor o fruto do roubo. Quando o fez, sentiu um aperto no coração. Ela esperava metal, algo de prata, ou ouro, mas era uma pedra. Não uma gema e tampouco uma joia. Nem mesmo um cristal. Parecia um seixo de rio, brilhoso e preto, um lado liso e o outro trincado, como se tivesse sido quebrado ou entalhado de uma pedra maior. Que tipo de cavalheiro andava por aí com pedras no bolso? Quebradas, ainda por cima?

Ainda assim, ela pensou ter sentido algo, um tipo de formigamento onde a pele tocava a superfície da pedra. Lila a segurou contra a luz e olhou de soslaio para a pedra um instante antes de ignorar a sensação e decidir que o objeto não tinha valor. Na melhor das hipóteses, somente valor sentimental. Seu humor azedou ao enfiar a pedra de volta no bolso e subir os degraus da Stone's Throw.

Mesmo com a taverna em plena atividade, Barron olhou para ela quando entrou, os olhos percorrendo do rosto ao disfarce dobrado sob o braço. Lila pensou ver uma centelha de preocupação, e isso a fez se encolher. Ela não era parente dele. Ele não era parente dela. Ela não precisava daquela preocupação, e ele não precisava daquele fardo.

— Encontrou problemas? — perguntou Barron quando Lila passou pelo balcão e seguiu diretamente para a escada.

Ela não estava com vontade de admitir que havia sido encurralada em um beco ou que havia fugido de uma briga, além do fato de seu último roubo ter sido um fracasso total, então simplesmente deu de ombros.

— Nada que eu não pudesse resolver.

O garoto magricela dos degraus estava sentado em um banco no canto da taverna, comendo uma tigela de sopa. Lila se deu conta de que estava com fome, ou melhor, com mais fome que o normal, pois não se sentia *totalmente saciada* havia anos. Mas ela também estava cansada e aliviada por perceber que a atração de seus ossos pela cama era maior que a de seu estômago pela mesa. Além disso, ainda não havia recuperado as moedas. Ela tinha dinheiro, é óbvio, mas precisava poupá-lo se quisesse um dia sair daquela taverna, daquela cidade. Lila sabia bem como era o ciclo: ladrões que roubavam o suficiente apenas para continuarem sendo ladrões.

Ela não tinha a intenção de se contentar com vitórias tão minguadas. E, agora que havia sido desmascarada — amaldiçoou o fato de três moleques de rua terem descoberto o que três dúzias de policiais não haviam conseguido —, roubar ficaria cada vez mais difícil. Ela precisava de alvos maiores; precisava deles o mais rápido possível.

Seu estômago roncou, e ela sabia que Barron lhe daria algo para comer sem exigir pagamento se ela lhe pedisse, mas Lila não podia. *Não o faria.*

Lila Bard podia ser uma ladra, mas não era uma mendiga.

E, quando ela partisse — e ela partiria —, tinha a sincera intenção de deixar ali todo o dinheiro que devia a ele, até o último centavo. Rumou escada acima.

No topo da estreita escadaria ficava um pequeno cômodo com uma porta verde. Ela se lembrou de quando bateu aquela mesma porta, atropelando Barron e descendo os degraus, deixando apenas seu ataque de cólera como rastro. Lembrava-se da briga: tinha roubado de um cliente e Barron a repreendera. O pior é que ele queria receber o dinheiro do aluguel, mas a proibira de pagar pelo alojamento e pela alimentação com qualquer trocado "emprestado". Queria apenas dinheiro honesto, e ela não tinha como consegui-lo, então ele se oferecera para pagá-la pela ajuda com os serviços da taverna. Ela recusara. Dizer sim teria significado ficar, e ficar significaria se estabelecer ali. No fim, fora mais fácil virar as costas e fugir. *Não sem rumo*, dissera Lila a si mesma. Não; Lila estava em busca de algo. Algo melhor. E mesmo que não o tivesse encontrado ainda, ela conseguiria.

"Isso não é vida!", gritara, o punhado de coisas que pertencia enfiado debaixo do braço. "Isso não é nada. Não é o bastante. Não é o bastante, droga!"

Ela ainda não havia adotado o disfarce, não havia sido ousada o suficiente para furtar abertamente.

*Tem que haver mais*, pensara ela. *Eu tenho que ser mais.*

Ela pegara o chapéu de abas largas de um gancho perto da porta quando saíra esbravejando. Não era dela.

Barron não tentara detê-la. Apenas saíra de seu caminho.

*Uma vida que vale a pena viver é uma vida que vale a pena roubar.*

Fazia quase um ano (onze meses, duas semanas e um punhado de dias) desde que ela havia saído intempestivamente do pequeno quarto na Stone's Throw, jurando que estava farta de ambos.

No entanto, lá estava ela novamente. Alcançou o topo da escada, cada degrau protestando contra a sua chegada tanto quanto ela mesma, e entrou.

A visão do quarto a encheu com uma mistura de repulsa e alívio. Cansada até os ossos, tirou a pedra do bolso e a largou na mesa de madeira ao lado da porta, produzindo um baque surdo.

Barron deixara a cartola na cama, e Lila afundou ao lado dela para desamarrar as botas. Estavam desgastadas até quase o limite, e ela se encolheu com o pensamento de quanto custaria para comprar um par decente. Não era algo fácil de roubar. Aliviar um homem de seu relógio de bolso era uma coisa. Aliviá-lo de seus sapatos era outra bem diferente.

Ela já havia desatado metade do cadarço da primeira bota quando ouviu um som emitido por alguém exausto, como um *ufa*, e levantou o olhar, encontrando um homem de pé em seu quarto.

Ele não havia entrado pela porta, que estava trancada, e ainda assim estava ali, uma das mãos ensanguentadas apoiada na parede. O lenço de Lila estava enrolado entre a palma da mão e as tábuas de madeira, e ela pensou ter visto algum tipo de marca sombreada no lambri.

O cabelo dele cobria um dos olhos, mas ela o reconheceu instantaneamente.

Era o rapaz do beco. O bêbado.

— Devolva — disse ele, respirando pesadamente.

Ele tinha um leve sotaque, que Lila não soube situar.

— Como diabos você entrou aqui? — perguntou ela, pondo-se de pé.

— Você tem que me devolver. — Ali, à luz do pequeno quarto fechado, ela pôde ver a túnica grudada em seu peito, o brilho de suor em sua testa. — Você não deveria... ter... pegado...

Os olhos de Lila se dirigiram para onde a pedra estava apoiada na mesa, e o olhar dele os seguiu e parou. Ambos avançaram ao mesmo tempo sobre o móvel. Ou melhor, Lila avançou. O estranho tomou um impulso na parede naquela direção, cambaleou bruscamente e então desmaiou aos pés dela. A cabeça dele quicou de leve quando atingiu o chão.

Ótimo, pensou Lila, encarando o corpo dele. Ela cutucou o ombro de Kell com a ponta da bota e, como ele não se mexeu, ajoelhou-se e o rolou de barriga para cima. Parecia ter tido uma noite daquelas. Sua túnica preta estava grudada na pele; ela primeiro pensou se tratar de suor, mas, ao tocá-la, seus dedos ficaram vermelhos de sangue. Considerou a possibilidade de revirar os bolsos dele e jogar o corpo pela janela, mas notou o fraco movimento de seu peito na camisa manchada e percebeu que ele não estava, de fato, morto.

Ainda.

De perto, o estranho não parecia tão velho quanto ela havia pensado que era. Por baixo da fuligem e do sangue, sua pele era lisa, e seu rosto ainda guardava alguns traços de menino. Aparentava ser um ou dois anos mais velho que a própria Lila, não mais que isso. Quando ela tirou o cabelo acobreado da testa dele, as pálpebras tremularam e os olhos começaram a se abrir.

Lila recuou abruptamente. Um de seus olhos era de um delicado azul translúcido. O outro era totalmente preto. Não uma íris preta como em alguns homens do oriente que ela havia conhecido, mas um preto retinto e anormal, de ponta a ponta, sem qualquer traço de cor ou de branco.

Quando a visão dele voltou ao foco, Lila buscou pelo objeto mais próximo, um livro, e o golpeou. A cabeça dele pendeu para o lado e seu corpo relaxou. E como não mostrava sinais de que iria recobrar os sentidos, ela deixou o livro de lado e segurou-o pelos pulsos.

*Ele tem cheiro de flores*, pensou enquanto arrastava o corpo pelo chão.

# III

Quando Kell voltou a si, estava amarrado à cama.

Uma corda áspera enrolava seus pulsos, prendendo-o à cabeceira atrás dele. Sua cabeça latejava, e uma dor lancinante irradiava pelas costelas quando ele tentava se mover. Mas ao menos o sangramento havia parado e, quando ele invocou seu poder, ficou aliviado de vê-lo responder ao chamado. O encantamento da espada real havia passado.

Depois de alguns instantes de autoavaliação, Kell percebeu que não estava sozinho no quarto. Levantando a cabeça do travesseiro, viu a ladra em uma cadeira aos pés da cama, dando corda em um relógio de bolso e o observando por cima dos joelhos. Ela havia abandonado o disfarce, e Kell ficou surpreso com o rosto que viu. Seu cabelo curto seguia a linha da mandíbula, que acabava em um queixo pontudo. Ela parecia jovem, porém sábia, magra de um jeito que lembrava um pássaro faminto. A única forma arredondada em seu rosto era a dos olhos, ambos castanhos, mas não exatamente do mesmo tom. Ele abriu a boca, pretendendo começar a conversa com uma pergunta do tipo *Poderia me soltar?* ou *Onde está a pedra?*, mas, em vez disso, ouviu-se dizendo:

— Um de seus olhos é mais claro que o outro.

— E um dos seus olhos é preto — revidou ela. Parecia cautelosa, mas não amedrontada. Ou então disfarçava muito bem. — O que você é?

— Um monstro — respondeu Kell rispidamente. — Melhor me deixar ir.

A garota esboçou um leve sorriso de escárnio.

— Monstros não desmaiam na presença de damas.

— Damas não se vestem como homens e furtam bolsos — retrucou Kell.

O sorriso dela ficou mais mordaz.

— O que você é de verdade?

— Sou alguém preso à sua cama — disse Kell com naturalidade.

— E?

A testa dele franziu.

— E com problemas.

Isso, finalmente, surtiu nela uma expressão de surpresa.

— Além do fato óbvio de estar amarrado à minha cama?

— Sim — disse Kell, lutando para se sentar um pouco apesar das amarras, para que pudesse olhá-la nos olhos. — Eu preciso que me deixe ir e que me devolva o que roubou. — Ele examinou o cômodo tentando encontrar a pedra, mas ela não estava mais sobre a mesa. — Não vou entregar você — acrescentou ele. — Vamos fingir que isso nunca aconteceu, mas eu *preciso* dela.

Ele esperava que a garota olhasse, virasse ou mesmo se inclinasse na direção do talismã, mas ela permaneceu imóvel, seu olhar firme.

— Como entrou aqui? — perguntou ela.

Kell mordeu o canto da boca.

— Você não acreditaria em mim — respondeu com desdém.

A garota deu de ombros.

— Isso é algo que teremos que descobrir.

Ele hesitou. Ela não tinha hesitado ao ver seu olho, não o havia entregado ou gritado por socorro quando ele chegara ensanguentado através de uma parede em seu quarto. O mundo cinza sabia tão pouco de magia, havia esquecido tanto, mas havia algo no olhar dessa garota, um desafio, que o fez imaginar se ela provaria que ele estava errado. Se ela *seria capaz* de provar.

— Qual é o seu nome? — indagou Kell.

— Não mude de assunto.

— Não estou mudando de assunto — falou ele, enroscando os dedos em volta das cordas que o prendiam à cama. — Só quero conhecer minha captora.

Ela o avaliou por um instante antes de responder.

— Delilah Bard — disse ela. — Mas pode me chamar de Lila. — *Lila.* Um nome doce, porém pronunciado como uma faca, cortando na primeira sílaba, a segunda um mero sussurro de metal pelo ar. — E o meu prisioneiro?

— Kell. Meu nome é Kell, eu venho de outra Londres e entrei no seu quarto utilizando magia.

Com certeza os lábios dela se curvaram.

— Magia — ecoou ela secamente.

— Sim — confirmou Kell. — Magia.

Desta vez, quando pronunciou a palavra, agarrou as cordas com firmeza e elas pegaram fogo, queimando instantaneamente até virarem cinzas. Um pouco exibido, talvez, mas alcançou o efeito desejado. Lila enrijeceu visivelmente na cadeira quando Kell se sentou ereto na cama. Uma onda de tontura o percorreu e ele parou ali, esfregando os pulsos e aguardando que o quarto parasse de rodar.

— Especificamente — continuou ele. — Usei magia para fazer uma porta. — Kell procurou em sua roupa e descobriu que sua faca havia sumido. Ela o havia desarmado. Ele franziu a testa e jogou as pernas lentamente para fora da cama, as botas tocando o chão. — Quando você afanou meu bolso no beco, deixou seu lenço comigo. Assim, pude usá-lo para abrir uma porta, uma que me levasse até você.

O que era, a propósito, *muito* mais difícil do que parecia. Portas deviam levar até lugares, não pessoas. Essa foi apenas a segunda vez em que Kell conseguira ter sucesso ao utilizar a magia para encontrar alguém. Sem mencionar que havia sangrado poder por todo o caminho. Tinha sido demais. Os últimos resquícios de magia o levaram até ali, e então...

— Outra Londres — suspirou Lila.

— É.

— E você fez uma porta.

— Fiz.

— Usando magia.

— Isso.

Ele fitou os olhos dela esperando ver confusão, ceticismo, descrença e encontrou algo diferente. A expressão dela era neutra; não, *não* neutra. O olhar dela era intenso. Inquisitivo. Kell torceu para que ela não pedisse outra demonstração. Seu poder ainda estava se restabelecendo, e ele precisava poupá-lo.

Ela apontou para a parede, para onde ainda estava a marca sombreada.

— Acho que isso explica a marca.

Kell estranhou um pouco. A maioria das pessoas dali não conseguia ver os ecos dos encantamentos ou pelo menos não reparava neles. As marcas, como a maior parte da magia, passavam despercebidas do alcance de seus sentidos.

— E a pedra? — perguntou ela.

— Magia — respondeu ele. *Magia sombria. Magia poderosa. Magia mortal.* — Magia ruim.

Finalmente, Lila se traiu. Por uma fração de segundo, os olhos dela se voltaram para uma cômoda encostada na parede. Kell não hesitou. Investiu sobre a gaveta de cima, mas, antes que seus dedos tocassem na madeira, uma faca encontrou sua garganta. Aparecera do nada. Um bolso. Uma manga de camisa. Uma lâmina longa e fina estava aninhada bem abaixo de seu queixo. E o sorriso de Lila era tão afiado quanto o gume do metal.

— Sente-se antes que você caia, garoto mágico.

Lila abaixou a faca e Kell afundou lentamente ao pé da cama. E então ela o surpreendeu pela segunda vez ao apresentar o talismã, não depois de retirá-lo da gaveta de cima da cômoda onde havia insinuado, mas do nada. Num instante, a palma da mão dela estava vazia e, no seguinte, a pedra simplesmente apareceu ali, seu jogo de mãos impecável. Kell engoliu em seco, pensativo. Ele podia pegar aquela faca, mas ela provavelmente tinha outra. Pior, tinha a pedra. Lila era humana e nada sabia de magia, mas, se fizesse um pedido à pedra, talvez fosse atendida. Kell pensou no assassino congelado.

A garota correu o polegar sobre a pedra.

— O que há de tão ruim nela?

Kell hesitou, escolhendo as palavras.

— Não deveria existir.

— O que vale?

— A sua vida — afirmou Kell, cerrando os punhos. — Porque, acredite em mim, quem quer que esteja atrás de mim irá matar você em um piscar de olhos para reavê-la.

O olhar de Lila alcançou a janela.

— Você foi seguido?

Kell balançou a cabeça.

— Não — respondeu devagar. — Não podem me seguir até aqui.

— Então não tenho com que me preocupar.

A atenção dela se voltou para o talismã. Kell pôde ver a curiosidade ardendo e imaginou se a pedra a atraía como fizera com ele.

— Lila — disse ele calmamente. — Por favor, solte-a.

Ela apertou os olhos ao observar o símbolo na superfície da pedra, como se isso de alguma forma a ajudasse a ler.

— O que significa? — Kell não respondeu. — Se você me disser, eu a devolverei.

Kell não acreditou nela, mas respondeu mesmo assim.

— É o símbolo para magia — afirmou ele. — *Vitari.*

— Uma pedra mágica chamada "magia"? Não é muito original. O que ela faz?

— Não sei.

Era mais ou menos verdade.

— Não acredito em você.

— Não me importo.

Lila fez uma careta.

— Estou começando a achar que você não a quer de volta.

— Não quero — disse Kell, e isso era quase verdade, ainda que uma parte dele desejasse muito segurá-la de novo. — Mas eu preciso dela. E respondi à sua pergunta.

Lila analisou a pedra.

— Uma pedra mágica chamada "magia" — devaneou ela, girando-a na palma da mão. — O que me leva a crer o quê? Que ela *produz* magia? Ou produz coisas *com* magia? — A garota devia ter enxergado a resposta no rosto preocupado de Kell, porque sorriu triunfante. — Uma fonte de poder, então... — Parecia que ela estava conversando consigo mesma. — Posso produzir qualquer coisa? Fico me perguntando como funcio...

Kell tentou alcançar o talismã. A mão dele percorreu a metade da distância antes que a faca de Lila cortasse o ar e sua palma. Ele arquejou ao mesmo tempo em que o sangue pingou no chão.

— Eu avisei — disse ela, balançando a faca como se fosse um dedo em riste.

— Lila — pediu ele, exaurido, levando a mão ao peito. — Por favor. Devolva.

Mas Kell sabia que ela não o faria. Havia um brilho travesso em seus olhos, um olhar que ele conhecia e que já estivera nele próprio, conforme os dedos dela se fechavam sobre a pedra. O que ela conjuraria? O que ela seria *capaz* de conjurar, essa humana magricela? Lila estendeu as mãos cerimoniosamente diante de si e Kell assistiu, meio curioso e meio preocupado, a uma fumaça emanar por entre seus dedos. A névoa enroscou-se na mão livre, retorcendo-se e se solidificando até surgir na outra mão uma bela espada com uma bainha elegante.

Os olhos dela arregalaram-se de choque e de prazer.

— Funcionou — sussurrou ela, um pouco para si mesma.

O punho da espada brilhava com o mesmo preto lustroso do olho de Kell e da pedra roubada, e, quando ela a desembainhou, o metal reluziu, também preto, à luz das velas, e sólido como qualquer espada forjada em aço. Lila deixou escapar um som de satisfação. Kell deixou escapar um suspiro de alívio ao ver a espada, sabendo que poderia ter sido algo pior, e a observou deixar a arma apoiada na parede.

— Então você viu — disse Kell, cuidadoso. — Agora entregue--a. — Lila não percebia, não tinha como perceber, que esse tipo de magia era *errado*, e que a pedra estava se alimentando da energia dela. — Por favor. Antes que você se machuque.

Lila olhou para ele com desdém e acariciou a pedra.

— Ah, não! — exclamou ela. — Estou apenas começando.

— Lila... — começou Kell, mas era tarde demais.

A fumaça preta já vertia por entre os dedos dela, em muito mais quantidade que antes, tomando forma no espaço entre eles. Só que, em vez de uma arma, moldou-se na forma de um jovem. Não qualquer jovem, Kell percebeu conforme as feições se suavizavam e se transformavam de fumaça em carne.

Era *Kell.*

A semelhança era quase perfeita, desde o casaco com a bainha desfiada até o cabelo avermelhado que caía sobre o rosto, cobrindo o olho preto. Porém, esse Kell não possuía um olho azul. Ambos brilhavam tão duros e pretos como a pedra na mão de Lila. A aparição não se moveu, não prontamente; apenas ficou de pé parada, esperando.

O Kell que *era* Kell olhou fixamente para o Kell que não era.

— O que pensa que está fazendo?

A pergunta era direcionada a Lila.

— Apenas me divertindo um pouco — respondeu ela.

— Você não pode sair por aí *fabricando pessoas.*

— Obviamente, eu posso — retrucou ela.

E, com isso, o Kell de olhos pretos começou a se mover. Ele despiu o casaco e o jogou na cadeira mais próxima. E, então, Kell assistiu horrorizado ao seu eco começar a desabotoar a túnica, um botão de cada vez.

Kell deu uma risada breve e sufocada.

— Você só pode estar brincando.

Lila apenas sorriu e girou a pedra na palma da mão enquanto o Kell que não era Kell despia devagar e provocativamente a túnica e ficava ali parado com o peito nu. Seus dedos começaram a abrir o cinto na calça.

— Tudo bem, já chega — vociferou Kell. — Disperse-o.

Ela suspirou.

— Você é tão sem graça.

— Isso *não tem* a menor graça.

— Talvez não para você — falou ela com um sorriso tolo enquanto o outro Kell prosseguia com o *strip-tease*, deslizando o cinto pelas passadeiras da calça.

Mas Lila não enxergou o que ele enxergava; o rosto do eco, que estivera inexpressivo, começava a *mudar*. Era uma alteração sutil na magia, algo vazio começando a se encher.

— Lila — insistiu Kell. — Por favor, me ouça. Disperse-o *agora*.

— Está bem, está bem — disse ela, encontrando o olhar do Kell de olhos pretos. — Hã... como eu faço isso?

— Você desejou que ele existisse — ponderou Kell, ficando de pé. — Agora deseje que ele vá *embora*. — Lila franziu a testa e o fantasma parou de se despir, mas não desapareceu. — *Lila!*

— Estou tentando — retrucou ela, segurando a pedra com mais força.

E então o rosto do Kell fantasma se contorceu, mudando rapidamente de vago para *raivoso*. Era como se *soubesse* o que estava acontecendo. Os olhos dele foram do rosto de Lila para a mão dela e de volta para o rosto. E então ele a atacou. Moveu-se tão rápido, que em um instante estava sobre ela. A pedra caiu das mãos de Lila quando o Kell que não era Kell bateu as costas dela na parede. Sua boca se abriu para falar, mas, antes que pudesse, suas mãos se dissolveram. *Ele* se dissolveu. Subitamente voltou à fumaça e depois ao nada, e Lila viu-se frente a frente com o Kell que *era* Kell. Sua mão ensanguentada elevada no lugar onde a ilusão estivera, e seu comando, *As Anasae*, ainda ecoando pelo quarto.

Lila cambaleou e se apoiou na cômoda, seu breve momento de posse da pedra visivelmente cobrando um preço, da mesma forma que havia feito com Kell. Ela inspirou, trêmula, uma única vez antes de a mão ensanguentada de Kell se fechar em sua garganta.

— Onde está minha faca? — rosnou ele.

— Gaveta de cima — arfou ela.

Kell assentiu, mas não a largou. Em vez disso, agarrou o pulso dela e o prendeu à parede, ao lado de sua cabeça.

— O que você está fazendo? — explodiu a garota, mas Kell não respondeu.

Ele se concentrou na madeira e ela começou a estalar e a se deformar, a se desprender e crescer em volta do pulso dela. Lila lutou, mas em um instante estava feito. Quando Kell a soltou, a parede a manteve presa. Ele pegou a pedra no chão enquanto Lila se contorcia e lutava contra sua amarra improvisada.

— Que diabos...? — Ela tentou se desvencilhar das algemas de madeira ao mesmo tempo em que Kell se forçava a guardar a pedra no bolso. — Você destruiu a parede. Como poderei pagar por isso? Como poderei *explicar* isso?

Kell foi até a gaveta. Encontrou a maioria de seus pertences, agradecido por ela só ter vasculhado seu casaco preto, e sua faca.

— Você não pode me deixar aqui assim! — resmungou Lila.

Kell devolveu os pertences aos bolsos e passou o dedo nas letras familiares em sua lâmina antes de recolocá-la no coldre em seu antebraço. E então ele ouviu atrás de si o som de metal deslizando e sendo retirado do couro conforme Lila pegava outra adaga da bainha em suas costas.

— Se eu fosse você, não atiraria essa — disse ele, dirigindo-se para a janela.

— E por quê? — rosnou ela.

— Porque — disse ele, abrindo a janela — vai precisar dela para se soltar.

E, com isso, Kell subiu no peitoril e saltou.

Foi uma queda maior do que o esperado, mas ele pousou com um agachamento, o ar do beco movendo-se apressado para amenizar sua queda. A janela pareceu ser a rota mais segura, uma vez que Kell não tinha certeza em que lugar na Londres Cinza estava nem em que tipo de casa havia sido mantido. Olhando da rua, percebeu que não se tratava de uma casa, mas de uma taverna, e então ele a contornou e viu a placa oscilando no ar noturno. Balançava das sombras até a luz do lampião e então de volta às sombras, mas Kell soube num vislumbre o que dizia.

STONE'S THROW.

Kell não deveria ter ficado surpreso ao ver aquele nome, pois todos os caminhos pareciam terminar ali, mas isso mexeu com ele. *Quais as probabilidades?*, ponderou, mesmo sabendo que a magia driblava todas as probabilidades. Mas, ainda assim...

Kell teve um pressentimento estranho sobre a garota, mas ignorou aquela sensação.

Lila não importava. Ele tinha a pedra.

Agora precisava descobrir o que fazer com ela.

# IV

Lila levou quase uma hora para golpear, cortar e serrar seu caminho para a liberdade. Quando a madeira se rendeu, por fim, à sua faca, a lâmina estava irreparavelmente sem corte, uma parte da parede, destruída, e ela, muito necessitada de uma bebida forte. Seu dinheiro não havia se multiplicado, mas para o inferno com a poupança: esta noite, precisava beber.

Ela esfregou os pulsos doloridos, jogou a faca sem corte sobre a cama e pegou sua outra adaga, ainda afiada, do chão onde a havia jogado. Um fluxo contínuo de palavrões saiu de sua boca ao limpar o sangue de Kell da lâmina, e mais uma série de questões encheu sua mente ao embainhar a arma. Mas ela afastou tudo aquilo e pegou o revólver da gaveta, guardando-o no coldre. Se tivesse estado com ele quando precisara, teria feito um buraco na cabeça de Kell.

Ainda estava xingando baixinho e vestindo a capa sobre os ombros quando algo lhe chamou atenção. A espada que havia conjurado ainda estava escorada na parede. O desgraçado não havia parado para dispersar *aquilo* quando saiu. Ela a pegou com cuidado. Era realmente belíssima, e Lila admirou o cabo preto e reluzente. Era exatamente como havia imaginado, até o último entalhe do punho. A bainha zumbiu em seus dedos da mesma forma que a pedra havia feito quando ela a segurara. Lila *queria* ficar com a lâmina, queria *continuar* segurando-a, com uma estranha e profunda sensação de desejo na qual ela não confiava. Lila sabia como era desejar algo, a forma como a vontade sussurrava, cantava e gritava em seus ossos.

E essa sensação se parecia com isso, mas não era. Era uma ânsia impostora.

Ela se lembrou de como se sentira quando perdera a pedra, a tontura súbita e visceral que viera depois, como se toda a energia tivesse se esvaído de seus membros. Roubada quando ela não estava olhando. De uma forma estranha, a sensação lembrou a Lila dos furtos aos bolsos, um truque de mãos astuto. Era assim que funcionava. Um truque adequado precisava de *duas* mãos, uma para desviar a atenção e a outra para passar despercebida. Lila havia se concentrado no truque diante de seus olhos, algo brilhante, por isso não notara a outra mão roubando de seu bolso.

*Magia ruim*, dissera Kell.

*Não*, pensou Lila. *Magia inteligente.*

E *inteligente* era mais perigoso que *ruim*, sempre. Lila sabia disso. E então, por mais que lhe doesse fazê-lo, ela se dirigiu à janela e atirou a espada para fora. *Boa viagem*, pensou enquanto via a espada cair nas pedras do beco abaixo.

Seu olhar se elevou para os telhados e chaminés, e ela se perguntou para onde Kell teria ido. Ela se perguntou isso, mas a pergunta levava a dezenas de outras, e, sabendo que nunca conheceria as respostas para qualquer uma delas, fechou a janela com força e foi buscar aquela bebida.

Um homem saiu cambaleando da Stone's Throw e quase caiu da escada. *Malditos degraus*, pensou ele, embriagado. Eles não tinham estado ali quando entrara na taverna algumas horas mais cedo. Ou, se tinham, haviam mudado de lugar, reorganizado-se de alguma forma. Talvez houvesse mais deles agora. Ou menos. Tentou contá-los, mas sua visão ficou turva e ele desistiu, cambaleando.

O nome do homem era Booth, e ele precisava mijar.

O pensamento se destacou em meio à sua confusão mental, claro como a luz. Booth arrastou as botas pelos paralelepípedos até o beco mais próximo (ele teve a decência de não se aliviar nos degraus, mesmo que eles *tivessem* surgido do nada).

Andou trôpego até a brecha estreita entre as construções, percebendo então como estava escuro: não conseguia enxergar a própria mão, nem se de repente ficasse sóbrio o suficiente para procurá-la. Mas, de qualquer jeito, seus olhos ficavam se fechando, então na verdade aquilo não importava.

Booth encostou a testa nas pedras frias do muro da taverna e mijou, cantarolando baixinho para si mesmo uma canção sobre mulheres e vinho e... algo mais de que ele não se lembrava. Deixou a melodia seguir seu curso enquanto abotoava as calças, mas, quando retornava à entrada do beco, sua bota chutou algo no chão. O objeto derrapou raspando nas pedras da rua antes de encostar no muro, e ele o teria deixado ali, não fosse uma rajada de vento que atiçou o fogo do lampião e espalhou uma claridade pelo beco escuro.

A nesga de luz refletiu no metal e os olhos de Booth se arregalaram. Ele podia ter bebido todas, mas a cobiça era algo capaz de deixar um homem sóbrio, e ele se viu de quatro no chão molhado do beco, tateando nas sombras até que seus dedos finalmente encontraram seu prêmio.

Booth se esforçou para ficar de pé e titubeou alguns passos até a luz mais próxima, e então viu que estava segurando a bainha de uma espada, a arma ainda a salvo dentro dela. O punho reluzia, nem prateado nem dourado, e sim preto. Preto como petróleo e liso como pedra. Ele fechou os dedos ao redor do cabo e retirou a espada da bainha, soltando um gemido baixo de satisfação. O metal da lâmina era brilhante e preto como o punho. Uma espada estranha, e que parecia rara. Booth sentiu o peso da arma com as mãos carnudas. Renderia uma boa quantia. Uma *excelente* quantia. Mas nos lugares certos, é lógico. Não poderiam pensar que era roubada, é lógico. Achado não é roubado... achado pode ser vendido, algo assim, por aí vai, é lógico.

Só que havia algo engraçado.

As pontas de seus dedos, encostadas no punho da espada, começaram a formigar. *Isso é um pouco estranho*, pensou, daquela forma lenta e distante que se pensa ao estar embriagado. Ele não se preocupou, não a princípio. Mas então tentou largar a arma e não conseguiu. Ordenou aos dedos que se soltassem, mas eles permaneceram firmes em volta do cabo preto e brilhante da espada.

Booth sacudiu a mão, primeiro devagar, depois vigorosamente, mas não conseguia libertar os dedos da arma. E então, do nada, o formigamento se tornou um choque, frio e quente e estranho ao mesmo tempo. Uma sensação muito *desagradável*, que se espalhou pelo braço, por debaixo da pele, e, quando ele tropeçou para trás e para perto da luz na entrada do beco, viu que as veias no dorso da mão, em seus pulsos e subindo seu antebraço, estavam ficando *pretas*.

Ele sacudiu a mão com mais força e quase perdeu o equilíbrio, mas ainda assim não parecia ser capaz de largá-la. A espada não o deixava fazê-lo.

— Solte! — rosnou ele, sem saber se falava com a própria mão ou com a espada presa a ela.

Em resposta, a mão que brandia a espada (e que parecia absolutamente não pertencer mais a ele) apertou o cabo. Booth arquejou quando seus dedos viraram a lâmina lentamente em direção à sua própria barriga.

— Que diabos! — praguejou ele, engalfinhando-se consigo mesmo, a mão livre lutando para afastar a outra.

Mas não foi o suficiente. O que a estava dominando era mais forte e, com uma única e precisa estocada, a mão de Booth, aquela com a espada, enterrou-a até o punho em suas entranhas.

Ele se dobrou no beco com um gemido, a mão ainda fixa no cabo. A espada preta brilhou com uma luz interna e então começou a se *dissolver*. A arma reluzente derreteu e escorreu, não para baixo, mas para dentro, pela ferida, penetrando no corpo do moribundo. Em seu sangue. As batidas de seu coração falharam e então redobraram, estáveis e fortes em suas veias conforme a magia se espalhava. O corpo dele estremeceu e então ficou imóvel.

Por um longo tempo, Booth, ou o que restava dele, ficou jogado ali no chão do beco, sem se mover, as mãos no abdômen onde a lâmina havia se cravado e onde agora restava apenas uma mancha preta como de nanquim, a textura de cera derretida. E então, lentamente, os braços escorregaram para os lados do corpo, as veias que o percorriam agora completa e verdadeiramente pretas. A cor da magia de verdade. Sua cabeça se ergueu e ele piscou dois olhos pretos, observando o entorno, depois a si mesmo, examinando sua forma. Ele flexionou os dedos cuidadosamente, testando-os.

E então, devagar mas com firmeza, ele se colocou de pé.

# SETE

# O SEGUIDOR

# I

Lila poderia ter ido simplesmente ao saguão da Stone's Throw, mas já devia demais a Barron. Ele não aceitaria seu dinheiro, tanto por achar que ela precisava dele quanto por não pertencer de fato a ela, para início de conversa. E a garota precisava de ar fresco para refrescar as ideias.

Outras Londres.

Homens atravessando portas mágicas.

Pedras que produziam coisas a partir do nada.

Isso só acontecia em histórias.

Em *aventuras*.

Tudo isso estivera ao seu alcance. E então se fora. E Lila ficara se sentindo vazia, faminta e oca de um jeito novo e aterrorizante. Ou talvez fosse o mesmo tipo de fome que ela sempre sentira, e agora o que faltava tinha um nome: *magia*. Ela não tinha certeza. Tudo o que sabia era que, ao segurar a pedra, sentira algo. E, ao ver o olho preto de Kell, sentira algo. E quando a magia retorcera a madeira da parede em volta de seu pulso, sentira algo. Novamente as perguntas surgiram e novamente ela teve que afastá-las. Inspirou o ar da noite, espesso, úmido e pesado com a iminência da chuva, e arrastou-se pela teia de ruas atravessando Westminster até a Barren Tide.

A Barren Tide ficava perto da extremidade norte da ponte da região sul, enfiada entre Belvedere e York em uma ruela chamada Mariner´s Walk, e Lila costumava parar ali em suas noites de maior sucesso antes de seguir para o navio de Powell (do seu ponto de vista, dessa forma restavam menos moedas para ele lhe tirar). Ela gostava da taverna porque era repleta de madeira escura e vidros embaçados. Sua aparência era rude, e seus frequentadores, ainda mais. Não era um bom lugar para furtos, mas ótimo para se misturar, desaparecer. Ela sentia pouco medo de ser reconhecida ali, tanto como garota (a luz estava sempre fraca, e seu capuz, cobrindo a cabeça) quanto como foragido da polícia (a maioria dos clientes era procurada por *alguma coisa*).

Suas armas estavam à mão, mas ela não achava que fossem ser necessárias. Na Barren Tide, as pessoas tendiam a ficar na delas. Nas não tão raras ocasiões em que ocorria uma briga, os frequentadores ficavam mais preocupados com a segurança de suas bebidas (preferiam proteger uma jarra em uma mesa chacoalhando a ajudar o homem que a balançara ao cair). Lila achava que se alguém gritasse por ajuda no meio do salão, receberia pouco mais que um aceno com a caneca e com as sobrancelhas.

Não era um lugar para ir todas as noites, com certeza. Mas era um lugar para aquela noite.

Só depois de estar perfeitamente acomodada no balcão e com os dedos fechados em volta de uma caneca de cerveja é que Lila deixou as perguntas ocuparem sua mente e fluírem. Os *porquês* e os *comos*, sobretudo os *e agora*, porque ela sabia que não poderia simplesmente voltar a não saber, a não ver e a não imaginar. E estava tão absorta que não notou que um homem se sentara ao lado dela. Não até ele falar.

— Está com medo?

Sua voz era grave, baixa e forasteira, e Lila olhou para ele.

— O quê? — perguntou ela, quase se esquecendo de manter a voz grossa.

— Está segurando a caneca com força — explicou o homem, apontando para os dedos dela, as juntas brancas.

Lila relaxou, mas só um pouco.

— Noite longa — falou ela, levando a cerveja morna aos lábios.

— E está apenas começando — devaneou o homem, bebericando de sua caneca de vidro.

Mesmo na Barren Tide, frequentada pelos mais diversos tipos de pessoas, o homem parecia deslocado. À luz fraca da taverna, ele parecia estranhamente... desbotado. Suas roupas eram cinza-escuro e ele usava uma capa simples e curta presa por uma fivela de prata. Sua pele era pálida, e a palidez era acentuada pela madeira escura do balcão sob suas mãos. Seu cabelo era de um tom estranho e sem vida, tentando ser preto. Quando ele falava, sua voz era segura sem ser doce, vazia de um jeito que lhe dava calafrios, e seu sotaque era arenoso.

— Você não é daqui, é? — perguntou ela.

Os cantos da boca dele se curvaram com a pergunta.

— Não.

Ele correu um dedo pela borda da caneca, distraidamente. Porém, não parecia distraído. Nenhum de seus movimentos parecia. Ele se movia com uma precisão lenta que deixava Lila nervosa.

Havia algo nele que era estranho e ao mesmo tempo desagradavelmente familiar. Ela não conseguia ver, mas *sentia*. E então se deu conta. Aquela sensação. Era a mesma que tivera olhando no olho preto de Kell, segurando a pedra, presa à parede. Um arrepio. Um formigamento. Um sussurro.

*Magia.*

Lila ficou tensa e torceu para que não tivesse demonstrado isso enquanto levava a cerveja à boca.

— Suponho que devamos nos apresentar — disse o estranho, virando-se em seu banco para que ela pudesse ver seu rosto. Lila quase engasgou com a bebida. Nada havia de errado com o ângulo de seu queixo, ou com a composição do nariz, ou com a linha de seus lábios. Mas com seus *olhos*. Um era verde acinzentado. O outro era completamente preto. — Meu nome é Holland.

Um arrepio a percorreu. Ele era como Kell e ainda assim inteiramente diferente. Olhar no olho preto de Kell havia sido como olhar para um mundo novo através de uma janela. Estranho e confuso, mas não assustador. Olhar no de Holland fez a pele dela se arrepiar. Coisas macabras dançavam sob aquela escuridão profunda. Uma palavra sussurrou em sua mente. *Corra.*

Ela não confiava em si mesma para erguer a caneca novamente — sua mão poderia tremer —, então a empurrou e casualmente tirou um xelim do bolso.

— Bard — falou seu sobrenome, à guisa de apresentação e ao mesmo tempo de despedida.

Lila estava prestes a se afastar do balcão quando o homem agarrou seu pulso, imprensando-o contra a madeira desgastada. Um arrepio subiu por seu braço ao toque dele, e os dedos de sua mão livre se contraíram, tentados a pegar a adaga sob a capa, mas ela resistiu.

— E seu nome, senhorita?

Ela tentou se desvencilhar, mas o aperto dele era forte como pedra. Nem parecia estar se esforçando.

— Delilah — rosnou ela. — Lila, se preferir. Agora me deixe ir se não quiser perder os dedos.

Novamente, os lábios dele se curvaram em algo que não era exatamente um sorriso.

— Onde ele está, Lila?

Ela sentiu um aperto no peito.

— Quem?

Holland a apertou mais forte em desafio. Lila estremeceu.

— Não minta. Posso farejar a magia dele em você.

Lila o encarou.

— Talvez porque ele a tenha utilizado para me algemar à parede depois que eu furtei algo dele e o amarrei a uma cama. Se você está procurando seu amigo, não olhe para mim. Nós nos conhecemos em condições ruins e nos separamos em condições piores ainda.

Holland afrouxou o aperto, e Lila respirou aliviada, alívio este que acabou no momento seguinte, ao ver Holland de pé de repente.

Ela sequer o viu se mover. Ele a pegou bruscamente pelo braço e a arrastou em direção à porta.

— O que diabos você está fazendo? — explodiu Lila, as botas raspando o chão gasto enquanto ela tentava (e não conseguia) refrear seu avanço. — Eu já lhe disse, não somos amigos.

— Veremos — disse Holland, levando-a em direção à porta.

Os clientes da Barren Tide sequer levantaram os olhos de suas bebidas. *Desgraçados*, pensou Lila enquanto era brutalmente empurrada para a rua.

No momento em que a porta da taverna se fechou atrás deles, Lila buscou a pistola no cinto, mas, para alguém cujos movimentos pareciam tão lentos, Holland era rápido, inacreditavelmente rápido. Quando ela puxou o gatilho, acertou apenas o ar. Antes que o som do tiro se dissipasse, Holland reapareceu, desta vez atrás dela. Lila o sentiu ali, sentiu o ar mudar um segundo antes de uma das mãos dele se fechar em sua garganta, prendendo seus ombros ao peito dele. A outra mão pegou a pistola e encostou o cano na têmpora dela. Tudo havia acontecido em um piscar de olhos.

— Livre-se de todas armas — instruiu Holland. — Ou farei isso por você.

O modo como empunhava a pistola não era tenso; era de certa forma casual, confiante, e Lila tinha estado perto de assassinos por tempo suficiente para saber que aqueles que devia realmente temer eram os que seguravam suas armas com naturalidade, como se tivessem nascido com elas. Lila usou a mão livre para pegar a faca do cinto e jogá-la no chão. Puxou uma segunda de suas costas. Havia uma terceira que costumava manter na bota, mas que agora estava sobre sua cama, arruinada. A mão de Holland correu de sua garganta para seu ombro, mas ele ergueu a pistola como advertência.

— O quê, nada de canhões? — perguntou ele secamente.

— Você é louco — sibilou Lila. — Seu amigo Kell já está bem longe.

— Você acha? — perguntou Holland. — É o que vamos descobrir.

O ar à volta deles começou a estalar com energia. Com magia. E Holland tinha razão: dava para sentir o *cheiro*. Não de flores, como em Kell (flores e algo mais, algo herbal e fresco). Ao contrário, o poder de Holland tinha um cheiro metálico, como ferro quente. Chamuscava o ar.

Ela ponderou se Kell conseguiria sentir o cheiro, também. Se era isso o que Holland queria.

Havia algo mais na magia dele, não só um cheiro, mas também uma sensação, algo como raiva, ódio. Uma ferocidade que não era aparente nas linhas do rosto de Holland. Não. O rosto dele era de uma calma assustadora. Uma calma aterrorizante.

— Grite — disse ele.

Lila franziu o cenho.

— O que você... — A pergunta foi interrompida por dor. Um raio de energia, como um raio encapsulado, subiu pelo braço que ele segurava, dançando pela pele e eletrificando os nervos, e ela não conseguiu evitar o grito. E então, quase tão rapidamente quanto veio, a dor se foi, deixando Lila sem fôlego e tremendo. — Seu... desgraçado — rosnou.

— Chame o nome dele — instruiu Holland.

— Posso lhe garantir... ele não... virá — falou ela, atropelando as palavras. — Certamente não... por *mim*. Nós...

Outra onda de dor, esta mais forte, mais aguda, e Lila trincou os dentes para segurar o grito e esperar a dor passar. Mas desta vez não passou, apenas piorou, e através dela Lila pôde ouvir Holland dizer calmamente:

— Talvez eu deva começar a quebrar seus ossos...

Ela tentou dizer *não*, mas, quando abriu a boca para responder, tudo que ouviu foi um grito, e então, como se encorajada, a dor piorou. Ela chamou o nome de Kell, apesar de saber que não adiantaria de nada. Ele não viria. Mas, talvez, se ela tentasse, esse louco poderia perceber isso e a deixaria ir. Procuraria outra isca. A dor a consumiu, e Lila se deu conta de que estava de joelhos, uma das mãos agarrando a pedra fria da rua e a outra retorcida às costas, ainda sob o aperto de Holland. Achou que ia vomitar.

— Melhor assim — falou Holland.

— Vá para o inferno — cuspiu ela.

Ele a pôs de pé, apoiada nele, e colocou a arma debaixo de seu queixo.

— Nunca usei um revólver — disse no ouvido dela. — Mas sei como funcionam. Seis tiros, não? Você disparou um. Se a arma estava totalmente carregada, sobraram cinco. Acha que consigo disparar o resto sem matar você? Humanos morrem tão facilmente, mas aposto que, se eu for esperto... — Ele deixou a arma escorregar pelo corpo dela, parando nos ombros, e no cotovelo, antes de deslizar pela lateral até a coxa e então parar no joelho. — Quanto mais rápido ele vier, mais rápido deixarei você ir. Chame o nome dele.

— Ele não virá — murmurou ela amargamente. — Por que você se recusa a acreditar...

— Porque conheço nosso amigo — respondeu Holland. Ele levantou a mão que segurava a arma, e Lila estremeceu de alívio quando o beijo de metal deixou sua pele e Holland botou o braço nos ombros dela. — Ele está próximo. Posso ouvir as botas dele nos paralelepípedos. Feche os olhos. Consegue ouvi-lo?

Lila apertou os olhos, mas tudo o que conseguiu ouvir foram as batidas de seu coração e os pensamentos correndo em sua mente. *Eu não quero morrer. Não aqui. Não assim.*

— Traga-o para mim — sussurrou Holland.

O ar começou a zumbir novamente.

— Não...

Os ossos de Lila incandesceram de dor. A sensação atravessou o crânio e foi até as botas velhas e depois voltou, e ela gritou. Então, de repente, a agonia parou, o som morreu em seus lábios e Holland a soltou. Ela caiu na rua de paralelepípedos, as pedras ralando os joelhos e a palma das mãos quando ela se amparou.

Por trás do martelar em sua cabeça, ela ouviu a voz de Holland dizer:

— Aí está você.

Ela levantou a cabeça e viu Kell parado na rua, o estranho garoto mágico com seu casaco preto, parecendo ofegante e com raiva.

Lila não podia acreditar.

Ele tinha voltado.

Mas *por quê*?

Antes que ela conseguisse perguntar, ele olhou diretamente para ela, um olho preto, um azul e ambos arregalados, e disse uma única palavra:

— Corra.

# II

Kell estava parado na ponte, debruçado sobre o parapeito e tentando descobrir como e por que haviam armado uma cilada para ele (a carta falsa, o pedido submisso, os assassinos enfeitiçados), quando sentiu o aroma da magia no ar. Não de um jeito sutil, e sim ostensivo. Um farol de luz em uma cidade escura. E uma assinatura que ele reconheceria em qualquer lugar. Metal quente e cinzas.

*Holland.*

Os pés de Kell o levaram em direção à magia e somente quando ele surgiu na parte sul da ponte foi que ouviu o primeiro grito. Deveria ter parado ali mesmo para pensar antes de agir. Era uma armadilha tosca e óbvia; a única razão para Holland emitir um sinal de seu poder era querer ser notado, e a única pessoa na Londres Cinza que o notaria era Kell. E, mesmo assim, Kell correu para lá.

*Você foi seguido?*, perguntara Lila.

*Não. Não podem me seguir até aqui.*

Mas Kell estava errado. Ninguém dos outros mundos poderia... exceto Holland. Ele era o único capaz de fazer aquilo e o tinha seguido, o que significava que estava atrás da pedra. Também significava que Kell deveria correr para longe da assinatura mágica e do grito, e não em direção a eles.

A voz gritou novamente, e desta vez ele estava perto o suficiente para reconhecer a fonte do grito que arranhava o ar pesado.

Lila.

Por que Holland teria ido atrás *dela*?

Mas Kell já sabia a resposta. Jazia pesada em seu peito. Holland fora atrás de Lila por causa *dele*. Em um mundo com tão pouca magia, cada resquício se destacava. E Lila teria vestígios, tanto da magia dele quanto da pedra, por todo o corpo. Kell sabia como disfarçar a dele. Lila não tinha como saber. Ela era como uma tocha acesa.

*É culpa dela,* pensou Kell, seguindo depressa em direção ao grito. *A culpa é toda dela.*

Ele desceu a rua correndo, ignorando a queimação em suas costelas e a voz em sua cabeça que lhe dizia para deixá-la para trás e fugir enquanto podia.

Uma armadilha tosca e óbvia.

Ele cortou caminho pelo rio, através de um beco, seguiu um desvio e saiu com uma freada cambaleante em uma rua estreita bem a tempo de ouvir o grito cortante de Lila, de ver seu corpo caindo nos paralelepípedos. Holland estava de pé sobre ela, mas seus olhos se concentravam em Kell.

— Aí está você — falou Holland, como se estivesse feliz em ver o outro *Antari.*

Lila olhou para cima. Kell pensou rápido.

— Corra — disse Kell, mas Lila continuava olhando para ele. — Lila, *vá.*

Os olhos dela entraram então em foco e ela se levantou com dificuldade, mas Holland a segurou pelo ombro e pressionou a pistola na base de seu pescoço.

— Não, Lila — disse ele de um jeito calmo e ao mesmo tempo irritante. — Fique.

Kell cerrou os punhos.

— O que está acontecendo aqui, Holland?

— Você sabe muito bem. Você está com algo que não é seu.

A pedra pesou em seu bolso. Não, não era dele. Mas também não era de Holland. E certamente não pertencia ao trono branco. Se os Dane, sedentos de poder, possuíssem o talismã, nunca teriam se desfeito dele, e muito menos o mandado para outro mundo. Mas quem o *faria*? Quem o *fizera*?

Com o poder dele, Astrid e Athos seriam praticamente invencíveis, sim, mas um plebeu também poderia usar a magia da pedra para se tornar rei. Em um mundo sedento de poder, por que alguém se daria a tanto trabalho para se livrar dele?

*Medo*, pensou Kell. Medo da magia e medo do que aconteceria se ela caísse nas mãos dos gêmeos. Astrid e Athos devem ter tomado conhecimento da pedra e de seu desaparecimento, e enviaram Holland para pegá-la.

— Me passe a pedra, Kell.

Kell tentou ganhar tempo.

— Não sei do que você está falando.

Holland lançou-lhe um olhar intimidante. Seus dedos se fecharam um pouco mais, quase imperceptivelmente, no ombro de Lila, e o poder estalou pela pele dela. Ela mordeu os lábios para reprimir um grito e lutou para permanecer de pé.

— *Pare!* — ordenou Kell.

Holland parou.

— Preciso repetir? — perguntou ele.

— Apenas a deixe ir — pediu Kell.

— Primeiro a pedra — disse Holland.

Kell engoliu em seco enquanto tirava o talismã do casaco. Ele cantava nas pontas de seus dedos, querendo ser usado.

— Você pode tentar tirá-la de mim — falou ele. — Depois que a deixar ir.

Assim que as palavras deixaram os lábios de Kell, ele se arrependeu de tê-las dito.

O canto da boca de Holland curvou-se cruelmente. Ele retirou a mão, um dedo de cada vez, de Lila. Ela cambaleou para a frente e se virou para o *Antari*.

— Voe, passarinho — escarneceu ele, o olhar ainda fixo em Kell.

— *Vá!* — explodiu Kell.

Podia sentir os olhos de Lila presos nele, mas não seria tolo o bastante para deixar o próprio olhar desviar-se de Holland, não naquele momento, e ficou aliviado quando finalmente ouviu as botas ecoando nas pedras da rua. *Bom*, pensou. *Bom*.

— Isso foi burrice — falou Holland, jogando a pistola para longe como se a arma não fosse digna dele. — Diga-me, você é tão arrogante quanto parece, ou apenas ingênuo?

— Holland, por favor...

O olhar do *Antari* escureceu.

— Você olha para mim, Kell, e acha que somos parecidos. Que somos a mesma coisa, até, uma pessoa em dois caminhos divergentes. Talvez você pense que nossos poderes nos unem. Permita-me corrigir seu equívoco. Não é porque compartilhamos uma habilidade, você e eu, que isso nos torna iguais.

Ele dobrou os dedos e Kell teve a leve sensação de que aquilo ia acabar mal. Holland lutara contra os Dane. Holland havia derramado sangue, vida e magia. Holland quase reivindicara o trono Branco para si.

Kell devia parecer uma criança mimada para o outro *Antari*.

Mas Kell ainda tinha a pedra. Era magia ruim, magia proibida, mas era algo. Ela o chamava, e ele segurou-a com mais força, o lado rachado entrando na palma de sua mão. O poder pressionava sua superfície, querendo entrar, mas ele resistiu, mantendo um muro entre a energia do talismã e a sua própria. Ele não precisava de muito. Precisava apenas conjurar algo inanimado, algo que refreasse Holland sem se voltar contra ambos.

*Uma jaula*, pensou ele. E então comandou. *Uma jaula*.

A pedra zumbiu em sua mão e uma fumaça preta começou a verter dentre seus dedos, e...

Mas Holland não esperou.

Uma rajada de vento irrompeu no ar e jogou Kell violentamente contra a porta de uma loja atrás dele. A pedra caiu de sua mão e as nuvens de fumaça se dissolveram quando o talismã atingiu a rua.

Antes que Kell pudesse investir para pegá-lo, pregos de metal de outra porta se soltaram e cantaram pelo ar, perfurando seu casaco e o pregando à madeira. A maioria dos pregos furou apenas o tecido, mas um deles atingiu a carne, e Kell arquejou de dor quando este atravessou seu braço e a porta logo atrás.

— A hesitação é a morte da vantagem — devaneou Holland enquanto Kell lutava em vão contra a imobilização do metal.

Ele comandou que se movessem, mas Holland ordenou que ficassem, e o comando deste se provou mais forte.

— O que você está fazendo aqui? — perguntou Kell por entre os dentes cerrados.

Holland suspirou.

— Pensei que fosse óbvio — respondeu ele, caminhando na direção da pedra. — Estou limpando uma bagunça.

Enquanto Holland se aproximava do talismã, Kell lutava para se concentrar no metal que o segurava. Os pregos começaram a estremecer conforme seu comando suplantava o do outro *Antari*. Eles se soltaram alguns centímetros, e Kell cerrou a mandíbula quando o que estava no braço se moveu. A atenção de Holland foi desviada quando ele se ajoelhou para pegar a pedra no chão.

— Não faça isso — advertiu Kell.

Mas Holland o ignorou. Pegou o talismã e se levantou, pesando a pedra na palma da mão. Seu comando e sua atenção estavam direcionados para a pedra, agora, e, desta vez, quando Kell se concentrou, os pregos que o prendiam estremeceram e se soltaram da parede, de seu casaco e de sua pele, caindo no chão na hora em que Holland erguia a pedra perto do lampião mais próximo.

— Solte-a — ordenou Kell, segurando o braço ferido.

Holland não soltou.

Em vez disso, levantou a cabeça e analisou a pequena pedra preta.

— Você já descobriu como funciona?

De repente, quando Kell se aproximou, os dedos finos de Holland cobriram a pedra. Um gesto tão pequeno, lento, casual, mas, no momento em que seu punho se fechou, uma fumaça preta verteu por entre seus dedos e envolveu Kell. Aconteceu muito rápido. Em um segundo ele estava avançando, e, no outro, suas pernas congelaram no meio do passo. Quando ele olhou para baixo, viu sombras se retorcerem em volta de suas botas.

— Fique imóvel — comandou Holland conforme a fumaça se transformava em pesadas correntes de ferro pretas que brotavam da rua e tiniam ao se prender nos tornozelos de Kell, aferrolhando-o no lugar. Ao tocar nelas, queimaram suas mãos, e Kell se retraiu, sibilando de dor. — Convicção é a chave — observou Holland, correndo o polegar pela superfície da pedra. — *Você* acredita que a magia é uma igual. Uma companhia. Uma amiga. Mas não é. A pedra é a prova. Ou você é mestre da magia ou seu servo.

— Solte-a — disse Kell. — Nada de bom virá dela.

— Você está certo — retrucou Holland, ainda segurando a pedra. — Mas tenho minhas ordens.

Mais fumaça saiu do talismã e Kell se protegeu, só que a magia não se assentou, não tomou forma. Apenas espiralou e se contorceu à volta deles, como se Holland ainda não tivesse decidido o que fazer com ela. Kell conjurou uma rajada de vento, esperando dispersá-la, mas o vento passou através, ondulando a capa de Holland, e deixando a magia sombria intocada.

— É estranho — disse Holland para si mesmo e para Kell. — Como uma pequena pedra pode realizar tanto.

Seus dedos se fecharam sobre a pedra, e então a fumaça envolveu Kell. Subitamente estava em todos os lugares, borrando a visão e forçando entrada no nariz e na boca, descendo pela garganta, asfixiando-o e sufocando-o.

E então se foi.

Kell tossiu, lutou para respirar e olhou para si mesmo, intocado.

Por um instante, pensou que a magia tinha falhado.

E então sentiu gosto de sangue.

Kell levou os dedos aos lábios, mas parou quando viu a palma da mão toda molhada de vermelho. Seus pulsos e braços pareciam úmidos também.

— O que... — Ele começou a falar, mas não conseguiu terminar.

Sentiu um gosto de cobre e sal na boca. Ele se dobrou e vomitou antes de perder o equilíbrio e cair de quatro na rua.

— Algumas pessoas dizem que a magia vive na mente, outras, no coração — falou Holland calmamente. — Mas você e eu sabemos que ela vive no sangue.

Kell tossiu de novo, e mais vermelho respingou no chão. Pingava do nariz e da boca. Brotava das palmas das mãos e dos pulsos. A cabeça de Kell girou e o coração acelerou conforme ele sangrava na rua. Não estava sangrando de uma ferida. Estava apenas sangrando. Os paralelepípedos começavam a ficar escorregadios. Ele não conseguia parar aquilo. Sequer conseguia se levantar. A única pessoa que poderia quebrar o feitiço o olhava de cima com uma resignação que beirava o desinteresse.

— Holland... ouça — implorou Kell. — Você pode... — Ele lutou para se concentrar. — A pedra... ela pode...

— Poupe o fôlego.

Kell engoliu e forçou as palavras a sair.

— Você pode usar a pedra... para *quebrar o seu selo.*

O *Antari* branco ergueu uma sobrancelha cor de carvão, então balançou a cabeça.

— Não é *esta coisa* — falou Holland — que me vincula. — Ele se ajoelhou diante de Kell, com o cuidado de evitar o sangue espalhado. — É apenas o ferro que me marcou. — Ele puxou a gola para o lado para revelar a marca chamuscada na pele sobre o coração. — *Esta* é a marca.

A pele era um tanto prateada, a marca estranhamente recente, e, mesmo que Kell não pudesse ver as costas de Holland, sabia que o símbolo atravessava o corpo. *Um selo de alma*. Um feitiço queimado não apenas no corpo de alguém, mas em sua vida.

Inquebrável.

— Nunca enfraquece — contou Holland —, mas Athos a refaz de vez em quando. Sempre que julga que estou hesitando. — Ele baixou o olhar para a pedra na mão. — Ou quando está entediado. — Os dedos dele se fecharam mais forte em volta dela, e Kell tossiu mais sangue.

Desesperado, tentou alcançar os artefatos pendurados no pescoço, mas Holland chegou primeiro. Ele os puxou de debaixo da gola de Kell e arrebentou os cordões com um puxão rápido, jogando-os pelo beco. O coração de Kell apertou ao ouvi-los quicando para a escuridão. Sua mente percorreu os comandos de sangue, mas ele parecia não conseguir encontrar as palavras em sua cabeça, muito menos moldá-las. Todas as vezes que uma surgia, desmoronava, quebrada pela força assassina dentro dele. Sempre que tentava pronunciar uma palavra, sangue enchia sua boca. Ele tossia e se agarrava às sílabas, apenas para sufocar com elas.

— *As... An...* — gaguejava ele, mas a magia forçava o sangue a subir pela garganta, bloqueando a palavra.

Holland estalou a língua.

— Meu comando contra o seu, Kell. Você nunca vai vencer.

— Por favor. — Kell engasgou, a respiração irregular. A marca escura estava se espalhando rápido demais. — Não... faça isso.

Holland lançou-lhe um olhar de pena.

— Você sabe que não tenho escolha.

— *Crie uma!*

O cheiro metálico de sangue encheu a boca e a garganta de Kell. Sua visão falhou. Um dos braços cedeu.

— Está com medo de morrer? — perguntou Holland, como se estivesse genuinamente curioso. — Não se preocupe. É muito difícil matar um *Antari*. Mas eu não posso...

Ele foi interrompido pelo brilho de metal no ar e o som de ossos se quebrando quando um objeto se conectou com seu crânio. Holland tombou pesadamente, a pedra caindo de sua mão e rolando vários metros no escuro. Kell conseguiu se concentrar o suficiente para ver Lila de pé ali, segurando uma barra de ferro.

— Estou atrasada?

Kell deu um risinho atordoado que rapidamente se transformou em uma forte tosse. Sangue fresco manchou seus lábios. O feitiço não havia sido quebrado. As correntes em seus tornozelos começaram a apertar, e ele arquejou. Holland não estava atacando, mas a magia estava.

Ele tentou desesperadamente explicar a Lila, mas estava sem ar. Porém, felizmente, não precisou. Ela já tinha entendido. Pegou a pedra, esfregou-a no chão ensanguentado e então a segurou à sua frente, como uma lanterna.

— *Pare!* — ordenou ela.

Nada.

— *Vá embora.* — A magia vacilou.

Kell apoiou as mãos espalmadas na poça de sangue.

— *As Anasae* — tossiu ele, o comando passando por seus lábios sem que a força de Holland o empurrasse de volta.

E, desta vez, a magia ouviu.

Os feitiços se quebraram. As correntes em volta de suas pernas dissolveram-se completamente e os pulmões de Kell se encheram de ar. O poder preencheu o pouco de sangue que restava em suas veias. Ele sentia como se não restasse quase nenhum.

— Consegue ficar de pé? — perguntou Lila.

Ela o ajudou a se levantar, e o mundo inteiro balançou, a visão dele fraquejando por vários e terríveis segundos. Sentiu que ela o segurou com mais força.

— Calma — falou ela.

— Holland... — murmurou ele, sua voz soando estranha e distante em seus próprios ouvidos. Lila olhou para trás, para o homem estatelado no chão. A mão dela se fechou sobre a pedra e fumaça verteu.

— Espere... — pediu Kell, trêmulo.

Mas as correntes já haviam começado a se formar, primeiro em fumaça e depois no mesmo metal preto do qual ele acabara de escapar. Pareciam brotar da rua e se enrolar ao corpo de Holland, à sua cintura, aos pulsos e tornozelos, prendendo-o ao chão úmido como haviam feito com Kell. Não o segurariam por muito tempo, mas era melhor que nada. Primeiro Kell ficou maravilhado com a maneira como Lila conseguira conjurar algo tão específico. Então se lembrou de que ela não precisava ter poder. Bastava apenas querer algo. A pedra fazia o restante.

— Chega de magia — advertiu ele conforme ela guardava a pedra no bolso, o desgaste aparecendo no seu rosto. Ela o havia soltado por um instante, e Kell quase caiu quando deu um passo à frente, mas ela estava novamente ali para pegá-lo.

— Fique firme — disse Lila, passando o braço dele sobre seus ombros estreitos. — Preciso só achar a minha arma. Fique comigo.

Kell agarrou-se à consciência o quanto pôde. Mas o mundo estava perigosamente silencioso, e a distância entre seus pensamentos e seu corpo, cada vez maior. Ele não sentia dor no braço onde o prego lhe atingira, não conseguia sentir quase nada, o que o assustava mais do que a escuridão insistente. Kell havia lutado antes, mas nunca daquela forma, nunca pela própria vida. Tivera sua cota de brigas (a maioria por culpa de Rhy) e sua cota de arranhões, mas sempre saíra intacto. Nunca fora gravemente ferido, nunca lutara para manter o próprio coração batendo. Agora temia que, se parasse de brigar, se parasse de forçar os pés a se manterem firmes e os olhos a se abrirem, poderia realmente morrer. Não queria morrer. Rhy nunca o perdoaria se morresse.

— Fique comigo — ecoou Lila.

Kell tentou se concentrar no chão sob suas botas. Na chuva que começara a cair. Na voz de Lila. As próprias palavras pareciam se tornar um só borrão, mas ele se agarrou ao som enquanto lutava para manter a escuridão longe. Aguentou enquanto ela o ajudava a atravessar a ponte aparentemente interminável, a seguir pelas ruas que se curvavam e se inclinavam ao redor dos dois. Ele aguentou enquanto mãos, as de Lila e depois as de mais alguém, o arrastaram por uma porta, depois subiram um lance de escada com degraus velhos até um quarto e o despiram de suas roupas encharcadas de sangue.

Aguentou até que sentiu uma cama sob seu corpo, a voz de Lila parou, e a ameaça se foi.

E então finalmente, de bom grado, mergulhou na escuridão.

# III

Lila estava encharcada até os ossos.

Após atravessar a metade da ponte, o céu finalmente desabara. Não fora uma garoa, o normal em Londres, mas um aguaceiro. Em instantes, eles tinham ficado encharcados. Isso certamente não tornara mais fácil a tarefa de arrastar um Kell semiconsciente. Os braços de Lila ardiam, e ela quase caíra duas vezes. Quando chegaram à porta dos fundos da Stone's Throw, Kell estava quase inconsciente, Lila tremia, e tudo em que ela conseguia pensar era que devia ter continuado a correr.

Ela não havia sobrevivido e ficado livre por todo esse tempo por parar e ajudar qualquer tolo que se metia em problemas. Mal conseguia manter a si mesma *longe* de problemas, e o que quer que Holland fosse, era certamente um problema.

Mas Kell tinha voltado.

Ele não precisava, não tinha nenhuma razão para isso, mas voltara assim mesmo, e o peso disso se agarrara a Lila quando ela fugira, desacelerando-a até finalmente parar suas botas. Mesmo quando ela se virara e correra de volta, uma pequena parte sua esperava que fosse tarde demais. Esperava que eles já tivessem sumido. Mas o restante dela queria chegar a tempo, ao menos para saber *por quê*.

Por que ele voltara?

Lila lhe fizera essa pergunta enquanto o colocava de pé. Mas Kell não respondera. A cabeça dele estava recostada em seu pescoço. Que diabos tinha acontecido? O que Holland tinha feito com ele?

Lila sequer conseguia dizer se Kell ainda estava sangrando; ela não via nenhuma ferida óbvia, mas ele estava coberto de sangue e isso a fez desejar ter acertado Holland uma segunda vez, por segurança. Kell soltara um som baixo, entre um arquejo e um gemido, e Lila começara a falar, com medo de que ele pudesse morrer em seus braços, e isso seria de alguma forma culpa dela, mesmo ela tendo voltado.

— Fique comigo — dissera, colocando o braço dele em seu ombro.

Com o corpo de Kell tão próximo ao dela, tudo em que conseguia pensar era o cheiro. Não de sangue, que não a incomodava, mas nos *outros* perfumes, aqueles que se agarravam a Kell e a Holland. Flores e terra, metal e cinzas.

*Posso farejar a magia dele em você.*

Era isso? O perfume da magia? Ela tinha sentido de leve quando arrastara o corpo de Kell pelo chão do seu quarto. Mas depois, com o braço dele em seu ombro, o aroma era avassalador. Os vestígios de aço queimado de Holland ainda pairavam no ar. E ainda que a pedra estivesse guardada em seu bolso, ela podia farejá-la também, o cheiro se espalhando pelo beco. Cheiro de mar e madeira queimada. Sal e escuridão. Ela sentiu um instante de orgulho pela capacidade de seus sentidos, até se lembrar de que não sentira o cheiro das flores de Kell ou da fumaça da pedra nela mesma quando se dirigira à Barren Tide, ou quando se sentara ao balcão e Holland a localizara através de ambos.

Mas a chuva caía pesada e constante, e logo ela não sentia mais cheiro algum a não ser o da água nas pedras. Talvez seu olfato não fosse forte o suficiente. Talvez o cheiro da magia ainda estivesse ali, sob a chuva. Ela não sabia se os aromas *podiam* ser expurgados ou ao menos suavizados pela umidade, mas esperava que a tempestade ajudasse a encobrir a trilha que deixavam.

Ela estava no meio da escada, as botas de Kell deixando água tingida de vermelho pelo caminho, quando uma voz a fez parar.

— O que em *nome de Deus* você está fazendo?

Lila virou-se e viu Barron, e Kell quase lhe escapou. Ela o pegou pela cintura no último instante, salvando-o por pouco de cair pelos degraus.

— Longa história. Corpo pesado.

Barron olhou de relance para a taverna, gritou algo para a atendente e subiu os degraus com um trapo jogado nos ombros. Juntos eles içaram o corpo encharcado de Kell pelo restante da escada até o pequeno quarto no topo.

Barron segurou a língua enquanto tiravam o casaco molhado de Kell e sua camisa manchada e o deitavam na cama de Lila. Ele não perguntou onde ela encontrara aquele estranho ou por que não havia ferida que explicasse a trilha de sangue que ele deixara na escada da taverna (mesmo que o talho em suas costelas ainda estivesse bem vermelho). Quando Lila percorreu o quarto à procura de algo para queimar (no caso de a chuva não ter sido suficiente para esconder o cheiro deles e de o perfume da magia de horas antes ainda permanecer no quarto) e voltou de mãos vazias, Barron nada perguntou. Apenas desceu e pegou algumas ervas na cozinha.

Ele observou silenciosamente enquanto ela segurava a tigela cheia de plantas sobre uma vela e deixava o quarto se encher com o cheiro terroso que nada tinha a ver com Kell, Holland ou magia. Permaneceu ali enquanto ela vasculhava os bolsos do casaco de Kell (que acabou se revelando muitos casacos dobrados de alguma forma em um só) à procura de algo, qualquer coisa, que ajudasse a curá-lo. Ele era um mago, afinal, e todo mundo sabe que magos carregam magia consigo. E Barron nada disse quando ela enfim tirou a pedra preta do bolso e a colocou em uma pequena caixa de madeira, depositando ali também um punhado de ervas mornas antes de enfiar tudo na última gaveta de sua cômoda.

Foi apenas depois que Lila se jogou em uma cadeira ao pé da cama e começou a limpar sua pistola que Barron finalmente falou:

— O que você está fazendo com esse homem?

Os olhos dele se estreitaram.

Lila levantou o olhar da arma.

— Você o conhece?

— De certa forma — respondeu Barron, misterioso.

— Então você sabe o que ele é? — perguntou ela.

— *Você* sabe? — desafiou Barron.

— De certa forma. Primeiro, achei que fosse um simples alvo.

Barron correu a mão pelo cabelo e Lila percebeu pela primeira vez que os fios estavam rareando.

— Meu Deus, Lila — resmungou Barron. — O que você roubou dele?

Os olhos de Lila apontaram para a última gaveta da cômoda, depois voltaram para Kell. Ele parecia mortalmente pálido em contraste com o cobertor escuro da cama e não se mexia, exceto pelo fraco subir e descer de seu peito.

Lila o analisou, o jovem mago em sua cama, antes tão reservado, agora tão exposto. Vulnerável. Os olhos dela acompanharam as linhas do seu abdômen, passando pelas costelas feridas e alcançando a garganta. Depois passearam pelos braços dele, nus exceto pela faca amarrada ao antebraço. Ela não a tocara desta vez.

— O que aconteceu? — indagou Barron.

Lila não tinha certeza de como responder. Havia sido uma noite muito estranha.

— Eu roubei algo e ele veio procurar — disse ela calmamente, incapaz de desviar os olhos do rosto de Kell. Ele parecia mais jovem quando dormia. — E pegou de volta. Pensei que era o fim da história. Mas havia mais alguém procurando por ele. E essa pessoa acabou me encontrando... — Lila fez uma pausa, depois recomeçou. — Ele salvou minha vida — disse ela, também para si mesma, a testa franzida. — Não sei por quê.

— Então você o trouxe aqui.

— Desculpe — pediu Lila, virando-se para Barron. — Eu não tinha outro lugar para ir. — As palavras feriram mesmo sendo ditas por ela mesma. — Assim que ele acordar...

Barron balançou a cabeça negativamente.

— Prefiro vocês aqui do que mortos. A pessoa que fez isso... — Ele apontou para o corpo de Kell. — Está morta?

Lila sacudiu a cabeça, negando.

Barron franziu o cenho.

— É melhor você me descrever essa pessoa, para que eu possa reconhecê-la e não deixá-la entrar.

Lila descreveu Holland da melhor forma que pôde. Sua aparência pálida. Seus olhos de duas cores.

— Ele passa a mesma sensação de Kell — acrescentou ela. — Se é que isso faz algum sentido. É como...

— Magia — disse Barron com naturalidade.

Lila arregalou os olhos.

— Como você...?

— Administrando uma taverna, a gente conhece pessoas de todos os tipos. Administrando *essa* taverna, a gente conhece pessoas de todos os tipos e mais alguns outros.

Lila percebeu que estava tremendo, e Barron foi procurar outra túnica para Kell enquanto ela se trocava. Voltou com uma toalha extra, uma pequena pilha de roupas e uma tigela de sopa fumegante. Lila sentiu-se mal e ao mesmo tempo agradecida. A gentileza de Barron era como uma maldição, porque Lila sabia que não havia feito nada para merecê-la. Não era justo. Barron nada devia a ela. Ela é que devia muito a ele. Muito mesmo. Isso a deixava louca.

Ainda assim, sua fome havia se equiparado ao seu cansaço, e o frio que sentia na pele estava rapidamente chegando aos ossos, então ela tomou a sopa e murmurou um agradecimento. E adicionou o custo ao valor que já devia, como se esse tipo de dívida pudesse algum dia ser paga.

Barron os deixou a sós e desceu. Lá fora, a noite prosseguiu seu curso. E a chuva também.

Ela não se lembrava de ter sentado, mas acordou mais ou menos uma hora depois em sua cadeira de madeira com um cobertor jogado nos ombros. Estava dolorida, e Kell ainda dormia.

Lila girou o pescoço e se inclinou para a frente.

— Por que você voltou? — perguntou ela de novo, como se Kell pudesse responder dormindo.

Mas ele não o fez. Não balbuciou. Não se remexeu. Apenas ficou deitado ali, tão pálido e imóvel que de vez em quando Lila segurava um espelho em frente ao rosto dele para ter certeza de que não havia morrido. Seu peito nu subia e descia, e ela notou que, além das feridas atuais, ele tinha algumas cicatrizes. Uma linha desvanecida no ombro. Outra, mais recente, atravessando a palma da mão. A sombra de uma marca na dobra do cotovelo.

Lila possuía cicatrizes demais para contar, mas era capaz de contar as de Kell. E contou. Diversas vezes.

A taverna abaixo ficou silenciosa e Lila se levantou, queimou mais algumas ervas, deu corda em seu relógio de prata e esperou que Kell acordasse. O sono pesava em seus ossos, mas, todas as vezes que ela pensava em descansar, imaginava Holland atravessando a parede da mesma forma como Kell fizera. A dor ecoou por seu braço onde ele a segurara, deixando uma pequena queimadura irregular como relíquia, e os dedos dela foram para a pistola no quadril.

Se tivesse outra chance de atirar, não erraria.

# OITO

# UM ACORDO

# I

Kell acordou na cama de Lila pela segunda vez naquela noite.

Ao menos desta vez, ele descobriu, não havia cordas. Suas mãos repousavam ao lado do corpo, contidas apenas pelo áspero cobertor colocado sobre ele. Levou um segundo para lembrar que estava no quarto de Lila, na cama de Lila, e para organizar as lembranças sobre Holland, o beco e seu sangue. E sobre o que acontecera depois: o apoio de Lila e a voz dela, constante como a chuva. Esta já tinha parado de cair, a luz suave da manhã despontava lentamente no céu, e, por um instante, tudo o que Kell queria era estar em casa. Não no quarto pobre da Ruby Fields, mas no palácio. Ele fechou os olhos e quase pôde ouvir Rhy batendo à sua porta, dizendo para que se aprontasse porque as carruagens estavam esperando, assim como o povo.

"Apronte-se ou ficará para trás", diria o príncipe, invadindo o quarto.

"Então me deixe", resmungaria Kell.

"Sem chance", responderia Rhy com seu melhor sorriso de príncipe. "Hoje, não."

Uma carroça rangeu do lado de fora, Kell piscou, e a imagem de Rhy desapareceu.

Será que já estariam preocupados com ele, a família real? Teriam alguma ideia do que estava acontecendo? Como poderiam ter? Nem Kell tinha. Sabia apenas que estava com a pedra e que precisava se livrar dela.

Tentou se sentar, mas seu corpo protestou e ele teve de morder a língua para não fazer barulho. Sua pele, seus músculos, até seus ossos... tudo doía de uma forma constante e terrível, como se ele inteiro fosse um grande machucado. Até os batimentos de seu coração dentro do peito e a pulsação de seu sangue nas veias pareciam doloridos, tensos. Ele se sentia morto. Era o mais perto que já havia chegado da morte e o mais perto que desejava chegar. Quando a dor, ou pelo menos o primeiro choque de senti-la, melhorou, ele se forçou a se levantar, apoiando um dos braços na cabeceira da cama.

Lutou para focalizar a visão, e, quando conseguiu, descobriu que olhava diretamente para os olhos de Lila. Ela estava sentada na mesma cadeira ao pé da cama, a pistola no colo.

— Por que você fez aquilo? — irrompeu a garota, a pergunta na ponta da língua como se estivesse esperando o momento de fazê-la.

Kell apertou os olhos, inquisitivo.

— Fiz o quê?

— Voltar — disse ela, pronunciando lentamente a palavra. — Por que você voltou?

Duas palavras pairaram no ar, não ditas, mas implícitas. *Por mim.*

Kell lutou para colocar os pensamentos em ordem, mas estavam tão tensos e doloridos quanto o restante dele.

— Eu não sei.

Lila não pareceu impressionada com a resposta. Apenas suspirou e colocou a arma de volta no coldre na cintura.

— Como está se sentindo?

*Um trapo*, pensou Kell. Mas então olhou para si mesmo e percebeu que, apesar do corpo dolorido, tanto o ferimento no braço onde o prego atravessara quanto o do abdômen, feito pelo assassino com a espada roubada, estavam quase curados.

— Quanto tempo eu dormi?

— Algumas horas — disse Lila.

Kell passou a mão cautelosamente pelas costelas. Não fazia sentido. Cortes dessa profundidade levavam dias para se curar, e não horas. A menos que ele...

— Usei isso — disse Lila, jogando-lhe uma latinha circular.

Kell a agarrou no ar, estremecendo um pouco com o esforço. O recipiente estava sem identificação, mas ele o reconheceu imediatamente. A pequena lata de metal continha um bálsamo curativo. Não um bálsamo curativo qualquer, mas um que pertencia a ele, com o emblema real do cálice e do sol nascente gravado em relevo na tampa. Fazia semanas que ele não lembrava onde o havia colocado.

— Onde você achou isso? — perguntou.

— Em um dos bolsos do seu casaco — respondeu Lila, espreguiçando-se. — Aliás, você *sabia* que seu casaco é mais de um? Tenho certeza de que procurei em uns cinco ou seis até encontrar isso. — Kell a encarou, boquiaberto. — Que foi? — perguntou ela.

— Como você sabia para que serve?

Lila deu de ombros.

— Eu não sabia.

— E se fosse um *veneno*? — explodiu ele.

— Você realmente nunca está satisfeito — explodiu ela também. — Cheirava bem. Parecia bom. — Kell gemeu. — E obviamente eu testei em mim primeiro.

— Você *o quê*?

Lila cruzou os braços.

— Não vou ficar repetindo as coisas só para você ficar me encarando com cara de irritado. — Kell sacudiu a cabeça, xingando baixinho enquanto ela indicava com a cabeça uma pilha de roupas no pé da cama. — Barron as trouxe para você.

Kell franziu o cenho (Santo, até a testa dele doía quando franzida). Ele e Barron tinham um acordo de *negócios*. E ele tinha certeza de que isso não cobria abrigo e necessidades pessoais. Ficaria devendo a Barron pelo transtorno, e aquilo *era* um transtorno. Os dois sabiam disso.

Kell pôde sentir os olhos de Lila fixos nele enquanto pegava a túnica limpa e a colocava com cuidado sobre os ombros.

— O que foi? — perguntou ele.

— Você disse que ninguém o seguiria.

— Eu disse que ninguém *poderia* — corrigiu Kell. — Porque ninguém pode, exceto Holland. — Ele olhou para as próprias mãos e franziu a testa. — É que eu nunca pensei...

— Alguém não é o mesmo que ninguém, Kell — falou Lila. E então suspirou e passou uma das mãos pelo cabelo preto e curto. — Bom, suponho que você não devia estar em seu juízo perfeito. — Kell levantou o olhar, surpreso. Ela o estava realmente eximindo de culpa? — E eu o acertei com um livro.

— O quê?

— Nada — disse Lila, gesticulando com a mão. — Então, esse Holland... Ele é como você?

Kell engoliu em seco, lembrando-se das palavras de Holland. *Não é porque compartilhamos uma habilidade, você e eu, que isso nos torna iguais.* E também do olhar sombrio e quase desdenhoso dele quando as pronunciara. Pensou na marca queimada na pele do outro *Antari*, a colcha de retalhos de cicatrizes nos braços dele e no sorriso presunçoso do rei branco quando Holland pressionara a faca na própria pele. Não, Holland não se parecia em nada com Kell, e Kell não se parecia em nada com Holland.

— Ele também pode se mover entre mundos — explicou. — Nesse sentido, somos parecidos.

— E o olho? — questionou Lila.

— Uma marca da nossa magia — explicou Kell. — *Antari.* É assim que somos chamados. Magos de sangue.

Lila mordeu o lábio.

— Existem outros que eu deva saber a respeito? — perguntou ela, e Kell pensou ter visto a fagulha de algo (medo?) passar pelas suas feições, escondida quase instantaneamente por trás da atitude desafiadora do queixo apontado para cima.

Kell meneou a cabeça lentamente.

— Não — respondeu ele. — Somos apenas nós dois.

Esperou que ela ficasse aliviada, mas sua expressão apenas se agravou.

— Foi por isso que ele não matou você?

— O que você quer dizer?

Lila endireitou-se na cadeira.

— Bem, se ele quisesse matar você, poderia ter matado. Por que drenar o seu sangue? Por diversão? Ele não parecia estar se divertindo.

Ela estava certa. Holland poderia ter cortado sua garganta. Mas não o fizera.

É *muito difícil matar um Antari*. As palavras de Holland ecoaram na mente de Kell. *Mas eu não posso...*

*Não pode* o quê?, pensou Kell. Acabar com a vida de um *Antari* podia ser difícil, mas não era impossível. Teria Holland lutado contra suas ordens ou as seguido?

— Kell? — pressionou Lila.

— Holland nunca se diverte — disse ele em voz baixa. E então olhou bruscamente para cima. — Onde está a pedra?

Lila lhe lançou um olhar longo e deliberado, e então falou:

— Está comigo.

— Devolva-a para mim — exigiu Kell, surpreso com seu tom de urgência.

Dizia a si mesmo que a pedra estaria mais segura com ele, mas, na verdade, queria *segurá-la*; não conseguia se livrar da sensação de que, se a segurasse, seus músculos relaxariam e seu sangue fraco se revigoraria.

Ela revirou os olhos.

— Não comece com isso de novo.

— Lila, escute. Você não faz ideia do que...

— Na verdade — interrompeu ela —, estou começando a ter uma boa ideia do que essa coisa pode fazer. Se a quiser de volta, conte-me o resto da história.

— Você não entenderia — disse Kell automaticamente.

— Tente — desafiou ela.

Kell olhou inquisitivamente para ela, aquela garota estranha. Lila Bard parecia ter um jeito de descobrir as coisas. Ela ainda estava viva. Isso dizia muito. *E* tinha voltado por ele. Kell não sabia por quê (assassinos e ladrões não eram especialmente conhecidos por seus escrúpulos), mas sabia que, sem ela, estaria em um estado muito pior.

— Muito bem — falou, tirando as pernas da cama. — A pedra vem de um lugar chamado Londres Preta.

— Você mencionou outras Londres — comentou ela, como se o conceito fosse curioso, mas não impossível. Ela não se surpreendia facilmente. — Quantas existem?

Kell passou a mão pelo cabelo ruivo. Depois da chuva e do sono, os fios apontavam para várias direções.

— Existem quatro mundos — explicou ele. — Pense neles como casas diferentes construídas sobre a mesma fundação. Os quatro têm pouco em comum, exceto pela geografia e pelo fato de que cada um tem uma versão desta cidade, que cresceu em torno desse rio, nesse país insular. E, em cada um deles, essa cidade se chama Londres.

— Isso deve ser confuso.

— Na verdade, não. Não quando você vive em apenas um deles e nunca precisa pensar nos outros. Mas, como tenho que viajar entre eles, uso cores para diferenciá-los. A Londres Cinza é a sua. A Londres Vermelha é a minha. A Londres Branca, a de Holland. E a Londres Preta, de ninguém.

— E por que é assim?

— Porque ela caiu — disse Kell, esfregando a nuca onde os cola res com os pingentes haviam se partido. — Perdeu-se na escuridão. A primeira coisa que você tem que entender sobre magia, Lila, é que ela não é algo inanimado. Está viva. Viva de uma forma diferente de mim ou de você, mas ainda assim muito viva.

— Foi por isso que ficou irritada? — perguntou Lila. — Quando eu tentei me livrar dela?

Kell franziu a testa. Nunca tinha visto magia *tão* viva.

— Há cerca de três séculos — disse ele lentamente, fazendo as contas (parecia mais, consequência de se referir por tanto tempo a isso simplesmente como "o passado") —, os quatro mundos eram interligados, e tanto a magia quanto aqueles que conseguiam usá-la se movimentavam entre eles com relativa facilidade através de qualquer uma de suas muitas fontes.

— Fontes?

— Poços de um imenso poder natural — explicou Kell. — Alguns pequenos e discretos, como um pequeno bosque de árvores distante ao leste ou uma ravina no continente; e outros, enormes, como o seu Tâmisa.

— O Tâmisa? — indagou Lila, bufando com zombaria. — Uma fonte de magia?

— Talvez a maior fonte do mundo — afirmou Kell. — Não que vocês percebam isso aqui, mas, se você pudesse ver como é na *minha* Londres... — Kell se interrompeu. — Mas, como eu estava dizendo, as portas entre os mundos ficavam abertas e as quatro cidades de Londres se misturavam. Porém, mesmo com transferências constantes, não eram exatamente iguais em poder. Se a magia de verdade fosse uma lareira, então a Londres Preta ficava sentada mais perto do fogo. — Por essa lógica, a Londres Branca era a segunda mais forte, e Kell sabia que deveria ser, mas não conseguia imaginar isso agora. — Acreditava-se que a magia lá corria forte não apenas no sangue, mas que pulsava como uma segunda alma em tudo. E, em determinado momento, ela se tornou poderosa demais, sobrepujando tudo. O mundo precisa de equilíbrio — ponderou Kell. — A humanidade de um lado, a magia do outro. As duas existem em tudo o que vive; em um mundo perfeito, existe uma espécie de harmonia, e nenhuma ultrapassa a outra. Mas a maioria dos mundos não é perfeita. Na Londres Cinza, a sua Londres, a humanidade se tornou forte, e a magia, fraca. Mas, na Londres Preta, aconteceu o contrário. As pessoas de lá não apenas mantiveram a magia em seus corpos, mas deixaram que entrasse em suas mentes, e ela as reivindicou para si, consumindo suas vidas para abastecer seu poder. O povo se tornou um receptáculo, condutor das vontades da magia, e, através dele, a magia transformou a fantasia em realidade, obscurecendo e rompendo os limites: criando, destruindo e corrompendo tudo.

Lila nada disse, apenas ouviu e andou lentamente de um lado para o outro.

— Espalhou-se como uma praga — continuou Kell. — E os três mundos restantes se isolaram e trancaram as portas para evitar que a doença se alastrasse.

Ele não disse que havia sido uma iniciativa da Londres *Vermelha*, selando-se e forçando as outras cidades a fazer o mesmo, deixando a Londres Branca presa entre suas portas fechadas e a magia violentamente fervilhante da Londres Preta. Não disse que o mundo preso entre elas fora forçado a lutar sozinho contra a escuridão.

— Com as fontes inacessíveis e as portas trancadas, as três cidades restantes ficaram isoladas e começaram a se afastar, cada uma se tornando o que é agora. Mas nós só podemos imaginar o que aconteceu com a Londres Preta e o restante daquele mundo. A magia precisa de um hospedeiro vivo e só pode florescer onde a vida também floresce, então muitos acham que a praga consumiu seus hospedeiros e eventualmente ficou sem combustível, deixando apenas resquícios carbonizados. Ninguém sabe ao certo. Com o tempo, a Londres Preta se tornou uma história de fantasmas. Um conto de fadas. Contado tantas vezes que alguns acham que nem mesmo é real.

— Mas e a pedra...? — disse Lila, ainda zanzando pelo quarto.

— A pedra não deveria existir — afirmou Kell. — Quando as portas foram seladas, todas as relíquias da Londres Preta foram rastreadas e destruídas, por precaução.

— Obviamente nem *todas* as relíquias — observou Lila.

Kell fez que não com a cabeça.

— A Londres Branca supostamente assumiu essa tarefa com ainda mais fervor do que nós. Você precisa entender, eles temiam que as portas não aguentassem, temiam que a magia conseguisse escapar e os consumisse. No expurgo deles, não se ativeram apenas a artefatos e objetos. Eles cortaram a garganta de cada um que suspeitassem ter entrado em contato com a magia corrupta da Londres Preta. — Kell levou os dedos até o olho preto. — Dizem que alguns interpretaram as marcas dos *Antari* como sendo sinais da maldição e os arrastaram de suas casas no meio da noite. Uma geração inteira foi massacrada antes que se percebesse que, sem as portas, aqueles magos seriam a única forma de buscar ajuda. — A mão de Kell caiu de seu rosto. — Mas, não, obviamente nem *todas* as relíquias foram destruídas. — Ele imaginou se fora assim que a pedra havia se quebrado, se haviam tentado destruí-la e falhado e então a enterrado; imaginou se alguém a havia desenterrado. — A pedra não deveria existir, e não posso permitir que exista. Ela é...

Lila parou de zanzar.

— Má?

Kell negou com a cabeça.

— Não — respondeu ele. — Ela é *Vitari*. De certa forma, suponho que seja pura. Mas é puro potencial, puro poder, pura *magia*.

— E nenhuma humanidade — completou Lila. — Nenhuma harmonia.

Kell aquiesceu.

— A pureza sem equilíbrio é a sua própria maldição. Os estragos que esse talismã pode produzir em mãos erradas... — *Em qualquer mão*, pensou ele. — A magia da pedra é a magia de um mundo arruinado. Não pode permanecer aqui.

— Bem, o que você pretende fazer? — indagou Lila.

Kell fechou os olhos. Ele não sabia quem tinha encontrado a pedra, ou como, mas entendia seu medo. A lembrança dela nas mãos de Holland e a ideia dela nas mãos de Athos ou Astrid embrulhavam seu estômago. Sua própria pele cantava para o talismã, ansiava por ele, e isso o assustava mais do que qualquer coisa. A Londres Preta caíra por causa de magia como aquela. Que terror traria para as Londres que restavam? Para a sedenta Branca, a madura Vermelha ou a indefesa Cinza?

Não; a pedra tinha que ser destruída.

Mas como? Ela não era com as outras relíquias. Não era algo que poderia ser atirado ao fogo ou esmigalhado sob um machado. Parecia que alguém já havia tentado, mas um lado rachado não parecia ter diminuído sua capacidade, o que significava que, se ele conseguisse despedaçá-la, poderia apenas produzir mais pedras, transformando cada estilhaço em uma arma. Não era um simples artefato; a pedra tinha vida e vontade próprias e havia mostrado isso mais de uma vez. Apenas uma magia poderosa seria capaz de extinguir algo como aquilo, mas o talismã era magia pura e ele duvidava que fosse possível conjurar qualquer forma de magia capaz de destruí-la.

A cabeça de Kell doeu ao perceber que, se a pedra não podia ser destruída, ele teria que se livrar dela. Mandá-la para longe, para algum lugar em que não pudesse causar danos. E havia apenas um lugar onde ela estaria protegida, e todos estariam protegidos dela.

Kell sabia o que tinha que fazer. Uma parte dele soubera assim que a pedra tocara suas mãos.

— Ela pertence à Londres Preta — afirmou ele. — Tenho que levá-la de volta.

Lila ergueu a cabeça.

— Mas como fará isso? Você não sabe o que restou de lá, e, mesmo que soubesse, você disse que o mundo estava selado e isolado.

— Não sei o que restou de lá, mas a magia *Antari* foi usada originalmente para fabricar portas entre os mundos. E a magia *Antari* foi utilizada para lacrá-los. Então faz sentido que a magia *Antari* possa abri-las novamente. Ou ao menos criar uma fenda.

— E por que você nunca fez isso? — desafiou Lila, com um brilho nos olhos. — Por que ninguém tentou? Sei que são uma raça em extinção, mas não venha me dizer que, nos séculos desde que se isolaram, nenhum *Antari* ficou curioso o suficiente para tentar entrar lá.

Kell analisou o sorriso desafiador dela e ficou grato, pelo bem da humanidade, por ela não possuir a magia necessária para tentar. Quanto a Kell, é óbvio que já ficara curioso. Durante a infância, uma parte dele não acreditava que a Londres Preta era real, ou que já havia sido, pois as portas já estavam seladas havia muito tempo. Que criança nunca desejou saber se os lugares de suas histórias de ninar eram fantasia ou realidade? Mas mesmo que ele *quisesse* quebrar o lacre, e ele não queria, não o suficiente para arriscar a escuridão do outro lado, nunca tivera um meio de fazê-lo.

— Talvez alguns tenham ficado — disse Kell —, mas um *Antari* precisa de *duas* coisas para criar uma porta: a primeira é sangue, e a segunda é um artefato do lugar para onde deseja ir. E, como eu falei, as relíquias foram todas destruídas.

Os olhos de Lila se arregalaram.

— Mas a pedra é um artefato.

— A pedra é um artefato — ecoou Kell.

Lila apontou para a parede de onde Kell saíra da primeira vez.

— Então você abre uma porta para a Londres Preta e depois faz o quê? Joga a pedra por ela? O que é que você está esperando?

Kell fez que não com a cabeça.

— Não posso fazer uma porta daqui para lá.

Lila reagiu exasperada.

— Mas você acabou de dizer...

— As outras Londres estão no meio do caminho — explicou ele. Havia um pequeno livro na mesa ao lado da cama. Ele passou o polegar pelas páginas. — Os mundos são como folhas de papel empilhadas. — Era como ele sempre os imaginara. — Você precisa se deslocar de um para outro na ordem. — Ele pegou algumas páginas entre os dedos. — Londres Cinza — mostrou, deixando uma folha cair de volta na pilha. — Londres Vermelha. — Ele soltou a segunda. — Londres Branca. — A terceira página caiu lentamente. — E Preta. — E deixou o restante das folhas cair de volta no livro.

— Então você tem que viajar *através* deles — falou Lila.

Parecia tão simples quando ela colocava dessa forma. Mas não seria. Sem dúvida a coroa estava procurando por ele na Londres Vermelha, e sabe-se lá quem mais. (Teria Holland enfeitiçado outros? Estariam eles procurando também?) Além do mais, sem os seus pingentes, ele teria que procurar um novo objeto para ir dali até a Londres Branca. E, quando chegasse lá, se chegasse, e presumindo que os Dane não o alcançassem em um segundo, e presumindo que ele fosse capaz de subjugar o lacre e abrir uma porta para a Londres Preta, a pedra não poderia ser apenas jogada por ali. Portas não funcionavam daquela forma. Kell teria que atravessar com ela. Ele tentou não pensar nessa parte.

— Então... — começou Lila, os olhos brilhando. — Quando vamos partir?

Kell levantou os olhos.

— *Nós* não vamos.

Lila estava recostada na parede, bem ao lado do lugar onde ele a havia algemado na madeira. A tábua estava dilacerada e arruinada nos pontos que ela havia serrado para se libertar, como se para lembrar a ele tanto de suas ações quanto das dela.

— Eu quero ir — insistiu Lila. — Não vou lhe dizer onde a pedra está. Não até você concordar em me deixar ir.

Os punhos de Kell se fecharam.

— Aquelas amarras que você conjurou para Holland não vão segurá-lo. A magia *Antari* é poderosa o suficiente para dispersá-las, e, quando ele acordar, não vai levar muito tempo para perceber isso, para se soltar e começar a nos caçar novamente. O que significa que eu não tenho tempo para brincadeiras.

— Isso não é uma brincadeira — disse ela com simplicidade.

— Então o que é?

— Uma oportunidade — retrucou Lila, afastando-se da parede. — Uma saída. — A tranquilidade dela fraquejou, e, por um momento, ele viu de relance o que estava por baixo. A vontade, o medo, o desespero.

— Você quer sair daqui — falou ele —, mas não tem ideia daquilo em que está se *metendo*.

— Não me importo — afirmou ela. — Eu quero ir.

— Você não pode — disse ele, levantando-se.

Uma pequena onda de tontura o atingiu e ele se apoiou na cama, esperando que passasse.

Ela soltou uma risada de escárnio.

— Você não está em condições de ir sozinho.

— Você não pode ir, Lila — afirmou ele novamente. — Apenas os *Antari* podem viajar entre os mundos.

— A minha pedra...

— Não é sua.

— É, no momento. E você mesmo disse, ela é magia pura. Ela *cria* magia. Vai me deixar passar — declarou Lila, como se tivesse certeza.

— E se não deixar? — desafiou Kell. — E se não for todo-poderosa? E se for apenas uma bugiganga para conjurar feitiços menores? — Mas ela não acreditava nele. Ele não tinha certeza se acreditava em si mesmo. Tinha segurado a pedra, sentido seu poder, e a sensação era de uma força ilimitada. Mas ele não queria que Lila o testasse. — Você não tem como saber com certeza.

— É um risco que cabe a mim decidir correr, e não a você.

Kell a encarou.

— Por quê? — perguntou ele.

Lila deu de ombros e respondeu:

— Sou um homem procurado.

— Você não é homem.

Lila abriu um sorriso vazio.

— As autoridades não sabem disso. E é provavelmente por esse motivo que eu ainda sou procurada e não fui enforcada.

Kell recusou-se a deixar o assunto morrer.

— Por que realmente quer fazer isso?

— Porque sou uma tola.

— *Lila...*

— Porque não posso ficar aqui — explodiu ela, e o sorriso deixou seu rosto. — Porque quero ver o mundo, mesmo que não seja o meu. E porque vou salvar sua vida.

*Loucura*, pensou Kell. Loucura total. Ela não passaria pela porta. E, mesmo que a pedra funcionasse, mesmo que ela atravessasse de alguma forma, o que aconteceria depois? Transferência era traição, e Kell tinha quase certeza de que a lei também se aplicava à transferência de pessoas, particularmente de fugitivos. Contrabandear um globo de neve ou uma caixa de música era uma coisa, mas fazer isso com uma ladra era bem diferente. *E contrabandear uma relíquia da Londres Preta?*, ralhou uma voz em sua cabeça. Ele esfregou os olhos. Podia sentir os dela fixos nele. Traição à parte, restava o fato de que Lila era uma habitante da Londres Cinza; ela não pertencia à Londres dele. Era perigoso demais. Era loucura, e ele seria louco de deixá-la tentar... Mas Lila estava certa sobre uma coisa. Kell não se sentia forte o suficiente para fazer aquilo sozinho. E, pior, ele não queria fazê-lo. Estava com medo, com mais do que gostaria de admitir, da tarefa que lhe aguardava e do destino que o esperava no fim. E alguém precisaria contar ao trono vermelho, contar à sua mãe, ao seu pai e a Rhy o que acontecera. Kell não podia levar o perigo até a porta deles, mas podia levar Lila para contar.

— Você não sabe nada sobre esses mundos — disse ele, mas a convicção estava se esvaindo de sua voz.

— Óbvio que sei — retrucou Lila com animação. — Existe a Londres Sem Graça, a Londres de Kell, a Londres Assustadora e a Londres Morta — recitou ela, enumerando-as nos dedos. — Viu? Eu aprendo rápido.

*Você também é humana*, pensou Kell. Estranha, teimosa e assassina, mas ainda assim humana. A luz, leve e diluída pela chuva, começou a surgir no céu. Ele não podia se dar ao luxo de ficar ali esperando por ela.

— Me entregue a pedra — falou Kell. — E eu deixo você ir comigo.

Lila deu uma risadinha.

— Acho que ficarei com ela até atravessarmos.

— E se você não sobreviver? — provocou Kell.

— Aí você pode vasculhar meu cadáver — respondeu ela secamente. — Duvido que eu vá me incomodar.

Kell encarou-a, intrigado. Essa coragem era fachada ou ela realmente tinha tão pouco a perder? No mínimo, tinha a própria vida, algo que sempre podia ser perdido. Como ela poderia não temer nem mesmo a morte?

*Está com medo de morrer?*, perguntara Holland a ele no beco. E Kell estava. Sempre estivera, desde que conseguia se lembrar. Ele temia *não* viver, temia deixar de existir. O mundo de Lila podia acreditar em Céu e Inferno, mas o dele acreditava no pó. Ele aprendera desde cedo que a magia reivindicava a magia e a terra reivindicava a terra, as duas se separando quando o corpo morria: a pessoa que havia sido fruto da combinação delas simplesmente se perdia. Nada durava. Nada permanecia.

Durante a infância, ele tivera pesadelos em que subitamente se partia em mil pedaços: um minuto correndo pelo pátio ou de pé nos degraus do palácio, e no momento seguinte disperso em ar e cinzas. Ele acordava ensopado de suor e sufocando, com Rhy sacudindo seus ombros.

— Você não tem medo de morrer? — perguntou Kell agora a Lila.

Ela olhou para ele como se aquela fosse uma pergunta estranha. E então fez que não com a cabeça.

— A morte chega para todos — disse ela simplesmente. — Não tenho medo de morrer. Mas tenho medo de morrer *aqui*. — Ela fez um gesto indicando o quarto, a taverna, a cidade. — Prefiro morrer numa aventura a viver sem ter feito nada.

Kell analisou-a por alguns segundos. Então falou:

— Muito bem.

Lila franziu o cenho, descrente.

— O que você quer dizer com "muito bem"?

— Você pode ir comigo — explicou Kell.

Lila abriu um sorriso que iluminou seu rosto de uma forma inteiramente nova e a fez parecer mais jovem. Os olhos dela se voltaram para a janela.

— O sol está quase nascendo — disse ela. — E a esta hora Holland provavelmente já está procurando por nós. Você está se sentindo bem o suficiente para ir?

*É muito difícil matar um Antari.*

Kell assentiu enquanto Lila vestia a capa sobre os ombros e se armava, movendo-se com gestos rápidos e eficientes, como se estivesse com medo de demorar muito e Kell mudar de ideia. Ele apenas ficou parado ali, admirado.

— Não quer se despedir? — perguntou ele, apontando para as tábuas do piso e, em algum lugar abaixo delas, para Barron.

Lila hesitou, olhando para as botas e pensando no mundo embaixo delas.

— Não — disse baixinho, a voz insegura pela primeira vez desde que haviam se conhecido.

Ele não sabia qual era a ligação de Lila e Barron, mas deixou o assunto de lado. Não a culpava. Afinal de contas, ele não tinha planos de se desviar do caminho e parar no castelo para ver seu irmão uma última vez. Dissera a si mesmo que era muito perigoso, ou que Rhy não o deixaria partir, mas a verdade era que Kell não conseguiria dizer adeus.

Seu casaco estava pendurado na cadeira. Kell se dirigiu até ele e o revirou da esquerda para a direita, trocando o preto surrado pelo vermelho-rubi.

O interesse tremeluziu de leve nos olhos de Lila, sem se revelar com toda a sua força, o que fez Kell supor que ela vira o truque por si mesma quando vasculhara seus bolsos durante a noite.

— Quantos casacos você acha que existem dentro desse aí? — indagou ela casualmente, como se perguntasse sobre o tempo e não sobre um encantamento complexo.

— Não sei ao certo — respondeu Kell, revirando um bolso bordado a ouro e respirando aliviado quando seus dedos encontraram uma moeda. — De vez em quando acho que encontrei todos, aí me deparo com um novo. E algumas vezes os antigos se perdem. Alguns anos atrás descobri com um casaco curto, uma coisa verde e feia com remendos nos cotovelos. Só que nunca mais o vi.

Ele tirou o lin da Londres Vermelha e o beijou. Moedas eram chaves perfeitas. Em teoria, qualquer coisa de um mundo servia, e a maioria das peças que Kell usava vinha da Londres Vermelha, mas moedas eram simples, sólidas, específicas, e sempre funcionavam. Ele não podia se dar ao luxo de fazer algo errado, não quando outra vida estava em suas mãos (e estava, não importando as alegações de Lila).

Enquanto ele estava procurando pelo artefato, Lila esvaziou o dinheiro dos próprios bolsos, uma seleção bastante eclética de xelins e centavos, e os empilhou na cômoda ao lado da cama. Kell esticou a mão e pegou a de menor valor para repor o artefato da Londres Cinza que havia perdido. Ao mesmo tempo, Lila mordeu o lábio e encarou as moedas por um instante, as mãos enfiadas nos bolsos internos da capa. Ela mexia nervosamente em algo ali, e alguns segundos depois puxou um elegante relógio de prata e o deixou ao lado da pilha de moedas.

— Estou pronta — declarou, tirando os olhos do relógio.

*Eu, não,* pensou Kell, encolhendo-se no casaco e indo até a porta. Outra onda de tontura o atingiu no momento em que ele abriu a porta, mas foi menor e mais breve que a anterior.

— Espere — disse Lila. — Pensei que iríamos como você veio. Pela parede.

— Paredes não estão sempre onde deveriam estar — disse Kell.

Na verdade, a Stone's Throw era um dos poucos lugares em que as paredes *não* mudavam, mas isso não a tornava mais segura. A Setting Sun podia estar na mesma fundação na Londres Vermelha, mas também era o local em que Kell fazia negócios, e um dos primeiros lugares em que alguém poderia ir procurar por ele.

— Além disso, não sabemos o quê, ou quem — acrescentou ele, lembrando dos atacantes enfeitiçados —, está esperando do outro lado. É melhor irmos para um local próximo de onde vamos, antes de ir para lá de fato. Entendeu?

Lila não parecia ter entendido, mas concordou mesmo assim.

Os dois desceram devagar a escada, passando por um pequeno patamar que se abria para um corredor estreito cheio de quartos. Lila parou ao lado da porta mais próxima e escutou. Um ronco suave ecoou pela madeira. Barron. Ela botou a mão na porta por uma fração de segundo, depois ultrapassou Kell e desceu o restante da escada sem olhar para trás. Ela deslizou a tranca da porta dos fundos e se apressou até o beco. Kell a seguiu, parando tempo suficiente para elevar a mão e ordenar que a tranca voltasse para o lugar. Ele ouviu o rangido do metal deslizando para o encaixe e então se virou e viu Lila esperando, de costas para a taverna, como se seu presente já tivesse se transformado em passado.

# II

A chuva havia parado, deixando as ruas lúgubres e úmidas, mas, apesar do chão molhado e do frio de outubro, Londres começava a acordar. O som dos carrinhos de madeira enchia o ar junto com o cheiro de pães frescos e fornos recém-acesos. Mercadores e compradores davam início ao dia de trabalho, abrindo as portas e janelas de lojas e preparando seus negócios. Kell e Lila avançaram pela cidade vibrante, movendo-se vigorosamente à fraca luz da aurora.

— Tem certeza de que está com a pedra? — perguntou Kell.

— Tenho — afirmou Lila, e fez bico. — E se você está pensando em roubá-la de volta, é melhor não tentar, pois teria que me revistar, e, mago ou não, posso apostar que minha faca encontraria seu coração antes de sua mão encontrar a pedra.

Ela falou com uma confiança tão casual que Kell suspeitou de que estivesse certa, mas não tinha o menor desejo de pagar para ver. Em vez disso, voltou sua atenção para as ruas à volta deles, tentando situá-la em outro mundo.

— Estamos quase lá.

— Onde é lá? — perguntou ela.

— Whitbury Street.

Ele já havia cruzado pela Whitbury antes (a rua o deixava perto do quarto na Ruby Fields, o que significava que ele poderia deixar ali qualquer item recém-adquirido antes de se dirigir ao palácio). Porém, mais importante, a fileira de lojas na Whitbury não desembocava diretamente na Ruby Fields, mas cerca de duas quadras antes. Ele aprendera a nunca entrar em um mundo exatamente onde queria ir. Se houvesse problemas à espreita, você chegaria bem no meio deles.

— Há uma hospedaria na Londres Vermelha — explicou ele, tentando não pensar na última vez que estivera lá. No feitiço de rastreamento, no ataque e nos cadáveres de homens no beco do outro lado. Cadáveres de homens que *ele* matara. — Tenho um quarto nela — continuou. — Eu vou achar nele o que preciso para fazer uma porta para a Londres Branca.

Lila não notou o uso do "eu" ao invés de "nós", ou, se notou, não se deu ao trabalho de corrigi-lo. Na verdade, ela parecia perdida nos próprios pensamentos enquanto eles se deslocavam pelo emaranhado de ruas laterais. Kell mantinha o queixo erguido e os sentidos aguçados.

— Não vou esbarrar em mim mesma, vou? — indagou Lila, quebrando o silêncio.

Kell olhou para ela.

— Do que você está falando?

Ela chutou uma pedra solta.

— Bem, quero dizer, é outro mundo, não é? Outra versão de Londres. Existe outra versão de mim?

Kell franziu a testa.

— Nunca conheci *ninguém* como você.

Ele não teve a intenção de fazer um elogio, mas Lila entendeu dessa forma, abrindo um sorriso.

— O que posso dizer? — falou ela. — Sou única.

Kell esboçou o eco de um sorriso, e ela suspirou.

— O que é isso no seu rosto?

O sorriso desapareceu.

— O quê?

— Não importa — disse Lila, rindo. — Já sumiu.

Kell apenas sacudiu a cabeça. Não entendeu a piada, mas, o que quer que fosse, pareceu divertir Lila, e ela riu sozinha por todo o caminho até Whitbury.

Ao virar na pequena e agradável rua, Kell parou no meio-fio entre as fachadas de duas lojas. Uma pertencia a um dentista e a outra, a um barbeiro (na Londres Vermelha, eram um boticário e um ferreiro). Se Kell apertasse os olhos, poderia enxergar os vestígios de sangue na parede de tijolos à sua frente, a superfície resguardada por um beiral estreito. Lila observava a parede atentamente.

— É aqui que fica o seu quarto?

— Não — respondeu ele. — Mas é aqui que vamos atravessar.

Os punhos de Lila se fecharam e se abriram ao lado do corpo. Kell achou que ela devia estar apavorada, mas quando olhou na direção dele, seus olhos brilhavam e o esboço de um sorriso se formava em seus lábios.

Kell engoliu em seco e se aproximou do muro. Lila o seguiu. Ele hesitou.

— O que estamos esperando?

— Nada — disse Kell. — É só...

Ele despiu o casaco e o colocou sobre os ombros de Lila, como se a magia pudesse ser enganada. Como se não fosse distinguir entre um ser humano e um *Antari*. Kell duvidava que seu casaco fosse fazer alguma diferença — ou a pedra a deixaria passar ou não —, mas ainda assim o entregou a ela.

Lila reagiu pegando seu lenço, o mesmo que lhe dera quando furtara seu bolso e que havia pegado de volta quando ele desmaiou no chão do quarto, e o enfiou no bolso traseiro de Kell.

— O que você está fazendo? — perguntou ele.

— Parece a coisa certa a fazer — falou ela. — Você me deu algo seu. Eu lhe dei algo meu. Agora estamos conectados.

— Não funciona dessa forma — explicou ele.

Lila deu de ombros.

— Mal não vai fazer.

Kell supôs que ela estivesse certa. Ele pegou a faca, deslizou a lâmina pela palma da mão, e uma linha fina de sangue brotou. Ele passou o dedo nela e desenhou uma linha na parede.

— Pegue a pedra — disse.

Lila olhou para ele, desconfiada.

— Você vai *precisar* dela — urgiu Kell.

Lila suspirou e puxou um chapéu de abas largas de uma dobra em seu casaco. Estava amassado, mas, com uma sacudidela, ele se ajeitou. Lila botou a mão dentro dele como uma ilusionista e tirou a pedra preta. Algo em Kell pareceu se revirar ao ver a pedra, uma ânsia em seu sangue, e ele precisou se controlar para não estender a mão e pegar o talismã. Ele reprimiu o ímpeto e pensou pela primeira vez que talvez fosse melhor se não a segurasse.

Lila fechou os dedos sobre a pedra e Kell fechou os seus sobre os de Lila, e foi como se pudesse *sentir* o talismã zumbindo através da pele e dos ossos dela. Tentou não pensar na forma como a pedra cantava para ele.

— Tem certeza? — perguntou ele uma última vez.

— Vai funcionar — afirmou Lila. Sua voz soou menos convicta do que antes; menos como se acreditasse e mais como se *quisesse* que funcionasse, então Kell assentiu. — Você mesmo disse — acrescentou ela — que todos somos uma mistura de humanidade e magia. Isso significa que eu também sou. — Ela levantou o olhar e encontrou o dele. — O que acontece agora?

— Não sei — disse ele com sinceridade.

Lila chegou mais perto, tão perto que suas costelas se encostaram e Kell pôde sentir o coração acelerado dela. A garota era boa em esconder seu medo. Não aparecia nos olhos ou nas linhas do rosto, mas sua pulsação a traía. E então os lábios de Lila abriram um sorriso, e Kell se perguntou se o que ela sentia era mesmo medo ou algo totalmente diferente.

— Eu não vou morrer — falou ela. — Não até ter visto.

— Visto o quê?

O sorriso dela se alargou.

— Tudo.

Kell sorriu também. E então Lila levou a mão livre até o queixo dele e puxou a boca de Kell na direção da sua. O beijo veio e num instante se foi, como um dos sorrisos dela.

— Por que você fez isso? — perguntou ele, atordoado.

— Para dar sorte — respondeu ela, alinhando os ombros com a parede. — Não que eu precise de sorte.

Kell a encarou por um instante e então se forçou a virar na direção dos tijolos marcados de sangue. Ele apertou a mão dela e levou os dedos até a marca.

— *As Travars* — pronunciou.

A parede cedeu, e o viajante e a ladra andaram para a frente e a atravessaram.

# III

Barron acordou com um barulho.

Era a segunda vez naquela manhã.

Barulhos eram algo bastante comum em uma taverna; o volume subia e descia dependendo do horário, algumas vezes trovejante e outras murmurante, mas estava sempre lá, em alguma medida. Mesmo quando estava fechada, a Stone's Throw nunca ficava totalmente silenciosa. Mas Barron conhecia todos os barulhos que sua taverna fazia, do ranger das tábuas do chão ao gemido das portas e ao vento que se infiltrava pelas centenas de rachaduras nas velhas paredes.

Ele conhecia todos.

Esse era diferente. Desconhecido.

Barron era dono daquele esqueleto de taverna — pois era assim que via a velha e sofrida construção — havia um longo tempo. Tempo suficiente para compreender o estranho que ia e vinha como o vento. Tempo suficiente para o estranho parecer normal. E como ele não fazia parte do que era estranho, e não compartilhava interesses nem afinidades com a prática da estranheza que chamavam de magia, desenvolvera uma forma de sexto sentido a respeito do que era estranho.

E prestava atenção nele.

Exatamente como fazia agora, ouvindo o barulho acima de sua cabeça. Não era alto, de forma alguma, mas não se encaixava, e lhe provocava uma sensação sob a pele e nos ossos. Uma sensação de que havia algo errado. De perigo. Os pelos de seu braço eriçaram-

-se, e seu coração, sempre tranquilo, começou a bater mais rápido, como em alerta.

O barulho se repetiu e ele reconheceu o ranger de passos no velho chão de madeira. Sentou-se na cama. O quarto de Lila ficava diretamente em cima do seu. Mas os passos não pertenciam a Lila.

Quando alguém passa tempo suficiente sob seu teto (como Lila estivera sob o dele), você começa a conhecer os barulhos que faz; não apenas a voz, mas a forma como se desloca. E Barron conhecia o som dos passos de Lila quando ela queria ser ouvida e o som de quando não queria, e nenhum deles se encaixava. Além disso, Barron primeiro acordara com o barulho de Lila e Kell saindo, não fazia muito tempo (ele não a detivera; aprendera que era inútil tentar, então resolvera ser um esteio, sempre ali e pronto para quando ela decidisse voltar, o que invariavelmente acontecia).

Mas, se não era Lila andando no quarto, quem era?

Barron se levantou, a arrepiante sensação de algo errado ficando pior enquanto ele levantava os suspensórios da cintura até os ombros largos e calçava as botas.

Uma espingarda estava pendurada na parede ao lado da porta, meio enferrujada pela falta de uso (nas ocasiões em que algum problema eclodia no salão, o porte de brutamontes de Barron em geral era suficiente para resolver a questão). Ele segurou a arma pelo cano e a puxou de sua moldura. Abriu a porta, fazendo uma careta por causa do rangido, e rumou escada acima para o quarto de Lila.

Tentar ser furtivo seria inútil. Barron nunca fora um homem pequeno, e os degraus rangiam alto sob suas botas conforme ele subia. Quando alcançou a pequena porta verde no topo da escada, ele hesitou, encostou a orelha na madeira e nada ouviu. Por um breve instante, duvidou de si mesmo. Pensou ter cochilado depois da saída de Lila e simplesmente sonhado com aquela ameaça, por causa de sua preocupação. Seu aperto firme na arma, que havia deixado os nós de seus dedos brancos, começou a afrouxar e ele inspirou, pensando em voltar para a cama. Mas então ouviu o som metálico de moedas tilintando e a dúvida derreteu-se como uma vela. Ele abriu a porta com a arma em punho.

Lila e Kell tinham saído, mas o quarto não estava vazio: havia um homem de pé ao lado da janela aberta, pesando o relógio de bolso de Lila na palma da mão. A lamparina sobre a mesa queimava com uma luz fraca e esquisita, o que tornava o homem estranhamente desbotado, do cabelo cor de carvão à pele pálida e ao casaco cinza-claro. Quando seu olhar se desviou casualmente do relógio e viu Barron (ele não pareceu nem um pouco perturbado pela arma), o dono da taverna viu que um de seus olhos era verde. O outro era totalmente preto.

Lila descrevera o homem para ele e lhe dissera seu nome.

*Holland.*

Barron não hesitou. Puxou o gatilho, e a espingarda explodiu pelo quarto com um barulho ensurdecedor que deixou seus ouvidos zumbindo. Mas, quando a nuvem de fumaça se dissipou, o intruso sem cor continuava de pé exatamente onde estivera antes da explosão, sem um arranhão. Barron arregalou os olhos, sem acreditar. O ar em frente a Holland brilhava, e Barron levou um segundo para entender que estava cheio de partículas de chumbo. As minúsculas contas de metal suspensas em frente ao peito de Holland. E então caíram, estalando no chão como granizo.

Antes que pudesse atirar novamente, Holland dobrou os dedos e a arma voou das mãos de Barron através do cômodo estreito, colidindo com a parede. Ele investiu para pegá-la, ou pelo menos foi o que tentou fazer, mas seu corpo se recusou, permanecendo enraizado no lugar, não por medo, mas por algo mais forte. *Magia.* Ele deu um comando mental para que suas pernas se mexessem, mas a força da magia comandou que ficassem paradas.

— Onde estão eles? — perguntou Holland. Sua voz era grave, fria e vazia.

Uma gota de suor rolou pelo rosto de Barron enquanto ele tentava se libertar do efeito da magia, sem sucesso.

— Foram embora — respondeu ele, sua voz saindo como um grave estrondo.

Holland franziu o cenho, desapontado. Tirou uma faca curva do cinto.

— Isso já deu para perceber. — Ele cruzou o quarto com passos cadenciados que ecoavam, e levou a lâmina lentamente até a garganta de Barron. Era muito fria e afiada. — Para onde foram?

De perto, Kell exalava um aroma de lírios e grama. Holland cheirava a cinzas, sangue e metal.

Barron encarou os olhos do mago. Eram como os de Kell. E ao mesmo tempo muito diferentes. Olhando dentro deles, viu raiva, ódio e dor, coisas não disseminadas, não aparentes, no restante do rosto.

— Então? — pressionou ele.

— Não faço a menor ideia — rosnou Barron.

Era verdade. Ele podia apenas esperar que estivessem bem longe dali.

Holland franziu os lábios.

— Resposta errada.

Ele deslizou a lâmina e Barron sentiu um calor escaldante em sua garganta; depois, mais nada.

# NOVE

# FESTIVAL & FOGO

# I

A Londres Vermelha acolheu o retorno de Kell como se nada estivesse errado. Não havia chovido ali, e o céu estava listrado com rastros de nuvens e um tom avermelhado, como se fosse um reflexo do Atol. Carruagens seguiam elegantes pelas ruas, e o ar estava repleto dos vapores adocicados de temperos e chá. Um pouco além, ouvia-se os sons da crescente celebração.

Fazia mesmo apenas algumas horas desde que Kell fugira, ferido e confuso, daquele mundo para outro? A normalidade do ambiente e a sensação de que tudo estava certo por ali o deixaram atordoado e o fizeram duvidar, ainda que por um segundo apenas, de que algo pudesse estar errado. Mas ele sabia que a paz era superficial. Em algum lugar no palácio acima do rio, sua ausência certamente fora sentida; em algum lugar na cidade, dois homens jaziam mortos, e mais deles, com olhos vazios, provavelmente procuravam por ele e por seu prêmio. Mas ali, no que fora Whitbury e agora era *Ves Anash*, com a luminosidade do rio brilhando de um lado e o sol da manhã do outro, a Londres Vermelha parecia alheia ao perigo em que se encontrava, o perigo que ele carregava.

Uma pequena pedra preta capaz de criar qualquer coisa e destruir tudo. O pensamento o fez estremecer e apertar ainda mais a mão de Lila, mas nesse momento se deu conta de que ela não estava ali.

Ele se virou, esperando encontrá-la de pé ao seu lado, esperando que tivessem sido separados apenas por um passo ou dois durante a travessia. Mas ele estava sozinho. O eco da magia *Antari* brilhava fraco no muro, marcando o caminho pelo qual viera com Lila.

Mas Lila se fora.

E com ela, a pedra.

Kell esmurrou o muro, abrindo o rasgo que mal começara a se fechar. Sangue escorreu por seu pulso. Ele falou um palavrão e se pôs a procurar um pedaço de pano em seu casaco, esquecendo que o colocara sobre os ombros de Lila. Estava prestes a soltar outro palavrão quando se lembrou do lenço. O que ela lhe dera em troca, enfiado em seu bolso traseiro.

*Parece a coisa certa a fazer*, dissera ela. *Você me deu algo seu. Eu lhe dei algo meu. Agora estamos conectados.*

*Conectados*, pensou Kell. Botou a cabeça para funcionar quando pegou o quadrado de tecido. Funcionaria? Não se ela tivesse sido despedaçada ou ficado presa entre os mundos (havia relatos de não *Antaris* que tentaram abrir portas e ficaram entalados). Mas, se ela não tivesse chegado a atravessar, ou se estivesse ali de alguma forma, viva ou morta, poderia funcionar.

Ele levou o lenço manchado de sangue até o muro e pressionou a palma da mão sobre o eco de sua marca recente.

— *As Enose* — disse ele para a magia. — *As Enose* Delilah Bard.

Lila abriu os olhos e viu tudo vermelho.

Não um vermelho-vivo, como o da tinta que pintava as construções, mas um matiz sutil e penetrante, como se ela estivesse olhando através de um painel de vidro colorido. Lila tentou piscar para se livrar da cor, mas ela permaneceu. Quando Kell chamou a cidade de Londres *Vermelha*, ela presumira que ele havia escolhido a cor por algum motivo arbitrário ou pelo menos normal. Agora, via que quisera dizer literalmente. Ela respirou fundo e sentiu o cheiro de flores no ar. Lírios, calêndulas e lírios-orientais. O aroma era avassalador, beirando um doce enjoativo, como perfume. Não era de se admirar que se impregnasse em Kell. Depois de alguns segundos, o aroma abrandou, assim como o matiz da luz, e os sentidos de Lila se ajustaram ao novo ambiente. Mas, quando respirou mais fundo, tudo a acometeu novamente.

Lila tossiu e permaneceu deitada, imóvel. Ela estava de costas em um beco, de frente para uma porta vermelha muito bonita (pintada, não matizada). Ela sentiu o chão sob o corpo, uma pedra solta da rua cutucando suas costas através do casaco. O casaco de Kell. Espalhado no chão embaixo dela, aberto como asas.

Mas Kell não estava ali.

Lila fechou os dedos para ter certeza de que podia mexê-los e sentiu a pedra preta aninhada na mão, ainda zumbindo. *Funcionou*, pensou ela, suspirando maravilhada enquanto se sentava. Havia realmente *funcionado*.

Mas não perfeitamente. Se tivesse funcionado perfeitamente, ela e Kell estariam de pé no mesmo lugar, mas ela estava aqui. Que era na verdade *ali*. Algum lugar *novo*.

Ela havia conseguido.

Delilah Bard finalmente tinha escapado, zarpado. Não com um navio, mas com uma pedra.

Quanto a onde exatamente estava, não tinha a menor ideia. Ela se levantou e percebeu que a matiz vermelha não vinha do céu, e sim do chão. O mundo à sua direita era consideravelmente mais vermelho que o mundo à sua esquerda. E, percebeu conforme seus sentidos foram se aguçando, consideravelmente mais barulhento. Não o ruído usual de mascates e carroças, pois as Londres pareciam ter isso em comum, mas o estrondo de uma multidão crescente, com vivas, gritos e celebração. Parte dela sabia que devia ficar parada e esperar que Kell a encontrasse, mas a outra parte já se deslocava em direção ao volume de luz, cor e som.

Kell a encontrara uma vez, pensou ela. Poderia encontrá-la de novo.

Lila enfiou a pedra preta no bolso escondido de sua capa (a vertigem que sentiu ao largá-la foi breve e superficial), então pegou o casaco de Kell, espanou-o e o vestiu por cima. Ela imaginou que fosse ficar grande demais, e completamente desajeitado, mas, para sua surpresa, o casaco lhe serviu perfeitamente, os botões de prata alinhados com precisão no rico tecido preto.

*Que estranho*, pensou Lila, enfiando as mãos nos bolsos. Não era a coisa mais estranha que lhe acontecera até então, mas ainda assim era estranho.

Ela vagou pelas ruas, que eram como as de sua Londres, em toda a sua estreiteza e sinuosidade, e, contudo, tão diferentes. Em vez de pedra bruta e vidros sujos de fuligem, as lojas eram feitas de madeira escura e pedra lisa, vidros coloridos e metal brilhante Pareciam robustas e estranhamente delicadas ao mesmo tempo, e, passando por todas elas, por *tudo*, havia uma energia (ela não conseguiu pensar em outra palavra). Lila andou em direção à multidão, maravilhada com as diferenças daquele mundo, cujos ossos eram iguais aos do mundo dela, mas cujo corpo era algo novo e glorioso.

Quando dobrou a esquina, Lila viu a fonte da comoção. Milhares de pessoas estavam aglomeradas ao longo da rua principal, irrequietas, na expectativa. Tinham ares de plebeus, mas suas roupas eram muito mais finas do que Lila jamais vira nos plebeus de sua Londres. Seu estilo em si não era tão estranho (os homens usavam casacos elegantes com golas altas e as mulheres trajavam vestidos ajustados na cintura, sob capas), mas os materiais fluíam por eles como metal derretido, e fios de ouro percorriam cabelos, chapéus e punhos de camisa.

Lila fechou bem o casaco com botões de prata de Kell, agradecida por conseguir esconder a capa surrada que usava por baixo. Nas brechas que havia entre a multidão que se acotovelava, ela pôde distinguir o rio vermelho ao longe, exatamente onde o Tâmisa deveria estar, sua estranha luminosidade alterando as margens.

*O Tâmisa? Uma fonte de magia?*

*Talvez a maior fonte do mundo. Não que vocês percebam isso aqui, mas, se você pudesse ver como é na* minha *Londres...*

Era realmente magnífico. Porém, Lila estava menos interessada na água do que nos navios que a recobriam. Embarcações de todos os formatos e tamanhos, de brigues e galeras a escunas e navios imponentes, balançavam ao sabor das ondas vermelhas, as velas ondulando. Dezenas de emblemas marcavam o tecido em seus mastros e flancos, mas sobre todos eles haviam sido pendurados estandartes vermelhos e dourados. Eles cintilavam, provocando-a. *Suba a bordo*, pareciam dizer. *Eu posso ser seu*. Se Lila fosse homem e os navios, belas donzelas acenando com as saias, ela não poderia tê-los desejado mais. *Danem-se os vestidos bonitos*, pensou ela. *Prefiro um navio.*

Mas, apesar de a frota eclética ser o suficiente para tirar o fôlego de *Lila*, não eram os navios maravilhosos nem o inacreditável rio vermelho que prendiam a atenção da multidão.

Uma procissão marchava pela avenida.

Lila chegou até a borda da multidão quando uma fileira de homens desfilou em formação, vestidos com faixas de tecido escuro que envolviam seus corpos como se seus membros fossem carretéis. Os homens seguravam fogo na palma das mãos, e, quando dançavam e giravam, o fogo formava arcos à sua volta, seguindo seus passos e demorando-se no ar atrás deles. Seus lábios moviam-se junto com o fogo, as palavras abafadas pelos sons da parada, e Lila se viu penetrando na aglomeração para ter uma visão melhor. De repente, os homens partiram, mas em seu encalço uma fila de mulheres apareceu. Trajando vestidos fluidos, executavam uma versão mais delicada da mesma dança, só que com água. Lila assistiu a tudo com olhos arregalados; a água se comportava como fitas nas mãos delas, espiralando e enrolando no ar, como que por magia.

*É óbvio*, pensou Lila, *aquilo era coisa da magia.*

As dançarinas da água deram lugar às da terra, às do metal e, por fim, às do vento, este último elemento fazendo-se visível por meio do pó colorido soprado das palmas das mãos para o ar.

As dançarinas estavam vestidas com roupas diferentes, mas todas levavam fitas vermelhas e douradas amarradas em braços e pernas, seguindo-os como caudas de cometas conforme se deslocavam pela cidade.

A música se elevou no rastro das dançarinas, forte como tambores porém doce como um instrumento de cordas, atingindo notas que Lila jamais escutara com instrumentos que ela nunca vira. Os músicos seguiram em frente, mas a melodia permaneceu no ar, pairando sobre a multidão como o teto de uma tenda, como se o próprio som pudesse se materializar. Era hipnótico.

E então vieram os cavaleiros em suas montarias, as capas vermelhas ondulando atrás deles. Os próprios cavalos eram animais gloriosos: não eram malhados; ou eram totalmente brancos ou cinza ou de um preto reluzente. *Quase tão bonitos quanto os navios*, pensou Lila. Seus olhos pareciam pedras polidas, alguns marrons, outros azuis ou verdes. As crinas sedosas fluíam pretas, prateadas ou douradas, e eles se moviam com uma graça que não condizia com seu tamanho ou sua marcha.

Todos os cavaleiros empunhavam estandartes como lanças de justa, um sol dourado nascendo em um céu vermelho.

Naquele momento, um amontoado de meninos cortou o caminho de Lila, fitas ondulando em seus braços e pernas, e ela segurou um deles pela gola da camisa.

— O que é tudo isso? — perguntou à criança irrequieta.

Os olhos do menino se arregalaram, e ele cuspiu uma sequência de palavras em um idioma que ela não reconheceu. Com certeza não era inglês.

— Você consegue me entender? — perguntou Lila, articulando as palavras, mas o garoto apenas balançou a cabeça, ainda preso, e continuou cuspindo palavras desconhecidas até que ela o deixou ir.

Aplausos mais altos irromperam na multidão, e Lila se virou para ver uma carruagem se aproximando. Era puxada por um conjunto de cavalos brancos e flanqueada por guardas de armadura. A carruagem levava estandartes mais ornamentados, mais elaborados: o sol que ela vira em tantas bandeiras pairava sobre um cálice, como se o conteúdo dele fosse a luz da manhã. O próprio cálice estava decorado com um M ornamentado, tudo confeccionado com fios de ouro bordados em seda vermelha.

Um homem e uma mulher estavam de pé na carruagem, de mãos dadas, as capas cor de carmim caindo dos ombros e acumulando-se no chão da carruagem. Ambos eram negros, com uma pele beijada pelo sol e cabelos pretos que destacavam o ouro das coroas ali aninhadas. (*Realeza*, pensou Lila. De fato. Era um mundo diferente. Um rei e uma rainha diferentes. Mas sempre havia a realeza.)

E, entre o rei e a rainha, com uma bota no banco da frente como um conquistador, havia um jovem também de pé. Uma fina coroa reluzia sobre seus cachos pretos e despenteados, e uma capa de ouro puro escorria sobre seus ombros largos. Um príncipe. Ele acenou para a multidão, e os plebeus foram à loucura.

— *Vares Rhy*! — Um grito emergiu do outro lado do desfile, e rapidamente se espalhou por dezenas de outras vozes. — *Vares Rhy*! *Vares Rhy*!

O príncipe lhes lançou um sorriso deslumbrante e, alguns passos à esquerda de Lila, uma jovem literalmente desmaiou. Lila escarneceu da tolice da garota, mas, quando se voltou para o desfile, pegou o príncipe olhando para *ela*. Intensamente. Lila sentiu o rosto queimar. Ele não sorriu, não piscou, apenas sustentou o olhar dela por alguns segundos, a testa franzindo de leve como se ele soubesse que ela não pertencia àquele mundo. Como se ele olhasse para ela e visse algo diferente. Lila sabia que provavelmente deveria fazer uma reverência ou pelo menos desviar o olhar, mas também o encarou. E então o momento passou. O príncipe abriu um novo sorriso, virou-se para seus súditos e a carruagem continuou, deixando fitas, dançarinos e cidadãos animados por onde passava.

Lila forçou-se a voltar a si. Ela não havia percebido o quanto tinha avançado com o restante da multidão até ouvir um pequeno grupo de garotas tagarelando ao seu lado.

— Onde ele estava? — murmurou uma delas.

Lila espantou-se, aliviada por ouvir *alguém* falando seu idioma.

— *Ser asina gose* — disse outra e, então, em um inglês com muito sotaque: — Você soa bem.

— *Rensa tav* — falou a primeira. — Estou praticando para hoje à noite. Você também deveria, se quiser dançar.

Ela ficou na ponta dos pés para acenar para o príncipe que desaparecia.

— Seu parceiro de dança — colocou a terceira em um inglês truncado — parece estar desaparecido.

A primeira garota murchou.

— Ele sempre está na procissão. Espero que esteja bem.

— *Mas aven* — exclamou a segunda, revirando os olhos. — Elissa está apaixonada pelo príncipe de olho preto.

Lila franziu o cenho. Príncipe de olho preto?

— Você não pode negar que ele é deslumbrante. De uma forma estranha.

— *Anesh*. De um jeito *aterrorizante*.

— *Tac*. Ele não se compara a Rhy.

— Com licença — interrompeu Lila. As três garotas se viraram para ela. — O que é tudo isso? — perguntou, apontando para a parada. — Para que é isso?

A jovem que falava com o inglês truncado soltou uma risada atônita, como se Lila só pudesse estar brincando.

— *Mas aven* — disse a segunda. — De onde você vem para não saber? É o aniversário do príncipe Rhy, é óbvio.

— É óbvio — ecoou Lila.

— Seu sotaque é maravilhoso — falou aquela que estava procurando por seu príncipe de olho preto. Elissa. — Quem é o seu tutor?

Foi a vez de Lila rir. As garotas apenas a encararam. Mas, então, as trombetas (instrumentos que soavam mais ou menos como trombetas) começaram a tocar na direção de onde a realeza e o restante do festival tinham vindo, e a multidão, agora seguindo a procissão, moveu-se no sentido da música, levando consigo o pequeno grupo de garotas. Lila saiu da aglomeração e levou a mão ao bolso, verificando se a pedra preta ainda estava ali. Estava. Ela zumbia, esperando ser apanhada, mas Lila resistiu à tentação. A pedra podia ser esperta, mas ela também era.

Sem a procissão bloqueando sua visão, Lila pôde ver todo o rio brilhante do outro lado da rua. Resplandecia com uma improvável luz vermelha que parecia emanar de baixo dele. Uma *fonte*, Kell havia chamado o rio, e Lila pôde ver por quê. Ele *vibrava* com poder, e a procissão real devia ter cruzado uma ponte, porque agora rumava pela margem oposta para receber cânticos e vivas longínquos. Os olhos de Lila seguiram o caminho da água até repousarem numa estrutura robusta e com abóbadas que só podia ser o palácio. Não ficava à margem do rio, como o Parlamento, mas *sobre* o próprio rio, cruzando a água como uma ponte. Parecia esculpido em vidro, ou cristal, suas junções unidas com cobre e pedra. Lila analisou a estrutura com olhos ávidos. O palácio parecia uma joia. Não, uma coroa de joias que se ajustaria melhor a uma montanha do que a uma cabeça.

As trombetas estavam sendo tocadas dos degraus, de onde saíam serviçais com capas curtas vermelhas e douradas, carregando bandejas de bebidas e comidas para o povo.

O aroma no ar, de comida estranha, bebidas e magia, era totalmente empolgante. Lila sentiu a cabeça inebriada com elas quando pisou na rua.

As multidões estavam rareando, e entre a rua que se esvaziava e o rio vermelho, um mercado desabrochava como uma cerca viva de rosas. Uma parte das pessoas seguiu a parada real, mas o restante se dirigiu ao mercado, e Lila os seguiu.

— *Crysac*! — gritou uma mulher segurando gemas preciosas de um vermelho inflamado. — *Nissa lin.*

— *Tessane*! — incitou outro comerciante, segurando o que parecia ser uma chaleira fumegante de metal. — *Cas tessane.* — Ele acenou com dois dedos no ar. — *Sessa lin.*

Todos os negociantes anunciavam as mercadorias em seu idioma estranho. Lila tentou captar o que diziam, comparando as palavras gritadas com os itens destacados. *Cas* parecia significar quente, e *lin*, deduziu, era um tipo de moeda, mas tudo era brilhante, colorido e zumbia com poder. E ela mal conseguia se concentrar por tempo suficiente para acompanhar tudo.

Ela se aninhou no casaco de Kell e perambulou pelos estandes e barracas com olhos famintos. Não tinha dinheiro, mas tinha dedos rápidos. Passou por uma tenda chamada *Essenir* e viu, sobre uma mesa, uma pilha de pedras polidas de todas as cores, não simples vermelhos ou azuis, mas imitações perfeitas da natureza: amarelo-fogo, verde de grama no verão, azul-noturno. O mercador estava de costas para ela, que não resistiu.

Lila decidiu pegar o amuleto mais próximo, uma linda pedra azul-esverdeada da cor do mar (pelo menos era a cor que imaginava que tivesse, a cor que ela vira em pinturas) com pequenas marcas brancas, como ondas se quebrando. Mas, quando seus dedos se fecharam em torno da pedra, uma dor quente queimou em sua pele.

Lila arfou, mais pelo susto da queimadura do que pelo calor em si, e recuou bruscamente, a mão ardendo. Antes que pudesse se retirar, o mercador a pegou pelo pulso.

— *Kers la*? — exigiu ele. Quando ela não respondeu, e não saberia responder, ele começou a gritar mais rápido e mais alto, as palavras confundindo-se nos ouvidos dela.

— Solte minha mão — ordenou Lila.

A testa do negociante enrugou ao som da voz dela.

— Está achando o quê? — disse ele em um inglês gutural. — Que se livra falando bonito?

— Não tenho ideia do que você está falando — explodiu Lila. — Agora me *solte*!

— Fale *arnesiano*. Fale inglês. Não importa. Ainda *gast*. Ainda ladra.

— Não sou uma *gast* — rosnou Lila.

— *Viris gast*. Ladra tola. Tentou roubar de tenda enfeitiçada.

— Eu não sabia que estava enfeitiçada — rebateu Lila, tentando alcançar a adaga em sua cintura.

— *Pilse*! — rugiu o mercador, e Lila teve a impressão de que acabara de ser insultada.

E então o mercador elevou a voz.

— *Strast*! — gritou ele, e Lila se retorceu, presa ao homem e vendo guardas de armadura nos limites do mercado. — *Strast*! — gritou ele novamente, e um dos guardas levantou a cabeça e se virou para eles.

*Droga*, pensou Lila, retorcendo-se e libertando-se do mercador, mas caindo em outro par de mãos. Elas apertaram seus ombros, e Lila já estava prestes a desembainhar sua faca quando viu que o negociante ficara pálido.

— *Mas aven* — disse ele, curvando-se em uma reverência.

As mãos que seguravam Lila desapareceram, e ela se virou para ver Kell parado ali, franzindo o cenho como de costume e encarando o mercador atrás dela.

— O que significa isso? — perguntou ele, e Lila não saberia dizer o que a surpreendera mais: sua súbita aparição, a forma como ele falou com o mercador (a voz calma e indiferente), ou o jeito como o negociante olhava para ele, com uma mistura de admiração e medo.

O cabelo ruivo de Kell estava puxado para trás, seu olho preto à vista sob a luz vermelha da manhã.

— *Aven vares*. Se eu soubesse que ela estava com o senhor... — gaguejou o mercador antes de passar para o arnesiano, ou qualquer que fosse o nome daquela língua.

Lila ficou surpresa ao ouvir o idioma saindo da boca de Kell enquanto ele tentava acalmar o homem. Então ela escutou aquela palavra novamente, *gast*, na fala do mercador e se lançou sobre ele. Kell a puxou de volta.

— Já chega — rosnou ele no ouvido dela. — *Solase* — disse Kell ao mercador, desculpando-se. — Ela é *estrangeira*. Não é civilizada, mas não é perigosa.

Lila lançou-lhe um olhar irritado.

— *Anesh, mas vares* — falou o negociante, curvando-se ainda mais. — Perigosa o suficiente para roubar...

Com a cabeça baixa, o mercador não viu Kell olhar sobre o ombro para o guarda que avançava pelo mercado na direção deles. Não viu a forma como Kell enrijeceu. Mas Lila, sim.

— Comprarei qualquer coisa que ela tenha tentado pegar — disse Kell apressado, enfiando a mão no bolso do casaco, indiferente ao fato de que Lila ainda o estava usando.

O mercador endireitou-se e começou a sacudir a cabeça, parecendo não conseguir parar.

— *An. An*. Não posso aceitar seu dinheiro.

O guarda estava se aproximando, e Kell certamente não queria estar ali quando ele chegasse, porque pegou uma moeda no casaco e deixou sobre a mesa com um baque.

— Pelo seu aborrecimento — falou ele, virando Lila para o outro lado. — *Vas ir*.

Ele não esperou pela resposta do mercador, apenas empurrou Lila pela multidão, para longe da barraca e do guarda que quase os alcançava.

— Não é civilizada? — rugiu Lila quando ele agarrou seu ombro e a guiou para fora do mercado.

— Cinco minutos! — vociferou Kell, tirando o casaco dos ombros de Lila e colocando-o em si mesmo, virando a gola. — Você não consegue ficar com as mãos paradas por cinco minutos! Diga-me que você ainda não vendeu a pedra.

Lila reagiu revoltada.

— Inacreditável! — explodiu ela enquanto Kell a levava para longe da multidão e do rio, em direção a uma das ruas mais estreitas. — Fico feliz em ver que está tudo bem com você, Lila — ironizou ela. — Ainda bem que usar a pedra não partiu você em milhares de pedacinhos desonestos.

A mão de Kell afrouxou o aperto no ombro dela.

— Não acredito que funcionou.

— Não fique tão animado — retrucou Lila secamente.

Kell parou e a virou para si.

— Não estou — disse ele. Seu olho azul parecia preocupado, o preto, indecifrável. — Estou feliz que não esteja ferida, Lila, mas as portas entre os mundos deveriam estar fechadas para todos que não são *Antari*, e o fato de a pedra ter dado passagem a você só prova o quanto é perigosa. E, enquanto ela estiver aqui, no *meu* mundo, estarei com medo.

Lila percebeu os próprios olhos mirando o chão.

— Bem — falou ela —, então vamos tirá-la daqui.

Um sorriso pequeno e agradecido se abriu nos lábios de Kell. Então Lila pegou a pedra do bolso e a segurou. Kell se sobressaltou e cobriu a mão de Lila com a sua, escondendo a pedra. Algo cintilou em seus olhos quando encostou nela, mas Lila não achou que fosse o seu toque que mexera com ele. A pedra tremeu estranhamente em sua mão, como se sentisse Kell e quisesse ficar com ele. Lila sentiu-se um pouco insultada.

— *Santo*! — praguejou Kell. — Isso, mostre a pedra para que todos possam vê-la!

— Pensei que a quisesse de volta! — gritou ela também, exasperada. — Você nunca está satisfeito.

— Apenas fique com ela — sibilou Kell. — E, pelo amor do rei, mantenha-a escondida.

Lila enfiou a pedra de volta na capa, falando em voz baixa algumas coisas bastante indelicadas.

— E, quanto ao idioma — disse Kell. — Você não pode falar livremente aqui. O inglês não é a língua corrente.

— Percebi. Obrigada pelo aviso.

— Eu disse que os mundos seriam diferentes. Mas você está certa, eu deveria ter lhe avisado. Aqui o inglês é usado pela elite, e por aqueles que desejam associar-se a ela. Só o fato de usá-lo fará você se destacar.

Os olhos de Lila estreitaram-se.

— O que quer que eu faça? Não fale?

— A ideia passou pela minha cabeça — falou Kell. Lila fez uma careta. — Mas, como duvido que isso seja possível para você, gostaria de pedir simplesmente que fale baixo. — Ele sorriu e Lila sorriu também, resistindo à vontade de quebrar o nariz dele. — Agora, com isso resolvido... — Ele se virou para ir.

— *Pilse* — resmungou ela, indo atrás de Kell, esperando que significasse algo bem desagradável.

# II

Aldus Fletcher não era um homem honesto.

Ele era dono de uma loja de penhores no beco perto das docas, e todos os dias homens saíam de seus barcos, alguns com coisas que queriam, outros com algo de que desejavam se livrar. Fletcher atendia a todos. E aos habitantes locais também. Era um fato amplamente conhecido nos cantos escuros da Londres Vermelha que a loja de Fletcher era o lugar para se obter qualquer coisa que você não deveria ter.

Vez ou outra, pessoas *honestas* entravam ali, tentando encontrar, ou se desfazer de, cachimbos e instrumentos, tábuas de divinação, pedras com runas e candelabros. E Fletcher não se incomodava em encher a loja com esses objetos também, para o caso de a guarda real fazer uma inspeção. Mas seu negócio era baseado em produtos arriscados e raros.

Havia um painel de pedra polida pendurado na parede ao lado do balcão, grande como uma janela, mas preto como breu. Em sua superfície, uma fumaça branca se movia, tremulava e se espalhava como giz, anunciando o itinerário completo das celebrações do aniversário do príncipe. O eco do rosto sorridente de Rhy se formou na tábua de divinação sobre o aviso. Ele sorriu e piscou enquanto uma mensagem flutuava debaixo de seu pescoço:

*O rei e a rainha convidam você*
*para a celebração do aniversário*

*de vinte anos do príncipe nos degraus*
*do palácio depois do desfile anual.*

Alguns segundos depois, a mensagem e o rosto do príncipe se dissolveram e, por um instante, a tábua ficou escura. Então se reanimou e começou a veicular uma série de outros anúncios.

— *Erase es ferase*? — ressoou Fletcher com sua voz grave. *Chegando ou partindo*?

A pergunta era dirigida a um garoto cuja barba mal começara a crescer e que estava de pé analisando uma mesa com bugigangas perto da porta. *Chegando* significava comprador e *partindo* queria dizer vendedor.

— Nenhum dos dois — murmurou o garoto. Fletcher ficou de olho nas mãos perambulantes do jovem, mas não estava preocupado; a loja era protegida contra ladrões. O dia estava fraco, e Fletcher quase desejou que o garoto tentasse. Ele podia se divertir um pouco.

— Apenas olhando — acrescentou o garoto, nervoso.

A loja de Fletcher não atraía muitos observadores. As pessoas vinham com um propósito. E tinham que torná-lo explícito. O que quer que o garoto estivesse procurando, ele não o desejava o suficiente para dizer.

— Avise se não encontrar o que está procurando — disse Fletcher.

O garoto assentiu, mas ficava olhando de relance para Fletcher. Ou melhor, para os braços de Fletcher, que estavam apoiados no balcão. O ar do lado de fora estava pesado para uma manhã no meio da estação da colheita (alguém poderia supor que, dada a clientela, a loja funcionaria no horário preferido dos ladrões, do anoitecer ao amanhecer, mas Fletcher descobrira que os melhores trapaceiros sabiam como disfarçar e agir de modo casual), e Fletcher enrolara as mangas da camisa até os cotovelos, expondo uma variedade de marcas e cicatrizes em seus antebraços bronzeados. A pele dele era um mapa de sua vida. Uma vida sofrida.

— É verdade o que dizem? — perguntou o garoto finalmente.

— Sobre o quê? — retrucou Fletcher, erguendo uma sobrancelha grossa.

— Sobre você. — O olhar do garoto parou nas marcas em volta dos pulsos de Fletcher. Os limitadores circundavam suas mãos como algemas gravadas na pele e em algo ainda mais profundo. — Posso vê-las?

— Ah, isso? — perguntou Fletcher, levantando as mãos. As marcas eram uma punição dada apenas àqueles que desafiavam a regra de ouro da magia. — Não deverás usar teu poder para controlar teu semelhante — recitou ele, exibindo um sorriso frio e torto.

Para tal tipo de crime, a coroa mostrava pouca clemência. O culpado era *vinculado*, marcado com limitadores projetados para interromper seu poder.

Mas os de Fletcher estavam quebrados. As marcas na parte interna dos pulsos estavam desfiguradas, obscurecidas, como elos fraturados de uma corrente metálica. Ele tinha ido aos confins do mundo para quebrar esses vínculos, negociado corpo e alma e anos de sua vida, mas ali estava. Livre novamente. De certa forma. Ainda estava vinculado à loja e à ilusão de impotência, uma ilusão que ele mantinha para que os guardas não descobrissem sua recuperação e voltassem para reivindicar mais que a sua magia. Ajudava, é certo, que ele trocasse favores com alguns deles. Todos, até mesmo os ricos, os orgulhosos e a realeza, queriam coisas que não deveriam ter. E essas coisas eram a especialidade de Fletcher.

O garoto ainda encarava as marcas, pálido e com os olhos arregalados.

— *Tac*. — Fletcher apoiou novamente os braços no balcão. — O tempo para olhar acabou. Vai comprar algo ou não?

O garoto saiu correndo de mãos vazias e Fletcher suspirou, tirando um cachimbo do bolso traseiro. Ele estalou os dedos e uma pequena chama azul dançou na ponta de seu polegar, que ele usou para acender as folhas pressionadas no fornilho do cachimbo. Em seguida, tirou algo do bolso da camisa e colocou sobre o balcão de madeira.

Era uma peça de xadrez. Uma pequena torre branca, mais especificamente. A marca de uma dívida que ele ainda não cobrara, mas que o faria.

A torre havia pertencido ao jovem *Antari*, Kell, mas chegara a Fletcher muitos anos antes como parte da partilha de uma rodada de Santo.

Santo era o tipo de jogo que podia se estender por algum tempo. Uma mistura de estratégia, sorte e uma boa parte de trapaça, podia terminar em minutos ou durar horas. E a mão final de uma noite já durava quase duas. Eles eram os últimos jogadores, Fletcher e Kell, e a noite ia longe, assim como a partilha. Eles não estavam jogando por dinheiro, é óbvio. Na mesa havia uma pilha de amuletos, bugigangas e magia rara. Um frasco de areia da esperança. Uma lâmina de água. Um casaco que escondia um número infinito de lados.

Fletcher havia jogado todas as cartas exceto três: um par de reis com um santo entre eles. Estava certo de que ganharia. Então Kell jogou três santos. O problema é que só havia três santos em todo o baralho, e Fletcher tinha um. Mas, quando Kell baixou a mão, a carta na de Fletcher tremulou e mudou de um santo para um servo, a carta mais baixa do baralho.

Fletcher ficou vermelho enquanto observava. O pirralho real havia deslizado uma carta enfeitiçada no baralho e manipulado Fletcher como manipulara as cartas. Isso era o melhor e o pior no Santo. Nada era proibido. Não era preciso ganhar de forma justa. Era preciso apenas ganhar.

Fletcher não teve escolha a não ser baixar a mão arruinada, e o cômodo irrompeu em comentários jocosos e vaias. Kell apenas sorriu e deu de ombros, depois se levantou. Ele escolheu uma bugiganga do topo da pilha, uma peça de xadrez de outra Londres, e a jogou para Fletcher.

— Sem ressentimentos — disse ele com uma piscadela antes de pegar o restante e sair.

*Sem ressentimentos.*

Os dedos de Fletcher se fecharam sobre a pequena estátua de pedra. O sino da porta da frente da loja badalou quando outro cliente entrou com uma barba grisalha e um brilho faminto no olhar. Fletcher guardou a torre no bolso e exibiu um sorriso cruel.

— *Erase es ferase*? — perguntou ele.

*Chegando ou partindo?*

# III

Kell podia *sentir* a pedra no bolso de Lila enquanto andavam.

Houve um momento, quando seus dedos se fecharam sobre os dela e sua pele roçara o talismã, em que tudo o que quis foi tirá-lo de Lila. Ele sentia que tudo ficaria bem se ele simplesmente o segurasse. O que era uma ideia absurda. Nada ficaria bem enquanto a pedra existisse. Ainda assim, ela atraía seus sentidos, e ele sentiu um calafrio. Tentou não pensar nisso enquanto guiava Lila pela Londres Vermelha, longe do barulho e em direção à Ruby Fields.

As celebrações de Rhy durariam o dia todo, levando a maior parte da cidade, o povo e os guardas, para as margens do rio e para o palácio vermelho.

Culpa inundou seus pensamentos. Ele deveria ter feito parte da procissão, desfilado na carruagem aberta com a família real e estado ali para provocar e censurar o irmão pela forma como ele desfrutava da atenção.

Kell tinha certeza de que Rhy ficaria semanas de mau humor por causa de sua ausência. E então se lembrou de que nunca teria a chance de se desculpar. O pensamento lhe cortou como uma faca, mesmo que dissesse a si mesmo que tinha que ser assim e que, quando a hora chegasse, Lila explicaria. E Rhy? Rhy o perdoaria.

Kell manteve a gola do casaco levantada e a cabeça baixa, mas ainda sentia olhos sobre ele conforme se deslocavam pelas ruas. Ficava olhando por cima dos ombros, incapaz de se livrar da sensação de estar sendo seguido. E estava, é óbvio, por Lila, que o examinava cada vez mais minuciosamente conforme os dois se embrenhavam pelas ruas.

Algo a estava incomodando, mas ela permaneceu calada, e, por um momento, Kell se perguntou se Lila havia concordado com a sua ordem ou se estava apenas ganhando tempo. Então a aparição de um par de guardas reais (com os elmos casualmente debaixo dos braços) fez Kell, e por consequência Lila, se esconder apressadamente em uma porta recuada. E ela finalmente quebrou o silêncio.

— Me diga uma coisa, Kell — indagou quando os dois voltaram ao meio-fio depois que os homens passaram. — Os plebeus o tratam como nobre, mas você se esconde dos guardas como um ladrão. Qual dos dois você é?

— Nenhum dos dois — respondeu ele, torcendo para que ela deixasse esse assunto para lá.

Mas Lila não deixou.

— Você é algum tipo de criminoso valente? — pressionou ela. — Um Robin Hood, herói para o povo e fora da lei para a coroa?

— Não.

— É procurado por alguma coisa?

— Não exatamente.

— Pela minha experiência — observou Lila —, uma pessoa é procurada ou não é. Por que você se esconderia dos guardas se não fosse?

— Porque pensei que eles pudessem estar procurando por mim.

— E por que eles fariam isso?

— Porque estou desaparecido.

Ele ouviu os passos de Lila desacelerando.

— Por que eles se importariam? — perguntou ela, parando. — Quem é você?

Kell virou-se para encará-la.

— Eu lhe disse...

— Não — retrucou ela, estreitando os olhos. — Quem é você *aqui*? Quem é você para *eles*?

Kell hesitou. Tudo o que ele queria era cruzar a cidade o mais rápido possível, pegar um artefato da Londres Branca de seus aposentos e tirar aquela pedra preta desgraçada de seu mundo. Mas Lila parecia não pretender se mexer até que ele respondesse.

— Eu pertenço à família real — falou Kell.

No espaço de horas em que viera a conhecer Lila, ele aprendera que ela não se surpreendia facilmente, mas com essa declaração os olhos dela finalmente se arregalaram com descrença.

— Você é um príncipe?

— Não — disse ele com firmeza.

— Como o rapaz bonito na carruagem? Ele é seu irmão?

— O nome dele é Rhy, e não. — Kell se encolheu ao dizer isso. — Bem, não exatamente.

— Então *você é* o príncipe de olho preto. Tenho que admitir, nunca achei que você fosse um...

— Não sou príncipe, Lila.

— Acho que agora entendo; você é muito arrogante e...

— Não *sou*...

— Mas o que um integrante da família real está fazendo...

Kell a empurrou contra o muro de tijolos do beco.

— Não sou um *integrante* da família real — explodiu ele. — Eu *pertenço* a eles.

Lila franziu a testa.

— O que você quer dizer com isso?

— Eles são meus donos — falou Kell, sentindo-se mal ao proferir aquelas palavras. — Sou uma possessão. Uma bugiganga. Veja, eu cresci no palácio, mas aquele não é meu lar. Fui criado com a realeza, mas eles não são minha família, não de sangue. Eu tenho valor para eles, e eles me mantêm por perto, mas isso não é o mesmo que me acolher.

As palavras queimaram quando ele as disse. Sabia que não estava sendo justo com o rei e a rainha, que o tratavam com zelo, se não com amor, ou com Rhy, que sempre o vira como um irmão. Mas era verdade, não era? Por mais que lhe doesse. Apesar de todo o carinho que sentiam uns pelos outros, o fato é que ele era uma arma, um escudo, uma ferramenta a ser utilizada. Ele não era um príncipe. Não era um filho.

— Pobrezinho — disse Lila friamente, empurrando-o. — O que você quer? Pena? Não encontrará em mim.

Kell retesou o maxilar.

— Eu não...

— Você tem uma casa, se não um lar — cuspiu ela. — Você tem pessoas que cuidam de você e talvez se preocupem com você. Pode não ter tudo o que quer, mas aposto que tem tudo de que poderia *precisar* e ainda sim tem a audácia de desmerecer isso porque não é amor.

— Eu...

— O amor não nos impede de congelar até a morte, Kell — continuou ela. — Ou de passar fome, ou de ser esfaqueada por causa do dinheiro em seu bolso. O amor não nos compra nada, então fique feliz pelo que você tem e por quem tem, porque você pode até querer coisas, mas não *precisa* delas.

Ela estava sem fôlego quando terminou; os olhos marejados e as bochechas coradas.

E ali, pela primeira vez, Kell viu Lila. Não como ela queria ser vista, mas como ela era. Uma menina assustada apesar de esperta, tentando desesperadamente permanecer viva. Uma menina que provavelmente passara frio e fome e lutara, que quase certamente matara, para se agarrar a uma ilusão de vida, protegendo-a como a uma vela na ventania.

— Diga alguma coisa — provocou ela.

Kell engoliu em seco, os punhos cerrados ao lado do corpo, e ele olhou duramente para ela.

— Você está certa — disse.

A admissão o deixou estranhamente vazio, e tudo que queria naquele momento era apenas ir para casa (e era um lar, muito mais perto de um do que Lila provavelmente tivera). Deixar a rainha tocar seu rosto e o rei encostar em seu ombro. Passar o braço ao redor do pescoço de Rhy e brindar seu aniversário com ele, escutando-o divagar e rir.

A vontade doía de tão profunda.

Mas ele não podia.

Ele cometera um erro. Havia colocado todos em perigo, e tinha que consertar as coisas.

Porque era seu dever protegê-los.

E porque ele os amava.

Lila ainda o encarava, esperando pela cilada em suas palavras, mas não havia nenhuma.

— Você está certa — repetiu ele. — Eu sinto muito. Comparada à sua vida, a minha deve parecer uma joia...

— Não se atreva a ter pena de mim, garoto mágico — rugiu Lila, uma faca na mão.

E logo a garota de rua assustada se foi e a assassina estava de volta. Kell sorriu de leve. Não havia como ganhar essas batalhas com Lila, mas ele estava aliviado por vê-la de volta à sua forma ameaçadora. Parou de encará-la e olhou para o céu, o vermelho do Atol refletido nas nuvens baixas. Uma tempestade estava vindo. Rhy se ressentiria disso também, rancoroso com qualquer coisa que pudesse atrapalhar o esplendor de seu dia.

— Venha — chamou Kell. — Estamos quase lá.

Lila embainhou sua lâmina e o seguiu, desta vez com um olhar menos ameaçador.

— Esse lugar para onde estamos indo — disse ela. — Ele tem um nome?

— *Is Kir Ayes* — falou Kell. — Ruby Fields.

Ele ainda não tinha dito a Lila que a jornada dela terminaria ali. Que tinha que terminar. Pela paz de espírito dele e pela segurança dela.

— O que você espera encontrar lá?

— Um artefato — respondeu Kell. — Algo que dê passagem para a Londres Branca. — Ele analisou as prateleiras e gavetas em sua mente, as diversas bugigangas de várias cidades brilhando em seus olhos. — A hospedaria — continuou ele — é administrada por uma mulher chamada Fauna. Vocês vão se dar muito bem.

— E por quê?

— Porque vocês duas são...

Kell estava prestes a dizer *duras como pedra*, mas, quando dobrou a esquina, parou bruscamente, as palavras morrendo em sua boca.

— Isso é a Ruby Fields? — perguntou Lila perto do ombro dele.

— É — respondeu baixinho. — Ou era.

Nada restava além de cinzas e fumaça.

A hospedaria e tudo nela haviam sido completamente queimados.

# IV

Não fora um incêndio comum.

Incêndios comuns não consumiam metal como consumiam madeira. E um incêndio normal se espalhava. Esse não o fizera. Havia seguido os limites da construção e queimado com uma labareda com a forma quase perfeita; apenas algumas chamas chamuscaram as pedras das ruas que circulavam a edificação.

Não, aquilo fora um feitiço.

E recente. O calor ainda pairava nas ruínas enquanto Kell e Lila as percorriam procurando por alguma coisa, *qualquer coisa,* que pudesse ter permanecido intacta. Mas nada havia.

Kell ficou enjoado.

Esse tipo de incêndio incandescia quente e rápido, e os limites sugeriam um feitiço de restrição. Não teria simplesmente contido as chamas. Teria contido tudo. Todos. Quantas pessoas teriam ficado presas ali? Quantos cadáveres estariam ali nos destroços, reduzidos aos ossos ou a meras cinzas?

E então Kell lembrou, egoísta, de seu quarto.

Anos colecionando caixas de música e medalhões, instrumentos e ornamentos, coisas preciosas, coisas simples e coisas estranhas: tudo destruído.

O aviso de Rhy — *pare com essa tolice antes que seja pego* — ecoou em sua cabeça, e, por um instante, Kell ficou feliz por tudo lhe ter sido roubado antes que ele fosse descoberto. E então o peso do que realmente acontecera lhe caiu nos ombros. Quem quer que tenha feito isso não havia *roubado* nada dele — pelo menos não fora esse o motivo principal. Mas o haviam despido de sua pilhagem para isolá-lo. Um *Antari* não pode viajar sem artefatos. Estavam tentando acuá-lo, ter certeza de que, se ele conseguisse voltar para a Londres Vermelha, não haveria nada a seu dispor.

Tal grau de perfeccionismo cheirava a um trabalho feito pelas mãos do próprio Holland. As mesmas mãos que arrancaram as moedas das Londres do pescoço de Kell e as jogaram longe no escuro.

Lila cutucou os restos derretidos de uma chaleira com a ponta do pé.

— E agora?

— Não sobrou nada aqui — falou Kell, deixando que um punhado de cinzas escorresse por entre os dedos. — Teremos que encontrar outro artefato.

Ele espanou a fuligem das mãos, pensando. Não era a única pessoa da Londres Vermelha com um objeto daqueles, mas a lista era pequena, já que ele era muito mais disposto a negociar os artefatos da curiosa e inofensiva Cinza do que da pervertida e violenta Branca. O próprio rei tinha um, passado entre as gerações. Fauna também, como parte do acordo deles (mas Fauna, ele temia, estava agora soterrada em algum lugar sob os escombros).

E Fletcher também tinha um.

Kell se encolheu por dentro.

— Conheço um homem — falou ele. O que não era nem a metade da história, mas era certamente mais simples do que explicar que Fletcher era um criminoso mesquinho que perdera uma partilha para ele em um jogo de Santo quando Kell era muitos anos mais jovem e diversas vezes mais arrogante. E que Kell havia lhe presenteado com um objeto da Londres Branca tanto como uma oferta de paz (se estivesse mentindo para si mesmo) quanto como uma provocação (se estivesse sendo sincero). — Fletcher. Ele tem uma loja nas docas. E tem um artefato da Londres Branca.

— Bem, então vamos torcer para que não tenham queimado a loja *dele* também.

— Gostaria de vê-los tent...

As palavras morreram na garganta de Kell. Alguém estava se aproximando. Alguém que cheirava a sangue seco e metal incandescente. Kell alcançou Lila, e ela exprimiu meia palavra de protesto antes que ele tampasse sua boca com a mão e enfiasse a outra no bolso dela. Seus dedos encontraram a pedra e a envolveram, e o poder ondulou pelo corpo dele, correu por seu sangue. Kell prendeu a respiração quando um arrepio o percorreu, mas não havia tempo para desfrutar a sensação, ao mesmo tempo excitante e aterrorizante, nem para hesitar. *Convicção*, dissera Holland, *convicção é a chave*, então Kell não titubeou nem vacilou.

— *Esconda-nos* — ordenou ele ao talismã.

E a pedra obedeceu. Ela cantou com vida, seu poder reverberando por ele ao mesmo tempo que (entre uma batida de seu coração e outra) a fumaça preta envolvia Kell e Lila. A fumaça se acomodou sobre os dois como uma sombra, como um véu; ao tocá-la, encontrou algo que era mais espesso que o ar e menos que tecido. Quando Kell olhou para Lila, foi capaz de enxergá-la, e quando ela olhou para ele também pôde vê-lo nitidamente, e o mundo à volta deles ainda estava perfeitamente visível, embora tingido pelo feitiço. Kell prendeu a respiração e torceu para que a pedra tivesse feito seu trabalho. Ele não tinha escolha. Não havia tempo para fugir.

Naquele exato momento, Holland apareceu no começo da rua adjacente.

Kell e Lila retesaram-se ao avistá-lo. Ele parecia um pouco desgrenhado pelo tempo em que passara no chão do beco. Seus pulsos estavam vermelhos e machucados sob a meia capa amassada. A fivela de prata estava oxidada, sua gola, manchada de lama e sua expressão, o mais perto da raiva que Kell já havia visto. Uma pequena ruga entre as sobrancelhas. Uma rigidez no maxilar.

Kell podia sentir a pedra estremecer em sua mão e se perguntou se Holland era atraído por ela, ou se ela era atraída por Holland.

O outro *Antari* estava segurando algo perto dos lábios, um cristal achatado do tamanho e da forma de uma carta de baralho, e falava para ele em seu tom grave e monótono.

— *Öva sö taro* — disse ele em seu idioma nativo. *Ele está na cidade.*

Kell não ouviu a resposta da outra pessoa, mas, depois de uma pausa, Holland respondeu:

— *Kösa.* — *Tenho certeza.*

E enfiou o cristal de volta no bolso. O *Antari* recostou o ombro na parede e estudou as ruínas carbonizadas da hospedaria. Ele ficou ali de pé, parado, como se estivesse perdido em pensamentos.

Ou esperando.

A firmeza de seu olhar fez com que Lila se remexesse um pouco, encostando em Kell, e ele apertou mais a mão que estava sobre a boca da garota.

Holland apertou os olhos. Talvez estivesse pensando. Talvez estivesse olhando para eles. E então falou.

— Eles gritaram enquanto o prédio ardia em chamas — disse ele em inglês, sua voz alta demais para estar falando consigo mesmo. — Todos gritaram no fim. Até mesmo a velha.

Kell rangeu os dentes.

— Sei que está aqui, Kell — continuou Holland. — Nem os restos queimados conseguem esconder seu cheiro. E a magia da pedra não pode esconder a pedra. Não de mim. Ela me chama da mesma forma que chama você. Vou encontrá-lo em qualquer lugar, então acabe com essa tolice e me enfrente.

Kell e Lila permaneceram imóveis na frente dele, a apenas alguns passos de distância.

— Não estou com vontade de brincar — advertiu Holland. Seu tom calmo usual agora tinha vestígios de irritação.

Quando nem Kell nem Lila se moveram, ele suspirou e tirou de sua capa um relógio de bolso de prata. Kell o reconheceu como o que Lila havia deixado para Barron. Ele a sentiu enrijecer quando Holland jogou o relógio na sua direção; ele quicou pela rua enegrecida, derrapando até parar no limite dos vestígios carbonizados da hospedaria. Dali, Kell podia ver que estava sujo de sangue.

— Ele morreu por sua causa — afirmou Holland, dirigindo-se a Lila. — Porque você fugiu. Você foi covarde. Continua sendo?

Lila lutou para se libertar dos braços de Kell, mas ele usou toda a sua força para segurá-la ali, prendendo-a junto a seu peito. Ele sentiu as lágrimas deslizando pela mão que estava na boca de Lila, mas não a soltou.

— Não — sussurrou no ouvido dela. — Não aqui. Não assim.

Holland suspirou.

— Você vai sofrer a morte de uma covarde, Delilah Bard. — Ele tirou uma lâmina curva da capa. — Quando isso terminar — continuou —, vocês dois desejarão ter saído daí.

Ele levantou a mão vazia e uma rajada de vento varreu as cinzas da hospedaria destruída, revolvendo-as no ar acima de suas cabeças. Kell olhou para a nuvem em cima deles e proferiu uma oração em voz baixa.

— Última chance — disse Holland.

Ante a permanência silêncio, ele baixou a mão e as cinzas começaram a cair. E Kell se deu conta do que aconteceria. Elas iriam pairar e se acumular no véu que os envolvia, expondo-os, e Holland estaria sobre eles em um segundo. A mente de Kell se agitou enquanto ele segurava a pedra com mais força; estava prestes a conjurar seu poder novamente quando as cinzas encontraram o véu... e o atravessaram.

Elas desceram direto pelo tecido improvável, e através deles, como se não estivessem ali. Como se não fossem reais. O vinco entre os olhos de duas cores de Holland ficou mais profundo quando a última partícula das cinzas se acomodou nas ruínas, e Kell sentiu um prazer (bem pequeno) na frustração do *Antari*. Ele podia ser capaz de senti-los ali, mas não conseguia vê-los.

Finalmente o vento se foi e tudo se aquietou. Kell e Lila permaneceram escondidos pelo poder da pedra, e a certeza de Holland vacilou. Ele embainhou a lâmina curva e deu um passo para trás, a capa ondulando às suas costas.

No instante em que Holland se foi, Kell diminuiu a força com que segurava Lila e ela se retorceu, libertando-se dele e disparando em direção ao relógio de prata no chão da rua.

— Lila! — gritou.

Ela não pareceu ouvi-lo, e Kell não sabia se era porque tinha saído do sudário protetor ou porque seu mundo havia sido reduzido ao tamanho e à forma de um pequeno relógio ensanguentado. Ele a observou tombar sobre um dos joelhos e pegar o objeto com os dedos trêmulos.

Kell foi até o lado de Lila e levou a mão ao ombro dela, ou tentou, mas seu toque a atravessou. Então ele estava certo. O véu não os tornara simplesmente invisíveis. Também os tornara incorpóreos.

— Revele-me — ordenou à pedra.

Uma onda de energia o percorreu e um instante depois o véu se dissolveu. Kell ficou maravilhado com a facilidade do ato enquanto se ajoelhava ao lado dela; a magia viera sem esforço, mas era a primeira vez que havia se dispersado de bom grado. Eles não podiam ficar ali, expostos, então Kell segurou o braço dela e silenciosamente conjurou a magia para escondê-los novamente. Foi obedecido, e o véu de sombras se assentou novamente sobre os dois.

Lila tremeu sob o seu toque, e ele queria dizer a ela que estava tudo bem, que Holland podia ter roubado o relógio e poupado a vida de Barron, mas não queria mentir. Holland era muitas coisas, a maioria bem camuflada, mas não era sentimental. Se algum dia fora compassivo, ou pelo menos misericordioso, Athos tirara isso dele havia muito tempo, extirpando o sentimento junto com sua alma.

Não. Holland era implacável.

E Barron estava morto.

— Lila — disse Kell baixinho. — Eu sinto muito.

Os dedos dela se fecharam com força sobre o relógio quando ela se levantou. Kell levantou-se com ela, e, apesar de Lila não olhá-lo nos olhos, ele podia ver a raiva e a dor desenhadas nas linhas de seu rosto.

— Quando isso terminar — falou ela, guardando o relógio na capa —, quero ser eu a cortar a garganta dele. — E então ela se empertigou e soltou o ar pesadamente. — Agora — continuou —, qual é o caminho até Fletcher?

# DEZ

# UMA TORRE BRANCA

# I

Booth estava começando a se desfazer.

Nessa Londres sombria e cinzenta, o corpo do bêbado não havia durado muito, o que aborreceu a coisa que o utilizava como combustível. Não era culpa da magia; havia pouco ao que se agarrar ali, muito pouco do que se alimentar. A vida que as pessoas tinham dentro de si equivalia a uma singela luz de velas, não ao fogo a que a escuridão estava acostumada. Tão pouco calor e tão facilmente extinta. Assim que se infiltrara, queimara e consumira o corpo até que nada restasse; sangue e ossos reduzidos à casca e às cinzas em apenas um segundo.

Os olhos pretos de Booth dirigiram-se a seus dedos carbonizados. Com um combustível tão pobre, ele não conseguiria se espalhar; não duraria muito em nenhum corpo.

Não por falta de tentativas. Afinal, deixara uma trilha de cascas descartadas pelas docas.

Acabara com o lugar que chamavam de Southwark em apenas uma hora.

Porém, seu corpo atual, o que havia tomado no beco da taverna, começava a se desfazer. A marca preta na frente da camisa pulsou, tentando impedir que os últimos vestígios de vida fossem derramados. Talvez não devesse ter apunhalado o bêbado primeiro, mas parecera a forma mais fácil de entrar.

Porém, a casca enfraquecida e a falta de perspectivas o estavam deixando em apuros. Ele parecia estar apodrecendo.

Pedaços de pele caíam em lascas a cada passo. As pessoas na rua olhavam para ele e se afastavam, como se o que o consumia fosse contagioso. O que certamente era. A magia era uma doença verdadeiramente bela. Mas apenas quando seus hospedeiros eram fortes o suficiente. Puros o suficiente. As pessoas dali não eram.

Ele andou pela cidade, àquela altura tropeçando e mancando, o poder em sua casca agora como brasas que rapidamente esfriavam.

E, em seu desespero, ele se viu atraído, mais uma vez, para o lugar em que começara: a Stone's Throw. Ele se regozijou na atração exercida pela pequena e estranha taverna. Era uma centelha de calor na cidade fria e morta. Um vislumbre de luz, de vida, de magia.

Se conseguisse chegar até lá, talvez encontrasse outro combustível a tempo.

Estava tão consumido pela necessidade de encontrar a taverna que não notou o homem parado à porta, nem a carruagem que se aproximava rapidamente conforme ele saía do meio-fio e passava a andar na rua.

Edward Archibald Tuttle estava de pé do lado de fora da Stone's Throw, carrancudo.

Ela já deveria estar aberta àquela hora, mas o ferrolho ainda estava trancado, as janelas, fechadas, e tudo dentro parecia estranhamente silencioso. Ele olhou o relógio de bolso. Já passava de meio-dia. Muito estranho. *Suspeito*, pensou ele. *Maligno, até*. Sua mente se demorou nas possibilidades, todas nefastas.

Sua família insistia que ele possuía uma imaginação fértil demais, mas ele acreditava que o resto do mundo simplesmente não tinha a visão, o senso de magia, que ele obviamente possuía. Ou, pelo menos, que gostaria de possuir. Ou, na verdade, que começara a recear que nunca possuiria, que começara a pensar (mesmo que não admitisse) que não existia.

Até que encontrara o viajante. O célebre mago conhecido apenas como Kell.

Aquele encontro único e singular havia renovado suas crenças, alimentado o fogo, tornando-o mais quente do que jamais havia sido.

E então Edward fizera como lhe fora ordenado e voltara à Stone's Throw na esperança de encontrar o mago pela segunda vez e receber sua prometida bolsa de terra. Por esse motivo, ele havia retornado no dia anterior, e por esse motivo retornaria novamente no dia seguinte, e no seguinte a esse, até que a ilustre figura retornasse.

Enquanto aguardava, Ned (era assim que seus amigos e familiares o chamavam) criou histórias em sua cabeça, tentando imaginar como o eventual encontro aconteceria e como se desenrolaria. Os detalhes variavam, mas o fim era sempre o mesmo: em todas as versões, o mago Kell ergueria a cabeça e avaliaria Ned com seu olho preto.

"Edward Archibald Tuttle", diria ele. "Posso chamá-lo de Ned?"

"Todos os meus amigos chamam."

"Bem, Ned, eu vejo algo especial em você..."

Ele insistiria em ser o mentor de Ned, ou melhor, seu parceiro. Depois disso, a fantasia normalmente se transformava em louvor.

Ned estava em meio a outro desses devaneios enquanto permanecia parado nos degraus da Stone's Throw, esperando. Seus bolsos estavam cheios de bugigangas e moedas, tudo o que o mago poderia querer em troca de seu prêmio. Mas o mago não viera, a taverna estava trancada, e Ned (depois de murmurar algo que era tanto um feitiço quanto uma oração e também palavras sem sentido na tentativa fracassada de mover o ferrolho) estava prestes a interromper sua busca por enquanto e ir passar algumas horas em algum estabelecimento aberto, quando ouviu o estrondo na rua, atrás dele.

Cavalos relincharam e rodas retiniram até parar, vários engradados de maçãs despencando da carroça quando o condutor puxou as rédeas bruscamente. Ele parecia mais assustado que os cavalos.

— O que houve? — perguntou Ned, aproximando-se.

— Maldição! — disse o condutor — Eu o acertei. Eu atropelei alguém.

Ned olhou ao redor.

— Acho que não atropelou nada.

— Ele está sob a carroça? — continuou o condutor. — Ah, Deus! Eu não o vi.

Mas, quando Ned se ajoelhou para inspecionar o espaço embaixo da carruagem e os raios das rodas, viu algo que não passava de uma mancha de fuligem com a forma estranhamente similar à de uma pessoa. Estava espalhada pelas pedras e já começava a ser varrida pelo vento. Um pequeno monte pareceu se mover, mas então desmoronou e se foi. *Estranho*, pensou ele, franzindo o cenho. *Sinistro*. Ele prendeu a respiração e esticou a mão para tocar a poeira preta, esperando que levantasse com vida. Seus dedos encontraram as cinzas e... nada aconteceu. Ele esfregou a fuligem entre o polegar e o indicador, desapontado.

— Nada aqui, senhor — disse, levantando-se.

— Eu juro — falou o condutor. — Havia alguém aqui. Bem aqui.

— Deve ter sido um engano.

O condutor balançou a cabeça, resmungando, então desceu da carroça e reposicionou os engradados, olhando embaixo da carroça algumas vezes, por precaução.

Ned ergueu os dedos na luz, admirando a fuligem. Ele havia sentido — ou pensou que havia sentido — um formigamento quente, mas a sensação logo se esvaiu. Ele cheirou a fuligem uma vez e deu um sonoro espirro, então limpou as cinzas na perna da calça e saiu vagando pela rua.

# II

Kell e Lila seguiram para as docas, invisíveis aos transeuntes. Mas não apenas invisíveis. *Intangíveis.* Exatamente como ocorrera com as cinzas que os perpassaram na hospedaria destruída e com a mão de Kell pelo ombro de Lila, também acontecia com as pessoas na rua. Elas não podiam senti-los nem ouvi-los. Era como se, embaixo do véu, Kell e Lila não fizessem parte do mundo à sua volta. Como se existissem fora dele. E assim como o mundo não podia tocá-los, eles não podiam tocar o mundo. Quando Lila distraidamente tentou pegar uma maçã de uma carroça, a mão dela passou direto pela fruta da mesma forma que a fruta passou por sua mão. Eles eram como fantasmas na cidade movimentada.

Essa magia era poderosa, mesmo na Londres rica em poder. A energia da pedra reverberou por Kell, entrelaçando-se à circulação dele como uma segunda pulsação. Uma voz em sua mente o advertiu contra o que estava circulando em seu corpo, mas ele a silenciou. Pela primeira vez desde que fora ferido, Kell não se sentia tonto e fraco, e ele se agarrou tanto à força quanto à própria pedra enquanto levava Lila até as docas.

Ela estava silenciosa desde que deixara os escombros da hospedaria, segurando Kell com uma das mãos e o relógio com a outra. Quando finalmente falou, sua voz estava baixa e mordaz.

— Antes que você comece a pensar que Barron e eu éramos parentes... não éramos — disse ela enquanto andavam lado a lado. — Ele não era da minha família. Não de verdade.

As palavras pairaram duras e vazias, porém a forma como Lila cerrava o maxilar e esfregava os olhos (quando pensou que ele não estava olhando) contavam uma história diferente. Mas Kell deixou Lila sustentar a mentira.

— Você tem alguém? — perguntou ele, lembrando-se dos comentários sardônicos de Lila acerca da situação dele com a coroa. — Parentes, digo.

Lila balançou a cabeça negativamente.

— Minha mãe morreu quando eu tinha 10 anos.

— Sem pai?

Lila deu uma risadinha melancólica.

— Meu *pai*. — Ela pronunciou como se fosse um palavrão. — A última vez que *o* vi, ele tentou vender meu corpo para pagar as próprias dívidas.

— Sinto muito — disse Kell.

— Não sinta — retrucou Lila, conseguindo abrir um pequeno sorriso sarcástico. — Cortei a garganta do homem antes que ele pudesse tirar o cinto. — Kell ficou tenso. — Eu tinha 15 anos. Lembro-me de ficar surpresa com a quantidade de sangue, a forma como continuava escorrendo dele...

— Foi a primeira vez que matou alguém? — perguntou Kell.

— Sim — respondeu ela, o sorriso tornando-se pesaroso. — Mas eu suponho que o lado bom de matar é que vai se tornando mais fácil.

Kell franziu o cenho.

— Não deveria.

Os olhos de Lila encontraram os dele.

— *Você* já matou alguém? — indagou ela.

Kell ficou mais carrancudo.

— Sim.

— E?

— E o quê? — desafiou ele.

Esperava que ela perguntasse quem, quando, onde ou como. Mas, não. Lila perguntou por quê.

— Porque não tive escolha — respondeu ele.

— Você gostou? — questionou ela.

— É óbvio que não.

— Eu gostei. — Havia um traço de amargura nessa confissão. — Quer dizer, não gostei do sangue, nem do som gorgolejante que ele emitiu enquanto morria, nem da forma como o corpo ficou quando tudo terminou. Vazio. Mas, no momento que decidi que ia fazer, e no instante em que a faca entrou e eu soube que estava feito, eu me senti... — Lila procurou as palavras. — Poderosa. — Ela analisou Kell. — É assim que você se sente com a magia? — perguntou honestamente.

*Talvez na Londres Branca*, pensou Kell, onde o poder era carregado como uma faca, uma arma a ser usada contra quem estivesse no caminho.

— Não — disse ele. — Isso não é magia, Lila. É apenas assassinato. Magia é... — Mas ele se perdeu, distraído pela tábua de divinação mais próxima que subitamente ficou escura.

Nas ruas acima e abaixo, os quadros negros de notícias fixados em postes e vitrines de lojas se apagaram. Kell desacelerou. Por toda a manhã eles estiveram divulgando notícias sobre as celebrações de Rhy, repassando o itinerário dos desfiles do dia, da semana e dos banquetes públicos, dos festivais e dos bailes particulares. Quando os quadros ficaram escuros, Kell presumiu que estivessem simplesmente mudando de conteúdo. Mas todos começaram a divulgar a mesma mensagem alarmante. Uma única palavra:

**DESAPARECIDO**

As letras piscaram brancas e em negrito no topo de cada quadro, e abaixo delas havia uma foto de Kell. Cabelo ruivo, um olho preto e um casaco de botões prateados. A imagem se moveu levemente, mas não sorriu, apenas ficou encarando o mundo. Uma segunda palavra apareceu abaixo do retrato:

**RECOMPENSA**

*Santo.*

Kell parou de repente, e Lila, que estava meio passo atrás dele, deu-lhe um encontrão.

— Qual é o problema? — perguntou ela, empurrando o braço dele. E então também viu. — Ah...

Um senhor idoso parou a alguns metros de distância para ler o quadro, alheio ao fato de que o homem desaparecido estava bem atrás de seu ombro. Abaixo da imagem oscilante do rosto de Kell, um círculo vazio desenhou-se em giz. As instruções ao seu lado diziam:

**Se o avistar, toque aqui.**

Kell praguejou baixinho. Ser caçado por Holland era ruim o bastante, mas agora a cidade inteira estaria em alerta. E eles não podiam ficar invisíveis para sempre. Ele não seria capaz de pegar o artefato, muito menos de usá-lo, enquanto estivesse debaixo do véu.

— Venha. — Ele retomou o passo, arrastando Lila junto até que chegassem às docas. Em todos os lugares o seu rosto os encarava, um pouco carrancudo.

Quando chegaram à loja de Fletcher, a porta estava fechada e trancada, com uma pequena placa pendurada que dizia RENACHE. *Ausente*.

— Vamos esperar? — perguntou Lila.

— Não aqui fora — respondeu Kell.

A porta estava trancada de três formas e provavelmente encantada também, mas eles não precisavam que os deixasse entrar.

Passaram diretamente através da madeira da mesma forma que haviam feito com meia dúzia de pessoas nas ruas.

Apenas quando estavam seguros dentro da loja Kell ordenou que a magia dispersasse o véu. Novamente ela ouviu e obedeceu sem protestar, escasseando e dissolvendo-se inteiramente. *Convicção*, devaneou ele conforme o feitiço escorria de seus ombros, o cômodo entrando em foco à volta dele. Holland estava certo. Era preciso ficar no controle. E Kell ficara.

Lila soltou sua mão, virou-se para olhar para ele e ficou paralisada.

— Kell — falou ela cuidadosamente.

— O quê?

— Solte a pedra.

Ele franziu o cenho, baixou os olhos para o talismã que segurava e prendeu a respiração. As veias nas costas de sua mão estavam escuras, tão escuras que se destacavam como tinta em sua pele, as linhas tracejando até o cotovelo. A magia que ele sentira pulsando em seu corpo estivera realmente pulsando através dele, tornando seu sangue preto. Estivera tão focado em sua força renovada e no feitiço em si, em permanecer escondido, que não sentira, não quisera sentir, o calor da magia espalhando-se por seu braço como um veneno. Mas ele deveria ter notado, deveria ter sabido. E essa era a questão. Kell *sabia*. Sabia o quão perigosa era a pedra, e, no entanto, mesmo agora, encarando suas veias enegrecidas, o perigo parecia estar estranhamente distante. Uma calma persistente pesou sobre ele, seguindo o ritmo da magia da pedra, dizendo-lhe que tudo ficaria bem contanto que ele a continuasse segurando...

Uma faca se enterrou no pilar ao lado de sua cabeça, e, com um estalo, o cômodo voltou a entrar em foco.

— Você me ouviu? — rosnou Lila, pegando outra lâmina. — Eu disse: *solte a pedra*!

Antes que a calma pudesse envolvê-lo novamente, Kell ordenou-se a largar a pedra. Num primeiro momento, os dedos permaneceram em volta do talismã, enquanto o calor, e em seu esteio um tipo de dormência, o envolvia. Ele levou a mão livre e imaculada até o pulso escurecido e o segurou com força, comandando os dedos resistentes a se abrirem, a soltarem a pedra.

E, por fim, ainda que com certa relutância, eles a soltaram.

A pedra caiu de sua mão e os joelhos de Kell instantaneamente cederam sob seu peso. Ele se apoiou na beirada da mesa, lutando para respirar quando sua visão tremulou e o cômodo se inclinou. Não havia sentido a pedra drenar sua magia, mas agora que ela estava longe era como se alguém tivesse apagado o seu fogo. Tudo ficou frio.

O talismã brilhou no chão de madeira, um filete de sangue manchando a aresta quebrada onde Kell havia segurado forte demais. Mesmo depois de despertar, foi necessária toda a força de vontade de Kell para não pegá-la novamente. Tremendo e gelado, ele ainda ansiava por segurá-la. Era como uma droga. Havia homens que se escondiam nos antros e nos cantos escuros de Londres, atrás de êxtases como aquele, mas Kell nunca havia sido um deles, nunca desejara o poder bruto. Nunca precisara. A magia não era algo que cobiçava; era simplesmente algo que *tinha*. Mas, agora, suas veias estavam famintas, e famintas *por* ela.

Antes que ele perdesse a batalha pelo controle, Lila ajoelhou-se ao lado da pedra.

— Que coisinha esperta — disse ela, pegando-a.

— Não... — começou Kell, mas Lila já havia usado o lenço para apanhá-la.

— Alguém tem que ficar com ela — afirmou, colocando o talismã no bolso. — E aposto que sou a melhor opção no momento.

Kell agarrou-se na mesa enquanto a magia se esvanecia, as veias em seu braço clareando pouco a pouco.

— Você está bem? — indagou Lila.

Kell engoliu em seco e assentiu. A pedra era um veneno, e precisavam se livrar dela. Ele se ergueu.

— Estou bem.

Lila arqueou uma sobrancelha.

— Está, sim. Você é a própria imagem da saúde.

Kell suspirou e desmoronou em uma cadeira. Nas docas do lado de fora, as celebrações estavam a todo vapor. Fogos de artifício pontuavam a música e os festejos, o barulho abafado, mas não muito, pelas paredes da loja.

— Como ele é? — perguntou Lila, olhando em um armário. — O príncipe.

— Rhy? — Kell correu uma das mãos pelo cabelo. — Ele é... charmoso e mimado, generoso, volúvel e hedonista. Ele flertaria até com uma cadeira bonita e nunca leva as coisas a sério.

— Ele é capaz de se meter em tanta confusão quanto você?

Kell abriu um sorriso.

— Ah, muito mais. Acredite ou não, eu sou o irmão responsável.

— Mas vocês são próximos.

O sorriso de Kell se desfez, e ele assentiu com a cabeça.

— Somos. O rei e a rainha podem não ser meus pais, mas Rhy é meu irmão. Eu morreria por ele. Mataria por ele. E já matei.

— Mesmo? — questionou Lila, admirando um chapéu. — Conte.

— Não é uma história agradável — afirmou Kell, empertigando-se na cadeira.

— Agora quero ouvi-la ainda mais — disse Lila.

Kell a observou e suspirou, fitando as próprias mãos.

— Quando tinha 13 anos, Rhy foi sequestrado. Estávamos jogando algum jogo estúpido no jardim do palácio quando o levaram. Mas, conhecendo Rhy, ele provavelmente foi de bom grado, a princípio. Quando jovem, ele era muito inocente.

Lila deixou o chapéu de lado.

— O que aconteceu?

— A Londres Vermelha é um bom lugar — insistiu Kell. — A realeza é gentil e justa, e a maioria dos súditos é feliz. Mas — continuou ele —, eu estive em todas as três Londres e posso dizer com certeza: não há versão que não sofra de um jeito ou de outro.

Ele pensou na opulência, na riqueza ostensiva e em como isso deveria parecer para aqueles que não a tinham. Aqueles que haviam sido destituídos de poder por seus crimes e aqueles que nunca haviam sido abençoados com muito, para começo de conversa. Kell não podia deixar de se perguntar: o que teria acontecido com Rhy Maresh se ele não tivesse nascido na realeza? Onde ele estaria? Mas é certo que Rhy sobreviveria com seu charme e seu sorriso. Ele sempre daria um jeito.

— Meu mundo é um mundo de magia — recomeçou ele. — Os privilegiados colhem suas bênçãos, e a família real quer acreditar que os menos afortunados também o fazem. Que a sua generosidade e seus cuidados se estendem a todos os cidadãos. — Ele encontrou os olhos de Lila. — Mas eu já estive nas partes mais escuras dessa cidade. Em seu mundo, a magia é uma raridade. No meu, a falta dela é tão estranha quanto. E aqueles sem dons são frequentemente desprezados como indignos das bênçãos e tratados como inferiores por isso. As pessoas daqui acreditam que a magia escolhe seu caminho. Que ela julga, e por isso eles também podem fazê-lo. *Aven essen*, assim chamam. *Equilíbrio divino.*

Porém, por essa lógica, a magia teria escolhido Kell, e ele não acreditava nisso. Qualquer um poderia facilmente ter sido escolhido ou ter nascido com a marca *Antari* e sido levado ao luxo dos cômodos vermelhos do palácio em vez dele.

— Vivemos de um jeito iluminado — disse Kell. — Para o bem ou para o mal, nossa cidade incandesce com vida. Com luz. E onde há luz... Muitos anos atrás, um grupo começou a se formar. Eles se autoproclamaram os Sombras. Meia dúzia de homens e mulheres, alguns com poder, outros sem, que acreditavam que a cidade usava seu poder com pouca consciência, esbanjando-o. Para eles, Rhy não era um menino, mas o símbolo de tudo o que era errado. E então o sequestraram. Depois eu soube que pretendiam pendurar seu corpo nas portas do palácio. Graças aos santos eles não chegaram a ter essa chance. Eu tinha 14 anos na época, um ano a mais que Rhy e ainda aprendendo a lidar com meu poder. Quando o rei e a rainha souberam do sequestro do filho, enviaram a guarda real por toda a cidade. Todas as tábuas de divinação em todas as praças públicas e residências ardiam com a mensagem urgente para encontrar o príncipe perdido. E eu sabia que não iriam encontrá-lo. Sabia em meus ossos e em meu sangue. Fui até os aposentos de Rhy. Eu me lembro de como o palácio estava vazio, com todos os guardas procurando nas ruas. E encontrei a primeira coisa que eu sabia que era realmente dele, um pequeno cavalo de madeira que ele havia entalhado e cabia na palma da mão. Eu já havia conjurado portas usando símbolos, mas nunca uma como essa, nunca para uma pessoa em vez de um lugar. Mas existe uma palavra *Antari* para *encontrar,* e então achei que poderia funcionar. Tinha que funcionar. E funcionou. A parede do quarto dele deu lugar ao fundo de um barco. Rhy estava caído no chão. E não estava respirando.

O ar sibilou entre os dentes de Lila, mas ela não o interrompeu.

— Eu tinha aprendido os comandos de sangue para muitas coisas — contou Kell. — *As Athera*. Crescer. *As Pyrata*. Queimar. *As Illumae*. Iluminar. *As Travars*. Viajar. *As Orense*. Abrir. *As Anasae*. Dispersar. E *As Hasari*. Curar. Então tentei curá-lo. Cortei minha mão, pressionei sobre o peito dele e disse as palavras. Mas não funcionou. — Kell jamais esqueceria a imagem de Rhy caído no chão molhado do convés, pálido e imóvel. Foi uma das únicas vezes em sua vida que ele parecera pequeno. — Eu não sabia o que fazer — continuou. — Pensei que talvez não tivesse usado sangue suficiente. Então cortei os pulsos.

Kell sentiu que Lila o encarava fixamente enquanto ele olhava para as próprias mãos, as palmas para cima, analisando as cicatrizes esmaecidas.

— Eu me lembro de me ajoelhar sobre ele, da dor torpe se espalhando por meus braços conforme eu pressionava as palmas das mãos contra ele e dizia as palavras repetidamente. *As Hasari. As Hasari. As Hasari.* Só que eu não tinha me dado conta do fato de que um feitiço de cura, mesmo um comando de sangue, leva tempo para funcionar. E já estava funcionando desde a primeira invocação. Poucos instantes depois, Rhy acordou. — Kell abriu um sorriso triste. — Olhou para cima e me viu agachado sobre ele, sangrando, e a primeira coisa que disse não foi "o que aconteceu" ou "onde estamos". Ele tocou o sangue no próprio peito e perguntou: "É seu? É tudo seu?" E quando eu confirmei, ele começou a chorar, e eu o levei para casa.

Quando encontrou o olhar de Lila, os olhos pretos da garota estavam arregalados.

— Mas o que aconteceu com os Sombras? — perguntou ela, quando ficou explícito que ele havia terminado de contar a história. — Aqueles que o levaram? Estavam no barco? Você voltou para pegá-los? Enviou os guardas?

— Sim — falou Kell. — O rei e a rainha rastrearam todos os integrantes dos Sombras. E Rhy perdoou todos eles.

— O quê? — sibilou Lila. — Depois de terem tentado matá-lo?

— Esse é o problema do meu irmão. Ele é teimoso e pensa com todas as partes do corpo exceto o cérebro a maior parte do tempo, mas é um *bom* príncipe. Possui o que muitos desconhecem: *empatia*. Ele perdoou seus captores. Entendeu por que fizeram aquilo e sentiu seu sofrimento. E ele estava convencido de que, se lhes mostrasse misericórdia, não tentariam machucá-lo novamente. — Kell baixou os olhos para o chão. — E eu me certifiquei de que não poderiam.

Lila franziu a testa quando entendeu o que ele estava dizendo.

— Pensei que tivesse dito...

— Eu disse que *Rhy* os perdoou. — Kell se levantou. — Nunca disse que eu os tinha perdoado. — Lila o encarou, não com perplexidade ou horror, mas com respeito. Kell deu de ombros e ajeitou o casaco. — Acho que é melhor começarmos a procurar.

Ela piscou duas vezes, obviamente querendo dizer algo mais, porém Kell deixou evidente que aquela conversa em particular estava encerrada.

— O que estamos procurando? — perguntou ela finalmente.

Kell inspecionou as prateleiras, os gabinetes e os armários superlotados.

— Uma torre branca.

# III

Apesar de toda a procura que realizara nas ruínas da Ruby Fields, Kell não reparara no beco onde fora atacado e onde deixara dois corpos para trás, apenas algumas horas antes. Se tivesse se aventurado por lá, teria visto que um desses corpos, o assassino que havia ficado preso na pedra, não estava mais ali.

O mesmo assassino agora descia do meio-fio, cantarolando baixinho enquanto curtia o calor do sol e os sons de celebração distantes.

O corpo dele não estava bem. Melhor que a outra casca, com certeza, o bêbado da Londres enfadonha, que não havia durado muito. Este corpo aguentara melhor, muito melhor, mas agora estava todo queimado por dentro e começando a enegrecer por fora, a escuridão se espalhando pelas veias e sobre a pele como um miasma. Começava a se parecer menos com um homem e mais com um pedaço de madeira carbonizado.

Mas isso já era esperado. Afinal, ele estivera ocupado.

Na noite anterior, as luzes do bordel brilhavam, atraindo os homens no escuro, e uma mulher estava de pé esperando por ele à porta com um sorriso pintado de batom e o cabelo cor de fogo, de vida.

— *Avan, res nastar* — ronronara ela no idioma arnesiano. Levantara as saias ao dizê-lo, mostrando um vislumbre do joelho. — Não quer entrar?

E ele entrara, as moedas do assassino tilintando no bolso.

A mulher o guiara pelo corredor, que estava escuro, muito mais escuro do que do lado de fora, e ele a deixara guiá-lo, desfrutando da sensação da mão dela (ou, na verdade, da pulsação dela) na dele. Ela não o olhara nos olhos, senão teria visto que eram mais escuros que o corredor em si. Em vez disso, concentrara-se nos lábios dele, em sua gola, em seu cinto.

Ele ainda estava se acostumando com as nuances de seu novo corpo, porém fora capaz de pressionar os lábios ressecados na boca macia da mulher. Algo se transferira entre eles, a brasa de uma chama puramente preta, e a mulher estremecera.

— *As Besara* — sussurrara ele na orelha dela. *Pegue.*

Ele deslizara o vestido dos ombros dela e a beijara sofregamente, sua escuridão passando pela língua dela e rumando para sua cabeça, intoxicante. Poder. Todos o queriam, queriam estar perto da magia, de sua fonte. E ela a acolhera. Ela *o* acolhera. Os nervos formigaram quando a magia os possuíra, banqueteando-se na corrente de vida, no sangue e no corpo. Ele havia possuído o bêbado, Booth, à força, mas um hospedeiro solícito era sempre melhor. Ou pelo menos tendiam a durar mais.

— *As Herena* — arrulhara ele, pressionando o corpo da mulher na cama. *Dar.* — *As Athera* — gemera enquanto a possuía, e ela o recebera. *Crescer.*

Os dois moveram-se juntos como uma pulsação perfeita, um preenchendo o outro. E, quando ele acabara, e os olhos da mulher reviraram-se abertos, refletiram os dele: ambos de um preto brilhante. A coisa sob a pele dela repuxara os lábios vermelhos em um sorriso torto.

— *As Athera* — ecoara ela, levantando-se da cama. Ele ficara de pé e a seguira. E então saíram, uma mente e dois corpos, primeiro pelo bordel e depois pela noite.

Sim, ele estivera ocupado.

Sentia a si mesmo se espalhando pela cidade conforme rumava para o rio vermelho que o aguardava, o pulso de magia e vida disposto como a promessa de um banquete.

# IV

A loja de Fletcher era como um labirinto, organizada de um modo que apenas uma cobra como ele mesmo entenderia. Kell passara os últimos dez minutos revirando gavetas e descobrindo uma variedade de armas e amuletos, além de uma sombrinha bastante inofensiva, mas nenhuma torre branca. Ele rosnou e jogou a sombrinha de lado.

— Você não pode achar a maldita coisa usando magia? — perguntou Lila.

— O lugar inteiro é vigiado — respondeu Kell. — Contra feitiços localizadores. E contra ladrões, então devolva isso.

Lila largou a bugiganga que estava prestes a afanar de volta no balcão.

— Então — disse ela, analisando o conteúdo de um estojo de vidro —, você e Fletcher são amigos?

Kell lembrou-se do rosto de Fletcher na noite em que ele perdera a aposta.

— Não exatamente.

Lila ergueu a sobrancelha.

— Bom — disse ela. — *É mais divertido roubar de inimigos.*

*Inimigos* era uma palavra justa. O que era estranho, pois eles poderiam ter sido parceiros.

"Um receptador e um contrabandista", dissera Fletcher. "Seríamos uma equipe perfeita."

"Eu passo", dissera Kell. Mas, quando o jogo de Santo estava na última rodada, e ele soubera que havia ganhado, ludibriara Fletcher com a única coisa que este não recusaria.

"*Anesh*", admitira ele. "Se você ganhar, eu trabalharei para você."

Fletcher exibira seu sorriso ganancioso e mostrara sua última carta.

Kell sorrira também, fizera sua jogada e ganhara tudo, deixando Fletcher com nada mais que um ego ferido e uma pequena torre branca.

*Sem ressentimentos.*

Agora Kell revirava metade da loja, procurando por um artefato e olhando de vez em quando para a porta enquanto seu próprio rosto o observava da tábua de divinação na parede.

## DESAPARECIDO

Enquanto isso, Lila parara de procurar e estava admirando um mapa emoldurado. Ela o fitou inquisitivamente, inclinou a cabeça e franziu o cenho como se algo estivesse faltando.

— O que é? — indagou Kell.

— Onde está Paris? — perguntou ela, apontando para o lugar no continente onde a cidade deveria estar.

— Não existe Paris — respondeu Kell, vasculhando um armário. — Nem França, nem Inglaterra, também.

— Mas como pode haver uma Londres sem uma Inglaterra?

— Como eu já disse, a cidade é uma excentricidade linguística. Aqui, Londres é a capital de Arnes.

— Então Arnes é simplesmente o nome que usam para Inglaterra.

Kell riu.

— Não — falou ele, sacudindo a cabeça enquanto se aproximava dela. — Arnes ocupa mais da metade da Europa. A ilha, sua Inglaterra, chama-se *raska*. A *coroa*. Mas é apenas a ponta do império.

— Ele tracejou o território com a ponta do dedo. — Além do nosso país fica Vesk, ao norte, e Faro, ao sul.

— E além disso?

Kell deu de ombros.

— Mais países. Alguns enormes, outros pequenos. É um mundo inteiro, afinal.

O olhar dela percorreu o mapa, os olhos brilhando. Um sorriso pequeno e particular se abriu em seus lábios.

— É, é sim.

Ela se afastou e entrou em outro cômodo. Instantes depois, exclamou:

— A-rá!

Kell se assustou.

— Você encontrou? — gritou ele.

Ela reapareceu, segurando seu prêmio, mas não era uma torre. Era uma faca. As esperanças de Kell foram por água abaixo.

— Não — respondeu ela —, mas isso não é inteligente? — Lila estendeu o objeto para Kell. O cabo da adaga não era simplesmente um punho: o metal se curvava sobre as juntas dos dedos, dando uma volta antes de retornar ao cabo. — Para bater — explicou Lila, como se Kell não tivesse entendido o propósito das soqueiras de metal. — Você pode esfaqueá-los ou acertar seus dentes. Ou ambos. — Ela tocou a ponta da lâmina com o dedo. — Não ao mesmo tempo, é lógico.

— *É lógico* — ecoou Kell, fechando um gabinete. — Você adora armas.

Lila o encarou inexpressivamente.

— Quem não adora?

— E você já tem uma faca — salientou ele.

— E daí? — questionou Lila, admirando o cabo. — Facas nunca são demais.

— Você é uma garota violenta.

Ela meneou a lâmina.

— Nem todos podem usar sangue e sussurros como armas.

Kell eriçou-se.

— Eu não sussurro. E não estamos aqui para saquear.

— Pensei que estivéssemos aqui *justamente* para isso.

Kell suspirou e olhou em volta. Ele havia revirado o lugar inteiro, incluindo o quartinho entulhado de Fletcher nos fundos, e nada havia encontrado. Fletcher não venderia a torre... ou venderia? Kell fechou os olhos e deixou os sentidos divagarem, como se talvez pudesse sentir a magia estrangeira. Mas o espaço estava praticamente zumbindo com poder em sons distintos que se sobrepunham, o que tornava impossível distinguir o que era estrangeiro e proibido do que era meramente proibido.

— Tenho uma pergunta — disse Lila, os bolsos tilintando suspeitosamente.

— É óbvio que tem — suspirou Kell, abrindo os olhos. — E eu pensei ter dito a você para não roubar.

Ela mordeu o lábio e tirou do bolso algumas pedras e uma engenhoca de metal que nem Kell sabia para que servia, colocando-as sobre uma cômoda.

— Você disse que os mundos estavam isolados. Então como esse homem, Fletcher, tem um objeto da Londres Branca?

Kell vasculhou uma escrivaninha que ele jurava já ter revirado, procurando gavetas escondidas sob a tampa.

— Porque eu dei a ele.

— Bem, o que *você* estava fazendo com ela? — Os olhos de Lila estreitaram-se. — Você a roubou?

Kell fechou a cara. Ele a tinha roubado.

— Não.

— Mentiroso.

— Eu não tomei para mim — defendeu-se Kell. — Poucas pessoas em seu mundo sabem sobre o meu. Aquelas que sabem, Colecionadores e Entusiastas, estão dispostas a pagar muito por um pedaço dela. Uma bugiganga. Um artefato. Em meu mundo, a maioria sabe da existência do seu, e algumas pessoas ficam tão curiosas pela sua mundaneidade quanto você pela nossa magia; mas todos sabem sobre a *outra* Londres. A Londres Branca. E alguns pagariam muito por um pedaço *daquele* mundo.

Um sorriso de esguelha surgiu nos lábios de Lila.

— Você é contrabandista.

— Falou a batedora de carteiras — explodiu Kell, na defensiva.

— Eu sei que sou ladra — falou Lila, pegando um lin vermelho de cima da cômoda e rolando-o sobre as juntas dos dedos. — Já aceitei isso. Não é culpa minha se você ainda não aceitou. — A moeda desapareceu. Kell abriu a boca em protesto, mas o lin reapareceu um segundo depois na palma da outra mão dela. — Eu não entendo. Se você é da realeza...

— Eu não sou...

Lila lançou-lhe um olhar intimidador.

— Se você *vive* com a realeza, *janta* com eles e *pertence* a eles, certamente não precisa do dinheiro. Por que se arriscar?

Kell cerrou o maxilar, pensando no apelo de Rhy para que parasse com essas brincadeiras estúpidas.

— Você não entenderia.

Lila arqueou uma sobrancelha.

— Cometer crimes não é algo tão complicado — disse ela. — As pessoas roubam porque isso lhes dá algo. Se não for pelo dinheiro, pode ser pelo controle. O ato de roubar, de violar regras, as faz se sentir poderosas. Elas se envolvem com isso por pura rebeldia. — Ela virou as costas. — Algumas pessoas roubam para se manter vivas, outras para se sentir vivas. É simples assim.

— E que tipo de ladra *é você?* — questionou Kell.

— Eu roubo por liberdade — afirmou Lila. — Suponho que seja um pouco de ambos. — Ela perambulou por um pequeno corredor entre dois cômodos. — Então foi assim que você encontrou a pedra preta? — perguntou ela. — Você a trocou por algo?

— Não — explicou Kell. — Eu cometi um erro. Um que pretendo consertar, se eu conseguir encontrar essa porcaria.

Frustrado, ele fechou uma gaveta com violência.

— Cuidado — disse uma voz áspera em arnesiano. — Você pode quebrar alguma coisa.

Kell virou-se e viu o dono da loja ali, de pé, o ombro reclinado em um armário, parecendo vagamente surpreso.

— Fletcher — disse Kell.

— Como você entrou? — perguntou Fletcher.

Kell forçou-se a dar de ombros enquanto lançava um olhar para Lila, que teve o bom senso de ficar no corredor e fora de vista.

— Acho que suas defesas estão ficando fracas.

Fletcher cruzou os braços.

— Duvido muito.

Kell olhou novamente de relance para Lila, mas ela não estava mais no corredor. Uma pontada de pânico o percorreu e piorou um instante depois quando ela reapareceu atrás de Fletcher. Ela se moveu com passos silenciosos, uma faca brilhando em uma das mãos.

— *Tac* — falou Fletcher, levantando uma das mãos ao lado da cabeça. — Sua amiga é muito indelicada.

Ao dizer isso, Lila congelou no meio do movimento. O esforço ficou nítido no rosto dela enquanto tentava se libertar da força invisível que a segurava, mas era inútil. Fletcher possuía a rara e perigosa habilidade de controlar *ossos* e, por consequência, *corpos*. Uma habilidade que lhe rendera as marcas de vinculação que ele se orgulhava tanto de ter quebrado.

Lila, por sua vez, não parecia impressionada. Ela resmungou algumas palavras bastante violentas, e Fletcher abriu os dedos. Kell ouviu um som que lembrava gelo sendo quebrado, Lila soltou um grito abafado e a faca caiu de seus dedos.

— Pensei que preferisse trabalhar sozinho — disse Fletcher em tom de conversa.

— Solte-a — ordenou Kell.

— Vai me obrigar, *Antari*?

Os dedos de Kell se fecharam num punho. A loja estava protegida com dezenas de feitiços contra intrusos e, com a sorte de Kell, contra qualquer um que desejasse fazer mal a Fletcher. Porém, o dono da loja riu baixinho e baixou a mão; Lila caiu de quatro, segurando os pulsos e falando vários palavrões.

— *Anesh* — falou ele casualmente. — O que o traz de volta à minha humilde loja?

— Eu lhe dei algo uma vez — começou Kell. — Gostaria de pegar emprestado.

Fletcher escarneceu, bufando.

— Não trabalho com empréstimos.

— Eu a compro, então.

— E se não estiver à venda?

Kell forçou um sorriso.

— Você, mais que qualquer pessoa — falou ele —, sabe que *tudo* está à venda.

Fletcher imitou o sorriso, frio e seco.

— Eu não a venderei para você, mas poderia vender para ela. — Ele olhou de soslaio para Lila, que havia se levantado e recostado na parede mais próxima para se esconder e xingar. — Pelo preço certo.

— Ela não fala arnesiano — avisou Kell. — Não tem a menor ideia do que você está dizendo.

— Jura? — Fletcher agarrou a própria virilha. — Aposto que posso fazê-la entender — afirmou ele, chacoalhando-se na direção dela.

Os olhos de Lila se estreitaram.

— Vá para o inferno, seu idio...

— Eu não me daria ao trabalho — interveio Kell. — Ela morde.

Fletcher suspirou e balançou a cabeça.

— Em que tipo de problema você se meteu, *mestre Kell*?

— Nenhum.

— Você deve estar encrencado para vir aqui. Além disso — disse Fletcher com um sorriso mordaz —, não colocariam seu rosto nas telas a troco de nada.

Os olhos de Kell se voltaram para a tela de divinação na parede, que havia exibido seu rosto pela última hora. E então ficou pálido. O círculo na parte inferior que dizia *se o avistar, toque aqui* estava pulsando em verde brilhante.

— O que você fez? — rosnou Kell.

Fletcher apenas sorriu.

— Sem ressentimentos — falou ele, segundos antes de as portas da loja serem escancaradas e a guarda real invadir o lugar.

# V

Kell teve apenas um instante para mudar de expressão, para transformar pânico em compostura, antes que os guardas chegassem, cinco ao todo, enchendo o cômodo com movimento e barulho.

Ele não poderia fugir. Não havia para *onde* fugir. E não queria feri-los, e Lila... bem, ele não fazia ideia de onde Lila estava. Em um instante ela estava bem ali recostada na parede, e no próximo havia desaparecido (apesar de Kell ter visto seus dedos entrando no bolso do casaco um segundo antes de ela desaparecer e de poder sentir o zumbido sutil da magia da pedra no ar, da mesma forma como Holland devia ter sentido na Ruby Fields).

Kell forçou-se a ficar parado e a parecer calmo, apesar de seu coração estar pulando no peito. Tentou se lembrar de que não era um criminoso e de que a família real provavelmente estava apenas preocupada com seu desaparecimento. Nada havia feito de errado, não aos olhos da *coroa*. Nada de que eles *soubessem*. A menos que, em sua ausência, Rhy tivesse contado ao rei e à rainha sobre suas transgressões. Ele não faria isso (Kell *esperava* que não), mas, ainda que tivesse feito, Kell era um *Antari*, um integrante da família real, alguém a ser respeitado e até mesmo temido. Ele se imbuiu desse pensamento conforme se recostava preguiçosamente, quase arrogante, na mesa atrás de si.

Quando os soldados da guarda real o viram ali parado, vivo e despreocupado, a confusão tomou conta de seus rostos. Estariam esperando um cadáver? Uma luta? Metade se ajoelhou, metade levou as mãos aos cabos de suas espadas e um deles ficou de pé, parado ali no meio com um semblante confuso.

— Ellis — falou Kell, acenando para o chefe da guarda real.

— Mestre Kell — respondeu Ellis, avançando. — O senhor está bem?

— Sim.

Ellis ficou inquieto.

— Estávamos preocupados com você. O palácio inteiro estava.

— Não pretendia alarmar ninguém — disse ele, analisando os guardas que o rodeavam. — Estou perfeitamente bem.

Ellis olhou ao redor e depois novamente para Kell.

— É que... senhor... quando não retornou de sua incumbência no exterior...

— Eu me atrasei — afirmou Kell, esperando que isso suprimisse perguntas.

Ellis franziu o cenho.

— O senhor não viu os anúncios? Estão espalhados por todos os lugares.

— Acabei de retornar.

— Então me perdoe — retrucou Ellis, gesticulando para a loja. — Mas o que o senhor está fazendo *aqui*?

Fletcher fechou o rosto. Apesar de só falar arnesiano, ele entendia o idioma real perfeitamente para saber que estava sendo insultado.

Kell forçou um sorriso.

— Comprando o presente de Rhy.

O guarda deu uma risada nervosa.

— O senhor virá conosco, então? — indagou Ellis, e Kell entendeu as palavras que não foram ditas. *Sem lutar*.

— Certamente — disse Kell, levantando-se e ajeitando o casaco.

Os guardas pareciam aliviados. A mente de Kell estava a mil por hora quando ele se virou para Fletcher e lhe agradeceu pela ajuda.

— *Mas marist* — respondeu o dono da loja. *O prazer foi meu*. — Estava apenas cumprindo meu dever de cidadão.

— Eu voltarei — afirmou Kell em inglês (o que fez com que os guardas reais arqueassem as sobrancelhas). — Assim que puder. Para encontrar o que estava procurando. — As palavras foram dirigidas a Lila. Ele podia senti-la no cômodo, sentir a pedra mesmo que a estivesse escondendo. Ela sussurrava para ele.

— Senhor — falou Ellis, apontando a porta. — Depois do senhor.

Kell assentiu e o seguiu para fora da loja.

No momento em que ouviu os guardas invadindo a loja, Lila teve o bom senso de fechar os dedos sobre a pedra e dizer:

— Esconda-me.

E a pedra obedeceu mais uma vez.

Ela sentiu um formigamento em seu braço, logo abaixo da pele, uma sensação deliciosa (havia sido tão bom assim da última vez que ela usara o talismã?), e então o véu se acomodou novamente à sua volta e ela desapareceu. Assim como antes, conseguia ver a si mesma, mas ninguém mais parecia ser capaz disso. Nem os guardas, nem Fletcher, nem mesmo Kell, cujos olhos de dois tons alinharam-se a ela, mas pareciam perceber apenas o lugar em que estivera e não onde estava agora.

No entanto, apesar de ele não poder vê-la, Lila conseguia vê-lo, e viu uma centelha de preocupação no rosto dele, disfarçada em sua voz, embora não em sua postura. E sob esta havia uma advertência misturada à falsa calma de suas palavras.

*Fique*, parecia ordenar ele, mesmo antes de pronunciar as palavras que foram lançadas ao ar, explicitamente dirigidas a ela. Então, Lila ficou e observou Kell e quatro dos cinco soldados da guarda saírem para a rua. Observou enquanto o único guarda ficava para trás, seu rosto escondido sob o visor abaixado do seu elmo.

Fletcher estava dizendo algo a ele, gesticulando na palma da mão o sinal universal para pagamento. O guarda aquiesceu e levou a mão ao cinto enquanto Fletcher se virava para olhar Kell pela janela.

Lila percebeu o que ia acontecer.

Fletcher, não.

Em vez de procurar uma bolsa, o guarda buscou a espada. O metal reluziu uma vez na luz difusa da loja e então estava sob o queixo de Fletcher, desenhando uma linha vermelha e silenciosa ao longo da garganta dele.

Uma carruagem fechada esperava por Kell na frente da loja, puxada por dois cavalos brancos reais, as fitas douradas e vermelhas entrelaçadas nas crinas, resquícios da parada que acontecera horas antes.

Conforme Kell se dirigia à carruagem, ele despiu o casaco e o virou da esquerda para a direita, deslizando os braços de volta nas mangas, que agora eram as vermelhas de seu traje real. Seus pensamentos giraram em torno do que dizer ao rei e à rainha. Não a verdade, evidentemente. Mas o próprio rei tinha um artefato da Londres Branca, um enfeite que ficava em uma prateleira de seus aposentos privados, e, se Kell conseguisse pegá-lo e voltar para Lila e para a pedra... Imaginar Lila e a pedra perdidos na cidade era perturbador. Mas Kell tinha esperanças de que ela ficaria onde estava, apenas por um momento. Longe de problemas.

Ellis andou meio passo atrás de Kell com mais três guardas em seu encalço. O último havia ficado para falar com Fletcher e muito provavelmente acertar a questão da recompensa (apesar de Kell ter quase certeza de que Fletcher o odiava a ponto de entregá-lo mesmo sem a perspectiva de lucro).

Na descida do rio em direção ao palácio, o dia de celebrações estava acabando. Na verdade, modificava-se para dar lugar às festividades noturnas. A música suavizara, e as multidões ao longo das docas e pelo mercado haviam se espalhado e escasseado, migrando para as diversas tavernas e hospedarias para continuar a brindar em nome de Rhy.

— Venha, senhor — falou Ellis, segurando a porta da carruagem aberta para ele. Em vez de bancos virados um para o outro, esta carruagem tinha dois grupos de bancos virados para a frente. Dois guardas sentaram-se atrás e um deles se sentou ao lado do condutor, ao passo que Ellis deslizou pelo banco dianteiro ao lado de Kell e fechou a porta. — Vamos levá-lo para casa.

O peito de Kell doeu ao ouvir isso. Ele havia tentado não se permitir pensar em sua casa, em quanto queria estar lá. Não desde que a pedra e a tarefa de se livrar dela caíram em suas mãos. Agora, tudo o que desejava era ver Rhy, abraçá-lo pela última vez, e estava secretamente agradecido pela oportunidade.

Ele soltou o ar pesadamente e afundou no banco enquanto Ellis fechava as cortinas da carruagem.

— Sinto muito por isto, senhor — disse Ellis.

Kell estava prestes a perguntar por que quando a mão de um deles pressionou um pano sobre sua boca, e seus pulmões encheram-se de algo amargo e ao mesmo tempo doce. Ele tentou se libertar, porém mãos cobertas por uma armadura fecharam-se sobre seus pulsos e o seguraram no banco. Em instantes, tudo escureceu.

Lila inspirou rispidamente, sem ser ouvida por baixo do véu, quando o guarda soltou o ombro de Fletcher e ele desmoronou com um baque surdo, uma massa sem vida contra as tábuas gastas do chão da loja.

O guarda ficou ali parado, inabalado pelo assassinato e parecendo alheio ao fato de que agora estava respingado com o sangue de outra pessoa. Ele analisou o cômodo, o olhar afastando-se dela, mas, através da fenda no elmo, Lila pensou ter visto um brilho estranho em seus olhos. Algo como magia. Satisfeito por não haver outros de quem se livrar, o guarda embainhou a espada, girou nos calcanhares e saiu da loja. Um badalar maçante o seguiu na saída, e alguns instantes depois Lila ouviu uma carruagem começar a andar e ribombar, seguindo pela rua.

O corpo de Fletcher permaneceu esparramado no chão de sua loja, o sangue empapando o cabelo louro e manchando as tábuas embaixo de seu peito. A expressão presunçosa se fora, substituída por surpresa, a emoção preservada na morte como um inseto em âmbar. Seus olhos estavam abertos e vazios, mas algo claro caíra do bolso de sua camisa e agora estava preso entre o cadáver e o chão.

Algo que se parecia muito com uma torre branca.

Lila olhou ao redor para ter certeza de que estava sozinha, então desfez o feitiço de ocultamento. Foi fácil desfazer a magia, porém largar a pedra provou ser consideravelmente mais difícil; após um longo tempo, quando ela finalmente conseguiu se libertar e largar o talismã no bolso, o cômodo inteiro oscilou. Um arrepio passou por seu corpo, roubando calor e algo mais. Na esteira da magia, ela se sentiu... *vazia*. Lila estava acostumada à fome, mas a pedra a deixou se sentindo faminta até os ossos. Oca.

*Maldita pedra*, pensou, enfiando a ponta de sua bota embaixo do ombro morto de Fletcher e virando-o para cima. Seu olhar vazio agora fitava o teto e Lila.

Ela se ajoelhou com cuidado para evitar a gosma vermelha e escorregadia que se espalhava, enquanto pegava a peça de xadrez salpicada de sangue.

Lila xingou, aliviada, e ficou de pé, avaliando o objeto. À primeira vista, parecia bastante comum, e, ainda assim, quando ela fechou os dedos sobre a pedra (ou osso, ou qualquer que fosse o material no qual fora entalhada), quase pôde sentir a diferença entre a energia da peça e a energia da Londres à sua volta. Era sutil, e talvez ela estivesse imaginando coisas, mas a torre parecia uma corrente de ar em um cômodo quente. Fria o suficiente para parecer não pertencer àquele lugar.

Lila espantou a sensação e deslizou a peça de xadrez para dentro de sua bota (ela não sabia como a magia funcionava, mas não parecia sensato manter os dois talismãs muito perto um do outro, não até que fosse necessário, e ela não tocaria a pedrinha oportunista novamente a menos que fosse absolutamente essencial). Então limpou o sangue de Fletcher nas próprias calças.

De maneira geral, Lila sentia-se bastante satisfeita. Afinal, tinha a pedra da Londres Preta *e* o artefato da Londres Branca. Tudo de que precisava era Kell.

Dirigiu-se para a porta e hesitou. Ele pedira a ela que ficasse ali, mas, ao baixar os olhos para o cadáver recente de Fletcher, Lila temeu que Kell tivesse encontrado problemas. Ela só estava na Londres Vermelha havia um dia, mas não lhe parecia um lugar em que os guardas reais saíssem cortando gargantas. Talvez Kell estivesse bem. Mas e se não estivesse?

Seus instintos lhe diziam para ir, e anos de roubos para sobreviver a ensinaram a prestar atenção quando eles falavam. Além disso, ponderou, ninguém na cidade estava procurando por *ela*.

Lila rumou para a porta e estava quase lá quando viu novamente a faca, aquela de que gostara tanto, apoiada sobre a cômoda onde a deixara. Kell a advertira para não roubar a loja, mas o dono estava morto e a arma, jogada ali, desprezada. Ela a pegou e correu um dedo pela lâmina. Era realmente uma faca ótima. Lila fitou a porta, perguntando-se se as proteções da loja contra ladrões teriam morrido com seu conjurador. Era melhor testar. Cuidadosamente, abriu a porta, colocou a arma no chão e usou a ponta da bota para chutá-la através da soleira. Encolheu-se, esperando pela reação: uma corrente de energia, uma onda de dor ou mesmo que a faca retornasse teimosamente à loja. Mas nada aconteceu.

Lila sorriu e foi para a rua. Pegou a faca, acomodou-a no cinto e saiu para encontrar (e mais provavelmente *resgatar*) Kell de qualquer confusão em que ele estivesse metido.

# VI

Parrish e Gen andavam trôpegos pelo festival, elmos em uma das mãos e canecas de vinho na outra. Parrish ganhara seu dinheiro de volta. Na verdade, entre cartas boas e apostas ruins, os dois pareciam ter apenas alternado a posse de seus trocados, sem muitas perdas nem muitos ganhos. Mas, tendo mais espírito esportivo, Parrish ofereceu-se para pagar uma bebida a Gen.

Afinal de contas, estavam em uma celebração.

O príncipe Rhy fora gentil em conceder algumas horas de folga aos dois soldados mais próximos de sua guarda particular, para que pudessem aproveitar as festividades com as multidões reunidas ao longo do Atol. Parrish, inclinado a preocupações, havia hesitado, mas Gen argumentara que neste dia, dentre todos os outros, Rhy estaria muito bem protegido sem eles. Pelo menos por um tempo. E então os dois vagaram pelas atrações do festival.

A celebração abraçou o rio, o mercado atingiu o triplo de seu tamanho normal e as margens transbordavam com clientes e animação, música e magia. A cada ano, as festividades pareciam ficar maiores. O que antes fora uma simples hora ou duas de diversão agora era um dia inteiro de festejos, seguido por diversos dias de recuperação, a excitação esvaindo-se lentamente até que a vida voltasse ao normal. Mas, nesse dia, o principal, o desfile matutino dera lugar a uma tarde de comida, bebida e bom astral, então finalmente haveria uma noite de baile.

Este ano seria um baile de máscaras.

A escadaria principal do palácio já estava sendo liberada, as flores recolhidas e levadas para enfeitar o saguão de entrada. Esferas de luz ofuscante eram penduradas como estrelas baixas, tanto do lado de fora do palácio como do lado de dentro. Tapetes de um tom azul-escuro foram estendidos, portanto, naquela noite, o chão do palácio real não pareceria flutuar acima do rio como um sol nascente, mas aparentaria estar muito acima, como uma lua cercada pelo deslumbrante céu noturno. Por toda a Londres, os jovens e belos da elite subiam em suas carruagens, praticando o inglês em voz baixa conforme rumavam para o palácio com suas máscaras, vestidos e capas. E, quando chegassem lá, reverenciariam o príncipe como se fosse um deus, e ele se regozijaria com a adoração como sempre fazia, com deleite e bom humor.

O baile de máscaras dentro do palácio era um evento apenas para convidados, mas às margens do rio a festa era aberta a todos, e continuaria à sua maneira até depois da meia-noite, antes de finalmente se acabar e os remanescentes perambularem para casa com os alegres foliões.

Parrish e Gen em breve seriam convocados para se juntar ao príncipe, mas, no momento, estavam recostados no poste de uma tenda do mercado, observando as multidões e se divertindo imensamente. Vez ou outra, Parrish batia no ombro de Gen, um cutucão silencioso para manter os olhos atentos na multidão. Mesmo sem estarem oficialmente de serviço, eles (ou pelo menos Parrish) tinham orgulho de seus trabalhos, de usar as armaduras reais (também não era ruim o fato de as damas parecerem gostar de homens de uniforme) e de observar sinais de confusão. Na maior parte da tarde, o problema dera-se na forma de alguém que celebrava o dia de Rhy com um entusiasmo excessivo. Porém, aqui e ali brigas eclodiam, e uma arma ou um clarão de magia requeriam intervenção.

Gen parecia estar aproveitando o momento, mas Parrish estava ficando inquieto. Seu parceiro insistia que o motivo era Parrish ter bebido apenas uma caneca, mas ele não acreditava nisso. Havia uma energia no ar, e, mesmo sabendo que o rumor provavelmente vinha do próprio festival, ainda se sentia nervoso. Não se tratava apenas de *mais* poder que o normal circulando. A atmosfera parecia *diferente*. Ele rolou o copo vazio entre as mãos e tentou aquietar a mente.

Uma trupe de domadores de fogo estava se apresentando perto dali, transformando chamas em dragões, cavalos e pássaros. E enquanto Parrish os observava, a luz de seu fogo encantado ofuscou sua visão. Quando voltou ao foco, ele encontrou o olhar de uma mulher não muito longe, bela, os lábios vermelhos, o cabelo dourado e os seios voluptuosos e quase inteiramente à mostra. Ele ergueu o olhar dos seios dela até seus olhos e então ficou confuso. Eles não eram azuis, nem verdes, nem castanhos.

Eram pretos.

Pretos como um céu sem estrelas ou uma tábua de divinação.

Pretos como o olho direito do mestre Kell.

Ele apertou os olhos para ter certeza e então chamou Gen. Como seu companheiro não respondeu, Parrish se virou e viu o guarda observando um jovem. Não, era uma *garota* com trajes masculinos, trajes estranhos e sem graça, avançando pela multidão até o palácio.

Gen a encarava ligeiramente carrancudo, como se ela parecesse estranha, deslocada, e parecia mesmo, mas não tão estranha quanto a mulher com olhos pretos. Parrish agarrou o braço de Gen e desviou sua atenção com violência.

— *Kers*? — rugiu Gen, quase derrubando seu vinho. *O quê*?

— Aquela mulher de azul — falou Parrish, virando-se para a multidão. — Os olhos dela...

Mas ele parou de falar. A mulher de olhos pretos se fora.

— Ficou apaixonado?

— Não é isso, eu juro que os olhos dela eram *pretos*.

Gen arqueou uma sobrancelha e tomou um gole de seu copo.

— Talvez você tenha celebrado um pouco demais, afinal de contas — disse ele, golpeando o braço do outro guarda.

Sobre seu ombro, Parrish viu a garota com roupas de homem desaparecer em uma barraca antes de Gen fazer uma careta e dizer:

— Parece que você não foi o único.

Parrish seguiu o olhar dele e viu um homem virado de costas para os guardas, abraçando uma mulher no meio do mercado. As mãos dele estavam explorando o corpo dela de um jeito exagerado, mesmo para um dia de festas, e a mulher não parecia estar gostando. Ela levou as mãos ao peito do homem, como se fosse afastá-lo, mas a reação dele foi beijá-la mais ardorosamente. Gen e Parrish abandonaram seus postos e dirigiram-se até o casal. E então, de repente, a mulher parou de resistir. Suas mãos caíram dos lados do corpo e sua cabeça pendeu. Quando o homem a soltou um instante depois, ela cambaleou e caiu sentada. O homem, por sua vez, simplesmente se virou e foi embora, andando e cambaleando pela multidão.

Parrish e Gen o seguiram, diminuindo a distância a passos lentos e regulares para não fazer alarde. O homem apareceu e desapareceu na multidão antes de finalmente atravessar as barracas até a margem do rio. Os guardas apertaram o passo e alcançaram a passagem logo após o homem desaparecer por ela.

— Você, aí! — chamou Gen, liderando. Ele sempre o fazia. — Pare!

O homem que seguia para o Atol diminuiu o passo até parar.

— Vire-se — ordenou Gen quando chegou perto dele, uma das mãos na espada.

O homem obedeceu. Os olhos de Parrish se arregalaram ao encontrar o rosto do estranho. Duas poças brilhantes e pretas como seixos de rio à noite ocupavam o lugar dos olhos, e a pele à sua volta estava cheia de veias pretas. Quando o homem repuxou os lábios em um sorriso, flocos se desprenderam como cinzas.

— *Asan narana* — disse ele, em um idioma que não era arnesiano.

O homem estendeu a mão e Parrish recuou quando viu que estava inteiramente preta, as pontas dos dedos afunilando-se em ossos pontudos e carbonizados.

— O que, em nome do rei... — começou Gen, mas não teve a chance de terminar porque o homem sorriu e enfiou a mão enegrecida através da armadura, diretamente no peito do guarda.

— Coração preto — falou ele, desta vez em inglês.

Parrish ficou petrificado de choque e horror enquanto o homem, ou o que quer que fosse, retirava a mão, os dedos arruinados encharcados de sangue. Gen despencou no chão e Parrish saiu de seu torpor, voltando a se mexer. Ele avançou, desembainhando a curta espada real, e enfiou a lâmina no estômago do monstro de olhos pretos.

Por um segundo, a criatura pareceu estar achando graça. E então a espada de Parrish começou a brilhar, quando o feitiço da lâmina encantada se pôs a funcionar e a separar o homem da magia. Seus olhos se arregalaram e o preto se esvaiu deles e de suas veias, até que ele se assemelhou novamente a um homem normal (embora moribundo). Ele respirou de forma barulhenta e agarrou a armadura de Parrish. Trazia um X, a marca dos assassinos, no dorso da mão, e então se despedaçou em cinzas em volta da lâmina.

— *Santo*! — xingou Parrish, encarando o monte de fuligem que começou a se dissipar ao vento.

E então, do nada, uma dor assomou em suas costas, lancinante, e ele olhou para baixo para ver a ponta de uma espada projetando-se de seu peito. Ela deslizou com um som horrível e úmido, e os joelhos de Parrish cederam enquanto seu atacante o rodeava.

Ele inspirou tremulamente, os pulmões enchendo-se de sangue, e olhou para cima para ver Gen pairando sobre ele, a lâmina ensanguentada pendurada ao seu lado.

— Por quê? — sussurrou Parrish.

Gen o contemplou com dois olhos pretos e um sorriso macabro.

— *Asan harana* — falou. — Coração nobre.

E então elevou a espada sobre sua cabeça e desferiu o golpe.

# ONZE

# BAILE DE MÁSCARAS

# I

O palácio erguia-se como um segundo sol sobre o Atol conforme a luz do dia baixava e se escondia atrás dele, criando um halo de luz dourada em sua silhueta. Lila caminhou em direção à estrutura brilhante, abrindo caminho pelo mercado superlotado. O festival se tornara bastante estridente à medida que o dia e a bebida avançaram, e a mente dela se revirava tentando pensar numa forma de *entrar* no palácio quando chegasse lá. A pedra pulsava em seu bolso, seduzindo-a como uma opção fácil, mas ela tomara a decisão de não usar a magia novamente a menos que não tivesse outra opção. O talismã exigia demais dela e fazia isso com a habilidade silenciosa de um ladrão. Não, se houvesse outra forma de entrar, ela encontraria.

E então, quando se aproximou do palácio e viu a escadaria da frente, Lila vislumbrou uma oportunidade.

As portas do palácio estavam escancaradas, o sedoso tapete azul espalhado como água escorrendo pelos degraus à noite, e sobre eles um fluxo ascendente de foliões. Eles pareciam estar indo a um baile.

Não qualquer baile, percebeu ela ao observar o mar de convidados.

Um baile de *máscaras*.

Todos os homens e mulheres usavam máscaras. Algumas simples, feitas de couro tingido, outras mais ornamentadas, adornadas com chifres, penas ou joias. Algumas cobriam apenas os olhos, e outras nada revelavam. Lila abriu um sorriso malicioso. Ela não precisava fazer parte da alta sociedade para entrar. Nem precisaria mostrar o rosto.

Porém, havia outra coisa que todos os convidados pareciam ter: um *convite*. Isso, temia ela, seria mais difícil de conseguir. Mas então, como um golpe de sorte ou da providência, Lila ouviu o som alto e doce de risadas e virou-se para ver três garotas que deviam ter a sua idade serem auxiliadas a descer da carruagem, os vestidos opulentos e os sorrisos largos conforme tagarelavam, gorjeavam e se endireitavam ali na rua. Lila as reconheceu instantaneamente do desfile matinal, as garotas que haviam suspirado por Rhy e pelo "príncipe de olho preto" que Lila agora sabia ser Kell. As garotas que estiveram praticando falar inglês. É *óbvio*. Porque o inglês era o idioma da realeza e daqueles que a ela se associavam. O sorriso de Lila se alargou. Talvez Kell estivesse certo; em qualquer outro cenário, seu sotaque a faria se destacar. Mas, ali, a ajudaria a se misturar, a *pertencer*.

Uma das garotas, aquela que se orgulhava de seu inglês, exibiu um convite enfeitado a ouro, e as três o admiraram por vários instantes antes que ela o guardasse novamente debaixo do braço. Lila se aproximou.

— Com licença — disse ela, apoiando uma das mãos no cotovelo da garota. — A que horas o baile de máscaras começa?

A garota não pareceu se lembrar dela. Lançou a Lila um olhar lento e avaliador (do tipo que a fez querer arrancar alguns dentes da boca da menina) antes de sorrir forçosamente.

— Está começando agora.

Lila imitou o sorriso.

— É óbvio — falou, enquanto a garota se libertava, ignorando o fato de ter perdido o convite.

As garotas rumaram para a escadaria do palácio e Lila analisou seu prêmio. Ela correu um polegar sobre as bordas douradas do papel e a escrita ornamentada em arnesiano. Os olhos dela se levantaram novamente, observando a procissão para as portas do palácio, mas ela não se juntou ao grupo. Os homens e as mulheres subindo os degraus praticamente reluziam em seus vestidos de tons de joias e seus trajes escuros e elegantes. Capas exuberantes derramavam-se de seus ombros, e fios de metais preciosos brilhavam em seus cabelos. Lila olhou para si mesma, para a capa surrada e as botas gastas, e sentiu-se mais maltrapilha do que nunca. Ela pegou a própria máscara do bolso, mas era apenas uma tira de tecido preto e amarrotado. Mesmo com um convite e uma boa dose da língua inglesa, nunca a deixariam entrar; não com aquela aparência.

Ela enfiou a máscara de volta no bolso da capa e olhou em volta, para as bancas do mercado mais próximas. Ao longe, as barracas estavam cheias de comida e bebida, mas ali, à beira do palácio, vendiam outras mercadorias. Amuletos, sim, mas também bengalas, sapatos e outros artigos finos. Tecidos e luz derramavam-se da entrada da tenda mais próxima; Lila se empertigou e entrou.

Uma centena de rostos a cumprimentou da parede oposta, cuja superfície estava recoberta com máscaras. De austeros a intrincados, bonitos e grotescos, os rostos inquiriram, repreenderam e, por fim, a acolheram. Lila atravessou a sala e chegou até as máscaras, libertando uma de seu gancho. Uma máscara preta de cobrir a metade superior do rosto com dois chifres que subiam espiralando das têmporas.

— *A tes fera, kes ile*?

Lila deu um salto e viu uma mulher parada ao seu lado. Era pequena e roliça, com meia dúzia de tranças enroladas como serpentes em volta da cabeça e uma máscara aninhada nelas como um grampo de cabelo.

— Desculpe — disse Lila devagar. — Não falo arnesiano.

A mulher apenas sorriu e entrelaçou os dedos em frente à barriga protuberante.

— Ah! Mas seu inglês é magnífico.

Lila suspirou de alívio.

— Assim como o seu — disse ela.

A mulher corou. Aquilo era obviamente um motivo de orgulho.

— Sou uma serviçal do baile — respondeu ela. — É apenas adequado. — Então apontou para a máscara nas mãos de Lila. — Um pouco sombria, não acha?

Lila analisou a máscara.

— Não — disse. — Acho que é perfeita.

Então virou a máscara e viu uma fileira de números que devia ser seu preço. Não estava escrito em xelins ou libras, mas Lila tinha certeza de que, independentemente do tipo de moeda, ela não poderia pagar. Relutante, recolocou a máscara em seu gancho.

— Por que a colocou de volta se é perfeita? — pressionou a mulher.

Lila suspirou. Ela a teria roubado se a vendedora não estivesse ali.

— Não tenho dinheiro — respondeu, enfiando a mão no bolso. — Ela sentiu a prata do relógio e engoliu em seco. — Mas tenho isso...

Ela puxou o relógio e o estendeu, esperando que a mulher não visse o sangue (ela tentara limpar a maior parte dele).

A mulher, porém, apenas fez que não com a cabeça.

— *An, an* — falou ela, dobrando os dedos de Lila sobre o relógio.

— Não posso aceitar seu pagamento. Não importa a forma.

Lila franziu o cenho, confusa.

— Eu não entendo...

— Vi você hoje de manhã. No mercado.

Os pensamentos de Lila se voltaram para a cena, quando ela quase fora presa por furto. Mas a mulher não estava falando do roubo.

— Você e mestre Kell são... amigos, não é?

— Algo assim — respondeu Lila, corando por sua resposta ter provocado um sorriso confidente na mulher. — Não — corrigiu ela. — Não, eu não quis dizer... — Mas a mulher simplesmente afagou a mão de Lila.

— *Ise av eran* — disse ela suavemente. — Não estou em posição de... — Ela fez uma pausa, procurando as palavras. — De me intrometer. Mas o mestre Kell é *aven, abençoado*, uma joia na coroa de nossa cidade. E se você é dele, ou ele é seu, minha loja é sua também.

Lila se encolheu. Ela odiava caridade. Mesmo quando as pessoas pensavam estar dando algo de graça, sempre havia uma dívida a pagar, um peso que acabava com o equilíbrio das coisas. Lila preferia roubar algo abertamente a ficar em dívida com a bondade de alguém. Mas ela precisava de roupas.

A mulher pareceu ler a hesitação nos olhos dela.

— Você não é daqui, então não compreende. Arnesianos pagam suas dívidas de muitas formas. Nem todas em dinheiro. Eu não preciso de qualquer coisa sua agora, então você me pagará em outra ocasião, e da forma como decidir. Tudo bem?

Lila hesitou. Os sinos começaram a badalar no palácio, alto o suficiente para reverberar por ela, então assentiu.

— Tudo bem — afirmou.

A vendedora sorriu.

— *Ir chas* — disse ela. — Agora vamos encontrar algo apropriado.

— Hum. — A vendedora, que se chamava Calla, mordeu o lábio. — Tem certeza de que não prefere algo com espartilho? Ou com cauda?

Calla tentara levar Lila até a arara de vestidos, mas os olhos da garota foram diretamente para os casacos masculinos. Peças gloriosas com ombros fortes, golas altas e botões brilhantes.

— Não — respondeu Lila, pegando um do cabide. — Este é exatamente o que eu quero.

A vendedora olhou para ela com uma estranha admiração, mas pouco (ou pelo menos muito bem-escondido) julgamento, e disse:

— *Anesh*. Se é esse o estilo que você quer, vou lhe encontrar botas.

Alguns minutos depois, Lila estava em um canto da barraca protegido por uma cortina, segurando as melhores roupas em que já havia tocado, que dirá possuído. *Emprestado*, corrigiu-se ela. Emprestado até que pagasse por elas.

Lila tirou o conteúdo de seus vários bolsos: a pedra preta, a torre branca, o relógio de prata sujo de sangue, o convite, e os colocou no chão antes de descalçar as botas e despir seu casaco antigo e gasto. Calla lhe dera uma túnica nova e preta (que servia tão bem que ela imaginou se não havia algum tipo de feitiço alfaiate) e um par de calças justas que ainda ficavam um pouco frouxas em sua silhueta ossuda. Ela insistira em manter seu cinto, e Calla tivera a decência de não ficar boquiaberta ao ver o número de armas presas nele enquanto lhe passava as botas.

Todo pirata precisa de um bom par de botas, e aquele era deslumbrante, feito de couro preto e alinhavado com algo mais macio que fios de algodão. Lila ficou maravilhada ao calçá-las. E, então, havia o casaco. Era um sonho, com golas altas, lindo e preto. Verdadeiramente preto, aveludado e rico, com uma cintura ajustada e uma capa curta embutida que se unia com presilhas vermelhas e brilhantes dos lados do pescoço, derramando-se sobre seus ombros e costas. Lila correu os dedos sobre os botões pretos e brilhantes que adornavam a frente, admirando-os. Ela nunca fora dada a adornos e ornamentos, nunca quisera mais do que o ar salgado, um barco resistente e um mapa vazio, mas agora que estava ali, em uma barraca exótica em uma terra longínqua, vestida com tecidos luxuosos, começava a entender o apelo.

Por fim, ela pegou a máscara. Muitos dos rostos pendurados na barraca eram adoráveis, delicados e feitos de penas e rendas e adornadas com espelhos. Mas este era bonito de um jeito diferente, um jeito oposto. Lembrava menos a Lila sobre vestidos e ornamentos, e mais sobre facas afiadas e navios no mar à noite. Parecia *perigosa*. Ela a levou ao rosto e sorriu.

Havia um espelho prateado apoiado no canto, e ela admirou o próprio reflexo nele. Parecia menos com a sombra do ladrão nos cartazes de PROCURADO de sua Londres e em nada com a menina magricela acumulando moedas de cobre para escapar de uma vida sórdida. Suas botas engraxadas brilhavam das pontas dos pés aos joelhos, alongando suas pernas. O casaco alargava seus ombros e afinava a cintura. E a máscara afinava suas bochechas, os chifres pretos curvando-se sobre a cabeça de um modo que era ao mesmo tempo elegante e monstruoso. Ela concedeu-se um olhar longo e apreciativo, da mesma forma que a garota fizera com ela na rua, mas agora nada havia para zombar.

Delilah Bard parecia um rei.

*Não*, pensou ela, endireitando-se. Ela parecia uma *conquistadora*.

— Lila? — A voz da vendedora atravessou a cortina. — Ela pronunciou o nome como se fosse cheio de Is. — Serviu?

Lila guardou seus objetos nos bolsos forrados de seda do casaco novo e saiu. Os saltos das botas estalaram orgulhosos no chão de pedra, ainda que ela tivesse testado o andar e soubesse que, se pisasse com a frente dos pés, não faria barulho. Calla sorriu com um brilho malicioso nos olhos, mesmo estalando a língua em leve reprovação.

— *Mas aven* — disse ela. — Você parece mais preparada para conquistar uma cidade do que para seduzir um homem.

— Kell vai amar — assegurou Lila. A forma como disse seu nome, instilando uma suavidade sutil, fez com que a vendedora se agitasse alegremente. E então os sinos badalaram novamente pela cidade, e Lila praguejou para si mesma. — Preciso ir — falou ela. — Mais uma vez, obrigada.

— Você me pagará depois — disse Calla, simplesmente.

Lila aquiesceu.

— Farei isso.

Ela estava na saída da barraca quando a vendedora acrescentou:

— Cuide bem dele.

Lila sorriu e fechou a gola do casaco.

— Farei isso — afirmou, antes de desaparecer pela rua.

# II

Cores desabrochavam na cabeça de Kell, borrões de vermelho, dourado e então azul. Primeiro, nada mais eram do que faixas largas, mas, à medida que sua visão entrou em foco, ele as reconheceu como as cortinas do palácio, do tipo que pendiam do teto de cada aposento real, desenhando padrões celestes com o tecido.

Apertando os olhos, Kell percebeu que devia estar no quarto de Rhy.

Ele sabia disso porque o teto do seu próprio quarto era decorado como o céu à meia-noite, com ondas de tecidos quase pretos cravejados com fios de prata, ao passo que o teto do quarto da rainha era decorado como o céu ao meio-dia, sem nuvens e azul-claro. O do rei era como o crepúsculo, com faixas de amarelo e laranja. Apenas o de Rhy era cortinado assim. Como a aurora. A cabeça de Kell girou, e ele fechou os olhos e inspirou fundo enquanto tentava ordenar seus pensamentos.

Estava deitado em um sofá, o corpo afundado em almofadas macias. Música tocava além das paredes do quarto, uma orquestra, e, misturados a ela, sons de risos e de comemoração. Era evidente. O baile de aniversário de Rhy. Foi quando alguém pigarreou. Kell fez força para abrir os olhos e virou a cabeça para ver o próprio Rhy sentado à sua frente.

O príncipe estava jogado em uma poltrona, um tornozelo cruzado no joelho, bebericando chá e parecendo muito irritado.

— Irmão — disse Rhy, inclinando sua xícara.

Estava todo vestido de preto, casaco, calças e botas adornados com dezenas de botões dourados. Sua máscara era uma coisa espalhafatosa decorada com milhares de pequenas escamas brilhantes de ouro e repousava no topo de sua cabeça, no lugar de sua coroa usual.

Kell foi afastar o cabelo dos olhos e rapidamente descobriu que não podia. Suas mãos estavam algemadas atrás do corpo.

— Você deve estar brincando... — Ele se contorceu para conseguir se sentar. — Rhy, por que em nome dos santos estou usando isso?

As algemas não eram as correntes comuns encontradas na Londres Cinza, feita de elos de metal. Tampouco eram como as amarras da Branca, que causavam dor excruciante quando havia resistência. Não, estas eram esculpidas em uma peça de ferro sólida, entalhadas com feitiços projetados para amortecer a magia. Não de forma tão severa quanto as espadas dos guardas, com certeza, mas bastante eficazes.

Rhy apoiou sua xícara de chá em uma mesa de canto ornamentada.

— Eu não podia deixá-lo fugir novamente.

Kell suspirou e recostou a cabeça de volta no sofá.

— Isso é ridículo. Suponho que tenha sido por isso que me drogou também? Francamente, Rhy!

Rhy cruzou os braços. Estava visivelmente amuado. Kell levantou a cabeça com dificuldade e olhou em volta, notando que havia dois soldados da guarda real no cômodo com eles, ainda vestidos com a armadura formal, os elmos colocados, os visores fechados. Mas Kell conhecia os integrantes da guarda pessoal de Rhy bem o suficiente para reconhecê-los, com ou sem armadura, e sabia que não eram eles.

— Onde estão Gen e Parrish? — perguntou Kell.

Rhy deu de ombros preguiçosamente.

— Divertindo-se além da conta, imagino.

Kell mudou de posição no sofá, tentando se libertar das algemas. Estavam apertadas demais

— Não acha que está exagerando um pouco?

— Onde você esteve, irmão?

— Rhy — disse Kell —, tire isso de mim.

A bota de Rhy escorregou de seu joelho e bateu firme no chão. Ele se endireitou na cadeira, inclinando-se para Kell.

— É verdade?

Kell franziu o cenho.

— O quê?

— Que você tem um pedaço da Londres Preta?

Kell enrijeceu.

— Do que você está falando?

— É verdade? — insistiu o príncipe.

— Rhy — disse Kell, lentamente. — Quem lhe disse isso?

Ninguém sabia, exceto aqueles que queriam a pedra longe e aqueles que queriam possuí-la.

Rhy balançou a cabeça com tristeza.

— O que você trouxe para nossa cidade, Kell? O que você lançou sobre ela?

— Rhy, eu...

— Eu avisei a você que isso aconteceria. Eu disse que, se você continuasse com suas negociações, seria pego, e nem mesmo eu poderia protegê-lo.

O sangue de Kell ficou gelado.

— O rei e a rainha sabem?

Rhy estreitou os olhos.

— Não. Ainda não.

Kell soltou um breve suspiro de alívio.

— Eles não precisam saber. Eu farei o que preciso fazer. Vou levá-lo de volta, Rhy. Até a cidade morta.

A testa de Rhy se franziu.

— Não posso permitir isso.

— Por que não? — indagou Kell. — É o único lugar a que o talismã pertence.

— Onde ele está agora?

— Seguro — respondeu Kell, esperando que fosse verdade.

— Kell, não posso ajudá-lo se não me deixar.

— Estou cuidando disso, Rhy. Prometo que estou.

O príncipe estava sacudindo a cabeça.

— Promessas não são o suficiente — disse ele. — Não mais. Diga-me onde está a pedra.

Kell congelou.

— Eu nunca lhe disse que era uma pedra.

Um silêncio pesado se fez entre eles. Rhy sustentou seu olhar. E, então, finalmente, seus lábios desenharam um sorriso pequeno e sombrio, contorcendo-se em seu rosto de uma forma que lembrava o de outra pessoa.

— Ah, Kell — disse ele.

O príncipe inclinou-se para a frente, apoiando os cotovelos nos joelhos, e Kell vislumbrou algo sob a gola da camisa dele que o fez paralisar. Era um pingente. Um colar de vidro com bordas cor de vermelho sangue. Ele o conhecia; o vira alguns dias antes.

Em Astrid Dane.

Kell deu um salto e se pôs de pé, mas os guardas já estavam sobre ele, segurando-o. Os movimentos deles eram coordenados demais, seu aperto era esmagador demais. Enfeitiçados. Sem dúvida. Por isso estavam com os visores abaixados. O feitiço podia ser visto em seus olhos.

— Olá, garoto das flores.

As palavras saíram da boca de Rhy em uma voz que era e não era a dele.

— Astrid — sibilou Kell. — Você enfeitiçou a todos neste palácio?

Uma risada grave escapou da boca de Rhy.

— Ainda não, mas estou trabalhando nisso.

— O que você fez com meu irmão?

— Apenas o peguei emprestado. — Os dedos de Rhy se fecharam sob a gola da própria camisa e tiraram o pingente. Só poderia ser uma coisa: um feitiço de possessão. — Sangue *Antari* — falou ela, orgulhosa. — Permite que o feitiço exista nos dois mundos.

— Você vai pagar por isso — rosnou Kell. — Eu vou...

— O quê? Vai me ferir? E arriscar machucar seu querido príncipe? Duvido. — Novamente o sorriso frio, tão estranho ao rosto de Rhy, abriu-se em seus lábios. — Onde está a pedra, Kell?

— O que você está fazendo aqui?

— Não é óbvio? — A mão de Rhy acenou para o cômodo. — Estou ramificando.

Kell puxou suas amarras, o metal encravando em seus pulsos. As algemas amortecedoras eram fortes o suficiente para anular as habilidades elementais e prevenir contra feitiços, mas não podia impedir a magia *Antari*. Se ao menos ele pudesse...

— Diga-me onde escondeu a pedra.

— Diga-me por que está usando o corpo do meu irmão — gritou ele de volta, tentando ganhar tempo.

Astrid suspirou de dentro do corpo do príncipe.

— Você sabe tão pouco sobre a guerra. Batalhas podem ser ganhas de fora para dentro, mas guerras são vencidas de dentro para fora. — Ela apontou para o corpo de Rhy. — Reinos e coroas são conquistados por dentro. A mais poderosa das fortalezas pode aguentar um ataque de fora de seus muros, mas ainda assim não ser fortificada para um ataque que venha de dentro deles. Se eu tivesse marchado até seu palácio pelas escadarias, teria chegado tão longe? Mas, assim, ninguém me verá chegando. Nem o rei, nem a rainha, nem o povo. Sou o seu amado príncipe e serei até o momento que escolher não ser mais.

— Eu sei — falou Kell. — Eu sei o que e quem você é. O que você fará, Astrid? Vai me matar?

O rosto de Rhy iluminou-se com um brilho estranho.

— Não. — A palavra escorregou de sua língua. — Mas tenho certeza de que você desejará que eu o tivesse matado. Agora... — A mão de Rhy levantou o queixo de Kell. — Onde está a minha pedra?

Kell olhou nos olhos cor de âmbar do irmão e além deles, para a coisa escondida no seu corpo. Ele queria implorar a Rhy, apelar para que lutasse contra o feitiço. Mas não adiantaria. Enquanto *ela* estivesse ali, ele não estaria.

— Não sei onde está — afirmou Kell.

Rhy abriu um sorriso feroz e mordaz.

— Sabe... — Os lábios de Rhy formaram as palavras, erguendo as mãos e observando seus longos dedos, as juntas adornadas com anéis brilhantes. As mesmas mãos começaram a rodar os anéis para que a moldura das joias ficasse virada para dentro. — Uma parte de mim estava torcendo para que você dissesse isso.

E então os dedos de Rhy fecharam-se num punho e se conectaram com o maxilar de Kell.

A cabeça de Kell estalou para o lado e ele quase tombou, mas os guardas o seguraram com mais firmeza e ele permaneceu de pé. Kell sentiu gosto de sangue, mas Rhy apenas abriu aquele sorriso terrível e esfregou os nós dos dedos.

— Isso vai ser divertido.

# III

Lila subiu a escadaria do palácio, a capa curta de seu novo casaco oscilando atrás dela. O tapete brilhante como o céu da meia-noite ondulava suavemente a cada degrau que ela transpunha, como se fosse realmente água. Outros convidados subiam a escada em pares ou grupos pequenos, mas Lila fez o melhor que pôde para imitar sua arrogância imponente: ombros retos e cabeça erguida enquanto subia sozinha. Ela podia não ter dinheiro, mas roubara o suficiente daqueles que o possuíam para ser capaz de copiar suas maneiras e afetações.

No topo da escadaria, apresentou o convite para um homem vestido de preto e dourado, que se curvou e a deixou passar, permitindo que entrasse em um vestíbulo forrado de flores. Mais flores do que Lila jamais havia visto. Rosas, lírios e peônias, narcisos e azaleias, além de dezenas de outras que ela não reconheceu. Arranjos de pequeninos botões brancos que pareciam flocos de neve e outros de caules grossos que lembravam girassóis, se girassóis fossem azuis como o céu. O cômodo estava impregnado com a fragrância de todas as flores, e ainda assim não lhe sufocava. Talvez ela simplesmente estivesse se acostumando.

A música derramava-se por uma segunda porta, oculta por uma cortina, e o mistério acerca do que estaria além dela moveu Lila através da galeria de flores. E, então, assim que alcançou a cortina para afastá-la para o lado, um segundo serviçal apareceu e obstruiu seu caminho. Lila ficou tensa, com medo que, de alguma forma, seu disfarce e o convite não tivessem sido suficientes, que ela seria descoberta como impostora, forasteira. Os dedos dela contorceram-se em direção à faca que levava sob o casaco.

Mas o homem sorriu e falou em um inglês rígido:

— A quem devo apresentar?

— O quê? — perguntou Lila, mantendo a voz baixa, circunspecta.

A testa do homem enrugou.

— Sob que título e nome devo anunciá-lo, senhor?

— Ah!

O alívio a percorreu e sua mão escorregou de volta para o lado do corpo. Um sorriso se alastrou pelos lábios dela.

— Capitão Bard — disse ela — do *Sea King*.

O serviçal pareceu confuso, mas se virou e pronunciou as palavras sem protestar.

O nome dela ecoou e foi engolido pelo salão antes que ela pudesse entrar nele.

Quando entrou, seu queixo caiu.

O deslumbramento do mundo lá fora ficou pálido em comparação ao mundo ali dentro. O palácio era uma abóbada de vidro e tapeçarias brilhantes e, perpassando tudo como uma luz, havia *magia*. O ar estava vivo com ela. Não a magia secreta e sedutora da pedra, mas algo sonoro, brilhante e envolvente. Kell dissera a Lila que a magia era como um sexto sentido, sobreposto à visão, ao olfato e ao paladar, e agora ela compreendia. Estava em todo lugar. Em tudo. E era maravilhoso. Ela não conseguia dizer se a energia emanava das centenas de corpos no salão ou do próprio salão, que com certeza a refletia. *Amplificava*-a como o som em uma câmara de ecos.

E era estranhamente, *incrivelmente*, familiar.

Sob a magia, ou talvez por causa dela, o espaço estava vivo com cor e luz. Ela nunca havia pisado na corte de St. James, mas certamente não poderia se comparar ao esplendor deste palácio. Nada na sua Londres poderia. Seu mundo parecia realmente cinza em comparação a este, desbotado e vazio de uma forma que fez com que Lila quisesse beijar a pedra por libertá-la de lá, por trazê-la para este lugar que reluzia como uma joia. Para todo canto que olhava ela via riqueza. Seus dedos comicharam e ela resistiu ao ímpeto de começar a furtar bolsos, lembrando a si mesma que o conteúdo dos seus próprios era precioso demais para arriscar ser apanhada.

A porta atrás da cortina a levou a um patamar, uma escadaria que descia até o meio do chão polido do salão, cujas pedras se perdiam debaixo de botas e saias rodopiantes.

Na base da escada estavam o rei e a rainha, saudando cada um dos convidados. Parados ali, vestidos de dourado, pareciam extremamente elegantes. Lila nunca tinha estado tão perto da realeza (Kell não contava) e sabia que devia desaparecer o mais rápido possível, mas não conseguiu resistir ao ímpeto de ostentar seu disfarce. Além disso, seria grosseiro não cumprimentar seus anfitriões. *Imprudente*, rosnou uma voz em sua cabeça, mas Lila apenas sorriu e desceu a escada.

— Bem-vindo, capitão — disse o rei, apertando a mão de Lila com firmeza.

— Majestade — falou ela, lutando para manter a voz firme. Ela inclinou a máscara em direção a ele, com cuidado para não espetá-lo com os chifres.

— Seja bem-vindo — ecoou a rainha ao mesmo tempo que Lila beijava sua mão estendida. Mas, quando ela se afastou, a rainha continuou: — Não nos conhecemos.

— Sou amigo de Kell — respondeu Lila o mais casualmente que pôde, ainda fitando o chão.

— Ah! — exclamou a rainha. — Então seja bem-vindo.

— Na verdade — continuou Lila —, Alteza, estou procurando por ele. A senhora sabe onde ele pode estar?

A rainha a olhou de modo inexpressivo e disse:

— Não está aqui.

Lila franziu o cenho, e a rainha acrescentou:

— Mas não estou preocupada.

O tom de voz dela era estranhamente uniforme, como se estivesse recitando uma fala que não era sua. O mau pressentimento no peito de Lila se agravou.

— Tenho certeza de que ele aparecerá — disse Lila, soltando a mão da rainha.

— Tudo ficará bem — falou o rei com uma voz igualmente vazia.

— Ficará, sim — acrescentou a rainha.

Lila ficou preocupada. Algo estava errado. Ela ergueu o rosto, arriscando a impertinência de olhar nos olhos da rainha, e viu um brilho sutil. O mesmo brilho trêmulo que ela notara nos olhos do guarda depois que ele retalhara a garganta de Fletcher. Algum tipo de *feitiço*. Ninguém mais notara? Ou ninguém mais fora atrevido o suficiente para olhar tão destemidamente para a realeza?

O próximo convidado pigarreou atrás de Lila e ela desviou o olhar da rainha.

— Lamento ter monopolizado sua atenção — disse rapidamente, afastando-se dos anfitriões reais e avançando pelo salão.

Ela margeou a aglomeração de pessoas dançando e bebendo, procurando algum sinal do príncipe, mas, a julgar pela ansiedade no ar e pelos olhos constantemente se voltando para as portas e escadarias, ele ainda não havia aparecido.

Ela escapuliu por um par de portas no fim do salão de baile e viu-se em um corredor. Estava vazio, exceto por um guarda e uma jovem engajados em um abraço bastante amoroso e ocupados demais para notar Lila passando e desaparecendo por outro par de portas. E então por outro. Navegar pelas ruas de Londres havia ensinado bastante a ela sobre o fluxo labiríntico dos lugares, sobre a forma como a riqueza se concentra no meio e escasseia nas extremidades. Ela avançou de corredor em corredor, serpenteando pelo coração pulsante do palácio sem se desviar demais. Em todos os lugares que entrava, via convidados, guardas e serviçais, porém nenhum sinal de Kell ou do príncipe, nem qualquer brecha no labirinto. Até que, finalmente, deparou-se com uma escada em espiral. Era elegante, mas estreita, e nitidamente não fora feita para uso público. Ela lançou uma última olhadela na direção do baile e então subiu os degraus.

O andar de cima estava quieto de uma forma reservada, e ela sabia que devia estar chegando perto, não apenas por causa do silêncio, mas porque a pedra em seu bolso começou a zumbir. Como se pudesse *sentir* que Kell estava por ali e quisesse se aproximar. Novamente, Lila tentou não se sentir ofendida.

Ela se viu em um novo conjunto de corredores: o primeiro estava vazio e o segundo, não. Lila circulou o canto e prendeu a respiração. Imprensou-se em um recanto escondido pelas sombras, escapando por pouco do olhar de um guarda. Ele vigiava um par de portas ornamentadas e não estava sozinho. Na verdade, enquanto todas as outras portas do corredor estavam sem vigias, aquela estava guardada por não menos que três homens de armadura e armados.

Lila engoliu em seco e tirou sua nova faca do cinto. Hesitou. Pela segunda vez em poucos dias, viu-se sozinha contra três. Não havia terminado bem da primeira vez. Sua mão apertou a faca enquanto ela pensava num plano que não significasse morte certa. A pedra retomou seu ritmo murmurante, e ela estava a ponto de tirá-la do casaco quando parou e notou algo.

O corredor era repleto de portas, e, ainda que a mais longínqua estivesse resguardada, a mais próxima encontrava-se entreaberta. Ela levava a um quarto luxuoso, e, no fim dele, havia uma sacada, as cortinas flutuando no ar noturno.

Lila sorriu e devolveu a faca ao cinto.

Teve uma ideia.

# IV

Kell cuspiu sangue no chão belo e ornamentado de Rhy, arruinando o padrão rebuscado. Se o próprio Rhy estivesse ali, não ficaria feliz. Mas ele não estava.

— A pedra, meu botão de rosa. — O tom opressivo de Astrid escorreu dos lábios de Rhy. — Onde está?

Kell lutou para ficar de joelhos com os braços ainda presos atrás do corpo.

— O que você quer com ela? — rugiu ele quando os dois guardas o colocaram de pé.

— Tomar o trono, é lógico.

— Você já tem um trono — observou Kell.

— Em uma Londres moribunda. E você sabe por que ela está morrendo? Por causa de vocês. Por causa dessa cidade e sua fuga egoísta e covarde. Ela nos usou como escudo e agora floresce enquanto nós perecemos. Parece apenas justo que eu a conquiste, como uma reparação. Retribuição.

— E então fará o quê? — perguntou Kell. — Abandonará seu irmão ao cadáver decadente de seu mundo para que possa desfrutar do esplendor desse aqui?

Uma risada fria e árida escapou da garganta de Rhy.

— De jeito algum. Isso faria de mim uma irmã absolutamente medíocre. Athos e eu governaremos juntos. Lado a lado.

Os olhos de Kell estreitaram-se.

— O que você quer dizer com isso?

— Vamos restaurar o equilíbrio entre os mundos. Reabrir as portas. Ou melhor, derrubá-las, criar uma que permaneça aberta para que *todos* possam transitar entre os mundos. Uma fusão, se preferir, das nossas duas ilustres Londres.

Kell ficou lívido. Mesmo quando as portas estavam destrancadas, havia *portas*. E eram mantidas fechadas. Uma porta aberta entre os mundos não seria apenas algo perigoso. Seria algo *instável*.

— A pedra não é poderosa o suficiente para fazer isso — afirmou ele, tentando soar categórico.

Mas não tinha certeza. A pedra havia criado uma porta para Lila. Mas passar uma agulha por um tecido era bem diferente de rasgar o pano ao meio.

— Tem certeza? — provocou Astrid. — Talvez esteja certo. Talvez a sua metade da pedra não seja o suficiente.

O sangue de Kell enregelou.

— Minha metade?

A boca de Rhy se contorceu num sorriso.

— Não notou que está quebrada?

Kell ficou boquiaberto.

— A parte rachada.

— Athos a encontrou assim, em duas partes. Sabe, ele gosta de encontrar tesouros. Sempre gostou. Quando éramos jovens, costumávamos esquadrinhar as rochas ao longo da costa, buscando algo de valor. Um hábito que ele nunca abandonou. Suas buscas apenas se tornaram um pouco mais sofisticadas. Um pouco mais focadas. É óbvio, sabíamos do expurgo da Londres Preta, da erradicação dos artefatos, mas ele tinha certeza de que haveria alguma coisa, *qualquer coisa*, que ajudaria a salvar nosso mundo moribundo.

— E ele encontrou — disse Kell, forçando os pulsos contra as algemas de metal.

As bordas eram lisas e não afiadas, e uma dor entorpecente se espalhou por seu braço, mas a pele recusou-se a romper-se. Ele baixou o olhar para o sangue de seu lábio no chão de Rhy, mas os guardas o estavam segurando ereto, com um aperto inflexível.

— Ele vasculhou — prosseguiu Astrid na língua de Rhy. — Encontrou um punhado de coisas inúteis escondidas: um caderno, um pedaço de tecido. E então, eis que, de repente, descobriu a pedra. Partida em duas, sim, mas, como tenho certeza que notou, seu estado não a impediu de funcionar. É magia, afinal de contas. Pode estar dividida, mas não se enfraqueceu. As metades permanecem conectadas mesmo que estejam separadas. Cada metade é poderosa o bastante por si mesma, forte o bastante para mudar o mundo. Mas elas desejam uma a outra, sabe. São atraídas através da barreira mágica. Se uma gota de seu sangue é suficiente para produzir uma porta, imagine o que as metades da pedra poderiam fazer.

*Poderiam acabar com a própria barreira,* pensou Kell. Despedaçar a realidade.

Os dedos de Rhy tamborilaram ao longo das costas de uma poltrona.

— Foi ideia minha, confesso, dar a pedra a você e permitir que a carregasse pela fronteira.

Kell fez uma careta enquanto torcia os pulsos contra o ferro que os prendia.

— E por que não usar Holland? — perguntou, tentando ganhar mais tempo. — Para atravessar a pedra para cá? Ele obviamente entregou o colar a Rhy.

Astrid esticou os lábios de Rhy em um sorriso e passou um dedo delicadamente pelo rosto de Kell.

— Eu queria você.

A mão de Rhy continuou subindo e se entrelaçou no cabelo de Kell enquanto Astrid inclinou-se, pressionou o rosto emprestado na face ensanguentada de Kell e sussurrou no ouvido dele:

— Eu lhe disse uma vez que seria sua dona. — Kell jogou-se para trás e a mão de Rhy caiu. — Além disso — continuou ela com um suspiro —, fazia sentido. Se algo desse errado e Holland fosse apanhado, a culpa recairia sobre nossa coroa e não teríamos outra chance. Se algo desse errado e *você* fosse apanhado, a culpa recairia sobre a sua cabeça. Conheço seus passatempos, Kell. Acha que a Scorched Bone guarda segredos? *Nada* passa despercebido em minha cidade. — A língua de Rhy estalou. — Um servo real com o mau hábito de contrabandear coisas entre as fronteiras. Não é tão difícil de acreditar. E se as coisas dessem *certo* e eu fosse bem-sucedida em conquistar este castelo, este reino, não poderia ter você por aí, desaparecido, lutando contra mim. Eu o queria aqui, onde é o seu lugar. Aos meus pés.

Uma energia sombria começou a crepitar na palma da mão de Rhy, e Kell se preparou, mas Astrid não parecia conseguir controlá-la, não com as habilidades precárias de Rhy. O raio foi atirado para a esquerda, atingindo o poste de metal da cama do príncipe.

Kell forçou-se a rir um pouquinho.

— Você deveria ter escolhido um corpo melhor — provocou ele. — Meu irmão nunca teve aptidão para a magia.

Astrid girou os pulsos de Rhy, observando os dedos dele.

— Não faz diferença — disse ela. — Tenho uma família inteira à minha disposição.

Kell teve uma ideia.

— Por que não tenta com alguém um pouco mais forte? — incitou ele.

— Como você? — perguntou Astrid calmamente. — Gostaria que eu levasse o *seu* corpo para dar uma volta?

— Gostaria de ver você tentar — respondeu Kell.

Se conseguisse convencê-la a tirar o colar para colocar nele em vez de...

— Eu poderia — sussurrou ela. — Mas possessão é algo que não funciona nos *Antari* — acrescentou aridamente. O coração de Kell afundou. — Eu sei disso, e você também. Mas foi uma bela tentativa. — Kell observou quando o irmão se virou e pegou uma faca de uma mesa próxima. — Agora, *compulsão* — disse ele, ou ela, admirando o gume brilhante — é outro assunto.

Os dedos de Rhy se fecharam sobre a lâmina e Kell se afastou, mas não havia para onde ir. Os guardas o seguraram com força enquanto o príncipe caminhava lentamente até ele e então levantava a faca, cortando os botões da camisa de Kell e afastando o colarinho para revelar a pele clara e lisa sobre o coração.

— Tão poucas cicatrizes... — Os dedos de Rhy levaram a ponta da lâmina até a pele de Kell. — Vamos dar um jeito nisso.

— Pare! — veio uma voz da sacada.

*Lila.* Ela estava vestida de forma diferente, com um casaco preto e uma máscara com chifres, e estava de pé sobre o balaústre, segurando-se no portal da sacada e apontando a pistola para o peito do príncipe.

— Isso é assunto de família — advertiu Astrid com a voz de Rhy.

— Ouvi o suficiente para saber que você não é realmente da família. — Lila ergueu a arma e a nivelou com Rhy. — Agora, afaste-se de Kell.

A boca de Rhy se abriu num sorriso macabro. E então a mão dele adejou. Desta vez, o raio encontrou seu alvo, atingindo Lila em cheio no peito. Ela arquejou e se soltou do portal, as botas escorregando do corrimão do balaústre enquanto ela despencava e mergulhava na escuridão.

— Lila! — gritou Kell quando ela desapareceu por trás do corrimão. Ele se libertou dos guardas, as algemas finalmente cortando seus pulsos o suficiente para derramar sangue. Em um segundo ele fechou os dedos sobre o metal e cuspiu o comando para abri-lo.

— *As Orense.* — Abra.

Suas correntes caíram e o restante do poder de Kell voltou a fluir. Os guardas partiram para cima dele, mas suas mãos se elevaram e a dupla voou longe, um de encontro à parede e o outro contra o metal da cabeceira da cama de Rhy. Kell empunhou sua adaga e virou-se para o príncipe, pronto para lutar.

Mas Rhy olhou para ele, divertindo-se.

— O que planeja fazer agora, Kell? Não me machucaria; não enquanto estou no corpo do seu irmão.

— Mas eu sim.

Era a voz de Lila novamente, seguida pelo som de uma arma. Dor e surpresa cintilaram ao mesmo tempo no rosto de Rhy, e então uma de suas pernas cedeu sob ele, o sangue escurecendo o tecido na panturrilha. Lila estava de pé do lado de fora, não no balaústre como estivera antes, mas no ar sobre ele, apoiando o pé em uma nuvem de fumaça preta. O alívio tomou conta de Kell, seguido instantaneamente por terror. Ela não tinha apenas vindo em direção ao perigo, mas também trouxera a pedra.

— Terá que se esforçar mais para conseguir me matar — falou ela, pulando da plataforma de fumaça para a sacada e entrando no cômodo.

Rhy se levantou.

— Isso é um desafio?

Os guardas estavam se recuperando também, um movendo-se por trás de Lila e o outro pairando atrás de Kell.

— Fuja! — disse ele a Lila.

— É bom ver você também — explodiu ela, enfiando o talismã de volta no bolso.

Kell viu a fraqueza tomar conta de Lila quando se separou da magia, mas apenas em seus olhos e no maxilar. Ela era boa em escondê-la.

— Você não deveria ter vindo aqui — rosnou Kell.

— Não — ecoou Rhy. — Não deveria. Mas agora está aqui. E me trouxe um presente. — A mão de Lila apertou o casaco, e a boca de Rhy curvou-se naquele sorriso terrível. Kell preparou-se para um ataque, mas, em vez disso, Rhy apontou a lâmina para o próprio peito e apoiou a ponta entre suas costelas, bem abaixo do coração. Kell se retesou. — Me dê a pedra ou matarei o príncipe.

Lila franziu a testa, indecisa, o olhar alternando entre Rhy e Kell.

— Você não o mataria — desafiou Kell.

Rhy ergueu uma sobrancelha preta.

— Realmente acredita nisso, garoto das flores, ou apenas tem esperança de que seja verdade?

— Você escolheu esse corpo porque ele é parte do seu plano. Você não...

— Nunca presuma conhecer seu inimigo. — A mão de Rhy pressionou a faca, a ponta enterrando-se entre suas costelas. — Tenho um armário cheio de reis.

— *Pare!* — ordenou Kell quando o sangue brotou na ponta da faca. Ele tentou comandar os ossos do braço de Rhy a ficarem imóveis, mas a vontade poderosa de Astrid dentro do corpo do príncipe tornava fraco o controle de Kell.

— Por quanto tempo conseguirá impedir minha mão? — desafiou ela. — O que acontecerá quando seu foco começar a falhar? — Seus olhos cor de âmbar alcançaram Lila. — Ele não quer que eu machuque o irmão. É melhor me entregar a pedra antes que eu o faça.

Lila hesitou. A mão livre de Rhy fechou-se sobre o amuleto de possessão e o retirou pela cabeça, segurando-o displicentemente na palma de sua mão.

— A pedra, Lila.

— Não faça isso — pediu Kell, sem saber se as palavras eram para Astrid ou Lila, ou para ambas.

— A *pedra*.

— Astrid, por favor — sussurrou Kell, a voz vacilando.

E, então, a boca de Rhy contorceu-se em um sorriso triunfante.

— Você é meu, Kell, e eu o domarei. Começando por seu coração.

— *Astrid.*

Mas era tarde demais. O corpo de Rhy virou-se em direção à Lila, e uma única palavra saiu de sua boca — *pegue* — antes que ele jogasse o pingente no ar e enterrasse a faca no próprio peito.

# V

Tudo aconteceu muito rapidamente, o pingente movendo-se ao mesmo tempo que a lâmina. Kell viu Lila se jogar para longe do alcance do amuleto e virou-se para ver Rhy enterrando a faca entre as próprias costelas.

— Não! — gritou Kell, atirando-se para a frente.

O colar derrapou pelo chão e foi parar na bota de um dos guardas, e Rhy tombou, a lâmina transpassada até o cabo, enquanto Kell caía ao lado dele e retirava a faca.

Rhy (e agora *era* Rhy) soltou um som engasgado, e Kell pressionou os dedos ensanguentados no peito do irmão. A frente da camisa já estava molhada, e ele tremeu sob o toque de Kell. Este mal havia começado a falar, a mandar a magia curar o príncipe, quando um dos guardas deu um encontrão nele e ambos caíram no chão ornamentado.

A alguns metros dali, Lila estava atracada com o outro guarda enquanto o atacante de Kell segurava o amuleto em uma das mãos e tentava apertar a garganta do *Antari* com a outra. Ele chutou e lutou até se libertar, e quando o guarda (com Astrid dentro) o atacou, ele ergueu a mão. A armadura de metal e o corpo dentro dela foram atirados para trás, não na parede, mas no balaústre da sacada, que se esfarelou com o impacto, deixando o guarda passar e cair. Ele se arrebentou no pátio de pedras abaixo, o som seguido instantaneamente por gritos, e Kell correu para o terraço e viu uma dúzia de convidados do baile cercando o corpo. Um deles, uma mulher com um belo vestido verde, pegou intrigada o pingente, agora jogado nas pedras do pátio.

— Pare! — exclamou Kell, mas era tarde demais.

No momento em que os dedos da mulher se fecharam sobre o amuleto, ele a viu mudar, a possessão percorrendo-a com um único e prolongado calafrio antes de sua cabeça se virar para ele, a boca desenhando um sorriso frio e sombrio. Ela girou nos calcanhares e entrou no palácio.

— Kell! — chamou Lila e ele se virou, percebendo o cômodo pela primeira vez como realmente estava: uma confusão.

O guarda restante jazia imóvel no chão, uma adaga transpassada pelo visor de seu elmo, e Lila estava agachada sobre Rhy, sua máscara levantada e as mãos entrelaçadas pressionando o peito do príncipe. Ela estava coberta de sangue, mas não dela. A camisa de Rhy estava completamente encharcada.

— *Rhy* — falou Kell, a palavra num soluço, sua respiração tremendo enquanto se ajoelhava ao lado do irmão. Ele puxou a adaga e rasgou a própria mão, cortando profundamente. — Aguente firme, Rhy.

Ele pressionou a palma da mão ferida no peito do príncipe, que se elevava e descia com uma respiração estranha e em *staccato*.

— *As Hasari*. — Curar.

Rhy tossiu sangue.

O pátio inferior explodiu em comoção, vozes infiltrando-se pela sacada quebrada. O barulho de passos ecoava nos corredores, punhos esmurrando as portas do cômodo, que agora Kell percebia estarem rabiscadas com encantamentos. Feitiços bloqueadores.

— Temos que ir — avisou Lila.

— *As Hasari* — pronunciou Kell novamente, pressionando a ferida.

Havia muito sangue. Sangue demais.

— Desculpe — murmurou Rhy.

— Cale a boca, Rhy — disse Kell.

— Kell! — pediu Lila.

— Não vou deixá-lo — disse ele, decidido.

— Então vamos levá-lo com a gente — retrucou Lila. Kell hesitou. — Você disse que a magia requer tempo para funcionar. Não podemos esperar. Leve-o com a gente se quiser, mas temos que ir *agora*.

Kell engoliu em seco.

— Desculpe — disse ele pouco antes de forçar a si mesmo e a Rhy a se levantar. O príncipe arquejou de dor. — Desculpe.

Eles não podiam sair pela porta. Não podiam desfilar com o príncipe ferido na frente de um palácio cheio de pessoas que estavam ali para celebrar o aniversário dele. E em algum lugar entre eles estava Astrid Dane. Mas havia um corredor privativo entre os quartos de Rhy e de Kell que eles usavam desde que eram pequenos, e agora Kell se dividia entre carregar e arrastar o irmão em direção à porta escondida e através dela. Ele levou o príncipe e Lila pela passagem estreita, cujas paredes estavam recobertas com uma variedade de marcas estranhas: apostas, desafios e placares pessoais mantidos por entalhes, as tarefas em si havia muito esquecidas. Uma viagem por sua infância estranha e resguardada.

Eles deixavam para trás uma trilha de sangue.

— Fique comigo — pediu Kell. — Fique comigo, Rhy. Ouça minha voz.

— Uma voz tão bela — disse Rhy calmamente, a cabeça pendendo para frente.

— *Rhy*.

Kell ouviu pessoas de armadura invadindo o quarto do príncipe no momento em que alcançaram seu próprio quarto. Ele fechou a porta do corredor e pressionou a mão ensanguentada na madeira, dizendo:

— *As Staro*. — Trancar.

Assim que as palavras deixaram seus lábios, ferragens saíram de seus dedos, delineando e envolvendo a porta de cima a baixo, selando-a completamente.

— Não podemos ficar correndo de quarto em quarto! — explodiu Lila. — Temos que sair do palácio!

Kell sabia disso. Sabia que precisavam escapar. Ele os levou ao escritório particular na outra extremidade do cômodo, aquele com as marcas de sangue atrás da porta. Atalhos para meia dúzia de lugares na cidade. O que levava à Ruby Fields agora era inútil, mas os outros funcionariam. Ele analisou as opções até que encontrou uma; a única que ele sabia que seria segura.

— Vai funcionar? — perguntou Lila.

Kell não tinha certeza. Portas para lugares no *mesmo* mundo eram mais difíceis de conjurar, porém mais fáceis de usar; podiam ser criadas apenas por um *Antari*, mas outros podiam (*hipoteticamente*) passar também. Na verdade, Kell já havia levado Rhy por um portal, no dia que o encontrara no barco, mas tinham sido apenas os dois e agora eram três.

— Não me soltem — avisou Kell.

Ele desenhou sobre a marca antiga com sangue fresco e segurou Rhy e Lila o mais perto que conseguiu, esperando que a porta e a magia pudessem ser poderosas o suficiente para levá-los ao santuário.

# DOZE

# SANTUÁRIO & SACRIFÍCIO

# I

O Santuário de Londres ficava em uma das margens do rio nos limites da cidade, uma estrutura de pedra com a elegância simples de um templo e um aspecto igualmente reverente. Era um lugar em que homens e mulheres iam tanto para estudar a magia quanto para venerá-la. Eruditos e mestres passavam a vida ali se esforçando para compreender, e se conectar com, a essência do poder, sua origem, sua fonte. Para entender o elemento da magia. A entidade em tudo e ao mesmo tempo em nada.

Quando criança, Kell passava tanto tempo no santuário quanto no palácio, estudando sob o olhar de (e sendo estudado por) seu tutor, mestre Tieren. Mas, apesar de visitá-lo, Kell não voltava havia anos para ficar (não desde que Rhy começara a ter acessos de raiva todas as vezes que Kell se ausentava, insistindo que ele não era apenas um acessório, mas parte da família). Ainda assim, Tieren insistia que ele sempre teria um quarto ali, e então Kell mantivera a porta desenhada em sua parede, marcada com um círculo simples de sangue e um X desenhado por cima.

O símbolo de santuário.

Agora, ele e Lila, com um Rhy ensanguentado entre os dois, chegavam ali aos tropeços, saindo do esplendor e do caos que se instalara no palácio e entrando no simples quarto de pedra.

A luz de velas bruxuleava na parede de pedras lisas, e o cômodo em si era estreito, com teto alto e pouca mobília. O santuário desprezava distrações, então os aposentos privados eram guarnecidos apenas com o essencial. Kell podia ser *aven, abençoado*, mas Tieren insistia em tratá-lo como qualquer outro estudante; algo pelo que Kell era grato. Sendo assim, seu quarto não possuía mais nem menos objetos que os demais: uma mesa de madeira encostada em uma parede, uma cama baixa e estreita na outra, com um pequeno criado-mudo ao lado. Nesse criado-mudo, queimando, como sempre queimara, havia uma vela infinita. O quarto não tinha janelas, apenas uma porta, e o ar possuía a frieza de lugares subterrâneos, de criptas.

Um círculo estava gravado no chão, símbolos rabiscados em volta das margens. Uma esfera de elevação, destinada à meditação. O sangue de Rhy deixava uma trilha pelo cômodo conforme Kell e Lila o arrastavam para a cama e o deitavam o mais delicadamente possível.

— Fique comigo — continuava repetindo Kell.

Mas os baixos "sim" e "sem problemas" e "como quiser" tinham dado lugar ao silêncio e a uma respiração superficial.

Quantos *As Hasari*s Kell tinha dito? As palavras mais uma vez tornaram-se um canto murmurado em seus lábios, em sua mente, em sua pulsação, mas Rhy não estava melhorando. Quanto tempo demoraria para a magia funcionar? Tinha que funcionar. O medo cravou suas garras na garganta de Kell. Ele devia ter examinado a arma de Astrid, prestado atenção ao metal e às marcações nela. Teria ela feito algo para bloquear sua magia? *Por que não estava funcionando?*

— Fique comigo — murmurou ele.

Rhy tinha parado de se mexer. Seus olhos estavam fechados, e a tensão deixara seu maxilar.

— Kell — disse Lila suavemente. — Acho que é tarde demais.

— Não! — falou ele, agarrando a cama. — Não é. A magia precisa de tempo. Você não entende como ela funciona.

— Kell.

— *Precisa de tempo.* — Kell pressionou as duas mãos no peito do irmão e sufocou um grito. Não subia nem descia. Ele não sentia pulsação sob as costelas. — Não posso... — disse ele, arfando como se também estivesse privado de ar. — Não posso... — A voz de Kell vacilou quando seus dedos se enrolaram na camisa ensanguentada do irmão. — Não posso desistir.

— Acabou — falou Lila. — Não há mais nada que você possa fazer.

Mas não era verdade. Ainda havia algo. Todo o calor deixou o corpo de Kell. Assim como a hesitação, a confusão e o medo. Ele sabia o que fazer. Sabia o que *tinha* que fazer.

— Me dê a pedra — pediu ele.

— Não.

— Lila, me dê a maldita pedra antes que seja tarde demais.

— Já é tarde demais. Ele está...

— *Ele não está morto*! — vociferou Kell. Ele levantou a mão trêmula e ensanguentada. — Passe a pedra para cá.

A mão de Lila foi até seu bolso e pairou ali.

— Há um motivo para ela estar comigo, Kell — afirmou Lila.

— Droga, Lila. *Por favor*.

Ela soltou o ar pesadamente e pegou a pedra. Ele a arrancou dos seus dedos, ignorando o pulso de poder em seu braço enquanto se virava para o corpo de Rhy.

— Você mesmo me disse, nada bom pode vir dela — falou Lila enquanto Kell colocava a pedra sobre o coração parado de Rhy e pressionava a palma da mão sobre ela. — Eu sei que está triste, mas não pode achar que isso...

Mas ele não conseguia ouvi-la. A voz dela se dissolveu junto com todo o resto enquanto Kell se concentrava na magia que corria em suas veias.

*Salve-o*, ordenou ele à pedra.

O poder cantou em seu sangue, e uma fumaça verteu de seus dedos. Ela serpenteou pelo braço dele e em volta das costelas de Rhy, transformando-se em uma corda preta enquanto envolvia os dois. Amarrando-os juntos. Vinculando-os. Mas Rhy ainda jazia ali, imóvel.

*Minha vida é sua vida*, pensou Kell. *A vida dele é minha. Vincule-a a mim e traga-o de volta.*

Ele pôde sentir a magia faminta e ansiosa, pressionando-o, tentando entrar em seu corpo, em seu poder, em sua força vital. E, desta vez, ele deixou.

Assim que permitiu, a corda preta apertou, e o coração de Kell deu um salto em seu peito. Pulou uma batida e o coração de Rhy a apanhou, pulsando uma vez sob o toque de Kell. Por um instante, tudo o que ele sentiu foi alívio, alegria.

E então, *dor*.

Como se estivesse sendo despedaçado, um nervo de cada vez. Kell gritou ao se dobrar sobre o príncipe, mas não o soltou. As costas de Rhy arquearam-se sob a mão de Kell, as espirais pretas da magia estreitando-se à volta deles. A dor apenas piorava, cravando-se por estocadas arrebatadoras em sua pele, seu coração, sua vida.

— Kell! — A voz de Lila atravessou a névoa.

Então ele a viu correndo, um passo e depois dois, já o alcançando para pará-lo, para libertá-lo do feitiço. *Pare*, pensou ele. Kell nada disse, não levantou um dedo, mas a magia estava em sua mente e ouviu sua vontade. Percorreu-o e a fumaça verteu dele e golpeou Lila. Ela atingiu com força a parede de pedra e desabou no chão.

Algo em Kell agitou-se, distante e abafado. *Errado*, sussurrou. *Isso é...* Mas então outra onda de dor o fez cambalear. O poder martelou em suas veias e sua cabeça pousou sobre as costelas do irmão conforme a dor o rasgava, pele e músculos, ossos e alma.

Rhy arquejou, assim como Kell, seu coração pulando mais uma batida dentro do peito.

E então parou.

# II

O quarto ficou mortalmente silencioso.

A mão de Kell escorregou das costelas de Rhy, e seu corpo caiu da cama no chão de pedra com um baque surdo. Os ouvidos de Lila ainda zumbiam pela força com que sua cabeça havia atingido a parede. Ela ficou de quatro e se pôs de pé.

Kell não estava se mexendo. Não estava respirando.

E então, após um instante que pareceu durar horas, ele respirou fundo, o corpo estremecendo. Assim como Rhy.

Lila soltou um palavrão de alívio enquanto se ajoelhava sobre ele. Sua camisa estava aberta, o abdômen e peito cobertos de sangue. Porém, sob o sangue estava um símbolo preto, feito de círculos concêntricos, marcado a fogo em seu peito, diretamente sobre o coração. Lila olhou para a cama. A mesma marca estava desenhada no corpo ensanguentado de Rhy.

— O que você fez? — sussurrou ela.

Ela não sabia muito sobre magia, mas tinha quase certeza de que trazer alguém de volta dos mortos estava definitivamente na lista das coisas *ruins*. Se toda magia tinha um preço, o que isso havia custado a Kell?

Como se em resposta, os olhos de Kell se abriram. Lila ficou aliviada ao ver que um deles ainda era azul. Houve um instante, durante o feitiço, em que ambos se tornaram completamente pretos.

— Bem-vindo de volta — disse ela.

Kell gemeu, e Lila o ajudou a se sentar no chão de pedra fria. Sua atenção voltou-se para a cama, onde o peito de Rhy agora subia e descia em um movimento lento, porém regular. Seus olhos foram da marca na pele do príncipe até a marca espelhada em sua própria pele, que ele tocou, estremecendo levemente.

— O que você fez? — perguntou Lila.

— Vinculei a vida de Rhy à minha — respondeu ele com a voz rouca. — Enquanto eu viver, ele também viverá.

— Parece um encantamento perigoso.

— Não é um encantamento — disse ele baixinho. Ela não sabia se faltava a ele a força para falar mais alto ou se estava com medo de acordar o irmão. — Chama-se um selo de alma. Encantamentos podem ser quebrados. Um selo de alma, não. É um pedaço de magia permanente. Mas *isso* — acrescentou ele, roçando a marca —, isso é...

— Proibido? — arriscou Lila.

— Impossível — falou Kell. — Esse tipo de magia não existe.

O *Antari* pareceu atordoado e distante ao se levantar, e Lila ficou tensa ao ver que ele ainda segurava a pedra. Veias pretas tracejavam seu braço.

— Você precisa soltá-la agora.

Kell olhou para baixo, como se tivesse esquecido que a segurava. Mas, quando conseguiu abrir os dedos, o talismã não caiu. Fios pretos saíam da pedra, enrolando-se nos dedos dele e subindo por seu pulso. Ele a encarou por muito tempo.

— Parece que não consigo — disse, por fim.

— Isso não é ruim? — questionou Lila.

— É — respondeu ele, e sua calma a preocupou mais do que qualquer coisa. — Mas eu não tive escolha... Tive que... — Ele se afastou, virando-se para Rhy.

— Kell, você está bem? — Parecia uma pergunta absurda, dadas as circunstâncias, e Kell lançou a Lila um olhar que dizia isso, então ela continuou: — Quando estava conjurando o encantamento, você não era *você*.

— Bem, sou eu agora.

— Tem certeza? — perguntou ela, apontando para a mão dele. — Porque isso é novo. — Kell franziu o cenho. — Essa pedra é magia ruim, você mesmo disse. Alimenta-se de energia. De pessoas. E agora está atrelada a você. Não venha me dizer que isso não o preocupa.

— Lila — disse ele, a expressão séria. — Eu não podia deixá-lo morrer.

— Mas o que você fez para impedir...

— Fiz o que tinha que fazer — afirmou ele. — Suponho que não faça diferença. Já estou perdido.

Lila fez uma careta.

— O que você quer dizer com isso?

Os olhos de Kell suavizaram um pouco.

— Alguém tem que devolver a pedra à Londres Preta, Lila. Não se trata de abrir uma porta e jogar o objeto por ela. Tenho que *levá-la até lá*. Tenho que atravessar com ela. — Kell baixou os olhos para a pedra que se prendia à sua mão. — Eu nunca tive esperanças de retornar.

— Meu Deus, Kell! — rugiu Lila. — Se não vai se dar ao trabalho de continuar vivo, por que fez tudo isso? Por que vincular a vida de Rhy à sua se vai simplesmente jogá-la fora?

Kell encolheu-se.

— Enquanto eu viver, ele também viverá. E eu não disse que estava planejando morrer.

— Mas você acabou de dizer...

— Eu disse que não *voltarei*. Os selos da Londres Preta foram construídos mais para impedir alguém de sair do que para não deixar alguém entrar. Não posso desfazer os feitiços. Mesmo que pudesse, não o faria. E, com os feitiços intactos, mesmo que eu consiga conjurar uma porta para *entrar* na Londres Preta, os selos jamais me deixarão *sair*.

— E você não pretendia mencionar *nada* disso. Iria apenas me deixar segui-lo nessa viagem só de ida para...

— Você disse que queria uma aventura! — estourou Kell. — E não, nunca pretendi deixar que você...

Foi então que a porta se abriu. Kell e Lila ficaram em silêncio, sua discussão ecoando nas paredes do estreito quarto de pedra.

Um homem idoso estava parado na soleira da porta, trajando vestes pretas, uma das mãos no portal, a outra sustentando uma esfera de luz branca e pálida. Não era velho de uma forma encarquilhada. Na verdade, tinha a postura ereta e os ombros largos, sua idade denunciada apenas pelos cabelos brancos e pelas rugas profundas em seu rosto, que pareciam ainda mais profundas pelas sombras lançadas pela luz pálida na palma de sua mão. Kell fechou o casaco e enfiou a mão avariada no bolso.

— Mestre Tieren — disse ele casualmente, como se a informalidade em sua voz pudesse encobrir o fato de que ele e Lila estavam cobertos de sangue e parados na frente do corpo de um príncipe quase morto.

— Kell — falou o homem, muito consternado. — *Kers la? Ir vanesh mer...* — E então ele parou e olhou para Lila. Os olhos dele eram transparentes e assustadoramente azuis; pareciam ver através dela. Ele franziu o cenho e recomeçou a falar, desta vez em inglês, como se pudesse perceber, com um único vislumbre, que ela não o entendia, não pertencia àquele lugar. — O que os traz aqui? — perguntou a eles.

— Você disse que eu sempre teria um quarto — respondeu Kell, cansado. — Receio ter precisado dele.

Ele se afastou para que mestre Tieren pudesse ver o príncipe ferido.

Os olhos do homem se arregalaram, e ele tocou os lábios com os dedos, num gesto que parecia acompanhar uma oração.

— Ele está...?

— Está vivo — afirmou Kell, levando a mão até a gola do casaco para esconder a marca. — Mas o palácio está sendo atacado. Não posso explicar tudo, não agora, mas você tem que acreditar em mim, Tieren. Foi tomado por traidores. Estão usando magia proibida, possuindo os corpos e as mentes dos que estão à sua volta. Ninguém está seguro, lugar nenhum é seguro, e não se pode confiar em ninguém.

Ele estava sem fôlego quando terminou.

Tieren atravessou o cômodo e alcançou Kell com uma série de passos lentos. Ele segurou o rosto de Kell em suas mãos, um gesto estranhamente íntimo, e olhou dentro dos olhos dele como fizera com Lila, como se pudesse ver através deles.

— O que você fez consigo mesmo?

A voz de Kell ficou presa na garganta.

— Apenas o que tive que fazer. — Seu casaco se abriu e o olhar do homem foi até a marca enegrecida sobre o coração de Kell. — Por favor — pediu ele, parecendo apavorado. — Mestre Tieren, eu nunca teria trazido o perigo para dentro dessas paredes, mas não tive escolha.

O homem afastou a mão.

— O santuário é protegido contra a escuridão. O príncipe ficará a salvo aqui. — O alívio percorreu as feições de Kell. Tieren se virou para observar Lila uma segunda vez. — Você não é daqui — disse ele, à guisa de introdução.

Lila estendeu a mão.

— Delilah Bard.

O homem a pegou e algo como um calafrio, porém morno, correu sob a pele dela, uma calma espalhando-se em seguida.

— Meu nome é mestre Tieren — disse ele. — Sou o *onase aven*, o que significa sumo-sacerdote, do Santuário de Londres. E um taumaturgo — acrescentou, como se quisesse explicar a sensação. As mãos deles se soltaram e Tieren foi para a cabeceira do príncipe, repousando seus dedos ossudos levemente sobre o peito de Rhy. — Os ferimentos dele são graves.

— Eu sei — disse Kell, trêmulo. — Posso senti-los como se fossem meus.

Lila ficou tensa, e a expressão de Tieren, sombria.

— Então farei o que puder para amenizar a dor dele e a sua.

Kell aquiesceu, agradecido.

— É minha culpa — declarou ele. — Mas vou consertar as coisas. — Tieren abriu a boca para falar, mas Kell o interrompeu. — Não posso lhe contar — continuou ele. — Preciso pedir sua confiança e também sua discrição.

Os lábios de Tieren tornaram-se uma linha fina.

— Vou levá-los aos túneis — falou ele. — Dali vocês conseguirão encontrar seu caminho. Qualquer caminho de que precisem.

Kell ficara em silêncio desde que deixara o pequeno quarto. Não fora capaz de olhar para o irmão nem de dizer adeus; apenas engolira em seco, assentira e virara-se para sair, seguindo o mestre Tieren. Lila caminhava atrás deles, descascando o sangue seco de Rhy dos punhos de seu casaco novo (ela sabia que teria que sujar as mãos e as mangas mais cedo ou mais tarde). À medida que eles avançavam pelas entranhas do santuário na esteira do sumo-sacerdote, ela observou Kell e também o olhar fixo dele em Tieren, como se estivesse esperando que o sacerdote dissesse algo. Mas ele manteve os lábios fechados e os olhos no caminho à frente, e eventualmente o passo de Kell começou a se arrastar até que ele e Lila estivessem lado a lado, atrás de Tieren.

— Essas roupas caíram bem em você — disse ele baixinho. — Vou querer saber como as conseguiu?

Lila inclinou a cabeça.

— Eu não as roubei, se é isso que está insinuando. Comprei de uma mulher no mercado chamada Calla.

Kell esboçou um leve sorriso ao ouvir o nome.

— E como você pagou por elas?

— Ainda não paguei — retrucou Lila. — Mas isso não quer dizer que não vou pagar. — Ela desviou o olhar. — Apesar de não saber se terei a chance...

— Vai ter, sim — falou Kell. — Porque vai ficar aqui.

— É ruim que eu vou! — retrucou Lila.

— Você ficará segura no santuário.

— Não serei deixada para trás.

Kell balançou a cabeça.

— Nunca pretendi que você fosse mais longe. Quando eu concordei em trazê-la, fiz com a intenção de deixá-la aqui, na minha cidade, para contar o que aconteceu comigo para o rei e a rainha. — Lila respirou fundo, mas ele levantou a mão que não estava machucada. — E para mantê-la a salvo. A Londres Branca não é lugar para uma habitante do mundo cinza. Não é lugar para *ninguém.*

— Eu decido isso — afirmou ela. — Vou com você.

— Lila, isso não é um *jogo*. Já morreram pessoas suficientes, e eu não...

— Você está certo, não é um jogo — urgiu Lila. — É uma *estratégia*. Ouvi o que a rainha disse sobre a pedra estar quebrada em duas. Você precisa se livrar dos *dois* pedaços, e, no momento, tem apenas um. O rei branco tem a outra, certo? O que significa que temos um trabalho a fazer. E é *nós*, Kell. Dois deles significam que deve haver dois de nós também. Você fica com o rei, e eu cuido da rainha.

— Você não é páreo para Astrid Dane.

— Me diga uma coisa, você subestima todo mundo ou só a mim? É porque sou uma garota?

— É porque você é *humana* — explodiu ele. — Porque você pode ser a alma mais valente e destemida que eu já conheci, mas ainda é muito mais feita de carne e osso do que de poder. Astrid Dane é feita de magia e maldade.

— Bem, isso é ótimo para ela, mas a mulher nem mesmo está *no* próprio corpo, está? Está aqui, divertindo-se na Londres Vermelha. O que significa que deve ser um alvo fácil. — Lila lançou a Kell o melhor esboço de um sorriso. — E, posso ser humana, mas cheguei até aqui.

Kell franziu o cenho.

*É impressionante*, pensou Lila, *que ele não tenha mais rugas.*

— Chegou, sim — disse ele. — Mas não irá além.

— A garota tem poder — apontou Tieren sem olhar para trás.

Lila ficou radiante.

— Viu? — Ela se empertigou. — Venho lhe dizendo isso o tempo todo.

— Que *tipo* de poder? — perguntou Kell, arqueando uma sobrancelha.

— Não seja tão descrente — retrucou Lila.

— Não cultivado — respondeu Tieren. — Não cuidado. Não despertado.

— Bem, então vamos lá, *onase aven* — disse ela, levantando as mãos. — Desperte-o.

O sacerdote olhou para trás e ofereceu a ela o espectro de um sorriso.

— Ele deve despertar por si mesmo, Delilah Bard. E, se você o cultivar, ele vai florescer.

— Ela vem da outra Londres — falou Kell. Tieren não demonstrou surpresa. — Daquela sem magia.

— Nenhuma Londres é completamente desprovida de magia — observou o sacerdote.

— E humana ou não — acrescentou Lila acidamente —, gostaria de lembrá-lo de que ainda está vivo por minha causa. *Eu* sou o motivo de a rainha branca não estar usando você como casaco. *E* tenho algo de que precisa.

— E o que é?

Lila pegou a torre branca do bolso.

— A chave.

Os olhos de Kell se arregalaram ligeiramente com a surpresa, depois se estreitaram.

— Acha mesmo que pode escondê-la de mim se eu quiser tomá-la?

Em uma fração de segundo, Lila tinha a torre em uma das mãos e a faca na outra. As soqueiras do punho brilharam à luz das velas enquanto a pedra zumbia baixa e constante, como se sussurrasse para Kell.

— Tente — escarneceu ela.

Kell parou de andar e olhou para ela.

— Qual é o seu *problema*? — perguntou ele, parecendo realmente perplexo. — Tem tão pouco apreço pela sua vida que a jogaria fora por algumas horas de aventura e uma morte violenta?

Lila franziu o cenho. Ela admitia que, no início, tudo o que queria era uma aventura, mas não era por isso que estava insistindo agora. Na verdade, havia percebido a mudança em Kell, visto como a sombra tomava conta de seus olhos quando conjurava aquela magia inteligente e amaldiçoada, percebido como era difícil para ele retomar seus sentidos depois. Todas as vezes que ele usava a pedra, parecia perder um pedaço maior de si mesmo. Então, não, Lila não iria com ele apenas para satisfazer sua sede de perigo. E não iria com ele apenas para lhe fazer companhia. Ela iria porque haviam chegado até ali e porque temia que ele não fosse conseguir fazer o que era preciso, não sozinho.

— Eu faço da minha vida o que eu quiser — respondeu ela. — E não vou passá-la aqui, não importa quão maravilhosa seja a sua cidade nem quão segura. Fizemos um acordo, Kell. E agora você tem Tieren para contar sua história e curar seu irmão. Eu não posso ajudar Rhy. Deixe-me ajudar você.

Os olhos de Kell encontraram os dela.

— Você ficará presa lá — disse ele. — Quando tudo acabar.

Lila estremeceu.

— Talvez — continuou ela. — Ou talvez eu vá com você para o fim do mundo. Afinal, você me deixou curiosa.

— Lila...

Os olhos dele estavam escuros de dor e preocupação, mas Lila apenas sorriu.

— Uma aventura de cada vez — falou ela.

Eles alcançaram os limites do túnel e Tieren abriu um par de portões de metal. O brilho do rio vermelho abaixo chegou até eles. Estavam em sua margem norte, e o palácio cintilava à distância, ainda cercado pela luz das estrelas como se nada estivesse errado.

Tieren levou a mão ao ombro de Kell e murmurou algo em arnesiano antes de acrescentar em inglês:

— Que os santos e a fonte de tudo estejam com vocês dois.

Kell assentiu e pegou a mão do sacerdote com a sua mão boa antes de adentrar a noite. Mas, quando Lila foi segui-lo, Tieren segurou seu braço. Ele a olhou inquisitivamente, como se procurasse por um segredo.

— O quê? — perguntou Lila.

— Como o perdeu? — indagou ele.

Lila franziu a sobrancelha.

— Perdi o quê?

Seus dedos envelhecidos pairaram sob o queixo dela.

— Seu olho.

Lila tirou o rosto da mão de Tieren e sua mão foi até o mais escuro de seus olhos castanhos. Aquele feito de vidro. Poucas pessoas notavam. Seu cabelo cobria o rosto, e, mesmo quando alguém a olhava nos olhos, raramente sustentava o olhar por tempo o suficiente para perceber a diferença.

— Não me lembro — afirmou ela. Não era mentira. — Eu era criança e foi um acidente, pelo que me disseram.

— Hum — murmurou Tieren, pensativo. — Kell sabe?

O vinco na testa de Lila ficou ainda mais profundo.

— Isso importa?

Depois de um longo instante, o velho senhor inclinou a cabeça. Não assentiu nem negou; foi um inclinar ambíguo.

— Creio que não — respondeu ele.

Kell olhava para Lila, esperando por ela.

— Se a escuridão tomar conta dele — sussurrou Tieren —, você deve pôr fim à vida dele. — O velho olhou para ela. Através dela. — Acha que consegue?

Lila não entendeu se ele queria saber se ela tinha a capacidade ou a força de vontade.

— Se ele morrer — afirmou ela —, Rhy também morrerá.

Tieren suspirou.

— Então o mundo será como deveria ser — continuou ele, triste. — Em vez de como é.

Lila engoliu em seco, aquiesceu e foi se juntar a Kell.

— Para a Londres Branca, então? — perguntou ela assim que o alcançou, segurando a torre.

Kell não se mexeu. Estava fitando o rio e o palácio acima dele. Lila pensou que o *Antari* devia estar memorizando a sua Londres, seu lar, proferindo suas despedidas, mas então ele começou a falar.

— A base é a mesma em todos os mundos — disse, indicando a cidade. — Mas o restante é diferente. Tão diferente quanto este mundo é do seu. — Ele apontou para o rio e seguiu para o centro de Londres. — No lugar para onde vamos, o castelo é ali. Athos e Astrid estarão ali também. Assim que cruzarmos, fique bem perto de mim. Não saia do meu lado. É noite aqui, o que significa que também é noite na Londres Branca e que a cidade está cheia de sombras. — Kell olhou para Lila. — Ainda dá tempo de mudar de ideia.

Lila endireitou-se e puxou o colarinho do casaco. Ela sorriu.

— Sem chance.

# III

O palácio estava em polvorosa.

Os convidados desciam correndo, confusos e preocupados, pela escadaria principal, guiados para a saída pelos guardas reais. Rumores espalhavam-se como fogo pela multidão, rumores de violência e morte e de pessoas da realeza feridas. Palavras como *traição*, *golpe* e *assassino* pairavam no ar, alimentando o frenesi.

Alguém afirmou que um guarda havia sido assassinado. Outra pessoa alegou que vira o guarda cair da sacada do príncipe no pátio abaixo. Outro alguém disse que uma mulher de vestido verde roubara um colar da cena macabra e correra para dentro do palácio. E ainda outro insistia em ter visto a mulher colocar o pingente nas mãos de outro guarda e então desmaiar a seus pés. O guarda nem ao menos pedira ajuda. Simplesmente saíra correndo intempestivamente em direção aos aposentos reais.

Neles estavam recolhidos o rei e a rainha, sua estranha calma apenas acentuando a confusão dos convidados. O guarda havia desaparecido em seus aposentos, e um instante depois o rei aparentemente irrompera de lá, sua calma posta de lado enquanto ele gritava sobre traição. Clamava que o príncipe havia sido esfaqueado e que o culpado era Kell, exigindo a prisão do *Antari*. E assim a confusão se transformara em pânico, o caos pairando como fumaça pela noite.

Quando as botas de Gen se aproximaram do palácio, as escadas estavam abarrotadas de convidados preocupados. A coisa no interior da armadura ergueu os olhos pretos para as luzes dançantes e para os corpos que se acotovelavam. Não fora a confusão que o trouxera até ali. Fora o cheiro. Alguém usara uma magia poderosa, uma magia linda, e ele pretendia encontrar quem fora.

Subiu as escadas empurrando e passando pelos convidados afobados. Ninguém pareceu notar que sua armadura estava fendida, aberta sobre o coração, uma mancha como cera preta sobre o peito. Nem ao menos notaram o sangue, o sangue de Parrish, espalhado sobre o metal.

Quando ele alcançou o topo da escadaria, respirou fundo e sorriu; a noite estava pesada com o pânico e o poder, e a energia encheu seus pulmões, alimentando-o como um carvão em brasa. Agora podia farejar a magia. Podia sentir seu *gosto*.

E estava faminto.

Ele havia escolhido sua última casca muito bem; os guardas, na comoção, deixaram-no passar. Apenas quando já estava lá dentro, atravessando o vestíbulo forrado de flores e marchando através do salão de baile vazio, foi que uma figura de elmo o deteve.

— Gen — disse o guarda —, onde você esteve...? — Mas as palavras morreram em sua garganta quando viu os olhos do homem. — *Mas aven...*

A interjeição foi cortada pela espada de Gen, deslizando sobre a armadura e por entre as costelas. O guarda inspirou lentamente e com dificuldade apenas uma vez, então tentou gritar, mas a espada o cortou horizontalmente e para cima, de forma que o ar morreu na garganta dele. Colocando o corpo no chão, a coisa vestindo a pele de Gen embainhou novamente sua arma e removeu o elmo do guarda, colocando-o sobre a própria cabeça. Quando ele fechou o visor, seus olhos escuros nada mais eram do que um brilho através da fenda metálica.

Sons de passos soaram pelo palácio, gritos de ordens ecoaram sobre sua cabeça. Ele se aprumou. O ar estava repleto de sangue e magia, e ele partiu para encontrar sua fonte.

* * *

A pedra ainda cantava na mão de Kell, mas não da forma como fizera antes. Agora a melodia, o tamborilar de poder, parecia estar cantando *em* seus ossos em vez de para eles. A cada instante, ele a sentia nas batidas do próprio coração e na mente. Um eco. Uma segunda pulsação. E com isso vinha uma estranha quietude, uma calmaria, uma sensação em que ele confiava ainda menos que a onda inicial de poder. A calma lhe dizia que tudo ficaria bem, arrulhava e abrandava e estabilizava seu coração, e fazia Kell esquecer que qualquer coisa estava errada, esquecer até mesmo que estava segurando a pedra. Essa era a pior parte. Ela estava presa à sua mão e ainda assim interferia em seus sentidos, e Kell tinha que lutar para se lembrar de que estava ali com ele. *Dentro* dele. Cada vez que se lembrava era como acordar de um sonho cheio de pânico e medo, apenas para ser arrastado para o sono novamente. Nesses breves instantes de lucidez, ele queria abrir a mão, quebrá-la, rasgá-la ou cortar a pedra de sua pele. Mas não o fez, porque competindo com a ânsia de deixá-la de lado estava o equivalente e oposto desejo de segurá-la firme, de se agarrar ao seu calor como se estivesse morrendo de frio. Ele *precisava* da força dela. Agora mais do que nunca.

Kell não queria que Lila visse o quão assustado ele estava, mas sabia que ela percebia mesmo assim.

Os dois haviam retornado ao centro da cidade. As ruas daquele lado do rio estavam na maioria desertas, mas ainda precisavam cruzar alguma das pontes que se arqueavam para lá e para cá sobre o Atol. Era perigoso demais, exposto demais. Ainda mais depois que, a meio caminho de lá, o rosto de Kell reapareceu nas tábuas de divinação que se alinhavam pelas ruas.

Mas desta vez, em vez de dizer:

**DESAPARECIDO**

Lia-se:

**PROCURADO**

Por *traição, assassinato* e *sequestro.*

O peito de Kell ficou apertado com a acusação, e ele se apegou ao fato de que Rhy estava seguro, tão seguro quanto poderia estar. Seus dedos tocaram a marca sobre seu coração; quando ele se concentrava, conseguia sentir um eco das batidas do coração de Rhy, a pulsação dele uma fração de segundo mais lenta que a sua.

Ele olhou em volta, tentando visualizar as ruas não apenas como eram ali, mas como eram na Londres Branca, sobrepondo as imagens em sua mente.

— Vai ter que servir — disse ele.

O lugar em que eles estavam naquele momento, a saída de um beco diante de uma fileira de navios (Lila os avaliara com admiração) seria diante de uma ponte na próxima cidade. Uma ponte que levava a uma rua que terminava nas muralhas do Castelo Branco. Enquanto andavam, Kell descreveu a Lila os perigos da outra Londres, desde os governantes gêmeos até a população faminta e sedenta de poder. E então descreveu o castelo e o esboço de seu plano, porque era tudo que ele tinha agora.

Um plano e esperança. Esperança de que eles conseguiriam, de que ele seria capaz de se controlar por tempo suficiente para derrotar Athos e pegar a segunda metade da pedra, e então...

Kell fechou os olhos e inspirou devagar e profundamente para se estabilizar. *Uma aventura de cada vez,* as palavras de Lila ecoaram em sua mente.

— O que estamos esperando? — Lila estava recostada no muro. Ela bateu de leve nos tijolos. — Vamos lá, Kell. Hora de fazer uma porta.

Seu ar casual, sua energia provocadora e a forma como, mesmo naquele momento, ela não parecia preocupada ou assustada apenas o *animavam,* davam-lhe força.

O talho na palma da mão dele, embora parcialmente obscurecido pela pedra preta, ainda estava aberto. Ele tocou o corte com o dedo e desenhou uma linha no muro de tijolos à frente. Lila pegou sua mão, palma com palma, e entre elas a pedra cantando. Ela lhe ofereceu a torre branca, e ele a levou até a marca de sangue no muro, mitigando seu nervosismo.

— *As Travars* — ordenou ele, e o mundo ficou maleável e escuro ao seu redor quando deram um passo à frente, através da porta recém-aberta.

Pelo menos era isso que deveria ter acontecido.

Porém, quando estavam no meio do passo, uma força sacudiu e desequilibrou Kell, separando a mão de Lila da dele ao mesmo tempo que o arrancava do lugar entre os mundos e o levava de volta ao duro chão de pedras da Londres Vermelha. Kell piscou e olhou para a noite, atordoado, e então percebeu que não estava sozinho. Alguém estava parado ao lado dele. No primeiro instante, a figura era apenas uma sombra dobrando as mangas de sua roupa. E então Kell viu o círculo de prata cintilando na gola.

Holland o olhou de cima e franziu o cenho.

— Já vai embora?

# IV

As botas pretas de Lila aterrissaram na rua pálida. Sua cabeça girava um pouco pela mudança repentina, e ela se apoiou no muro. Ouviu o som dos passos de Kell atrás de si.

— Bem, isso é um progresso — disse ao se virar. — Pelo menos estamos no mesmo lugar desta...

Mas ele não estava lá.

Ela estava de pé no meio-fio, diante de uma ponte, o Castelo Branco despontando a distância sobre o rio que não era cinza nem vermelho, mas uma extensão de água semicongelada cor de pérola, brilhando turvo na noite escura. Ao longo do rio, lampiões queimavam com uma luz azul pálida que dava ao mundo um aspecto estranho e sem cor, e Lila, com suas novas roupas pretas, destacava-se tanto quanto uma luz nas sombras.

Algo brilhou no chão perto de seus pés e ela olhou para baixo, vendo a torre branca jogada na rua, salpicada com o sangue de Kell. Mas nada de Kell. Ela recolheu a torre e a colocou no bolso, tentando controlar seus nervos.

Perto dali, um cão faminto olhava para ela com os olhos vazios.

E então, rapidamente, Lila notou outros olhos. Nas janelas, portas e sombras entre débeis poças de luz. Sua mão foi até a faca com as soqueiras de metal.

— Kell? — sussurrou ela, mas não obteve resposta.

Talvez fosse como da última vez, talvez os dois apenas tivessem sido separados e neste momento ele já estivesse a caminho para encontrá-la. Talvez, mas Lila sentira o estranho puxão quando começaram a atravessar, sentira a mão dele separar-se da sua cedo demais.

O som de passos ecoou, e ela virou-se lentamente, mas não viu ninguém.

Kell a advertira sobre esse mundo. Ele o chamara de *perigoso*, mas tantos aspectos do mundo de Lila encaixavam-se nesse termo que ela não havia levado o aviso muito a sério. Afinal, ele crescera em um palácio, e ela, nas ruas, e Lila pensara que sabia muito mais do que Kell sobre becos assustadores e homens ainda piores. Agora, de pé ali, sozinha, ela estava começando a achar que não lhe dera crédito suficiente. Qualquer um, mesmo bem-nascido, podia enxergar o perigo ali. Podia farejá-lo. Morte, cinzas e um ar invernal.

Ela estremeceu. Não apenas pelo frio, mas de medo. Uma sensação simples e profunda de que havia algo *errado*. Era como olhar no olho preto de Holland. Pela primeira vez, Lila desejou ter mais que facas e uma pistola.

— *Övos norevjk* — soou uma voz à direita dela.

Lila se virou e viu um homem careca, com cada centímetro de pele exposta, do topo da cabeça até os dedos dos pés, recoberto de tatuagens. Ela não sabia em que idioma ele estava falando, mas não parecia arnesiano. Era ríspido, gutural, e mesmo que ela não reconhecesse as palavras, conseguia apreender o tom. E não gostou dele.

— *Tovach ös mostevna* — disse outro homem, cuja pele parecia um pergaminho, à sua esquerda.

O primeiro deu uma risadinha. O outro emitiu um sinal negativo, estalando a língua duas vezes.

Lila puxou sua faca.

— Fiquem longe de mim — ordenou ela, esperando que seu gesto compensasse qualquer barreira idiomática.

Os homens se entreolharam, então desembainharam as próprias lâminas.

Uma brisa gélida soprou, e Lila lutou para conter um calafrio. Sorrisos podres de escárnio irromperam nos rostos dos homens. Ela baixou a faca. E então, em um movimento suave, sacou a pistola do cinto, ergueu-a e atirou entre os olhos do primeiro homem. Ele caiu como um saco de pedras, e Lila sorriu antes de se dar conta de quão alto soara o tiro. Ela não notara o profundo silêncio da cidade até que o tiro ecoasse, a explosão propagando-se nas ruas. Portas começaram a se abrir por todos os lados à volta deles. Sombras moveram-se. Sussurros e murmúrios vieram das esquinas da rua, primeiro um, depois dois, depois uma dúzia deles.

O segundo homem, aquele com a pele fina como papel, olhou para o que estava morto e então para Lila. Ele recomeçou a falar num rosnado baixo e ameaçador, e Lila ficou grata por não falar sua língua. Não queria saber o que ele estava dizendo.

Fagulhas de energia sombria crepitaram no ar à volta da lâmina do homem. Ela podia sentir as pessoas movendo-se atrás de si, suas sombras tomando a forma de silhuetas humanas, esquálidas e cinzentas.

*Vamos lá, Kell,* pensou ela, enquanto erguia a arma novamente. *Onde você está?*

# V

— Deixe-me passar — pediu Kell. Holland apenas ergueu uma sobrancelha. — Por favor — disse ele. — Posso acabar com isso.

— Pode? — desafiou Holland. — Não creio que você seja capaz disso. — Seu olhar dirigiu-se para a mão de Kell, a magia sombria enroscando-se em volta dela. — Eu lhe avisei, a magia não tem a ver com equilíbrio. Mas com dominação. Você a controla, ou ela controla você.

— Ainda estou no controle — falou Kell por entre os dentes.

— Não — afirmou Holland. — Não está. Ao deixar a magia entrar, você já está perdido.

Kell sentiu um aperto no peito.

— Não quero brigar com você, Holland.

— Você não tem escolha. — Holland tinha um anel afiado em uma das mãos, e o usava agora para cortar uma linha na própria palma. O sangue pingou na rua. — *As Isera* — pronunciou ele baixinho. *Congelar.*

As gotas pretas atingiram o chão e transformaram-se em gelo preto, deslizando e se espalhando pela rua. Kell tentou desviar pulando para trás, mas o gelo movia-se rápido demais e em questão de segundos ele estava de pé sobre a superfície congelada e lisa, lutando para se equilibrar.

— Sabe o que o torna fraco? — perguntou Holland. — Você nunca teve que ser forte. Nunca teve que tentar. Nunca teve que lutar. E tenho certeza de que nunca teve que lutar pela sua *vida.*

Mas, hoje, isso vai mudar, Kell. Hoje, se não lutar, você *vai* morrer. E se você...

Kell não esperou que ele terminasse. Uma súbita rajada de vento soprou sobre eles e quase o derrubou enquanto formava um ciclone ao redor de Holland. O tornado envolveu o *Antari* Branco, ocultando-o de sua visão. O vento assobiou, mas através dele Kell pôde ouvir um som baixo e aterrorizante. E então percebeu que era uma risada.

*Holland* estava gargalhando.

Um instante depois, a mão ensanguentada de Holland apareceu, dividindo a parede do ciclone, e então o restante dele saiu e a parede de vento desmoronou à sua volta.

— Ar não é afiado e cortante — repreendeu ele. — Não pode machucar. Não pode matar. Você deveria escolher seus elementos com mais cuidado. Observe.

Holland moveu-se com tamanha rapidez e sutileza que foi difícil acompanhar suas ações. Reagir a elas era quase impossível. Em um movimento único e fluido, ele caiu sobre um dos joelhos, tocou o chão e disse:

— *As Steno*. — *Quebrar*.

O chão de pedra sob a palma da mão dele espatifou-se em uma dúzia de estilhaços afiados, e, conforme Holland se levantava, os estilhaços erguiam-se com ele, pairando no ar como os pregos haviam feito no beco. Ele dobrou o pulso, e os estilhaços dispararam pelo ar na direção de Kell. A pedra na sua palma zumbiu em tom de aviso e ele mal teve tempo de erguer a mão, com o talismã brilhando, e pronunciar:

— Pare.

A fumaça verteu e se estendeu à sua frente, apanhando os estilhaços em seu caminho e triturando-os até virarem pó. Kell sentiu o poder percorrê-lo ao pronunciar o comando, seguido instantaneamente por algo mais sombrio e frio. Ele perdeu o fôlego com a sensação. Podia sentir a magia formigando sobre sua pele e por baixo dela, então a comandou a parar, empurrando-a com toda a força até que a fumaça se dissolvesse.

Holland estava balançando a cabeça.

— Vá em frente, Kell. Use a pedra. Vai consumi-lo mais rápido, mas você pode até vencer.

Kell praguejou baixinho e conjurou outro ciclone, desta vez à sua frente. Ele estalou os dedos com a mão livre. Uma chama surgiu em sua palma e, quando tocou o ar que espiralava, o apanhou, envolvendo o vento em fogo. O ciclone ardente queimou pelo chão, derretendo o gelo conforme se dirigia a Holland, que estendeu a mão e fez com que a rua se transformasse em um escudo. Então, no instante que a chama se apagou, ele projetou o muro na direção do outro *Antari*. Kell ergueu as mãos, lutando para controlar os paralelepípedos, e percebeu tarde demais que eram apenas uma distração da grande onda de água que o atingia pelas costas.

A onda vinda do rio acertou Kell em cheio, derrubando-o de quatro no chão, e, antes que pudesse se recuperar, a água o agarrou e envolveu. Em segundos, Kell estava preso pela ondulação, lutando para respirar antes que ficasse completamente submerso. Ele lutou, encarcerado pela força da água.

— Astrid quer você vivo — falou Holland, tirando a lâmina curva de dentro da sua capa. — Ela insistiu nisso. — A mão livre de Holland fechou-se em punho e a espiral de água estreitou-se, expulsando o ar dos pulmões de Kell. — Mas tenho certeza de que entenderá se eu não tiver escolha senão matá-lo para conseguir recuperar a pedra.

Holland avançou para ele com passos lentos e calculados sobre o chão recoberto de gelo, a lâmina curva pendendo ao seu lado, e Kell revirou-se e debateu-se, procurando por qualquer coisa que pudesse utilizar. Ele tentou convocar a faca na mão de Holland, mas o metal estava protegido e sequer estremeceu. Kell estava ficando sem ar, e Holland estava quase chegando a ele. E então, através do muro de água, ele viu a imagem ondulante de suprimentos de navio, a pilha de tábuas, mastros e o metal escuro de correntes atadas às colunas da ponte.

Os dedos de Kell contraíram-se e o conjunto de correntes mais próximo projetou-se para a frente, envolvendo o pulso de Holland e tirando-lhe a concentração. A água perdeu sua forma e desmoronou, e Kell despencou no chão, ensopado e lutando para respirar. Holland ainda estava tentando se desvencilhar, e Kell sabia que não podia se dar ao luxo de hesitar. Outro conjunto de correntes, de outra coluna, enrolou-se como uma cobra em volta da perna e da cintura do *Antari*. Holland buscou a lâmina curva, mas um terceiro conjunto de correntes agarrou seu braço e o segurou firme. Aquilo não aguentaria, não por muito tempo. Kell ordenou que um poste de metal em cima das docas voasse pelo ar e pairasse a cerca de três metros atrás de Holland.

— Não posso deixá-lo vencer — disse Kell.

— Então é melhor me matar — rosnou Holland. — Caso contrário, isso nunca vai terminar. — Kell desembainhou a faca em seu antebraço e a ergueu, em postura de ataque. — Terá que se esforçar mais do que isso — falou Holland ao mesmo tempo que a mão de Kell paralisava no ar, os ossos imobilizados pelo comando do outro *Antari*. Era exatamente o que Kell estava esperando. No instante em que Holland se concentrou na faca, Kell atacou, não pela frente, mas pelas costas, comandando a barra de metal a atingi-lo com toda a força.

A barra zuniu pelos ares e encontrou seu alvo, golpeando Holland nas costas com força suficiente para perfurar capa, pele e ossos. Projetou-se pelo peito de Holland, metal e sangue obscurecendo o selo gravado a fogo em seu coração. A fivela de prata se quebrou e caiu em algum lugar, a capa curta deslizando dos ombros de Holland enquanto seus joelhos cediam.

Kell se levantou com dificuldade ao mesmo tempo que Holland desmoronava na rua molhada. Uma tristeza sem igual o acometeu enquanto ele se dirigia até o corpo do *Antari*. Os dois eram os últimos sobreviventes da espécie, uma raça em extinção. Agora, ele era o único. E logo não restaria nenhum. Talvez fosse assim que devesse ser. Assim que *tivesse* que ser.

Kell fechou os dedos em torno da barra de metal ensanguentada e a puxou para retirá-la do peito de Holland. Jogou o poste para o lado, o barulho abafado de seu tinido metálico ritmado descendo a rua como batimentos cardíacos vacilantes. Kell ajoelhou-se ao lado do corpo de Holland enquanto uma poça de sangue se formava sob ele. Quando tentou sentir sua pulsação, a encontrou. Estava fraca, porém, desvanecendo-se.

— Sinto muito — disse ele.

Parecia algo sem sentido de se dizer, mas o fio de sua raiva havia ficado menos afiado. Sua tristeza, seu medo, sua perda: todos ficaram entorpecidos em uma dor constante, que ele pensou que talvez nunca fosse abandoná-lo enquanto vasculhava a gola do casaco do *Antari* e encontrava o artefato da Londres Branca em um cordão ao redor de seu pescoço.

Holland *sabia*. Ele vira o ataque chegando e não o impedira. Antes que o metal o atingisse pelas costas, Holland já havia parado de lutar. Fora apenas um segundo, mas o suficiente para dar a Kell a oportunidade, a vantagem. E, no fragmento de tempo após o metal perfurar seu corpo, antes que ele caísse, não fora raiva ou dor que perpassara o seu rosto. Mas alívio.

Kell arrancou o cordão e se levantou, mas não conseguiu abandonar o *Antari* ali, no meio da rua. Seus olhos foram do artefato até o muro que o aguardava, e então ele arrastou o corpo de Holland e o colocou de pé.

# VI

A primeira coisa que Kell viu quando entrou na Londres Branca foi Lila brandindo duas facas, ambas ensanguentadas. Ela conseguira cortar caminho através de vários homens, cujos corpos estavam jogados pela rua, porém quatro ou cinco deles a circundavam. E mais estavam parados à volta deles assistindo a tudo com olhos famintos, sussurrando:

— Bonitinha de sangue vermelho.

— Ela tem cheiro de magia.

— Vamos abri-la.

— Ver o que tem dentro dela.

Kell largou o corpo de Holland no chão e deu um passo à frente.

— *Vös rensk torejk*! — gritou ele com a voz estrondosa, fazendo o chão retumbar, por precaução. *Afastem-se dela.*

Sussurros se alastraram pela multidão quando eles o viram: alguns fugiram, mas outros, curiosos demais, apenas recuaram um passo ou dois. No instante em que Lila o viu, ela estreitou os olhos.

— Você está *muito, muito* atrasado — rosnou ela. Sua máscara habitual de calma havia se partido, e estava visivelmente tensa e assustada. — E por que está molhado?

Kell baixou os olhos e viu suas roupas pingando. Ele passou as mãos nelas, comandando que a água as deixasse, e um momento depois estava seco, exceto pela poça sob suas botas.

— Tive um problema — falou ele, apontando para Holland.

Mas diversos cidadãos mal-encarados já começavam a investigar o corpo. Um puxou uma faca e a pressionou no pulso do *Antari* moribundo.

— Parem — ordenou Kell, lançando os assaltantes para trás com uma rajada de vento.

Ele jogou com força o *Antari* por cima do próprio ombro.

— Largue-o aqui — disse Lila com desprezo. — Deixe que eles o depenem.

Mas Kell balançou a cabeça.

— Se não fizer isso — prosseguiu Lila —, eles *nos* depenarão.

Kell se virou e viu homens e mulheres os cercando.

As pessoas na Londres Branca conheciam as ordens, sabiam que os Dane degolariam qualquer um que tocasse no seu convidado estrangeiro. Mas era noite, e a tentação da magia fresca somada ao estado indefeso de Holland ("Deixem-me fazer uma coroa com ele", disse um. "Aposto que ainda resta algum sangue", falou outro) pareciam privá-los de seu bom senso. Lila e Kell afastaram-se de costas até que seus calcanhares encontraram a ponte.

— Lila? — falou Kell assim que eles se apoiaram na estrutura.

— Sim? — perguntou ela com a voz baixa e firme.

— *Corra.*

Ela não hesitou. Pelo contrário, virou-se e partiu em disparada pela ponte. Num piscar de olhos a mão de Kell se ergueu, e, com ela, um muro de pedra, uma barricada para dar mais tempo a eles. E então ele também começou a correr o mais rápido que pôde, com o corpo de Holland sobre o ombro estreito e a magia preta fervilhando em seu sangue.

Kell estava no meio da ponte e Lila quase do outro lado, quando os plebeus finalmente conseguiram derrubar o muro e atravessaram a estrutura para persegui-los. No momento em que alcançou a margem oposta, Kell caiu no chão e tocou o piso da ponte com sua mão ensanguentada.

— *As Steno* — ordenou, da mesma forma como fizera Holland.

Instantaneamente a ponte começou a desmoronar, lançando pedras e corpos no Sijlt gelado. Kell lutou para respirar e ouviu sua pulsação martelar em seus ouvidos. Lila estava de pé ao lado dele, olhando fixamente para o corpo de Holland.

— Ele está morto?

— Bem perto disso — respondeu Kell, levantando-se e erguendo consigo o corpo do *Antari*.

— Espero que o tenha feito sofrer — escarneceu ela, voltando-se para o castelo imponente e assustador.

*Não*, pensou Kell, enquanto partiam. *Ele já sofreu demais*.

Ele podia sentir as pessoas olhando enquanto andavam pelas ruas, mas ninguém saiu de casa. Estavam muito perto do castelo agora, e o castelo enxergava tudo. Logo surgiu diante deles, a cidadela de pedra por detrás do muro alto, a arcada como uma boca escancarada levando-os para o pátio obscuro e suas estátuas.

A pedra zumbiu na palma da mão de Kell, que percebeu que não chamava mais apenas por ele. Chamava por sua outra metade. A seu lado, Lila tirou outra lâmina do casaco. Mas essa não era uma faca comum. Era uma espada curta real usada na Londres Vermelha.

Kell ficou boquiaberto.

— Onde conseguiu isso? — perguntou ele.

— Peguei do guarda que tentou me matar — respondeu ela, admirando a arma. Kell podia enxergar as marcas rabiscadas ao longo da lâmina. Metal que incapacitava a magia. — Como eu disse antes, facas nunca são demais.

Kell estendeu a mão.

— Pode me emprestar?

Lila parou um momento para pensar, então deu de ombros e entregou a arma. Kell fechou os dedos ao redor do cabo enquanto ela sacava sua pistola e começava a recarregá-la.

— Está pronto? — perguntou ela, girando o tambor.

Kell contemplou o portão do castelo.

— Não.

Então ela lhe ofereceu um sorriso genuíno.

— Que bom — disse ela. — Aqueles que pensam que estão prontos sempre acabam mortos.

Kell esboçou a sombra de um sorriso.

— Obrigado, Lila.

— Pelo quê?

Mas Kell não respondeu, apenas caminhou na direção da escuridão que os aguardava.

# TREZE

# O REI À ESPREITA

# I

Uma nuvem de fumaça preta pairava no ar da sala do trono branco, um pedaço de noite em contraste com o pano de fundo pálido. Suas bordas eram esfrangalhadas, recurvadas e desvanecidas, mas seu cerne era suave e brilhante, como o fragmento de pedra na mão de Athos ou a superfície de uma tábua de divinação. E fora exatamente isso que o rei pálido havia conjurado com ela.

Athos Dane sentou-se em seu trono, o corpo de sua irmã no próprio trono ao lado dele, e revirou a pedra na mão enquanto assistia à imagem oscilante de Kell e sua companhia passando pelo pátio do castelo.

Para qualquer lugar que a outra metade da pedra fosse, também ia o seu olhar.

A Londres mais distante havia sido pouco mais que um borrão, mas, conforme Kell e sua acompanhante se aproximavam, a imagem na superfície da tábua se tornava mais exata e clara. Athos assistira aos eventos se desenrolando através das várias cidades: a fuga de Kell e a astúcia da garota, o fracasso de seu servo e a tolice da irmã, o príncipe ferido e o *Antari* massacrado.

Os dedos dele se fecharam com mais força sobre o talismã

Athos assistira a todos os acontecimentos com um misto de diversão e aborrecimento, e, admitia, com animação. Ficara furioso com a perda de Holland, mas uma pontada de prazer percorreu seu corpo com a ideia de matar Kell.

Astrid ficaria furiosa.

Athos virou a cabeça e analisou o corpo da irmã, escorado no trono dela, com o amuleto pulsando na garganta. A uma Londres de distância, ela ainda poderia estar causando estragos, mas aqui estava sentada, imóvel e pálida como a pedra esculpida abaixo dela. Suas mãos jaziam nos braços da cadeira, e mechas de cabelo branco caíam como fitas sobre seus olhos fechados. Athos fitou a irmã e estalou a língua produzindo um som de desaprovação.

— *Ös vosa nochten* — falou ele. — Você deveria ter deixado que eu fosse ao baile de máscaras em seu lugar. Agora meu brinquedinho está morto e o seu fez uma bagunça terrível. O que você tem a dizer em sua defesa?

Naturalmente, ela nada respondeu.

Athos tamborilou os dedos longos e pálidos na beirada de seu trono, pensando. Se ele quebrasse o feitiço e a acordasse, ela apenas complicaria as coisas. Não, ele lhe dera a chance de lidar com Kell à sua maneira, e ela falhara. Agora era a vez dele.

Athos sorriu e se levantou. Seus dedos apertaram a pedra com mais força, e a imagem de Kell se dissolveu em fumaça e então desapareceu. O poder vibrou através do rei, a magia faminta por mais, porém ele a manteve no lugar, alimentando-a apenas com o necessário. Era algo a ser controlado, e Athos nunca fora um mestre indulgente.

— Não se preocupe, Astrid — disse à rainha enfeitiçada. — Consertarei as coisas.

E então ele ajeitou o cabelo, arrumou a gola da capa branca e foi receber seus convidados.

# II

A fortaleza da Londres Branca erguia-se em uma coluna de luz forte que saía diretamente do pátio obscuro de pedra. Lila entrou sorrateiramente na floresta de estátuas para realizar sua parte no plano enquanto Kell rumava para os degraus que o aguardavam. Acomodou o corpo de Holland em um banco de pedra e subiu as escadas, com uma das mãos fechada em torno da lâmina real, e a outra, do talismã da Londres Preta.

*Vá em frente, Kell,* havia instigado Holland. *Use a pedra. Vai consumi-lo mais rápido, mas você pode até vencer.*

Ele não a usaria. Havia jurado não usá-la. Fazer isso na última batalha apenas incentivara a magia a se espalhar. Os fios pretos agora envolviam o braço acima do cotovelo e subiam em direção a seu ombro, e Kell não podia se dar ao luxo de perder mais um pedaço de sua essência. Da forma como estava agora, cada batida de seu coração parecia espalhar mais o veneno.

A pulsação martelava em seus ouvidos enquanto subia os degraus. Kell não era tolo a ponto de pensar que poderia surpreender Athos, não ali. O rei sabia que Kell estava chegando, e, ainda assim, deixara que chegasse à sua porta sem perturbá-lo. Os dez guardas de olhos vazios que normalmente vigiavam as escadas não estavam lá, deixando o caminho livre para Kell. O percurso sem obstáculos era em si mesmo um desafio. Um ato de arrogância condizente com o rei pálido.

Kell preferia ter enfrentado um exército do que aquelas portas abandonadas e o que mais estivesse aguardando do outro lado. Cada degrau desobstruído escalado apenas o deixava mais nervoso quanto ao próximo. Quando alcançou o topo da escada, suas mãos tremiam e seu peito estava apertado.

Ele levou as pontas dos dedos trêmulos até as portas, comandando que ficassem firmes ao mesmo tempo que se forçava a inspirar o ar gélido uma última vez. E então empurrou. As portas do castelo se abriram ao seu toque sem requisitar o uso de força ou magia, e a sombra de Kell esparramou-se pelo corredor. Ele deu um passo para atravessar a soleira da porta e os archotes do cômodo arderam com um fogo pálido, como se rastejassem contra os tetos abobadados e salão adentro, revelando os rostos da dúzia de guardas parados ali.

Kell respirou fundo, preparando-se para a luta, mas os soldados não se mexeram.

— Eles não tocarão em você — soou uma voz melodiosa. — A menos que tente fugir. — Athos Dane saiu das sombras usando seu habitual branco imaculado, suas feições pálidas perdendo ainda mais a cor para a luz das tochas. — O prazer de matá-lo será meu. E somente meu. — Athos segurava a outra metade da pedra preta displicentemente em uma das mãos, e uma vibração de poder atravessou o corpo de Kell à visão dela. — Astrid vai ficar de mau humor, é óbvio — continuou Athos. — Ela o queria como animal de estimação, mas eu sempre disse que você traria mais aborrecimentos se ficasse vivo. E acredito que os últimos acontecimentos provaram que é melhor tê-lo morto.

— Acabou, Athos — falou Kell. — Seu plano falhou.

Athos abriu um sorriso cruel.

— Você é parecido com Holland — disse o rei. — Sabe por que ele não conseguiu tomar a coroa? Ele nunca sentiu prazer na guerra. Via o derramamento de sangue e as batalhas como meios para atingir um fim. Um destino. Mas *eu* sempre saboreei a jornada. E prometo a você que vou me deleitar com isso.

Os dedos de Athos fecharam-se com força em torno da sua metade da pedra e a fumaça verteu. Kell não hesitou. Comandou as armaduras, assim como os guardas dentro delas, a saírem de seus postos encostados na parede e a formarem uma barricada entre ele e o rei pálido. Mas não foi o suficiente. A fumaça os contornou, atravessou as frestas e alcançou Kell, tentando se enroscar em volta de seus braços. Ele comandou a parede de guardas a avançar até Athos e cortou a fumaça com a espada real. Mas o rei não largou a pedra, e a magia era esperta, movendo-se ao redor da espada e agarrando os pulsos de Kell, assumindo então a forma de correntes forjadas que não vinham do chão, mas das paredes de ambos os lados do salão do vestíbulo.

As correntes se retraíram, obrigando os braços de Kell a se abrirem enquanto Athos saltava sobre os guardas e aterrissava suavemente e sem esforço à sua frente. As correntes se apertaram em volta dos pulsos já machucados de Kell, cortando-os ainda mais, e a espada roubada tombou de seus dedos ao mesmo tempo que Athos conjurava um chicote de prata. Este se desenrolou da mão do rei, serpenteando no chão, sua ponta bifurcada roçando as pedras.

— Vamos ver o quanto você suporta a dor.

Quando Athos ameaçou levantar o chicote, Kell segurou as correntes com as mãos. O sangue em sua palma estava quase seco, mas ele apertou o metal com força suficiente para reabrir o corte.

— *As Orense* — pronunciou Kell um instante antes de o chicote estalar no ar. A corrente se partiu a tempo de deixá-lo desviar do forcado de prata. Ele rolou para o lado, alcançando a espada caída e pressionando a palma da mão ensanguentada nas pedras do chão, lembrando-se do ataque de Holland. — *As Steno* — disse em seguida.

O chão de pedra se partiu sob seus dedos em dezenas de cacos afiados. Kell se levantou, e os estilhaços se ergueram junto; quando ele projetou a mão para a frente, os fragmentos investiram contra o rei. Athos ergueu despreocupadamente a mão em resposta, a pedra fechada em seu punho, e um escudo se formou à sua frente. Os estilhaços de pedra se chocaram inutilmente contra ele.

Athos sorriu de forma sinistra.

— Ah, sim — falou ele, baixando o escudo. — Vou gostar disso.

Lila abriu caminho entre a floresta de estátuas cujas cabeças estavam curvadas num gesto de rendição, suas mãos postas em súplica.

Ela circundou a fortaleza em forma de abóbada que lembrava uma catedral, se uma catedral fosse construída com estacas e não possuísse vitrais, apenas aço e pedras. Ainda assim, a fortaleza era alongada e estreita como uma igreja, com um par de portas principais na face norte e três entradas menores, embora também impressionantes, nas faces sul, leste e oeste. O coração de Lila acelerou quando ela se aproximou da entrada leste, cujo caminho para as escadarias era demarcado por duas filas de suplicantes de pedra.

Ela preferia escalar as paredes e entrar pela janela superior, algo mais discreto do que subir marchando pelas escadas, mas não possuía cordas nem ganchos. E mesmo que tivesse o equipamento necessário para tal empreitada, Kell a havia advertido contra a ideia.

Os Dane, dissera ele, não confiavam em ninguém, e o castelo era tanto uma imensa armadilha quanto a residência do rei.

"As portas principais são viradas para o norte", dissera ele. "Eu vou chegar por elas. Você entra pelas portas do lado sul."

"Não é perigoso?"

"Nesse lugar", respondera ele, "tudo é perigoso. Mas se as portas a impedirem de entrar, pelo menos a queda não será tão grande."

Então, Lila concordara em entrar pelas portas apesar do medo persistente de que aquilo fosse uma armadilha. Tudo era uma armadilha. Ela alcançou a escadaria sul e botou sua máscara de chifres antes de começar a subi-la. Quando chegou ao topo, as portas se abriram sem resistência, e mais uma vez os instintos de Lila lhe disseram para ir embora, para correr na direção oposta. Porém, pela primeira vez em sua vida, ela ignorou a advertência e entrou. O espaço além das portas era escuro, mas, no instante em que cruzou a soleira, os lampiões se acenderam e Lila estacou. Dezenas de guardas estavam alinhados às paredes, como armaduras vivas. Suas cabeças se viraram na direção da porta, e ela se preparou para o ataque iminente.

Mas nada aconteceu.

Kell lhe contara que o trono da Londres Branca fora sempre tomado à força e mantido à força, e que essa forma de ascensão geralmente não inspira lealdade. Os guardas estavam certamente compelidos por magia, aprisionados sob algum tipo de feitiço de controle. Mas esse era o problema em obrigar as pessoas a fazer coisas indesejadas. Era preciso ser muito específico. Eles não tinham escolha a não ser seguir ordens, mas provavelmente não estavam muito dispostos a ir além do estritamente necessário.

Um pequeno sorriso começou a se desenhar nos lábios dela.

Qualquer que fosse a ordem expedida pelo rei Athos aos seus guardas, não parecia se estender a ela. Os olhos vazios deles seguiram-na enquanto ela se movia o mais calmamente possível. Como se pertencesse àquele lugar. Como se não estivesse ali para matar sua rainha. Lila se perguntou, conforme passava por eles, quantos gostariam que ela tivesse êxito na tarefa.

Os corredores do palácio vermelho eram labirínticos, porém estes aqui formavam uma simples grade de linhas e interseções, mais uma prova de que o castelo já havia sido algo parecido com uma igreja. Um corredor deu lugar ao seguinte, que por fim a levou à sala do trono, exatamente com Kell tinha dito que fariam.

Mas Kell também dissera que o corredor estaria vazio.

E não estava.

Um garoto estava de pé guardando a porta da sala do trono. Era mais jovem que Lila e magro de uma maneira musculosa e rija. Ao contrário dos guardas de olhar vazio, os olhos dele eram sombrios, feridos e febris. Quando a viu chegar, ele desembainhou sua espada.

— *Vösk* — ordenou ele. Lila franziu o cenho. — *Vösk* — vociferou ele novamente. — *Ös reijkav vösk.*

— Ei, você — disse ela, bruscamente. — Saia daí. — O garoto começou a falar em tom baixo e urgente em sua própria língua. Lila meneou a cabeça e desembainhou a faca com as soqueiras no punho. — Saia do meu caminho.

Sentindo que tinha dado o recado, Lila caminhou em direção à porta. Mas o garoto empunhou a própria espada e se colocou diretamente no caminho dela, dizendo:

— *Vösk.*

— Olhe aqui — explodiu ela. — Não faço ideia do que você está dizendo... — O jovem guarda olhou em volta, exasperado. — Mas eu sinceramente aconselho você a ir embora e fingir que esse nosso encontro nunca aconteceu e... Ei! Que diabos você pensa que está fazendo? — O garoto sacudiu a cabeça, murmurou algo baixinho, e então levou a espada até o próprio braço e fez um corte. — *Ei!* — exclamou Lila novamente, enquanto o rapaz trincava os dentes e fazia uma segunda incisão, depois uma terceira. — *Pare com isso!*

Ela tentou segurar o pulso dele, e nessa hora o garoto parou de entalhar as linhas e a olhou nos olhos.

— *Saia daqui* — disse o garoto. Por um instante Lila pensou ter ouvido errado. E então percebeu que ele estava falando em inglês. Ele entalhara algum tipo de símbolo na própria pele. — Saia daqui — disse ele novamente. — *Agora.*

— Saia você do meu caminho — retrucou Lila.

— Não posso.

— Garoto... — advertiu ela.

— Não posso — falou ele novamente. — Devo proteger a porta.

— Senão? — desafiou Lila.

— Não há *senão.* — Ele afastou a gola da camisa para mostrar uma marca, inflamada e preta, cicatrizada em sua pele. — Ele ordenou que eu protegesse a porta, então devo protegê-la.

Lila franziu o cenho. A marca era diferente da de Kell, mas ela compreendeu o que devia ser: algum tipo de selo.

— O que acontece se você me der passagem? — questionou ela.

— Não posso dar.

— O que acontece se eu ferir você?

— Eu morrerei.

Ele respondeu as duas vezes com uma certeza triste. *Que mundo maluco*, pensou Lila.

— Qual é o seu nome? — perguntou ela.

— Beloc.

— Quantos anos você tem?

— O suficiente.

O queixo dele estava erguido com orgulho e havia um fogo em seus olhos que ela reconhecia. Desafio. Mas ele ainda era jovem. Jovem demais para aquilo.

— Não quero machucá-lo, Beloc — avisou ela. — Não me obrigue.

— Gostaria de não precisar fazer isso. — Ele se aprumou para ela, empunhando a espada com as duas mãos, os nós dos dedos brancos. — Terá que me matar primeiro. — Lila rosnou e segurou sua faca. — Por favor — acrescentou ele. — Por favor, me mate.

Lila o encarou longamente.

— Como? — perguntou ela afinal.

Beloc arqueou as sobrancelhas como se questionasse o que ela disse.

— Como você quer morrer? — indagou ela.

O fogo nos olhos dele oscilou por um momento, e então ele se recuperou e disse:

— Rápido.

Lila assentiu. Ela levantou a faca e ele baixou a espada só um pouco, o bastante. Então fechou os olhos e começou a sussurrar algo para si mesmo. Lila não hesitou. Ela sabia como usar uma faca, para ferir e para matar. Aproximou-se dele e enfiou a lâmina por entre as costelas de Beloc, e a puxou para cima antes mesmo que ele tivesse terminado a oração. Havia jeitos piores de morrer, mas ainda assim ela praguejou baixinho contra Athos, Astrid e toda aquela cidade esquecida por Deus enquanto deitava o corpo do garoto no chão.

Ela limpou sua lâmina na bainha da própria camisa e a embainhou enquanto andava até as portas de segurança da sala do trono. Um círculo de símbolos estava gravado na madeira, doze marcas no total. Ela levou a mão até o disco, lembrando-se das instruções de Kell.

"Pense nele como a face de um relógio", dissera ele, desenhando o movimento no ar. "Um, sete, três, nove."

Agora, ela desenhava com o dedo, tocando o símbolo na primeira hora, depois arrastando a ponta do dedo para baixo e através do círculo até o sete, em volta e para cima até o três, e depois direto pelo meio até o nove.

"Tem certeza de que memorizou?", perguntara Kell, e Lila suspirara, soprando o cabelo para longe dos olhos.

"Eu já falei que aprendo rápido."

No primeiro momento, nada aconteceu. E então algo passou dos dedos dela até a madeira, e uma trava deslizou dentro do mecanismo.

— Eu avisei — murmurou ela, empurrando e abrindo a porta.

# III

Athos estava rindo. Era um som horrível.

O salão à volta deles estava em completa desordem: os guardas de olhos vazios, amontoados; as cortinas, rasgadas, e os archotes, espalhados pelo chão, ainda queimando. Um hematoma aflorava abaixo do olho de Kell, e a capa branca do rei estava chamuscada e salpicada de sangue enegrecido.

— Vamos recomeçar? — perguntou Athos.

Antes que as palavras deixassem seus lábios, um raio de energia sombria emergiu da frente do escudo do rei pálido. Kell ergueu a mão e o chão se elevou entre eles, mas não rápido o bastante. A eletricidade o atingiu em cheio e o arremessou longe, de volta às portas principais do castelo, com tanta força que a madeira rachou. Ele tossiu, sem fôlego e tonto por causa do golpe, mas não teve chance de se recuperar. O ar estalou e ganhou vida, e outro raio o atingiu tão forte que as portas racharam e se quebraram. Kell foi atirado de volta ao frio da noite.

Por um momento, tudo ficou preto, e, quando a sua visão retornou, ele estava despencando.

O vento saltou para ampará-lo ou pelo menos amortecer a queda, porém, mesmo assim, ele atingiu o pátio de pedra na base da escadaria com força suficiente para quebrar algum osso. A lâmina real derrapou e deslizou para longe, a muitos metros de distância. O sangue pingou do nariz de Kell nas pedras.

— Nós dois empunhamos espadas — ralhou Athos enquanto descia as escadas, sua capa branca ondulando regiamente às suas costas. — E ainda assim você escolhe lutar com um alfinete.

Kell se esforçou para ficar de pé, praguejando. O rei parecia imune à magia da pedra preta. As veias dele sempre foram pretas, e os olhos permaneciam com seu usual tom azul gélido. Ele estava nitidamente no comando da situação, e pela primeira vez Kell se perguntou se Holland estava certo. Se realmente não existia o chamado equilíbrio, mas apenas vencedores e vítimas. Será que já havia perdido? A magia preta zumbiu pelo seu corpo, implorando para ser utilizada.

— Você vai morrer, Kell — falou Athos ao alcançar o pátio. — Pelo menos poderia morrer lutando.

A fumaça verteu da pedra de Athos e lançou-se para a frente, os tentáculos de escuridão transformando-se em facas pretas brilhantes conforme avançavam para Kell. Ele projetou a mão vazia e tentou comandar as lâminas para que parassem, mas elas eram formadas de magia, não de metal. Portanto, não cederam nem desaceleraram. E, então, um instante antes que a parede de facas retalhasse Kell, sua outra mão, aquela vinculada à pedra, ergueu-se como se tivesse vontade própria e a ordem ecoou em sua mente.

*Proteja-me.*

Mal o pensamento havia se formado, tornou-se realidade. Uma sombra o envolveu, colidindo com as pontas das facas de fumaça. O poder inundou o corpo de Kell: fogo, água gelada e energia, todos de uma só vez. Ele arquejou conforme a escuridão se espalhava mais fundo por baixo de sua pele e sobre ela, serpenteando da pedra para seu braço, e dali subindo pelo peito, enquanto a parede de magia desviava o ataque e o devolvia a Athos.

O rei se esquivou, atirando as lâminas para o lado com uma onda advinda de sua pedra. A maioria despencou no chão do pátio, mas uma atingiu seu alvo e enterrou-se na perna de Athos. O rei sibilou e arrancou a ponta da faca. Atirou-a longe e abriu um sorriso sinistro enquanto se colocava de pé.

— Assim é bem melhor.

Os passos de Lila ecoaram pela sala do trono. O espaço era cavernoso, circular e branco como a neve, interrompido apenas por um círculo de pilares em torno dos cantos e pelos dois tronos sobre uma plataforma ao centro, posicionados lado a lado e entalhados em uma única peça de pedra pálida. Um dos tronos estava vazio.

O outro sustentava Astrid Dane.

O cabelo dela, tão louro que parecia sem cor, estava enrolado como uma coroa em volta da cabeça, com tufos tão finos como teias de aranha caindo-lhe sobre o rosto, que tombara quando ela adormecera. Astrid era cadavericamente pálida e estava vestida de branco, mas não o branco angelical das rainhas de contos de fadas, nenhum veludo ou renda. Não, as roupas desta rainha a envolviam como uma armadura, estreitando-se agressivamente em seu pescoço e seus pulsos. Quando outras trajariam vestidos, Astrid Dane usava calças precisamente ajustadas que entravam por botas de um branco viçoso e brilhante. Seus dedos longos estavam agarrados aos braços do trono, e metade das articulações era marcada por anéis, porém a única cor de verdade estava no pingente pendurado ao redor de seu pescoço, cujas bordas estavam delineadas com sangue.

Lila fitou a rainha imóvel. Seu pingente parecia exatamente o mesmo que Rhy estava usando na Londres Vermelha quando não era ele mesmo. Um feitiço de possessão.

E, pelo que tudo indicava, Astrid Dane ainda estava sob o encantamento.

Lila deu um passo à frente, encolhendo-se ao som do eco que suas botas produziam pelo salão vazio, o som de uma pureza nada natural. *Inteligente*, pensou Lila. O formato da sala do trono não era apenas uma decisão estética. Era projetada para propagar o som. Perfeito para um governante paranoico. Mas, apesar do som dos passos de Lila, a rainha não se mexeu. Ela prosseguiu, ainda esperando que os guardas irrompessem de cantos escondidos (que, por sinal, não existiam) e corressem ao auxílio de Astrid.

Mas ninguém apareceu.

*Que beleza*, pensou Lila. Centenas de guardas, e o único a brandir uma espada desejava vê-la no peito dela. Grande rainha.

O pingente brilhou contra o peito de Astrid, pulsando debilmente com a luz. Em algum lugar em outra cidade, em outro mundo, ela possuíra outro corpo. Talvez o rei, ou a rainha, ou o capitão da guarda. Mas, aqui, ela estava indefesa.

Lila abriu um sorriso cruel. Ela gostaria de poder levar o tempo que quisesse, de fazer a rainha pagar por tudo que fizera a Kell, mas sabia que era melhor não abusar da sorte. Puxou a pistola do coldre. Um tiro. Rápido, fácil e definitivo.

Ela levantou a arma, nivelou-a com a cabeça da rainha e atirou.

O tiro reverberou pela sala do trono, seguido instantaneamente por um feixe de luz, um ribombar como de um trovão e uma dor lancinante no ombro de Lila. Isso a fez cambalear para trás e a arma caiu de sua mão. Ela segurou o braço com um arquejo, vociferando palavrões enquanto o sangue brotava em sua camisa e em seu casaco. Fora atingida.

A bala ricocheteara, mas em quê?

Lila apertou os olhos inquisitivamente na direção de Astrid em seu trono e percebeu que o ar em volta da mulher de branco não estava tão vazio quanto parecia; ondulava na esteira do tiro, o ataque direto revelando um ar que tremulava e brilhava, salpicado com fragmentos vítreos de luz. Com *magia*. Lila cerrou os dentes quando sua mão deixou o ombro ferido (e seu casaco rasgado) e foi até a cintura. Ela desembainhou a faca, ainda salpicada com o sangue de Beloc, e se aproximou até ficar diretamente em frente ao trono. Sua respiração batia contra a barreira quase invisível e voltava em direção às suas bochechas

Ela ergueu a faca devagar, levando a ponta da lâmina para a frente até encontrar o limite do feitiço. O ar crepitou à volta da extremidade da faca, cintilando como cristais de gelo, mas não cedeu. Lila xingou baixinho ao olhar para baixo através do ar, para o corpo da rainha e por fim para o chão a seus pés. Com essa descoberta, seus olhos se estreitaram. A pedra que sustentava o trono estava recoberta de símbolos. Ela não sabia ler o que diziam, é óbvio, mas a forma como se entrelaçavam, a forma como envolviam todo o trono e a rainha, deixara explícito que eram importantes. Elos de uma corrente de feitiços.

E elos podem se quebrados.

Lila se agachou e cuidadosamente levou a lâmina ao símbolo mais próximo da borda. Ela prendeu a respiração e arrastou a faca pelo chão, arranhando a marca perto dela até apagar uma linha estreita de tinta, sangue ou qualquer substância com a qual o feitiço houvesse sido escrito. Ela não queria saber.

O ar ao redor do trono perdeu o brilho e esmaeceu. E enquanto Lila se punha ali, encolhida, sabia que o encantamento que antes protegia a rainha agora cessara.

Os dedos de Lila moveram-se sobre a faca.

— Adeus, Astrid — disse ela, mergulhando a lâmina na direção do peito da mulher.

Mas, antes que a ponta da faca pudesse rasgar a túnica branca, Lila sentiu seu pulso ser agarrado. Ela olhou para baixo e viu os olhos azuis e pálidos de Astrid Dane encarando-a de volta. Acordada. Os lábios da rainha desenharam um sorriso fino e mordaz.

— Ladrazinha má — sussurrou ela.

A mão de Astrid apertou o pulso de Lila com mais força, e uma dor lancinante irrompeu por seu braço. Ela ouviu alguém gritando e demorou um instante para perceber que o som estava vindo da própria garganta.

* * *

O sangue escorria pelo rosto de Athos.

Kell lutou para recuperar o fôlego.

A capa branca do rei estava rasgada, e cortes superficiais marcavam a perna, pulso e abdômen de Kell. Metade das estátuas do pátio à volta deles jazia tombada e quebrada pela magia empregada no confronto, que se chocava e lutava resolutamente contra si mesma.

— Vou arrancar o seu olho preto — falou Athos — e usá-lo pendurado em meu pescoço.

Ele estalou o chicote novamente, e Kell rebateu comando por comando, pedra por pedra. Mas Kell estava travando duas batalhas, uma contra o rei e outra consigo mesmo. A escuridão continuava se espalhando, reivindicando mais partes dele a cada momento, a cada ação. Ele não venceria; a esta altura, perderia a batalha ou perderia a si mesmo. Algo teria que ceder.

A magia de Athos encontrou uma fissura no escudo de sombras de Kell e o atingiu com força, quebrando suas costelas. Ele tossiu, sentindo o gosto de sangue enquanto se esforçava para concentrar sua visão no rei. Precisava fazer alguma coisa, rápido. A espada curta real cintilou no chão perto dele. Athos ergueu a pedra para atacar novamente.

— Isso é tudo o que consegue fazer? — provocou Kell por entre os dentes. — Os mesmos truques de sempre? Você não tem a criatividade da sua irmã.

Athos estreitou os olhos. E, então, ergueu a pedra e conjurou algo novo.

Não era um muro, uma lâmina nem uma corrente. Não. Desta vez, a fumaça se enrolou em volta dele, tomando a forma de uma sombra sinistra e curvilínea. Uma gigantesca serpente prateada com olhos pretos, cuja língua bifurcada chicoteava no ar enquanto a criatura se erguia mais alto que o próprio rei.

Kell forçou uma risada baixa e desdenhosa, mesmo que isso machucasse ainda mais as suas costelas quebradas. Ele pegou a espada curta real no chão. Estava lascada e pegajosa de poeira e sangue, mas ainda era possível distinguir os símbolos ao longo do metal.

— Estava esperando você fazer uma coisa assim — disse ele. — Criar algo forte o suficiente para me matar. Já que está nítido que não consegue fazer isso sozinho.

Athos olhou-o irritado.

— Que diferença faz a forma de sua morte? Ainda será pelas minhas mãos.

— Você disse que queria me matar por conta própria — retrucou Kell. — Mas acho que isso é o mais perto que consegue chegar. Vá em frente e se esconda atrás da magia da pedra. Chame-a de sua magia.

Athos deixou escapar um rugido baixo.

— Você está certo — sibilou ele. — Sua morte deveria ser, e será, inteiramente minha.

Ele apertou a pedra entre os dedos, visivelmente pretendendo dispersar a serpente. A cobra, que ficara deslizando em torno do rei, parou seu percurso, porém não se dissolveu. Em vez disso, voltou seus olhos pretos e brilhantes para Athos da mesma forma que a imagem de Kell fizera com Lila no quarto dela. Athos encarou fixamente a serpente, comandando que desaparecesse. Quando a criatura não obedeceu ao seu pensamento, ele vocalizou a ordem.

— Você obedece a *mim* — ordenou Athos ao mesmo tempo que a língua da serpente chicoteou. — É minha criação, e eu sou seu...

Ele não teve a chance de terminar.

A serpente recuou e o atacou. Suas presas se fecharam sobre a pedra na mão de Athos, e, antes mesmo que o rei pálido pudesse gritar, a cobra o envolveu completamente. O corpo prateado se enrolou em volta de seus braços e peito, então em torno do pescoço, quebrando-o com um estalo alto.

Kell respirou fundo quando a cabeça de Athos Dane pendeu para a frente, o rei aterrorizante reduzido a nada mais que o cadáver de uma boneca de trapo. A serpente se desenrolou, e o corpo do rei despencou no chão, destruído. E então a cobra voltou os olhos pretos e brilhantes para Kell. Deslizou em sua direção a uma velocidade assustadora, mas ele estava pronto.

Enterrou a espada real na barriga da serpente. Ela perfurou a pele dura da cobra, os feitiços entalhados no metal brilhando por um momento antes que a criatura, debatendo-se violentamente, partisse a lâmina em duas. A cobra estremeceu e caiu, dissolvida em uma sombra aos pés de Kell.

Uma sombra e, no meio dela, um pedaço quebrado de pedra preta.

# IV

As costas de Lila atingiram o pilar com força.

Ela desabou no chão de pedra da sala do trono. O sangue escorreu por seu olho falso enquanto ela lutava para se colocar de quatro. Seu ombro protestou de dor, assim como o restante do corpo. Ela tentou não pensar nisso. Já Astrid parecia estar se divertindo. Sorria preguiçosamente para Lila como um gato brincando com um camundongo.

— Vou tirar esse sorriso da sua cara — rosnou Lila, cambaleando para se levantar.

Ela havia lutado com muitas pessoas, mas nunca enfrentara alguém com Astrid Dane. A mulher se movia tanto com uma velocidade brusca quanto com uma graça estranha: em um momento era lenta e suave, no outro atacava tão rápido que Lila fazia o que podia para continuar de pé. Para continuar viva.

Lila sabia que ia perder.

Sabia que ia *morrer*.

Mas que o diabo a carregasse se ela fosse morrer por nada.

A julgar pelos estrondos vindos dos terrenos do castelo à volta delas, Kell estava bastante ocupado. O mínimo que Lila podia fazer era ajudá-lo para que pudesse lutar com um Dane de cada vez. Ganhar um pouco de tempo para ele.

Francamente, o que tinha acontecido com ela? A Lila Bard do sul de Londres sabia cuidar de si mesma. Aquela Lila nunca daria a vida para ajudar alguém. Nunca escolheria o certo em vez do errado se o errado significasse se manter viva. Nunca teria voltado para ajudar o estranho que a ajudara. Lila cuspiu um bocado de sangue e se endireitou. Talvez nunca devesse ter roubado a maldita pedra, mas, mesmo aqui e agora, encarando a morte sob a forma de uma rainha pálida, ela não se arrependia. Queria liberdade. Queria aventura. E não se importava de morrer por isso. Apenas desejou que morrer não doesse tanto.

— Você já ficou no meu caminho por tempo demais — falou Astrid, erguendo as mãos à sua frente.

Lila sorriu.

— Parece que tenho talento para isso.

Astrid começou a pronunciar o idioma gutural que Lila ouvira nas ruas. Mas, na boca da rainha, as palavras soaram diferentes. Estranhas, ásperas e bonitas, elas verteram dos lábios da mulher, farfalhando como uma brisa por folhas secas e podres. Recordaram a Lila da música que envolvia a multidão no desfile de Rhy: a manifestação física do som. *Poderosa.*

Mas Lila não era tola o suficiente para ficar ali parada e ouvir. Sua pistola, agora vazia, jazia abandonada a muitos metros de distância, e sua mais nova faca estava aos pés do trono. Ela ainda possuía uma adaga atada às costas e a alcançou, liberando a arma. Porém, antes que a lâmina conseguisse deixar seus dedos, Astrid terminou o encantamento e uma onda de energia estourou em Lila, roubando o ar de seus pulmões quando ela atingiu o chão e deslizou por muitos metros.

Ela rolou e ficou agachada, arfando em busca de ar. A rainha estava brincando com ela.

Astrid ergueu os dedos enquanto se preparava para atacar novamente, e Lila sabia que seria sua única chance. Ela empunhou a adaga com firmeza e a atirou para a frente com toda a sua força, mirando com destreza no coração da rainha. A faca voou até Astrid, que, em vez de se desviar, simplesmente ergueu o braço e colheu o metal do ar. Com a própria mão. O coração de Lila parou no momento que a rainha partiu a lâmina em duas e jogou os pedaços para longe, sem precisar sequer interromper seu feitiço.

*Merda*, pensou Lila, instantes antes de o chão começar a ribombar e tremer. Ela lutou para se manter de pé e quase não viu a onda de pedras quebradas que se formava sobre sua cabeça. Pedrinhas começaram a chover, e ela se esgueirou para fugir delas na hora em que a onda começou a se quebrar e desabar. Ela era rápida, mas não rápida o suficiente. Uma dor excruciante irrompeu do lado direito de seu corpo, do tornozelo ao joelho, na perna que estava presa sob um pedregulho pálido salpicado com fragmentos de rochas esbranquiçadas.

*Não, não eram rochas esbranquiçadas*, percebeu Lila, aterrorizada.

*Ossos.*

Lila revirou o corpo, tentando libertar a perna, mas Astrid estava ali, prendendo-a de costas no chão e ajoelhando-se sobre o seu peito. A rainha se abaixou e arrancou a máscara de chifres de seu rosto, jogando-a longe. Ela segurou o queixo de Lila e puxou o rosto para si.

— Que lindinha — falou a rainha. — Escondida sob tanto sangue.

— Vá para o inferno! — retrucou Lila.

Astrid apenas sorriu. E então as unhas de sua outra mão afundaram no ombro ferido de Lila, que mordeu os lábios para segurar um grito e se debateu nas garras da rainha. Mas era inútil.

— Se você vai me matar — sibilou Lila —, faça isso logo.

— Ah, eu irei matá-la, sim — disse Astrid, retirando os dedos do ombro latejante de Lila. — Mas não agora. Quando eu terminar com Kell, voltarei para você e demorarei o tempo que quiser para acabar com a sua vida. E, quando eu terminar, vou acrescentá-la ao meu chão. — Ela ergueu a mão entre as duas, mostrando as pontas de seus dedos agora manchadas de sangue para Lila. Era um vermelho muito vivo em contraste com a palidez da pele da rainha. — Mas antes..

Astrid levou um dedo ensanguentado ao ponto entre os olhos de Lila, desenhando algo ali.

Lila lutou o máximo que pôde para se libertar, mas Astrid era uma força intransponível sobre ela, prendendo-a no chão enquanto desenhava com sangue no próprio rosto pálido.

Astrid começou a falar em tom grave e rápido naquela outra língua. Lila lutou freneticamente e tentou gritar, tentando interromper o feitiço, mas os longos dedos da rainha se fecharam sobre sua boca e ela derramou o feitiço, que tomou forma no ar em volta delas. Uma pontada gélida percorreu Lila e sua pele formigou enquanto a magia se espalhava por seu corpo. E, pairando acima de sua cabeça, o rosto da rainha começou a *mudar*.

O queixo dela afinou e suas bochechas cor de porcelana ganharam um tom mais quente e saudável. Os lábios ficaram vermelhos e os olhos escureceram do azul para o castanho (em dois tons distintos), e seu cabelo, que era branco como a neve e enrolado em volta da cabeça, passou a cair sobre o rosto, num tom castanho escuro e cortado em uma linha reta que acompanhava o maxilar. Até mesmo suas roupas ondularam e mudaram para assumir uma forma extremamente familiar. A rainha pálida exibiu um sorriso afiado como uma navalha e Lila olhou com horror não para Astrid Dane, mas para a imagem refletida de si mesma.

Quando Astrid falou, o som que verteu foi o da voz de Lila.

— É melhor eu ir — disse a rainha. — Tenho certeza de que Kell está precisando de ajuda. — Lila brandiu um último e desesperado soco, mas Astrid segurou o pulso dela sem qualquer esforço e o prendeu contra o chão. Depois se debruçou sobre a cabeça de Lila, encostando os lábios no ouvido dela. — Não se preocupe — sussurrou ela. — Mandarei suas lembranças a ele.

E então Astrid bateu a cabeça de Lila no chão destruído, e ela perdeu os sentidos.

* * *

Kell viu-se de pé no pátio de pedra, cercado por estátuas quebradas, um rei morto e um pedaço rachado de pedra preta. Estava sangrando e ferido, mas continuava vivo. Ele deixou a espada real arruinada cair no chão, produzindo um estalido metálico, e inspirou, estremecendo; o ar gelado queimava seus pulmões e era exalado em forma de fumaça na frente dos lábios ensanguentados. Algo se movia através dele, quente e frio, inquietante e perigoso. Queria parar de lutar, queria se entregar, mas não podia. Ainda não havia terminado.

Metade da pedra pulsou na palma da mão dele. A outra metade cintilava no chão onde a serpente a deixara. Ela chamava por ele, e o corpo de Kell se deslocou com vontade própria na direção da metade que faltava. A pedra guiou seus dedos até o chão estilhaçado e fechou a mão sobre o fragmento da pedra que aguardava ali. No instante em que as duas partes se encontraram, Kell sentiu as palavras em seus lábios:

— *As Hasari* — pronunciou ele, o comando vertendo por conta própria em uma voz que era e ao mesmo tempo não era a dele.

E, em sua mão, as metades da pedra começaram a se *curar*. Os pedaços fundiram-se novamente em um só, as fendas apagando-se até que a superfície voltou a ser lisa, de um preto imaculado. E, em seguida, um poder imenso (vívido, belo e doce) se espalhou pelo corpo de Kell, trazendo consigo uma sensação de certeza. Uma sensação de *completude*, que o encheu com tranquilidade. Com calma. O ritmo simples e constante da magia o amorteceu como um sono. Tudo o que Kell desejava era se deixar levar, desaparecer no seio do poder, da escuridão e da paz.

*Entregue-se*, disse uma voz em sua mente. Os olhos dele se fecharam e seus pés vacilaram.

Foi então que ele ouviu a voz de Lila chamando seu nome.

A calmaria oscilou quando Kell se esforçou para abrir os olhos e a viu descendo as escadas. Ela parecia muito distante. Tudo parecia muito distante.

— Kell — chamou ela novamente quando o alcançou. Os olhos dela percorreram a cena: o pátio destruído, o cadáver de Athos, o corpo ferido de Kell e o talismã, agora completo. — Acabou — disse ela. — Está na hora de largar a pedra.

Ele olhou para o talismã em sua mão, na forma como os fios pretos haviam ficado grossos como cordas e se enrolado ao redor de seu corpo.

— Por favor — pediu Lila. — Eu sei que pode fazer isso. Sei que pode me ouvir. — Ela estendeu a mão para ele com os olhos arregalados de pavor. Kell franziu o cenho, o poder ainda o percorrendo inteiro, distorcendo sua visão e seus pensamentos. — *Por favor* — repetiu ela.

— Lila — disse ele baixinho.

Ele buscou apoio e se equilibrou segurando no ombro dela.

— Estou aqui — sussurrou a garota. — Apenas me entregue a pedra.

Kell observou o talismã. E então seus dedos se fecharam ao redor dele, e a fumaça verteu num murmúrio. Não precisou falar. A magia agora estava na sua mente e sabia o que ele queria. Entre um instante e o seguinte, a fumaça formou uma espada. Ele baixou os olhos para o fio brilhante do metal.

— Lila — falou ele de novo.

— Sim, Kell.

Seus dedos se fecharam com mais força.

— Pegue.

E então ele enterrou a lâmina no abdômen dela.

Lila arquejou de dor. Em seguida, seu corpo inteiro estremeceu, oscilou e se tornou o de outra pessoa. Alongou-se na silhueta de Astrid Dane, cujo sangue preto brotava, contrastando com suas roupas brancas.

— Como...? — rosnou ela.

Mas Kell ordenou que seu corpo ficasse parado, seu maxilar fechado. Nenhuma palavra, nenhum feitiço a salvaria agora. Ele queria matar Astrid Dane. Porém, mais do que isso, queria que ela *sofresse*. Pelo irmão dele. Seu príncipe. Porque, naquele momento, encarando os olhos azuis e arregalados dela, tudo o que ele via era Rhy.

Rhy usando o talismã dela.

Rhy exibindo um sorriso que era cruel demais e frio demais para ser realmente dele.

Rhy fechando os dedos em volta da garganta de Kell e sussurrando em seu ouvido as palavras de outra pessoa.

Rhy enfiando uma faca no próprio estômago.

Rhy, o *seu* Rhy, desabando no chão de pedra.

Rhy sangrando.

Rhy morrendo.

Kell queria esmagá-la pelo que fizera. E, em suas mãos, esse desejo tornou-se um comando, e a escuridão começou a se espalhar da faca enterrada no abdômen dela. Rastejou por suas roupas e por baixo da pele, transformando tudo o que tocava em pedra pálida, branca. Astrid tentou abrir a boca para falar ou gritar, mas, antes que qualquer som escapasse por entre os dentes cerrados, a pedra alcançou seu peito, sua garganta, seus lábios vermelhos desbotados. Apoderou-se de seu tórax, percorreu suas pernas e suas botas antes de correr direto para o chão esburacado. Kell ficou parado, observando a estátua de Astrid Dane, os olhos arregalados em choque e congelados, os lábios repuxados em um rosnado eterno. Ela agora se assemelhava ao restante do pátio.

Mas isso não era o suficiente.

Por mais que ele quisesse deixá-la ali no jardim arruinado, junto com o cadáver do irmão, ele não podia. A magia, como tudo mais, desvanecia. Feitiços eram quebrados. Astrid poderia ser libertada novamente, algum dia. E ele não podia deixar isso acontecer.

Kell segurou seu ombro de pedra branca. Os dedos dele estavam ensanguentados, assim como o seu corpo inteiro, e a magia *Antari* fluiu tão fácil como o ar.

— *As Steno* — falou ele.

Fendas profundas se formaram por todo o rosto da rainha pálida, rachaduras entalharam o corpo dela, e, quando os dedos de Kell apertaram com mais força, a estátua de pedra de Astrid Dane se estilhaçou sob o seu toque.

# V

Kell sentiu um calafrio, e novamente uma estranha calma tomou conta dele.

Era mais pesada desta vez. E então alguém chamou seu nome, da mesma forma como havia acontecido momentos antes, e ele olhou para cima e viu Lila, segurando o próprio ombro enquanto descia as escadas correndo e mancando ao mesmo tempo, ferida e ensanguentada, porém viva. A máscara preta pendia de seus dedos machados de sangue.

— Você está bem? — perguntou ela quando o alcançou.

— Nunca estive melhor — respondeu ele, ainda que estivesse usando cada gota de força que possuía para concentrar seus olhos nela, concentrar sua mente nela.

— Como soube? — indagou ela, olhando os destroços da rainha no chão. — Como soube que não era eu?

Kell conseguiu produzir um sorriso exausto.

— Porque ela pediu *por favor*.

Lila o encarou, horrorizada.

— Isso foi uma piada?

Kell deu de ombros de leve. Precisou se esforçar muito para fazer o movimento.

— Eu simplesmente soube — falou ele.

— Você simplesmente soube — ecoou ela.

Kell assentiu. Lila o examinou com olhos cautelosos, e ele se perguntou em que estado estaria naquele momento.

— Você está péssimo — disse ela. — Melhor se livrar dessa pedra. — Kell concordou. — Eu poderia ir com você.

Kell meneou a cabeça.

— Não. Por favor. Não quero que vá.

Estava sendo sincero. Ele não sabia o que o esperava do outro lado, mas, o que quer que fosse, ele enfrentaria sozinho.

— Certo — falou Lila, engolindo em seco. — Ficarei aqui.

— O que você vai fazer? — perguntou ele.

Lila forçou-se a dar de ombros.

— Vi alguns navios interessantes nas docas quando estávamos correndo para salvar nossas vidas. Um deles deve servir.

— Lila...

— Ficarei bem — disse ela, enfática. — Agora corra antes que alguém perceba que matamos os monarcas.

Kell tentou rir e algo o percorreu por inteiro, como uma dor, porém mais sombria. Ele dobrou o corpo, sua visão ficando turva.

— Kell? — Lila caiu de joelhos ao lado dele. — O que foi? O que está havendo?

*Não*, implorou ele ao próprio corpo. *Não. Agora não.* Ele estava tão perto. Tão perto. Tudo o que precisava fazer era...

Outra onda o percorreu e o derrubou de quarto.

— Kell! — exigiu Lila. — Fale comigo.

Ele tentou falar, dizer alguma coisa, qualquer coisa, mas sua mandíbula travou, seus dentes trincados. Ele lutou contra a escuridão, mas ela lutava de volta. E estava vencendo.

A voz de Lila estava cada vez mais distante.

— Kell... pode me ouvir? Fique comigo. Fique comigo.

*Pare de lutar*, disse uma voz na mente dele. *Você já perdeu.*

*Não*, pensou Kell. *Não. Ainda não.* Ele conseguiu levar os dedos ao corte superficial ao longo do abdômen e desenhou uma marca no chão rachado. Mas, antes que pudesse pressionar a mão vinculada à pedra sobre o desenho, uma força o atirou contra o chão. A escuridão o envolveu e o afogou. Ele lutou contra a magia, mas ela já estava dentro dele, percorrendo suas veias. Kell tentou se libertar de seu fardo, atirá-la para longe, mas era tarde demais.

Ele inspirou o ar uma última vez, e então a magia o arrastou para as profundezas.

Kell não conseguia se mexer.

Sombras envolviam seus membros e os seguravam como pedras, mantendo-o imóvel. Quanto mais lutava, mais o apertavam, drenando o restante de sua força. A voz de Lila estava muito, muito distante, então cessou. E Kell permaneceu em um mundo onde havia apenas a escuridão.

Uma escuridão que estava em todos os lugares.

E então, de alguma forma, não estava. Ela se recolheu, espiralando na frente dele, agrupando-se até formar uma sombra e depois um homem. Com a silhueta de Kell, a mesma altura, seu cabelo, até seu casaco, porém cada centímetro era de um preto suave e brilhante, como a pedra reconstruída.

— Olá, Kell — disse a escuridão, cujas palavras não eram em inglês, nem arnesiano, nem maktahn, e sim na língua nativa da magia.

E Kell finalmente compreendeu. Isso era *Vitari*. A coisa que o vinha atraindo, forçando para entrar, tornando-o forte ao mesmo tempo que enfraquecia sua vontade e se alimentava de sua vida.

— Onde estamos? — perguntou ele com a voz rouca.

— Estamos em você — respondeu *Vitari*. — Estamos nos *tornando* você.

Kell lutou inutilmente contra as cordas escuras.

— Saia do meu corpo — rosnou.

*Vitari* sorriu com seu sorriso preto e sombrio e deu um passo na direção de Kell.

— Você lutou bem — falou *Vitari*. — Mas a hora de lutar acabou. — Ele diminuiu a distância entre os dois e levou a mão ao peito de Kell. — Você foi feito para mim, *Antari* — continuou. — Um receptáculo perfeito. Vestirei sua pele para sempre.

Kell se contorceu ao toque do outro. Ele tinha que lutar. Tinha chegado tão longe. Não podia desistir agora.

— É tarde demais — disse *Vitari*. — Eu já possuo o seu coração.

E, com isso, as pontas de seus dedos pressionaram e Kell arqueou enquanto a mão de *Vitari* passava *por dentro* do seu peito. Ele sentiu os dedos de *Vitari* se fechando sobre seu coração pulsante, sentiu o solavanco, a escuridão derramando-se no peito de sua camisa esfarrapada como sangue.

— Acabou, Kell — falou a magia. — Você é meu.

O corpo de Kell se debateu no chão. Lila pegou o rosto dele nas mãos. Estava ardendo. As veias em sua garganta e em sua têmpora escureceram até ficarem pretas, e o desgaste era visível nas linhas de seu maxilar. Porém, ele não se movia, não abria os olhos.

— Lute contra isso — gritou ela enquanto o corpo dele convulsionava. — Você chegou até aqui. Não pode simplesmente *desistir*.

As costas dele se arquearam contra o chão. Lila abriu sua camisa e viu a mancha preta que se espalhava sobre o coração.

— Merda — praguejou ela, tentando arrancar a pedra da mão dele. Mas a pedra não cedia. — Se você morrer — explodiu ela —, o que acontecerá com Rhy?

As costas de Kell bateram no chão e ele exalou o ar com dificuldade.

Lila havia recuperado suas armas e agora pegava sua faca, pesando-a na palma da mão. Ela não queria ter que matá-lo. Mas mataria. E não queria cortar a mão dele, mas certamente o faria.

— Não se atreva a desistir, Kell. Ouviu?

O coração de Kell vacilou, pulando uma batida.

— Eu pedi tão amigavelmente — disse *Vitari*, cuja mão ainda estava enterrada no peito de Kell. — Eu lhe dei a chance de desistir. Você me obrigou a usar a força.

Um calor se espalhou pelos membros de Kell, deixando um estranho frio em seu rastro. Ele ouviu a voz de Lila. Muito distante e baixa, o eco de um eco que mal o alcançava. Mas ele ouviu um nome. *Rhy*.

Se morresse, Rhy também morreria. Ele não podia parar de lutar.

— Eu não vou matá-lo, Kell. Não exatamente.

Kell apertou os olhos com força, a escuridão envolvendo-o.

— *Não havia uma palavra para isso?* — ecoou a voz de Lila em sua mente. — *Qual era, mesmo? Vamos lá, Kell. Diga a maldita palavra.*

Kell se esforçou para se concentrar. É lógico. Lila estava certa. Havia uma palavra. *Vitari* era a magia pura. E toda magia estava vinculada a regras. A ordens. *Vitari* era criação, mas tudo que podia ser criado também podia ser destruído. *Dispersado.*

— *As Anasae* — falou Kell.

Ele sentiu um vislumbre de poder. Mas nada aconteceu.

A mão livre de *Vitari* se fechou sobre sua garganta.

— Você realmente pensou que isso funcionaria? — escarneceu a magia sob a forma de Kell.

Mas havia algo na voz dele, na forma como ficara tenso. *Medo.* Poderia funcionar. Funcionaria. Tinha que funcionar.

Mas a magia *Antari* era um pacto verbal. Ele nunca havia conseguido conjurá-la apenas com o pensamento, e aqui, em sua mente, tudo era pensamento. Kell tinha que *dizer* a palavra. Ele se concentrou, buscando com seus sentidos enfraquecidos até conseguir sentir seu corpo. Não da forma como estava ali, naquela ilusão, naquele plano mental, mas como estava na realidade, estirado no chão cruelmente frio do pátio destruído, com Lila debruçada sobre seu corpo. Sobre ele. Kell se agarrou àquele frio, concentrando-se no modo como incomodava suas costas. Esforçou-se para sentir os próprios dedos agarrados na pedra com tanta força que doíam. Concentrou-se na própria boca, trincada e dolorida, obrigada a permanecer fechada. Ele forçou os lábios a se abrirem.

A formar as palavras.

— *As An...*

O coração dele falhou quando os dedos de *Vitari* o apertaram.

— *Não!* — rosnou a magia, o medo agora corajoso, transformando a impaciência em raiva.

E Kell entendeu o medo dele. *Vitari* não era simplesmente um feitiço. Ele era a *fonte* de todo o poder da pedra. Dispersá-lo iria dispersar a magia do próprio talismã. Acabaria com tudo.

Kell lutou para se agarrar ao próprio corpo. A si mesmo. Ele forçou o ar a entrar em seus pulmões, e então a sair de sua boca.

— *As Anas...* — Ele conseguiu falar antes que a mão de *Vitari* mudasse do coração para os seus pulmões, expulsando o ar deles.

— Você não pode — falou a magia, desesperadamente. — Eu sou a única coisa que mantém seu irmão vivo.

Kell hesitou. Ele não sabia se isso era verdade, se o vínculo que fizera com seu irmão *poderia* ser quebrado. Mas sabia que Rhy nunca o perdoaria pelo que fizera, que nada importaria a menos que ambos sobrevivessem.

Kell reuniu o resquício de suas forças e se concentrou. Não em *Vitari* tentando lhe extirpar a vida, nem na escuridão que o percorria, mas na voz de Lila, no chão frio, nos seus dedos dormentes e seus lábios ensanguentados enquanto formavam as palavras.

— *As Anasae.*

# VI

Corpos desabaram por toda a Londres Vermelha.

Homens e mulheres que haviam sido beijados ou possuídos, cortejados ou forçados, aqueles que deixaram a magia entrar e aqueles que foram trespassados por ela: todos caíram quando a chama preta dentro deles foi eviscerada e saiu. Dispersada.

Em todos os lugares, a magia deixou uma trilha de corpos.

Nas ruas, eles cambalearam e desmoronaram. Alguns se fragmentaram em cinzas, queimados por inteiro, outros ficaram reduzidos a cascas, ocos. E alguns sortudos desmaiaram, ofegantes e fracos, porém vivos.

No palácio, a magia vestida com o corpo de Gen tinha acabado de alcançar os aposentos reais, sua mão enegrecida na porta, quando a escuridão morreu e o levou com ela.

E, no santuário, longe dos muros do castelo, em uma cama baixa e estreita e sem lençóis, o príncipe da Londres Vermelha estremeceu e ficou imóvel.

QUATORZE

# A ÚLTIMA PORTA

# I

Kell abriu os olhos e viu as estrelas.

Elas flutuavam acima das muralhas do castelo, nada além de pontinhos de luz pálida na imensidão.

A pedra escorregou de seus dedos, batendo no chão com um tinido surdo. Nada mais havia nela, nenhum zumbido, nenhum chamado, nenhuma promessa. Era apenas um pedaço de pedra.

Lila estava dizendo alguma coisa, e pela primeira vez ela não parecia furiosa, não tanto quanto de costume, mas ele não conseguia ouvi-la sobre o som das batidas de seu coração enquanto levava a mão trêmula até a gola de sua camisa. Ele não queria realmente ver. Não queria saber. Mas afastou a gola mesmo assim e olhou para a pele sobre o coração, para o local onde o selo havia vinculado a vida de Rhy à sua própria.

O tracejado preto da magia havia sumido.

Mas não a cicatriz da marca. O selo em si ainda estava intacto. O que significava que não havia apenas sido vinculado a *Vitari*. Havia sido vinculado a *ele*.

Kell suspirou aliviado.

E finalmente o mundo à sua volta entrou mais uma vez em foco. A pedra gelada do chão do pátio, o cadáver de Athos, os estilhaços de Astrid, e Lila, com seus braços lançados sobre os ombros dele por um instante e apenas um instante, recolhidos antes que ele pudesse desfrutar de sua presença.

— Sentiu minha falta? — sussurrou Kell com a garganta em carne viva.

— Óbvio — respondeu ela com os olhos vermelhos. Ela chutou o talismã com a ponta da bota. — Está *morta*? — perguntou.

Kell pegou a pedra e sentiu apenas o peso dela.

— Não se pode matar a magia — respondeu Kell, levantando-se devagar. — Apenas dispersá-la. Mas ela se foi.

Lila mordeu o lábio.

— Você ainda tem que mandá-la embora?

Kell avaliou a pedra vazia e assentiu lentamente.

— Por segurança — falou ele.

Mas, talvez, agora que estava finalmente livre do jugo da pedra, não tivesse que ser ele a se livrar dela. Kell esquadrinhou o pátio até enxergar o corpo de Holland. Havia caído do banco de pedra durante a luta e agora jazia estirado no chão; a capa ensanguentada era o único indício de que ele não estava apenas dormindo.

Kell se levantou, cada centímetro de seu corpo protestando conforme ele se aproximava de Holland. Ele se ajoelhou e pegou uma das mãos do *Antari*. A pele de Holland estava se tornando gélida, sua pulsação, cada vez mais fraca, o coração se arrastando entre as batidas finais. Mas ainda estava vivo.

*É muito difícil matar um Antari*, dissera ele uma vez. Parece que estava certo.

Kell sentiu Lila espreitando atrás dele. Não sabia se isso funcionaria, se um *Antari* podia comandar a magia por outro, mas ele pressionou os dedos na ferida do peito de Holland e desenhou uma única linha no chão ao lado do corpo. E então tocou no sangue com a pedra vazia e a depositou em cima da linha, trazendo a mão de Holland para repousar em cima dela.

— Paz — disse ele com suavidade.

Uma palavra de despedida para um homem destruído. E então pressionou a mão por cima da mão de Holland e disse:

— *As Travars*.

O chão sob o *Antari* branco cedeu, transformando-se em sombra. Kell se afastou enquanto a escuridão, e o que mais houvesse ali embaixo, engolia o corpo de Holland e a pedra, deixando para trás apenas o chão ensanguentado.

Kell encarou o solo manchado, incapaz de acreditar que realmente havia funcionado. Que ele fora poupado. Que estava vivo e podia voltar para *casa*.

Ele se desequilibrou, e Lila o segurou.

— Fique comigo — pediu ela.

Kell assentiu, tonto. A pedra havia mascarado a dor, mas, na ausência dela, sua visão ficou turva. As feridas de Rhy somavam-se às suas próprias, e, quando ele tentou cerrar os lábios para suprimir um gemido, sentiu o gosto de sangue.

— Temos que ir — falou Kell.

Agora que a cidade estava sem um rei e uma rainha, as batalhas recomeçariam. Alguém galgaria o caminho sangrento até o trono. Sempre fora assim.

— Vamos levá-lo para casa — disse Lila.

O alívio o percorreu como uma onda antes que a dura realidade o atingisse.

— Lila — falou ele, ficando rígido. — Não sei se consigo levá-la comigo.

A pedra havia assegurado a passagem dela através dos mundos, conjurado uma porta para Lila quando não deveria haver nenhuma. Sem a pedra, as chances de o mundo permitir que ela atravessasse...

Lila pareceu compreender. Ela olhou em volta e envolveu o próprio corpo com os braços. Estava ferida e sangrando. Quanto tempo duraria ali sozinha? E, no entanto, era Lila. Ela provavelmente sobreviveria a qualquer coisa.

— Bem — começou ela —, podemos tentar.

Kell engoliu em seco.

— Qual é a pior coisa que poderia me acontecer? — perguntou ela conforme caminhavam em direção ao muro do pátio. — Ser dilacerada em mil pedacinhos e ficar presa entre os mundos? — falou ela com um sorriso de esguelha, mas ele enxergou o medo em seus olhos. — Estou preparada para ficar. Mas quero tentar ir embora.

— Se não funcionar...

— Encontrarei meu caminho — respondeu ela.

Kell aquiesceu e a levou até o muro do pátio. Desenhou uma marca nas pedras pálidas e tirou o pingente da Londres Vermelha do bolso. Puxou Lila para perto, envolveu-a com seu corpo machucado, e encostou sua fronte na dela.

— Ei, Lila — disse ele baixinho no espaço entre eles.

— Sim?

Em seguida beijou os lábios dela por um breve instante, o calor presente e dissipado em um segundo. Ela franziu o cenho para ele, mas não se afastou.

— Por que você fez isso? — perguntou ela.

— Para dar sorte — respondeu ele. — Não que você precise de sorte.

Então Kell pressionou a mão contra o muro e pensou em seu lar.

# II

A Londres Vermelha tomou forma ao redor de Kell, imersa na noite alta. Cheirava a terra e fogo, a flores desabrochando e a chá de especiarias. E, sob tudo isso, exalava o cheiro de lar. Kell nunca estivera tão feliz por retornar. Mas seu coração ficou pesado quando percebeu que seus braços estavam vazios.

Lila não estava com ele.

Ela não conseguira voltar.

Kell engoliu em seco e olhou para baixo, para a moeda em sua mão ensanguentada. Em seguida, a atirou longe com a maior força possível. Fechou os olhos e inspirou fundo, tentando se acalmar.

E então ouviu uma voz. A voz dela.

— Nunca pensei que ficaria tão feliz em sentir o cheiro de flores.

Kell piscou e se virou, vendo Lila parada ali. Viva e inteira.

— Não é possível! — exclamou ele.

Os cantos da boca de Lila se arquearam.

— É bom ver você também.

Kell a abraçou. E, por um segundo, apenas um segundo, ela não se afastou, não ameaçou apunhalá-lo. Por um segundo e apenas um segundo, ela o abraçou mais forte.

— O que você é? — perguntou ele, maravilhado.

Lila apenas deu de ombros.

— Teimosa.

Os dois ficaram ali por um momento, apoiando-se um no outro, um mantendo o outro de pé, ainda que nenhum deles soubesse qual precisava mais de apoio. Ambos sabiam apenas que estavam felizes em estar ali, em estar vivos.

E então Kell ouviu o som de botas e espadas e viu feixes de luz.

— Acho que estamos sendo atacados — sussurrou Lila perto da gola da camisa dele.

Kell levantou a cabeça do ombro dela e viu uma dúzia de soldados da guarda que os cercavam, as lâminas em punho. Através de seus elmos, seus olhos fitavam Kell com um misto de medo e fúria. Ele pôde sentir o corpo de Lila ficar tenso contra o seu, sentir que comichava para pegar uma pistola ou uma faca.

— Não lute — sussurrou ele enquanto tirava lentamente o braço das costas dela. Ele pegou a mão dela e se virou para os guardas de sua família. — Nós nos rendemos.

Os guardas forçaram Kell e Lila a se ajoelharem diante do rei e da rainha e os mantiveram ali, apesar dos palavrões murmurados por Lila. Seus pulsos estavam atados por metal atrás deles da mesma forma que Kell estivera horas antes naquela noite, nos aposentos de Rhy. Havia acontecido a apenas algumas horas? Tinham o peso de anos sobre Kell.

— Deixem-nos — ordenou o rei Maxim.

— Senhor — protestou um dos guardas reais, lançando um olhar para Kell. — Não é seguro...

— *Eu disse para saírem* — trovejou o rei.

Os guardas se retiraram, deixando apenas Kell e Lila de joelhos no salão de baile vazio, o rei e a rainha pairando sobre eles. Os olhos do rei Maxim estavam febris, sua pele avermelhada pela raiva. Ao lado dele, a rainha Emira parecia cadavericamente pálida.

— O que você fez? — exigiu o rei.

Kell se encolheu, porém lhe contou a verdade. Sobre o amuleto de possessão de Astrid e o plano dos gêmeos Dane, mas também sobre a pedra e a forma como havia chegado até ele (e de seu hábito anterior). Contou sobre a descoberta da pedra e sobre a tentativa de devolvê-la ao único lugar em que estaria segura. E o rei e a rainha ouviram, menos com descrença do que com horror; o rei ficava cada vez mais vermelho, e a rainha, cada vez mais pálida a cada parte da explicação.

— Agora a pedra se foi — terminou Kell. — E a magia se foi com ela.

O rei esmurrou o balaústre com o punho.

— Os Dane vão pagar pelo que tentaram...

— Os Dane estão mortos — afirmou Kell. — Eu mesmo os matei.

Lila pigarreou.

Kell revirou os olhos.

— Com a ajuda de Lila.

O rei pareceu notar Lila pela primeira vez.

— Quem é você? Que loucuras você acrescentou a essa trama?

— Meu nome é Delilah Bard — retrucou ela. — Nós fomos apresentados mais cedo, esta noite. Quando eu estava tentando salvar a sua cidade, e vocês estavam de pé ali, com os olhos vazios sob algum tipo de encantamento.

— *Lila*! — explodiu Kell, horrorizado.

— Eu sou metade da razão pela qual sua cidade ainda está de pé.

— *Nossa* cidade? — indagou a rainha. — Então você não é daqui?

Kell ficou tenso. Lila abriu a boca, mas antes que pudesse responder, ele disse:

— Não, ela é de longe.

As sobrancelhas do rei se uniram.

— Quão distante é esse longe?

E antes que Kell pudesse responder, Lila endireitou sua postura.

— Meu navio aportou aqui há alguns dias — declarou ela. — Vim a Londres porque ouvi que as festividades de seu filho eram imperdíveis e porque eu tinha negócios com uma mercadora chamada Calla, no mercado à beira do rio. O meu caminho e o de Kell já haviam se cruzado uma ou duas vezes, e era evidente que ele precisava de ajuda. Eu o auxiliei.

Kell encarou Lila. Ela apenas arqueou uma sobrancelha e acrescentou:

— Ele me prometeu uma recompensa, é óbvio.

O rei e a rainha também encararam Lila, tentando decidir que parte da história dela parecia *menos* plausível (o fato de ela possuir um navio, ou o fato de uma estrangeira falar um inglês tão impecável), mas, por fim, a compostura da rainha ruiu.

— Onde está nosso *filho*? — implorou ela.

O jeito como falou, como se eles tivessem apenas um, fez com que Kell se encolhesse.

— Rhy está vivo? — perguntou o rei.

— Graças a Kell — interrompeu Lila. — Passamos o dia inteiro tentando salvar o seu reino, e vocês nem ao menos...

— Ele está vivo. — Foi a vez de Kell interrompê-la. — E vai continuar vivo — acrescentou ele, sustentando o olhar fixo do rei — enquanto eu também estiver.

Havia um leve tom de desafio na fala de Kell.

— O que você quer dizer?

— Senhor — falou Kell, desviando o olhar. — Fiz apenas o que tive que fazer. Se eu pudesse ter dado a minha vida a ele, eu teria. Em vez disso, pude apenas compartilhá-la.

Ele se retorceu nas amarras, a ponta da cicatriz visível sob a gola da camisa. A rainha respirou fundo. O rosto do rei ficou sério.

— Onde ele está, Kell? — perguntou o rei, com a voz mais baixa.

Os ombros de Kell relaxaram, o peso deixado para trás.

— Libertem-nos — disse ele. — E nós o traremos para casa.

# III

— Entre.

Kell nunca ficara tão feliz por ouvir a voz do irmão. Ele abriu a porta e entrou no quarto de Rhy, tentando não lembrar da forma como estivera da última vez que saíra dali; o sangue do príncipe espalhado por todo o chão.

Três dias tinham se passado desde aquela noite, e todos os sinais do caos haviam sido apagados. A sacada fora reconstruída, o sangue incrustado na madeira, removido, os móveis e tecidos, renovados.

Agora Rhy estava deitado em sua cama. Havia manchas sob seus olhos, mas ele parecia mais entediado do que doente, o que era um progresso. Os curandeiros lhe deram o melhor tratamento possível (e também curaram Kell e Lila), mas o príncipe não estava melhorando tão rápido quanto deveria. Kell sabia o porquê, logicamente. Rhy não tinha simplesmente sido ferido, como disseram a todos. Ele havia morrido.

Dois criados permaneciam a uma mesa ali perto, um guarda ficava sentado em uma cadeira ao lado da porta, e os três observaram Kell quando ele entrou. Parte do mau humor de Rhy se devia ao fato de que o guarda não era Parrish nem Gen. Ambos foram encontrados mortos, um pela espada, o outro pela febre preta, como fora rapidamente nomeada, que se espalhara pela cidade. Um fato que perturbava Rhy tanto quanto sua própria condição.

Os criados e o guarda examinaram Kell com mais cuidado conforme ele se aproximava da cama do príncipe.

— Eles não me deixam levantar, os desgraçados — resmungou Rhy, olhando-os com raiva. — Se eu não posso sair — disse a eles —, então tenham vocês a gentileza de ir embora. — O peso da perda e da culpa, combinado ao incômodo dos ferimentos e do confinamento, deixavam Rhy com um péssimo humor. — Fiquem à vontade — acrescentou conforme os criados se levantaram — para permanecer de guarda do lado de fora. Me façam sentir mais como um prisioneiro do que já me sinto.

Quando todos saíram, Rhy suspirou e se jogou nos travesseiros.

— Eles só querem ajudar — falou Kell.

— Talvez não fosse ser tão ruim — disse Rhy — se eles fossem mais bonitos.

Mas a reclamação infantil soara estranhamente vazia. Os olhos dele encontraram os de Kell, e o olhar de Rhy ficou sombrio.

— Conte-me tudo — pediu. — Mas comece com isso. — Ele tocou o lugar sobre o próprio coração, onde carregava uma cicatriz igual à de Kell. — Que tolice você fez, meu irmão?

Kell baixou os olhos para as ricas roupas de cama vermelhas, e puxou a gola de sua camisa para o lado, para mostrar a cicatriz espelhada.

— Fiz apenas o que você teria feito se estivesse no meu lugar.

Rhy franziu o cenho.

— Eu amo você, Kell, mas não estava a fim de ter tatuagens combinando.

Kell sorriu com tristeza.

— Você estava morrendo, Rhy. Salvei sua vida.

Ele não conseguiu se forçar a contar toda a verdade a Rhy, que a pedra não tinha apenas salvado a vida dele, mas a devolvido.

— Como? — exigiu o príncipe. — A que preço?

— Um preço que já paguei — respondeu Kell. — E que pagaria novamente.

— *Responda sem rodeios!*

— Vinculei a sua vida à minha — falou Kell. — Enquanto eu viver, você também viverá.

Rhy arregalou os olhos.

— Você fez o quê? — sussurrou ele, horrorizado. — Eu devia levantar dessa cama e torcer seu pescoço.

— Eu não faria isso — advertiu Kell. — Sua dor é minha, e a minha dor é sua.

As mãos de Rhy se fecharam em punhos.

— Como você pôde? — disse ele.

E Kell temeu que o príncipe estivesse desgostoso por estar vinculado a ele, mas, em vez disso, Rhy disse:

— Como pôde carregar esse fardo?

— As coisas são do jeito que são, Rhy. Não pode ser desfeito. Então, por favor, apenas seja grato e supere isso.

— Como posso superar isso? — menosprezou Rhy, já mudando seu tom para um mais brincalhão. — Está entalhado no meu peito.

— Amantes gostam de homens com cicatrizes — afirmou Kell, abrindo um sorriso. — Foi o que ouvi dizer.

Rhy suspirou e jogou a cabeça para trás, e ambos ficaram em silêncio. Primeiro houve uma quietude tranquila, mas então ela começou a se agitar, e logo quando Kell estava prestes a quebrá-la, Rhy falou primeiro.

— O que foi que eu fiz? — sussurrou ele, os olhos cor de âmbar voltados para o teto de gaze do dossel da cama. — O que foi que eu fiz, Kell? — Ele virou a cabeça para poder ver o irmão. — Holland me trouxe aquele colar. Disse que era um presente, e eu acreditei. Disse que era dessa Londres, e eu também acreditei.

— Você cometeu um erro, Rhy. Todos cometemos erros. Até príncipes. Eu cometi muitos. É justo que você cometa um.

— Eu devia ter percebido. Eu *percebi* — acrescentou ele, sua voz falhando.

Ele tentou se sentar e estremeceu. Kell o obrigou a se deitar novamente.

— Por que você o aceitou? — perguntou quando o príncipe estava acomodado.

Pela primeira vez, Rhy não olhou nos olhos do irmão.

— Holland disse que me daria força.

Kell franziu o cenho.

— Você já é forte.

— Não como você. Isto é, eu sei que nunca serei como você. Mas não tenho talento para a magia, e isso me faz sentir fraco. Um dia eu serei rei. E gostaria de ser um rei forte.

— A magia não torna as pessoas fortes, Rhy. Acredite em mim. E você tem algo melhor. Você tem o amor das pessoas.

— É fácil ser amado. Eu quero ser respeitado, e pensei... — A voz de Rhy era pouco mais que um sussurro. — Aceitei o colar. Tudo o que importa é que o aceitei. — Lágrimas começaram a rolar, escorrendo para seus cachos pretos. — E eu poderia ter destruído tudo. Poderia ter perdido a coroa antes mesmo de usá-la. Poderia ter condenado minha cidade à guerra, ao caos, ou à ruína.

— Que filhos nossos pais têm — disse Kell gentilmente. — Nós dois podemos acabar com o mundo.

Rhy emitiu um som abafado, algo entre uma risada e um choro.

— Será que algum dia eles nos perdoarão?

Kell abriu um sorriso.

— Não estou mais acorrentado. Isso já é um progresso.

O rei e a rainha espalharam pela cidade, por meio dos guardas e das tábuas de divinação, a notícia de que Kell era inocente de todas as acusações. Mas os olhos pelas ruas ainda pesavam sobre ele; cautela, medo e suspeita transpareciam nas reverências. Talvez, quando Rhy estivesse bem de novo e pudesse falar diretamente ao seu povo, eles acreditariam que o príncipe estava bem e que Kell não tivera nenhuma participação na escuridão que assomara o palácio naquela noite. Talvez, mas Kell duvidava que a vida seria tão simples como fora antes.

— Queria lhe contar — falou Rhy — que Tieren veio me visitar. Ele trouxe algumas...

Então foi interrompido por uma batida na porta. Antes que ele ou Kell pudessem responder, Lila entrou intempestivamente no quarto. Ela ainda usava seu casaco novo, com remendos costurados sobre os pontos em que havia sido rasgado por balas, lâminas e pedras. Mas pelo menos ela tomara banho, e uma fivela de ouro tirava-lhe o cabelo dos olhos. Ainda se assemelhava a uma ave faminta, porém estava limpa, alimentada e curada.

— Não gosto da forma como esses guardas me olham — disse ela antes de olhar para cima e ver os olhos dourados do príncipe pousados nela. — Desculpem-me — acrescentou. — Não tive a intenção de interromper.

— Então qual foi a sua intenção? — desafiou Kell.

Rhy ergueu a mão.

— Você certamente não é uma interrupção — disse ele, erguendo-se na cama. — Mas temo que tenha me conhecido fora do meu estado de graça habitual. Qual é o seu nome?

— Delilah Bard — respondeu ela. — Já nos conhecemos. E você parecia pior.

Rhy riu baixinho.

— Peço desculpas por qualquer coisa que eu tenha feito. Eu não era eu mesmo.

— Peço desculpas por ter atirado na sua perna — falou Lila. — Eu era totalmente eu mesma.

Rhy abriu seu sorriso perfeito.

— Gosto dessa aqui — gracejou para Kell. — Posso pegá-la emprestada?

— Você pode tentar — provocou Lila, arqueando uma sobrancelha. — Mas seria um príncipe sem os dedos.

Kell fez uma careta, mas Rhy apenas riu. A risada rapidamente se dissolveu em tremor, e Kell se esticou para apoiar o irmão, mesmo que a dor ecoasse em seu próprio peito.

— Guarde seu flerte para quando estiver bem — ralhou.

Kell levantou-se e começou a escoltar Lila para fora do quarto.

— Verei você de novo, Delilah Bard? — perguntou o príncipe.

— Talvez nossos caminhos se cruzem novamente.

Rhy deu um sorriso torto.

— Se eu tiver alguma influência nisso, certamente irão.

Kell revirou os olhos, mas pensou ter visto Lila corar ao guiá-la para fora e fechar a porta, deixando o príncipe descansar.

# IV

— Posso tentar levá-la de volta — começou a dizer Kell. — Para a sua Londres.

Ele e Lila estavam caminhando ao longo da beira do rio, passando pelo mercado noturno, onde as pessoas ainda os encaravam duramente e por tempo demais, e mais adiante na direção das docas. O sol estava se pondo atrás deles, lançando longas sombras em frente aos dois, como caminhos a seguir.

Lila meneou a cabeça e pegou o relógio de prata no bolso.

— Não há nada para mim lá — disse ela, abrindo e fechando o relógio. — Não mais.

— Você também não pertence à Londres Vermelha — falou ele.

Ela deu de ombros.

— Vou encontrar meu caminho. — E, então, ergueu o queixo e olhou nos olhos dele. — E você?

Uma pontada entorpecida assomou a cicatriz sobre o coração dele, um fantasma de dor, e ele esfregou o ombro.

— Vou tentar. — Ele enfiou a mão no bolso do casaco, agora preto com botões de prata, e retirou um pequeno embrulho. — Tenho um presente para você.

Ele o entregou a ela e observou Lila desembrulhar a caixa e em seguida deslizar a tampa. Ela se abriu na sua mão, revelando um pequeno jogo de tabuleiro e um punhado de elementos.

— Para você praticar — explicou ele. — Tieren disse que você tem algum tipo de magia. É melhor encontrá-la.

Os dois pararam em um banco e Kell mostrou a ela como funcionava. Lila o repreendeu por se exibir, então colocou a caixa de lado e disse "muito obrigada". Parecia ser uma frase difícil de pronunciar, mas ela conseguiu. Então se levantaram, nenhum dos dois desejando se afastar ainda, e Kell olhou para Delilah Bard, assassina e ladra, parceira valente e uma garota estranha e assustadora.

Ele a veria novamente. Sabia que sim. A magia transformava o mundo. Mudava a sua forma. Havia pontos fixos. Na maior parte do tempo, esses pontos eram lugares. Mas, às vezes, raramente, eram pessoas. Para alguém que nunca ficava parada, Lila ainda parecia um marco no mundo de Kell. Um marco ao qual ele com certeza se agarraria.

Ele não sabia o que dizer, então simplesmente falou:

— Fique longe de problemas.

Ela abriu um sorriso que dizia que não ficaria, é óbvio.

E então ergueu a gola do casaco, enfiou as mãos nos bolsos e começou a caminhar.

Kell a observou ir embora.

Ela não olhou para trás.

Delilah Bard finalmente estava livre.

Ela pensou no mapa que ficara em Londres, na Londres Cinza, a sua Londres, a velha Londres. O pergaminho que deixara no quartinho apertado da Stone's Throw. O mapa para qualquer lugar. Não era isso que ela possuía agora?

Seus ossos cantavam com essa promessa.

Tieren dissera que havia algo nela. Algo não cultivado. Ela não sabia que forma teria, mas estava ansiosa para descobrir. Quer fosse o tipo de magia que percorria em Kell, quer fosse algo diferente, algo novo, Lila sabia de uma coisa:

O mundo era seu.

Os *mundos* eram seus.

E ela pretendia conquistar todos eles.

Seus olhos passearam sobre os navios na margem mais distante do rio, seus cascos cintilantes e mastros entalhados, altos e afiados o suficiente para perfurar as nuvens mais baixas. Bandeiras e velas ondulavam na brisa com seus vermelhos e dourados, bem como verdes, roxos e azuis.

Barcos com estandartes reais e barcos sem eles. Embarcações de outras terras do outro lado de outros mares, perto e longe do horizonte.

E ali, escondido entre eles, ela divisou um navio preto e altivo, com cascos polidos e estandarte prateado, cujas velas eram da cor da noite. Um preto que parecia azulado quando visto sob determinada luz.

*Aquele*, pensou Lila com um sorriso.

*Aquele vai servir.*

# AGRADECIMENTOS

Pensamos em autores como criaturas solitárias debruçadas sobre o trabalho em quartos claustrofóbicos e ainda assim vazios. E se é verdade que escrever é um caminho percorrido em grande parte na solidão, um livro não é o resultado apenas de uma única mente ou de um único par de mãos, mas sim de muitas e muitos. Agradecer a cada alma seria impossível, mas aqui estão algumas que eu *não* poderia me esquecer de mencionar. Elas são tão responsáveis por este livro quanto eu.

Para minha editora, Miriam, minha parceira no crime, por amar Kell, Lila e Rhy tanto quanto eu mesma. E por me ajudar a construir a fundação desta série de histórias com sangue, sombras e figurinos estilosos. Grandes editores não possuem todas as respostas, mas fazem as perguntas certas. E você é *verdadeiramente* uma grande editora.

Para minha agente, Holly, por ser uma defensora maravilhosa desta pequena e estranha fantasia, mesmo quando a descrevi com piratas, ladrões, reis sádicos e coisas mágicas e violentas. E para meu agente cinematográfico, Jon, por compartilhar cada centímetro da paixão de Holly. Ninguém poderia querer profissionais melhores.

Para minha mãe, por perambular pelas ruas de Londres comigo, seguindo os passos de Kell. E para meu pai, por me levar a sério quando eu contei que estava escrevendo um livro sobre ladras travestidas e homens mágicos em casacos fabulosos. Na verdade, para os dois, por nunca me menosprezarem quando eu disse que queria ser escritora.

Para Lady Hawkins, por caminhar comigo pelas ruas de Edimburgo, e para Edimburgo, por ser mágica por si mesma. Meus ossos pertencem a você.

Para Patricia, por conhecer este livro tão bem quanto eu, e por sempre me emprestar seus olhos capazes, não importa quão cruas estivessem as páginas.

Para Carla e Courtney, as melhores líderes de torcida e as melhores *amigas* que uma autora neurótica e viciada em cafeína poderia ter.

Para a comunidade criativa de Nashville: Ruta, David, Lauren, Sarah, Sharon, Rae Ann, Dawn, Paige e tantos outros, que acolheram minhas ideias com amor, encanto e margaritas.

Para a Tor e para Irene Gallo, Will Staehle, Leah Withers, Becky Yeager, Heather Saunders e todos os outros que ajudaram a tornar este livro pronto para o mundo.

E para meus leitores, tanto os fiéis quanto os novos, porque sem vocês sou apenas uma garota falando sozinha em público.

Isto é para vocês.

Este livro foi composto na tipologia Palatino LT Std,
em corpo 11/16,1, e impresso em papel off-white
no Sistema Cameron da Divisão Gráfica
da Distribuidora Record.